U0019292

文本張愛玲

TEXTUALIZING EILEEN CHANG

張小虹

人文·學術·思想

目次

緒論

無主文本與宗法父權的裂變

什麼是張愛玲的「祕密」？

聽到「祕密」二字，當可立即喚起所有人止不住的好奇心，從學者正經八百的考據功夫，到張迷街頭巷議的八卦傳聞，怕莫不皆是摩拳擦掌、蠢蠢欲動。張愛玲自二十多歲一夕紅遍上海灘起，從來沒能須臾逃離眾人對其家族秘辛、婚戀祕聞、晚年幽居的各種窺密好奇，而當代張學研究也三不五時以揭露張愛玲「最新」的祕密為由，牽拉出許許多多豐富有趣的考據研究與八卦雜談，完全服膺張愛玲「以庸俗反當代」之姿，雅俗兼備、葷腥不忌。二〇〇九年出版的《小團圓》更被視為張愛玲「祕密檔案」的大公開，從家族不倫戀、公車性騷擾到「洞口倒掛的蝙蝠」，既有自我揭發的暴露快感，也應和著旁觀者的偷窺慾望。二〇一八年張愛玲的「神祕筆記本」曝光，兩百多頁，密密麻麻寫滿中英文字，甚多潦草不可辨，又再度引發張迷和張學學者的好奇與窺密。而當前張愛玲百年冥誕之際，張愛玲與摯友宋淇、鄺文美夫婦四十年、數十萬字的通信內容也已付梓，當可掀起最新一波的張愛玲「祕密考掘學」。」

然本書以此聳動問句開場，究竟是想依樣畫葫蘆、還是反其道而行呢？張愛玲曾撰幽默小品〈秘密〉一文，鮮為人知，短短一百多字，一九四五年四月一日發表於上海《小報》（名符其實以《小報》為名的小報）。該文與極短篇〈丈人的心〉、〈吉利〉、短篇集錦〈氣短情長及其他〉、〈天地人〉同月發表，顯示彼時張愛玲或在實驗某種言簡意賅卻可意在言外的短文形式。〈秘密〉一文全文如下：

> 最近聽到兩個故事，覺得很有意思，尤其是這個。以後人家問句太多的時候，我想我就告訴他這一隻笑話。
>
> 德國的佛德烈大帝，大約是在打仗吧，一個將軍來見他，問他用的是什麼策略。
>
> 皇帝道：「你能夠保守秘密麼？」
>
> 他指天誓曰：「我能夠，沉默得像墳墓，像魚，像深海底的魚。」
>
> 皇帝道：「我也能夠。」（頁二六六）

〈秘密〉雖短，但幽默風趣的層次卻不少。第一個層次當是德國皇帝與大臣的笑話一則，想要窺探皇帝祕密謀略的大臣，反被皇帝反將一軍。第二個層次則是以「後設」方式帶出此則笑話的功能：日後有人要窺探敘述者祕密之時，此〈秘密〉正可堵住對方之口。但〈秘密〉之中至少還有一個隱而不顯的「祕密」：言簡意賅的〈秘密〉可能的「言外之意」，乃是在「這個」秘密之外的「那個」祕密，兩個有意思的故事只講了一個，那另一個呢？但〈秘密〉所預設的關卡，就是「問句太多」時就告訴提問者「這一隻笑話」。換言之，〈秘密〉中縱使還有其他「祕密」，但〈秘密〉中的祕密卻依〈秘密〉所設定的關卡而終不可得。

然本書緒論以此慧黠短文開場，卻不是要去探究張愛玲〈秘密〉中的秘密，而是要去思考「秘密」本身可探究與不可探究所可能涉及的兩種邏輯。一種是「深度邏輯」，建立在表象與真理、符號與意義的分離，唯有穿越表象與符號，才能獲致在表象或符號之後或之下的真正「秘密」。大臣口中「沉默得像墳墓」、「像深海底的魚」，不僅只是積極承諾將對皇帝親口告知的秘密守口如瓶，其表達本身也可以是秘密之為「深度」模式的慣有呈現方式，秘密總是埋在墓裡、沉在海底，有如真理般等待挖掘與去除遮蔽（*a-letheia*）。而另一種則是本書緒論在此想要展開的「表面邏輯」，若〈秘密〉所設下的關卡，讓「深度邏輯」的秘密終不可得（既是「這個」皇帝秘密的不可得，也是「那個」秘密的不可得），那我們有沒有可能在「秘密」之上得知秘密，而「秘密」之上「公開的秘密」還是秘密嗎？張愛玲〈秘密〉一文能讓我們棄秘密的「深度邏輯」而就「表面邏輯」嗎？

那接下來就讓我們試著思考有關張愛玲「秘密」的「深度邏輯」與「表面邏輯」之別。首先，我們可以繞個大彎從古希臘的故事來重新開展張愛玲的〈秘密〉，從兩個畫匠一較長短的比賽趣聞，來回應張愛玲「祕密」的幽微。在古羅馬作家大普林尼（Pliny the Elder）的《自然史》（*Naturalis Historia*）中，記載了西元前五世紀古希臘一場精采絕倫的繪畫競賽（頁二五一）。兩位頂尖畫匠相約比試，畫匠宙克西斯（Zeuxis）完成了一幅水果靜物，畫上的葡萄栩栩如生，竟然引來鳥兒撞上去想要啄食。然就在眾人歡呼叫好之際，另一位畫匠帕拉西奧斯（Parrhasios）卻老神在在，不動聲色，惹得宙克西斯心浮氣躁，忍不住要他的對手快快掀起牆上的布幔，讓眾人得以一窺布幔後面的畫作究竟為何。然就在宙克西斯張嘴開口說出此話的當下，勝負已然決定，因為帕拉西奧斯所畫的正是布幔本身。若宙克西斯的葡萄厲害地騙過了鳥的眼睛，那帕拉西奧斯的布幔顯然更厲害地騙過了人的眼睛。[2]

這場古希臘的繪畫競賽之所以如此有名，除了觸及藝術再現真實的「模擬論」（mimesis）之外，更被精神分析大師拉岡（Jacques Lacan）寫入了他的《精神分析的四個基本概念》（*The Four Fundamental Concepts of Psycho-analysis*）作為範例，以此說明「凝視（對視點）戰勝眼睛」（"a triumph of the gaze over the eye"）（頁一〇三）。對拉岡而言，鳥之被騙在於葡萄的栩栩如生，涉及的乃是畫作的「模擬」甚或「擬真（欺眼）」（*trompe l'oeil*）；但人之被騙卻不在於布幔是否栩栩如生，而在於慾望與匱缺。帕拉西奧斯的布幔成為一種欲蓋彌彰的遮掩，引誘著宙克西斯的「凝視（對視點）—幻象」，一個對於布幔之下必有畫作之執迷。故宙克西斯之失敗，不在於「眼睛」失誤，而在於被喚起、被誘惑出的「凝視（對視點）—幻象」。若以德希達（Jacques Derrida）的解構主義術語言之，宙克西斯之失敗，正是「存有形上學」（the metaphysics of presence）之勝利。

然而這兩千五百年前的古希臘故事，究竟能和張愛玲的〈秘密〉產生什麼樣的聯繫呢？繞過古希臘的大彎之後，在此我們再繞一個小彎。話說張愛玲的小說《小團圓》於二〇〇九年出版後，引起極大的迴響與爭議，其中包括了在小說第五章連續出現三次的「木彫的鳥」，學者們眾聲喧譁，紛紛跳出來詮釋「木彫的鳥」之各種可能象徵意涵。[3] 小說中對「木彫的鳥」形容道：「彫刻得非常原始，也沒加油漆，是遠祖祀奉的偶像？」（頁一七七），更在近結尾處重申「性與生殖與最原始的遠祖之間一脈相傳，是在生命的核心裏的一種神秘與恐怖」（頁三一九）。那「木彫的鳥」所帶來的，究竟是哪一種「神秘與恐怖」呢？有一種屬於主題、意象或詮釋的「正統」讀法，趨近「深度邏輯」，旨在凸顯「神秘與恐怖」所指向「遠祖—祭祀—性—生殖」一脈相傳的象徵或隱喻。但也同時有另一種屬於字義表面或語言文字本身的讀法，趨近「表面邏輯」，例如開始去好奇、去質疑、去探問小說中所採用的語詞究竟是「神秘」還是「神祕」呢？從「禾」字部的「秘」與從

「示」字部的「祕」，究竟有何差別呢？而其間的差別，又如何得以幫助我們重新看待張愛玲的〈秘密〉、以及「秘密」之中可能的「祕密」呢？

然本書緒論在此想要做的，不是考據學、文字學或版本學的比較研究，也不是回到古希臘故事所可能牽引出的藝術模擬論，或妄想回歸拉岡的精神分析，而是如何在〈秘密〉之中創造「秘從禾」與「祕從示」的差異思考。此有關「秘」與「祕」貌似微不足道的小小例子，乃是用來展示《文本張愛玲》一書在閱讀上的起手勢，一個企圖破解「陽物理體中心」（phallogocentrism）的文本操作方式。[4] 一般而言，「祕」從「示」乃正體字，「秘」從「禾」乃後人訛用所產生的異體字，然在現今的用法上乃是「祕」「秘」相通，「秘密」就是「祕密」，毫無疑義。但當德國皇帝的「秘密」從禾從示皆宜，為何「性與生殖與最原始的遠祖之間一脈相傳」的「神秘與恐怖」，卻更可以是「祕」而不僅是「秘」呢？或者說，為何「祕」從「示」之顛覆爆破力，會遠遠超過「秘」從「禾」呢？為何讀出「祕」的「表面邏輯」，可以弔詭地成為張愛玲〈秘密〉中的「祕密」呢（「深度邏輯」的內翻外轉）？

就讓我們先回到「示」在字面象形上所可能揭示的「遠祖祀奉」。根據許慎在《說文解字》中所言，「示，天垂象，見吉凶，所以示人也。从二。三垂，日月星也。觀乎天文，以察時變。示，神事也。凡示之屬皆从示」（卷一上，頁七）。在此小篆字形上方的「二」

乃古文的「上」，下方的三豎分別代表日月星，故「示」乃觀天文、見吉凶、察時變。爾後出土的甲骨文，「示」多作「T」形，象形祭臺，也與《說文》中所言祭祀、禮儀等「神事」大抵從「示」之說相通。但顯然還是有人並不滿意將甲骨文的「示」，僅僅當成「T」形祭臺的象形就拍板定案。郭沫若在《甲骨文字研究》〈釋祖妣〉一文中指出，卜辭「示」字多作T形，上不必從二，下不必垂三（其垂更有多至四五者），而就字形的演變而言，T實為⊥之倒懸，其旁垂乃毛形也，而其中垂「更有肥筆作者」，故可知其乃「生殖神之偶象」（頁三七—三八）。郭沫若大膽露骨、直言不諱的甲骨文字學考證，乃是一反《說文》小篆的日月星，而逕自將三豎變多垂（中垂為肥筆，旁垂為毛形），讓「示」之「神事」（「神」亦從「示」），瞬間有了原始初民男根生殖神崇拜的生動連結與象形。雖然在現今的中國文字學研究中，郭沫若的〈釋祖妣〉並非主流，而其「牡器」（男性生殖器）之說，更被其他學者視為既聳人聽聞又褻瀆神明而屢遭批判，但本書對其「示」之為「生殖神之偶象」之援引，主要的考量有二。一就批判層面而言，「示」之象形不論是「祭臺」或「生殖神之偶象」，都指向「神主」祭祀儀式，然個中的差別主要在於前者的象形乃徹底中性化、去性別化，將「示」之T形視為祭臺、祭壇或祭壇之几，甚成T上加一橫為臺上之祭物，左右兩撇為祭物所流下酒水之滴等，顯然與郭沫若「T實為⊥之倒懸，其旁垂乃毛形也」的「牡器」（男性生殖器）象形說截然不同，故也同時失去由「示」到「宗」

所可能展開的女性主義對宗法父權、男性中心之批判。二就理論層面而言，「示」之為「生殖神之偶象」乃是由「男根」（陰莖，penis）到「神主」（陽物，phallus）的滑動與轉換，正可成功呼應本書援引當代理論對「陽物理體中心」之批判。故本書對郭沫若考「示」之採用，不在於展開任何文字學的考「釋」論辯，而是一種女性主義的策略性政治挪用，以凸顯由「陰莖」到「陽物」的宗法父權如何天羅地網、無所不在。[5]

那接著就讓我們大膽嘗試去創造一種思考的文化交織，交織古中國甲骨文的「示」與古希臘畫在牆上的「布幔」，交織張愛玲的〈秘密〉與「祕密」。若象形文字的「示」有如布幔，那重點便不在於「示」之後的「意旨」（signified）（被布幔所遮蔽的可能畫作），重點在於「示」的「意符」（signifier）本身就是「意旨」（布幔就是畫作，寫字就是畫畫），而張愛玲的〈秘密〉或許就在「祕密」之中（表面而非深度）。故此作為開場的「祕密」之例，大抵可以用來說明《文本張愛玲》所操作、所進行的思考與閱讀方式。一是如何在貌似風馬牛不相及的跨文化、跨語際文本之間，創造連結與想像的可能，正如此處所牽引交織的古希臘繪畫競賽故事與古中國甲骨文字學考據，或是拉岡與德希達當代後結構理論的摺入，自有一種學術、理論、歷史傳聞與文學意象的混搭妙趣。二是如何遊走於字義與譬喻之間，滑動語言文字的意義，讓個別文本或文字本身（一如此處「祕」之為中文方塊字），也都可以成為精采的「文本表面」（textual surface），繁複交織著各種跨文化、跨語際的「間文本」（inter-texts）。[6]三是女性主義美學政治的介入，在「秘」的表面看到「祕」，在「祕」的表面看到「示」，在「示」的表面看到遠古男根生殖神崇拜與「遠祖祀奉」的一脈相承（「祖」、「祀」亦皆從「示」），以及此一脈相承中所依賴、所貫徹、所延續至今的宗法父權制度。當代張學已充斥太多「深度邏輯」的「秘密」，而「祕從示」的「表面邏輯」，或可幫助我們膽大心細地以女性主義與性別研究的美學政治重新介入。如此說來，張愛玲的「秘密」便也可以是一個「公開的祕密」（an open secret），語言文字本身便是一個充滿誘惑、欲蓋而彌彰的布幔。而我們對「祕」從示的追尋探索，不也正是有樣學樣張愛玲讀《紅樓夢》的興味盎然，「像迷宮，像拼圖遊戲，又像推理偵探小說」（《紅樓夢魘》，頁一〇）。語言文字作為「文本表面」為我們展示的，怕不也正是文化最複雜幽微的交織，牽一「示」（神從示、祕從示、祖從示、祀從示，凡示之屬皆從示）而動全局。

一・無主文本：「示」即「主」

本書緒論拿張愛玲的〈秘密〉當引子，無非是想以「示」作為秘密中公開的祕密，來帶出本書最為關鍵的理論概念「無主文本」。那究竟何謂「無主文本」呢？其中又涉及何種跨文化、跨語際翻譯以及其所可能帶來的創造潛力呢？首先，讓我們先來一探「無主文本」中的「主」與緒論開場所揭櫫的「示」之間的可能關聯。中國古文字中無「主」字，故文字學者多視卜辭金文中的「示」即為「主」。但若要將「示」即「主」的關係說得更清楚明白，那就得再繞道另外兩個從「示」的字：「祖」與「社」。《說文》「祖，始廟也，从示且聲」（卷一上，頁八），而所謂的「廟」，則是「尊先祖皃也。从广朝聲」（卷九下，頁一九三），故凡始皆為祖，廟乃先祖形貌之所在。[7]但顯然還是有人對「祖」中之「且」作為單純的形聲不以為然。郭沫若在〈釋祖妣〉中不僅如前所述將「示」做「生殖神之偶象」解，更將「且」同樣視為男根崇拜的象形。對他而言，「示」與「且」兩者唯有上下方向的區別，「示」倒懸朝下，「且」正立朝上。故古文「祖」皆「且」字，到小篆出現後再在「且」字邊加上「示」而成「祖」，同時並置了左半邊朝下、右半邊朝上的兩個「生殖神之偶象」。

那與「祖」一樣、同樣從「示」的「社」呢？《說文》：「社，地主也」（卷一上，頁九）。若供在（始）廟中的「主」為「祖」，那供在土地之上的「主」則為「社」，一在始廟之內，一在天地之間。[8]誠如凌純聲在〈中國古代神主與陰陽性器崇拜〉一文中所言，中國古代的原始祖廟，乃社廟不分，皆在壇墠之上以固定方式植立「且」，後來社廟分開，在廟中所立之「且」，則稱「主」（頁二六）。[9]或再用郭沫若的話說，「古人本以牡器為神，或稱之祖，或謂之社」（〈釋祖妣〉，頁五三），「祖與社同一物也」，「祀於內者為祖（宗廟），祀於外者為社」（頁五二）。而在中國的「主制」之中（包括木主、石主、束帛、結茅等形式），木主原為天子諸侯之主制，最為尊貴，直至晉代始通行於民間，廣在宗祠或家堂上供奉「神主牌位」或「祖宗牌位」，由此可見木主制乃是從最初作為性器象徵、生殖崇拜，一度刻繪祖像（廟，貌也，祖宗人像）到後來的刻謚（謚號）不刻像等形式一路演變至今（凌純聲，頁二七）：

> 禮，宗廟之主，以木為之，長此二寸，以象先祖。孝子入廟，主心事之，雖知木主非親，亦當盡敬，有所主事。（王充，頁一五八）

故「示」即「主」所導向的，乃是「主」與「祖」之間在「制主入祠」千年文化儀式上的緊密相連。「主」與「祖」不僅皆指向「生殖神之偶象」，更以「祖」之為始廟（建築空間）與「主」之為神主牌位（建築空間中的木製物件）的配置關係，確立了父系世系傳承的祭祀與繼嗣。

然而同時我們也不要忘記，「主」作為供在祖廟、宗祠或家堂之上的「生殖神之偶象」，其本身總已是象徵化的「意符」、語言文字的再現符號。「主」不是也不等同於男性生殖器，不論其是以男根象形（形狀）、先祖象形（形貌）或以廟名、諡號、堂號、尊稱與姓氏等刻表，「主」總已是「象徵秩序」的表徵。「主」與「男性生殖器」的關係，有如當代後結構理論區分「陽物」與「陰莖」之關係，「陽物」不是也不等同於生物性或生理結構的「陰莖」，「陽物」乃是勃起男性生殖器的圖騰化（性圖騰與華文文化由性圖騰轉換而成的「姓」圖騰）[10]、象徵化與權力化，一如拉丁文 *phallus* 來自希臘文 *phallos*，既可指向勃起的陰莖，亦同時指向陰莖的圖像（「生殖神之偶象」），故「主」與「男性生殖器」之間的滑動與轉換可能，正如「陽物」與「陰莖」之間的滑動與轉換可能。以酷兒理論家巴特勒（Judith Butler）的話來說，「陽物」絕不等同於「陰莖」，但「陽物」與「陰莖」之間有一種「根本的可轉換性」（fundamental transferability），「陽物」的文化與語言形構乃是以「陰莖作為其自然化的工具與符號」（Butler, *Gender Trouble* 135）。

由此我們也可進一步理解為何德希達解構主義所戮力批判的「理體中心」，也必然是一種「陽物中心」，此亦為何德希達要自創新詞「陽物理體中心」來結合前後二者，前者獨尊字詞作為通達真理與存有的唯一方式，後者獨尊陽物為主宰一切的「超驗能指」（transcendental signifier），而「陽物理體中心」一詞正是要讓我們看到「理體中心」如何被「陽物中心」所性別化、階序化、權力化，讓我們體悟宗法父權體制為何不僅只是一整套社會文化結構與意識形態的縝密運作，更是一整套語言文字的表徵與表意過程。故本書所言「無主」之「無」，便不僅僅只是「沒有」而已，「無」作為動詞的解構能量，乃是以不斷反覆的方式，去鬆動、去顛覆、去裂變所有可能的「主」作為「陽物理體中心」文化機制與語言機制的掌控。「無主」不是一種「有／無」的存在樣態，「無主」是一種反覆操作與被操作的不穩固與不確定，而得以讓女性主義的「雙C」——批判（critique）與創造（creativity）——交錯並進，既是對宗法父權從文化機制、語言機制到權力欲望部署的強力批判（祖從示、宗從示、祭從示、祀從示，凡示之屬皆從示），亦是對此層層機制本身可能的鬆動、裂變與再創造。

有了對「無主」第一階段的鋪陳與理解後，我們便可接著進入「無主文本」中的「文本」一探究竟。以下將先從「文本」作為當代後結構主義的重要理論概念著手，再擴及其由外文翻譯而成的中文方塊字「文本」本身，所可能帶來的再理論化潛力。首先，「文本」一詞乃英文 text、法文 *texte* 之翻譯，而在文學研究中談「文本」，當可立即牽帶出三個古今「文本」研究的面向。最古老的「文本批判」（textual criticism），又稱「經文批判」、「經文鑑別」或「聖經經本學」，乃是結合詮釋學、古地理學與語言學，針對聖經各種手抄版本之「異文」（variants）進行鑑定，判別哪一個字詞或句構才是上帝真正的「旨意」。而接下來最廣為人知的，乃是二十世紀中葉橫掃美國學院的「新批評」（New Criticism），強調「文本分析」（textual analysis）與「細讀」（close reading），將文學作品視為一個自給自足、自成目的之語言構成與有機複合體，聚焦於其中的意象、象徵、反諷、弔詭、模擬與張力平衡等修辭與形式構成。此以「文本」為中心的內緣研究，提出了傳統文學研究的兩大「謬誤」——「意圖謬誤」（intentional fallacy）與「情感謬誤」（affective fallacy），前者以作者的意圖為最終依歸，後者以讀者的反應為判別準則；而唯有掙脫此兩大「謬誤」的羈絆，才能以「文本」成功取代傳統文學研究過於依賴作者生平經驗、創作意圖、歷史背景或社會接收、讀者反應為主的外緣研究。

本書所使用的「文本」理論概念，主要還是來自「語言轉向」的後結構主義，其徹底不同於以追求（上帝）原文為唯一真理的聖經「文本批判」，也清楚有別於視文學文本為封閉語言有機體的「新批評」，即便本書仍使用甚多「文本分析」與「細讀」的基本文學閱讀招式。後結構主義所談的「文本」不僅只以文字寫成的書面文稿，更是回到其拉丁字源 *textum*（織維）、*textus*（織品、面料、質地或肌理）與 *texere*（編織、織造），讓「文本」成為由語言符號交織而成的表意布置，成功串連起織品、面料、質地、肌理、編織、織造的動態生產過程（而非書面文稿之靜態成品）。用羅蘭・巴特（Roland Barthes）最為言簡意賅的話來說，「作品在手中，文本在語言裡」（"From Work to Text" 157），亦即「作品」指向可計算、可占有一定物理空間、可用手持握的文稿成品，而「文本」則是一個遵循換喻邏輯（毗鄰、連結、接續）的意符場域，去中心，去隱喻，去封閉，或依德希達的名言，「文本之外無它」（*"Il n'y a pas de hors-texte."*）。故「文本」不是作者所寫或讀者所讀的「作品」而已，「文本」是語言文字的意符場域所無盡交織的過程，無有經文與非經文、文學與非文學之界限，亦不導向任何意義、詮釋、深度、存有形上學的閉鎖與真確。而任一「文本」也定與其他「文本」交織相連，亦即「文本」皆「間文本」，皆在「文本間性」、「互為文本」之語言文字網絡間來回交織。而「文本」凸顯的乃是語言文字的不透明性，「文本」乃是由「引語」（citations）或「沒有引號的引言」（"quotations without inverted commas"）所構成（Barthes, "From Work to Text" 160），無法追尋單一起源，無法自成目的、自我封閉，「文本」之終始乃匿名不可考。

而當英文 text、法文 *texte* 被翻譯為中文「文本」時，除了攜帶後結構主義的理論概念外，也同時開啟了中文方塊字「文」與「本」之為「文本」的再表意與再交織過程。如前所述，英文 text、法文 *texte* 皆有拉丁字根 *textum*（纖維）、*textus*（織品）與 *texere*（編織）的痕跡，而翻譯成中文的「文本」，則不僅呼應了織品面料的想像，更進一步產生了「絲纖維—木纖維」的交織與抗衡。先就「文」來講，《說文》序中言道「倉頡之初作書，蓋依類象形，故謂之文」（卷一五上，頁三一四），而「文，錯畫也」（卷九上，頁一八五）。《周易．繫辭下傳》亦有言古者包犧氏「觀鳥獸之文」（頁三三二）、「物相雜，故曰文」（頁三五四），皆可指向鳥獸等自然物象身上交錯的花紋。而「文」亦同糸字邊的「紋」，《篇海》有言「凡錦綺黼繡之文皆曰紋」（頁二四二），《釋名》亦言「文者，會集衆采，以成錦繡。會集衆字，以成辭誼，如文繡然也」（頁一六九），乃是從最初的文（紋）身，一路發展到文（紋）繡與文（紋）章的一應俱全。而若從考古人類學與工藝技術發展的角度觀之，則「文」作為紋樣的織品構成，更是清晰生動。學者指出陶文與甲骨文中都有類似經線與緯線相交之符號，也是麻織、毛織和絲織最簡潔的符號概括，而此考古證據又可與《周禮・冬官考工記》裡的「青與赤謂之文，赤與白謂之章」互通（古風，頁一五五）。此時的「文」就不僅只是依類象形、觀鳥獸之文的自然觀察，或「物相雜，故曰文」的泛稱，而是具體而微成「青」與「赤」兩條不同顏色的經緯線相交而成的圖案，此亦即段玉裁在《說文解字注》中所稱「像兩紋交互也。紋者，文之俗字」（頁四二九）。

那從「糸」字部的「文」遇見從「木」字部的「本」時又當如何？若從《說文》「木下曰本。从木，一在其下」（卷六上，頁一一八）觀之，「本」既是從木之「象形」，也是以木下一横槓來「指事」木之根柢所在之處，乃引申為基礎、根本、始點、中心之意，故「君子務本，本立而道生」。而古文「楍」作為「本」的造字原形，卻提供了一個非常具有解構力道的解讀空間或空間解讀：根化為洞。「楍，古文。此從木象形也。根多竅似口。故從三口」（《說文解字注》，頁二五一）。沒有了「木」中央下方作為指示的横槙，反倒是在「木」的下方多了三個竅穴，雖然也是一種指示大木根柢之所在，但顯然此根柢之處已化實為虛。此造字之奧妙，或可再與當代德勒茲（Gilles Deleuze）理論中的「樹型」（arborescence）與「塊莖」（rhizome）相連結：「本」之為基本、根本、中心的「樹型」概念（亦包括家族樹、譜系、本源、本宗、本家的「樹型」），又可「基進」（英文 radical 的拉丁字源 *radix* 指向根部）翻轉為根節交錯、無始無終的「塊莖」概念（更接近前所述「文」之為絲線交纏、經緯交錯的網狀開放結構）。顯然古文「𡴀」之化一為三、化實為虛、化根為洞，完全不亞於德勒茲的「塊莖」想像。德勒茲尚且需要由「樹型」流變為「塊莖」之反覆，而中文方塊字的「本」之「本」即為「𡴀」的「字」我解構，讓所有「根本」之處彷彿都有深不見底的洞竅孔穴。然「𡴀」之為古字已不再通行，「本」今之用法凸顯的乃是木之根柢，象形兼指事，強化基礎、根本、始點、中心的堅實固著。

故英文 text、法文 *texte* 的中文翻譯讓「文」與「本」並置連結，「文」由雜色絲線柔軟交織出「會集衆綵，以成錦繡」，與「木」一直一橫、木下有根的堅實固著，或許正足以產生一種「鄭重而輕微的騷動，認真而未有名目的鬥爭」（張愛玲，〈自己的文章〉，頁二〇）。我們可以由此想像「文」之中善於穿梭遊走的絲纖維，與「本」之中穩固定著、堅守本位的木纖維，如何在交織之中有騷動，在張力之中有置換，讓「本」之前、之後、之上、之下皆有看不見的纖維纏繞穿梭；讓「本」作為基礎、根本、始點、中心的穩固意義，時時產生失根鬆動、離散去中心的可能；讓原本的「文者，物象之本」，一路可以從鳥獸之本、織品之本走到文字之本，而文中有本、本中有文，是為文本。此從 text、*texte* 到「文本」、從字源到象形指事、從造字到考古的抽絲剝繭，不也正是一種對語言本身作為「看不見的纖維」之「字跡」（trace）尋索。[11]

因而「無主文本」並非與「有主文本」二元對立，「文本」總已「無主」，所有「文本」都是「無主文本」。作為動詞的「無」不斷鬆動裂變「陽物理體中心」的「示」即「主」，作為絲線相互交織的「文」不斷岔出「本」所堅定固守的基礎、根本、始點、中心。故「無主文本」四個字放在一起，便成為一種「字我解構」的動態過程，「無」解構「主」，「文」解構「本」，既有來自當代後結構主義的理論概念加持，也有來自中文方塊字視覺圖像上的「兩紋交互」與「木下曰本」。而更重要的是「無主文本」所可能啟動的多重解構力道，既要解構「宗法父權」的部署（此處不是單向的「壓迫宰制」，而是具生產性、變動性、權宜應變性的「部署」），也要解構「語言文字」本身的「陽物理體中心」（語言文字作為「宗法父權」之基礎、根本、始點、中心），從「樹型」流變到「塊莖」，從「根源」（roots，「木下曰本」）流變到「路徑」（routes，「兩紋交互」），不是回到「起源」或「字源」，而是看到「起源」或「字源」本身的分裂與雙重，看到「起源」或「字源」如何歧路亡羊，「尋向所誌，遂迷，不復得路」，而得以帶出女性主義念茲在茲對「陽物理體中心」、「示」

即「主」的批判力道與創造活力。

二．文本裡有張愛玲嗎？

當然我們也可以進一步逼問「無主文本」與後結構主義所談的「無父文本」有何異同？又與當代張愛玲研究所談的「無父的世界」、「無父文本模式」有何異同？難道「無主文本」就更具有顛覆與裂變的「基進」力道嗎？就當代後結構主義而言，「文本」必然「無父」，「文本」正是對「父子親源神話」（the myth of filiation）為主導的哲學與文學傳統之造反：「作者」如父（也是資本主義私有制的所有者或主人），「作品」如子（Barthes, “The Death of the Author” 145），「作者」乃為「作品」一切意義的起源與歸依。此「父子親源神話」乃賦予作者手稿、原文與作者宣稱的意圖無上之敬重，以貫徹作者與作品有如父子般的認同傳承與世系接續。而「文本」的出現，則是以「間文本」的相互交織，徹底錯亂了父子世系傳承的井然有序，凸顯的乃是「沒有父親的銘刻」（Barthes, “From Work to Text” 161）。正如德希達在〈柏拉圖之藥〉（“Plato’s Pharmacy”）中企圖翻轉「上帝—父親—作者」作為整組併合譬喻的努力，以點出「文本」猶如無父的孤兒，而所有的書寫乃是建立在「系譜裂變」（genealogical break）與「本源疏遠」（an estrangement from the origin）（頁七四）之上，書寫即意味著「上帝—父親—作者」的消失與隱無，意味著父親血源、家族隱喻與邏各斯（logos）之間鍵結的鬆脫與斷裂。而中文方塊字的「主」顯然是比「父」更形幽微複雜，不僅將近現代家庭結構中的「父親」往遠古推向「宗族長」（patriarch），更帶入華人文化特有且延續至今的「遠祖祀奉」、「祖先崇拜」。

那當代張學研究中的「無父文本」呢？若後結構主義的「無父文本」乃是以「父親」隱喻來解構「作者」與「作品」的連結，強調的乃是語言文字本身的「去中心」（亦是一種去「宗」心），那當前張愛玲研究中的「無父的世界」、「無父文本模式」，相形之下卻似乎較為傾向捍衛「作者」與「作品」的緊密連結，不從語言而是從內容、角色、主題等面向去凸顯張愛玲「作品」中父親角色或父親形象的缺乏。「無父」一詞最早出現於孟悅與戴錦華合著的《浮出歷史地表：中國現代女性文學研究》，書中犀利論及張愛玲小說中「無父的世界」：

> 在張愛玲的「國度」裏，權威的統治者，是睡在內房床榻上的母親。這是一個無父的世界。或許由於張愛玲的國度存在於五四——一個歷史性的弒父行為之後，或許在無意識中她要以無父的世界隱喻秩序的傾覆與毀滅將臨的現實。（頁三二九）

此處的母親作為唯一的權威統治者，當是以〈金鎖記〉的七巧為原型，不是「女權的統治」，而是一種「近於女巫與惡魔般的威懾」（孟悅、戴錦華，頁三二九），一種父權社會權威下惡魔母親的話語。故小說中的「無父」，既可以是五四新文化「弒父」後所呈現的真空，亦可以是張愛玲文本對父權秩序的顛覆抗爭。而林幸謙的《張愛玲論述：女性主體與去勢模擬書寫》則更進一步將此「無父的世界」，成功發展成「無父文本模式」，視其為張愛玲對男性家長與男性人物最主要的書寫策略：「無父」肇因於「殺父」，「即是把男性家長排除／放逐在文本之外，而形成女性家長當家作主的『無父文本模式』」（頁一二一—一二三）。[12] 故對林幸謙而言，「無父文本模式」所凸顯的，正是在男性家長缺席的狀況下，女性家長如何得以排擠掉男性家長的主體與主導身分，而成為真正的一家之主，即便無法完全脫離宗法父權體制的象徵秩序（頁一二四）。但顯然此「無父文本模式」依舊充滿了對「當家作主」的執念，只是讓「一家之主」的性別由男轉女。

而本書所談的「無主文本」，不僅意欲凸顯「無父有父權」（即便母代父、妻代夫依舊是父權而非母權），凸顯「主」即「示」的宗法父權中心與父子世系傳承，更是希冀能為當前張愛玲女性主義研究（主要承襲二十世紀八〇年代英美女性主義文學批評，著重於故事情節、人物角色、主題探討、意象經營、修辭研究或敘事結構等傳統文學「作品」分析面向），帶入更多「語言轉向」的「文本」美學政治，不僅要在意識形態上批判「宗法父權」的權力—欲望部署，也同時嘗試在語言文字本身的顛覆性上操作「陽物理體中心」的解構。換言之，「無主文本」乃是企圖將「語言轉向」帶入當代張愛玲的女性主義研究，讓以作者或角色為一家之「主」的「作品」閱讀模式，得以時時也「基進化」為語言文字的「字我解構」過程。但在帶入「語言轉向」的同時，本書卻也並不完全放棄「文本分析」與「細讀」所可能帶來的啟發與助益，並不完全放棄「張愛玲」之為女性作家與本書女性主義雙C（批判與創造）的美學政治立場。故如何策略性地同時凸顯「性別差異」與「語言延異」（*différance*），[13]同時凸顯「文本中的女人」與「女人中的文本」，乃是本書努力在矛盾張力與不確定性中彳亍前行的最主要思考動力，其中沒有對後結構主義的誓死效忠，也沒有對八〇年代以降女性主義文學批評的照單全收，而是企圖在不斷的理論反思與自（字）我解構中，讓張愛玲文本的宗法父權批判力道得以極大化。

因而接下來我們無由迴避且必須認真面對處理的，便是「無主文本」如何回應女作家作為女性「主」體的問題。在此我們可以回到本書的書名《文本張愛玲》，展開至少三種可能的閱讀方式。《文本張愛玲》的第一種閱讀方式，當是「張愛玲的文本」，此乃當前張學研究中最為普遍的表達，唯多數仍換湯不換藥，雖用「文本」來置換「作品」，但方法論上仍多是以情節內容、人物角色、意象、主題為「主」，較為偏向「新批評」（封閉美學客體）而非後結構主義的「文本」概念。但嚴格來說，「張愛玲的文本」此表述本身，就總已是一個不折不扣的「矛盾語」（oxymoron）：若後結構理論讓所有文本都是「無主文本」，「文本」又如何有可能為張愛玲所獨自擁有或私自壟斷，「的」所預設的歸屬與所有權如何得以成立？故本書在使用「張愛玲的文本」或「張愛玲文本」的慣用表達時，都希冀能帶出其中潛藏的張力與矛盾、正當與不當、歸屬與無歸屬。而《文本張愛玲》帶來的第二個閱讀可能，則可指向「張愛玲文本理論」的出現，不僅僅只是如何援引巴特、德希達、克莉絲緹娃等當代文本理論家去閱讀張愛玲，也更是積極不忘思考張愛玲自身（字身）作為一個超級厲害、當仁不讓的文本理論家之可能，像其在文中談論熟爛口頭禪或情感公式所啟動的「重複變易」（iterability），或語言文字的引經據典作為「看不見的纖維」、「活生生的過去」，都充滿了在「父權的語言」之中裂變「語言的父權」之理論化潛力。[14]

而更重要的則是《文本張愛玲》所可能帶來的第三種閱讀：文本化張愛玲。若「張愛玲」不是文本之外真實可信、確切不疑的「作者」、「女性作家」、「自傳傳主」、「真人實事」，那我們將如何看待被放入引號或已然被文本化的「張愛玲」呢？當代後結構「文本」理論必然導向「作者已死」嗎？難道我們就必須全然排除性別「主」體的建構可能嗎？我們為何需要以及如何能夠將「張愛玲」視為一種「無主文本」呢？對後結構文本理論家而言，「文本之外無它」，「作者」從來不可能是文本的源頭（不論是父親、母親、宗族長或主人之譬喻），也不可能成為文本之外的真確指涉，「作者」早已被成功轉換為「非人稱」的能動體、重複與差異的書寫空間或純粹的文本痕跡、「作者功能」。誠如巴特所言：

> 他的生命不再是他寓言的源頭，而是寓言與他的生命同時並發，此乃作品之於生命的反轉（不再反其道而行），普魯斯特與惹內的作品，讓我們得以將其生命讀為文本，自—傳一詞重獲強有力的字源意義，因而語言—行動的真誠，作為文學倫理名符其實的「標記」，便成了錯誤的問題：書寫文本的我，從來不是紙我之外的任何人事物。
>
> （Barthes, "From Work to Text" 61-62）

換言之，沒有「作者」、沒有大寫的我，只有「紙我」（a paper I）或「字我」，「生命」並不先於「作品」而存在，「自傳」作為「自我—生命—書寫」（auto-bio-graphy）所欲叛離的，正是以確切無疑的真實生命經驗為「本」，而視作品為此真實生命經驗的「再現」或「模擬」（亦即巴特引言中所用的「寓言」）之傳統。

但我們也不要忘記，巴特引言中一再出現的男性代名詞「他」與普魯斯特（Marcel Proust）、惹內（Jean Genet）兩位法國男性作家的舉例。然此並非吹毛求疵，硬要挑剔巴特循用「他」作為「通屬代名詞」（generic pronoun）的一般慣用表達，或無聊地指摘其僅以男性作家為例的偏頗，而是企圖回到女性主義對「文本理論」欲拒還迎的歷史脈絡（亦是脈絡—文本 con-text，脈絡非不證自明，脈絡亦是文本）。最初最簡單也最有力的表達無它，便是強烈質疑為何當女性主義苦心孤詣要建立女性文學史、建構女性作家的性別「主」體之際，當代理論卻突然宣布「作者已死」了呢？「作者」究竟是平反女性被排除在文學史邊緣的不公不義之利器，還是反過頭來捆綁女性主體建構的「緊束衣」（straight jacket）呢？（Felski 57）若回到女性作家的創作歷史，「大寫的我」（「我」作為第一人稱單數代名詞在英文文法與文化上的必然大寫）所可能蘊含的父權宰制與男性中心，本就是女性作家欲除之而後快的解構對象。以英國現代女作家吳爾芙（Virginia Woolf）為例，她在《自己的房間》（*A Room of One's Own*）中讓不斷變化姓名與身分認同的女性敘事者，表達出對父權主體與男性作家「大寫的我」之極度厭煩：

> 才讀完一兩章，一個陰影橫躺在書頁之間。那是一個直挺挺的黑槓，一個由陰影所形塑而成、看起來像是字母「I」的黑槓……最糟的乃是字母「I」外的陰影，盡是無形無狀的浮塵迷霧。是樹嗎？不，那是一個女人。（頁一三〇）

吳爾芙此處所質疑的，乃是女人作為作者或讀者如何徹底被排斥在「大寫的我」作為語言主體的位置之外，一邊是「直挺挺的黑槓」所帶出的「陽物意象」，一邊則是女人如「浮塵迷霧」般潰不成形。英文「I」此時成為直立勃起的另類象形，「I」成了布幔，意符成了意旨，直可生動呼應前文所述華文文化「主」即「示」的「生殖神的偶象」。

那問題便在於女性作家或女性讀者，唯有依循「陽物意象」的「大寫的我」才得以成為書寫「主」體或閱讀「主」體嗎？女性「主」體必然是一種無可迴避的矛盾語嗎？若按「主」即「示」的文化邏輯，女性如何可能啟動陽物與陰莖之間的滑動與轉換呢？女性必須以男性「主」體的複（父）製品或附（父）屬品的方式才得以當家做「主」嗎？有沒有另類的主體建構，乃是以不斷鬆動「陽物理體中心」、不斷「字」我解構的方式去進行、去轉換、去創造的呢？我們究竟該如何在批判性地揭露「陽物」與「陰莖」之間「根本的可轉換性」之同時，也能策略性地創造出「陰性書寫」（*écriture féminine*）與「女性創作」之間的滑動與可轉換性呢（即便作為男性／女性二元對立之外的「陰性」，不是也不等同於「女性」）？[15]對女性主義而言，「作者已死」總已是雙C美學政治的雙面刃，一方面似乎讓女性作家、女性主體的建構益發曲折困難、模稜兩可，一方面卻又能以更為多重「基進」的姿態直搗「陽物理體中心」的黃龍，將意識形態的批判沁肌入骨為語言文字流變的去中心與去「宗」心。女性主義的危機與轉機，所牽所繫恐正在於如何從「文本」之中而非「文本」之外、同時建構與解構女性主體，亦即女性「主」體為何總已「無主」，總已在不斷建構與解構的過程中互文交織、流變離散。女性「主」體的總已「無主」，不僅在於證諸歷史文化的性別邊緣化（「無」作為被剝奪、被宰制的狀態），更在於「無主」所可能帶來的「陽物理體中心」裂變（「無」作為動詞的基進力道）。故本書中所有關於女性「主」體的建構，乃是在「無主」的騷動與鬥爭中彳亍而行，所有「主」的文本表面，都有「無主」的交錯與拉扯。

證諸當代的張愛玲研究，我們將「文本」與「張愛玲」並置為書名的舉動恐更顯重要。當前的張愛玲研究多以「作者—權威—真確性」（author-authority-authenticity）三位一體的預設獨大，「張愛玲」往往被當成本人、本名、本尊、本源、本宗的強制性依歸，以至於能輕易跳過或徹底忽略語言文字本身的中介不透明性與書寫的延異，而得以順理成章以考據為「本」來固置意義的流動（只有穩定確切的意義，沒有「譯—異—易—溢—佚」的其他各種流動可能），以傳記生平為「本」來對號入座，甚至以書信內容為「本」來拍板定案。[16]此視張愛玲為「主」、只有「本」沒有「文」的文本閱讀難道有何問題嗎？考據、傳記與書信等的深入探究本身或許沒有問題，也往往能出其不意地為張愛玲研究增添精采的新材料、新視野、新面向。但以考據、傳記、書信為「本」的方法論預設本身，往往傾向封閉而非打開或開打文本無始無終、無邊無際的交織連結，只能談張愛玲的作品，並以張愛玲作為張愛玲作品的最終判準（又是一個深度形上學的陷阱，布幔之後必有畫作，作品之後必有作者本尊與作者意圖），而徹底忽略了「張愛玲」作為（間）文本的各種連結創造與突發奇想。而當代過於傾向以傳記資料或書信內容來蓋棺論定的張愛玲研究，或是只談文學風格、意象、技巧而不解構語言文字本身的張愛玲研究，最缺乏的或許正是一種文本的不確定性、文本的開放與自由可能（字遊，文字離散流變所帶來的自由開放），一種得以讓作者成為作者功能、作品成為文本、閱讀成為書寫的基進思考可能。

而更讓人憂心的，則是此以張愛玲為「作者—權威—真確性」的方法論預設，恐帶入傳統文學研究潛在的「性別歧視」：只要談到女性作家，就必然與女性作家的生命經驗密不可分。[17]所有書寫都成了（類）自傳，都陷溺或重複於女性生命經驗、創傷經驗而拉不開美學距離，更遑論創作形式上任何可能出現的文學實驗或書寫本身的「重複不自知」（repeating without knowing，書寫者不僅書寫文字，也被文字所書寫）。而本書嘗試進行的「文本化張愛玲」，便是企圖將「自傳」問題化為「字傳」，書寫不只是「生命」的模擬或再現，書寫乃不斷重新書寫「生命」。張愛玲的「生命」因張愛玲的書寫懸而未決，張愛玲的「生命」也因張愛玲的持續被閱讀而不斷出現「來—生」（after-life）。沒有任何一個故步自封、拍板定案的「生命」在那裡被書寫（或一個埋在墓裡、沉在海底的「秘密」在那裡被發現），書寫讓所有的「生命」皆得以打破封閉疆界的束縛、打破線性時間的進程、打破自我意識的圈限，而總已「主無所示、文無所本」，我在我不在（不再）之處書寫。故本書所言的「張愛玲」，不論是否放入引號，都是將張愛玲視為無始無終的文本（不以一九二〇年為始，一九九五年為終），亦即讓「張愛玲」能真正成為書寫文本與生命傳記之間的動態界限，至大無外，至小無內。張愛玲的「生命」並不先於「文本」而存在，所有的書寫與閱讀（包括本書），都是張愛玲「來—生」的創造、延續與離散，不再有「生命」與「文本」之二分，不再有內緣（就作品論作品）與外緣（家族系譜、生平事蹟、歷史文化、政治地理、語言翻譯等）之二分，亦即不再有文本與脈絡之二分（con-text，所有的脈絡總已是脈絡—文本），也不再有文本性與身體性（corporeality）之二分（文即紋，總已是物質身體的刻痕或殘餘）。此舉不僅只是將社會、文化、歷史、政治與家族、親人、成長、身體經驗、戀愛婚姻、書信往來等，盡皆視為相互交織、具虛擬權變的文本，更重要的乃是由此貫穿本書對「性別文本化」、「文本性別化」所努力展開的女性主義閱讀攻略，乃是在「張愛玲」的文本之中，穿鑿附會「張愛玲」之為文本的美學政治，以「張愛玲」作為專有名詞、「張愛玲」作為作家署名的「基進不確定性」，開展足以顛覆擾動從文化傳承到文學研究以「正本」、「正名」、「正統」、「正當」所建立的超穩定階序。

三・沒有宗法，何來父權？

緒論的前兩節鋪陳了「無主文本」的理論概念與「文本化張愛玲」的企圖，既不是回歸「新批評」拒絕作者的「意圖謬誤」，也不願單純依附後結構主義的純粹語言差異，而是嘗試給出「無」與「主」、「文」與「本」之間的解構創造，給出「陰性」與「女性」之間的滑動與轉換，以便讓張愛玲作為書寫文本與生命傳記之動態界限得以基進化，以達裂變宗法父權同時作為文化機制與語言部署之潛力。而緒論第三節所欲進行的，則是針對本書所一再提及的「宗法父權」四字做出更具美學政治基進性的闡釋，以啟動新一輪跨文化、跨語際的開「宗」明義。對絕大多數的女性主義研究學者而言，「父權」批判幾乎是近乎本能的起手勢，而在中國封建宗法社會的歷史脈絡中，又自然而然發展成「宗法父權」的術語表達，一個相當信手拈來、不假思索的批判術語。但「宗法父權」可以直接簡寫為「父權」嗎？「宗法」直接等同於「父權」嗎？「宗法」與「父權」之間有何異同、又有何張力呢？「宗法」就一定是古代中國，而「父權」就一定是現代西方嗎？這一連串的問題或問題意識，恐怕都是我們必須認真思考以便能再次歷史化、政治化與當代化「宗法父權」的起點。

首先，讓我們還是回到「宗」的說文解字。緒論第一節已詳盡鋪陳「示」作為秘密中公開的祕密，並從「主」即「示」、「祖」即「且」的古文字考據中，拉出「生殖神之偶象」與「陽物理體中心」的連結。如前所述，《說文》「祖，始廟也，从示且聲」（卷一上，頁八），而「宗，尊祖廟也。从宀从示」（卷七下，頁一五一），則遵循完全相同的造字邏輯，「从宀」的屋頂之形（有堂有室的深屋），搭配「从示」在內（「祖」）而非在外（「社」）的祭祀儀式（天地神祇壇而不屋，人鬼於廟中祭之），「宗」遂成為「制主入祠」文化傳統最具體而微的文字形象本身，亦即在祖廟之中立「示」以祀之（「示」即木「主」、神主牌位），「故宗即祀此神象之地，祀象人跪於此神像之前，祝象跪而有所禱告，祭則持肉呈獻於神」（郭沫若，〈釋祖妣〉，頁三八）。可見「宗」和「示」、「主」、「祖」一樣，都與宗廟制度、宗主制度、祖宗祭祀息息相關。

那接著就讓我們來看看由「宗」所發展出的「宗法組織」與「宗法秩序」之演變。就「宗法組織」而言，西周以前沒有完整的宗法制度，而宗法制度乃指西周到春秋，春秋以後封建制度開始分解，宗法組織也隨之變遷，嚴格定義下的政治宗法組織乃自此消失。[18]而所謂的「宗法秩序」則是指嚴格定義下的「宗法組織」消失後，仍以「祭祀權」（「祀象人跪於此神像之前」、「祭則持肉呈獻於神」）貫徹從政治、經濟、歷史到社會、文化、生活的每一細節，源遠流長，即便在號稱封建宗法早已亡滅的當代，依舊陰魂不散。「宗法秩序」強調的乃是宗長、族長或家父長祭祀權、經濟權、法律權的絕對化，從父子世系之承「祀」與承「嗣」，以達家族—宗族—國族體系的建立。一如瞿同祖在《中國法律與中國社會》所言：「中國家族是著重祖先崇拜的，家族的綿延，團結一切家族的倫理，都以祖先崇拜為中心——我們甚至可以說，家族的存在亦無非為了祖先的崇拜。在這種情形之下，無疑的家長權因家族祭司（主祭人）的身分而更加神聖化，更加強大堅韌」（頁七）。

若古代的「宗法組織」乃是按血緣遠近、區分嫡庶親疏等級，再以嫡長繼承的父系家族組織為核心，以鞏固封建統治，但卻也早已消亡，那真正關鍵的便是從古代延續到近現代的「宗法秩序」，仍是以「宗祧繼承」、「父之黨為宗」、祖先崇拜為其核心預設與出發點，並發展出「家族—宗族—國族」相互構連的親族結構及其各種可能的轉型。張愛玲曾在〈中國人的宗教〉中以幽默嘲諷的口吻寫道，「上等人與下等人所共有的觀念似乎只有一個祖先崇拜」（頁一八）（顯然成為另一種無所不在的「宗」教）。或在其英文小說《雷峯塔》（*The Fall of the Pagoda*）中，也不忘提及「宗法秩序」的源遠流長：「聖人有言：『嫡庶之別不可逾越。』大太太和她的子女是嫡，姨太太和子女是庶。三千年前就立下了這套規矩，保障王位及平民百姓的繼承順序。照理說一個人的子女都是太太的，卻還是分等。榮珠就巴結嫡母，對親生母親卻嚴詞厲色，呼來叱去。這是孔教的宗法」（《雷峯塔》頁二〇二；*The Fall of the Pagoda* 164）。[19]亦或在張愛玲以英文撰寫的「自述」中所言：「中國家族體系正分崩離析，普遍僅靠經濟因素而得以維繫……有些中國人為當前盛行的物質虛無主義尋找出路而轉向了共產主義。對許多其他人而言，共產統治也更被感知為一種舊秩序的反轉，但也只是用一個更大的血緣親族關係——國家——來取代家族，並以此涵括當代不容置疑的宗教：國家主義」（Wakeman 297-298）。[20]張愛玲不僅在家族之中看到「宗」法父權的苟延殘喘（祖先崇拜之為「宗」教），更在國族主義（民族主義、國家主義）、甚至共產主義之中看到「宗」法父權的頑強擴張（國家主義之為「宗」教）。小說《小團圓》用來描寫女主角盛九莉對國家主義「宗」教召喚的抗拒話語，最為一語中的：「國家主義是二十世紀的一個普遍的宗教。她不信教」（頁六四）。

但當代西方學界對「家」、「父權」、「親屬」的相關論述，基本上卻是以「一夫一妻」與「核心家庭」為預設，幾乎無法回應東亞文化「祖先祭祀」、「圖騰姓氏化」、「男系承嗣—承祭—承業」由古至今的一脈相承以及「家族—宗族—國族」的連續建構體。以女性主義歷史學者勒娜（Gerda Lerner）《父權制的創建》（*The Creation of Patriarchy*）為例，該書雖回到西方文明的兩大支柱——希伯來文明與希臘文明，去爬梳「父權」的由來，也詳盡鋪陳由部落圖騰，轉化到氏族父祖權的祖產、祖墳與長子繼承制，再轉化到現代的父權家庭。但全書最後在「父權」的界定上，卻簡化為「男性在家中掌控女性與孩童的展現與體制化，並將此男性對女性的掌控擴及到一般社會」（頁二三九），彷彿在西方現代化的過程中，希伯來與希臘文明如何由部落圖騰轉化到氏族父祖權的祖產、祖墳與長子繼承制，早已是明日黃花的歷史煙塵。若「父權」僅是男性（父親或丈夫）對女性（女兒或妻子）從家庭到社會的優勢掌控，勢必無法處理華文文化從古至今盤根錯節的「祖宗祭祀」、「宗祧繼承」，以父系血緣關係所建構從祖廟、宗祠、祖姓（姓氏）、祖籍（籍貫）、祖產、祖墳到祖國，牽一「祖」一「宗」而動全局的緊密構連。此間的幽微繁複，絕非僅僅追究是否仍然祭拜祖先或是否依舊重男輕女所能簡化表達。[21]「宗法父權」當是比「父權」二字更能標示出三位一體的「父權—父系—父財」（patriarchal-patrilineal-patimonial），也更可牽帶出華文文化延續至今的「父之黨為宗」之世系傳承與親屬制度的各種殘餘和變形。

那我們究竟可以如何重新爬梳「宗法」與「父權」的構連，如何跳脫「宗法／父權」作為「中／西」（文化區隔）、「傳統／現代」（時間先後）的二元簡化框架，而能同時看到華文文化「當代」（而非古代）與宗法「之內」（而非之外）的父權，也同時看到其神通廣大與陰魂不散之處，為何遠遠超出當代女性主義所專擅的父權批判與性別政治話語。故本書在「宗法父權」的概念形構上，意欲凸顯的乃是「沒有宗法，何來父權？」，以期打破線性史觀所建構由古代宗法到現代父權的論述模式，嘗試將宗法由線性史觀的「古代」拉到「當代」，提出「古今疊影」（古代與現代的非線性異質時間貼擠）的時間感性及其美學政治之可能。[22]與此同時，本書對「宗法父權」的批判思考，也希冀帶出以歐美文化（較無宗法遺跡及其幽靈運作）為出發的當代女性主義論述，凸顯其只談父權、不談宗法的批判攻略，為何有其嚴重疏漏不足之處，以及如何透過跨文化的差異思考，而得以進一步銳利化女性主義對當代世界變動的回應力與批判力。

而「宗法父權」的跨文化批判思考，也必然同時更新女性主義的理論概念，如本書所嘗試提出的「姓別政治」、「房事情結」、「絕嗣焦慮」等新批判術語，皆是用以捕捉當代宗法父權最細緻、最幽微的無孔不入、無所不在。當代女性主義所強調的「性別政治」，乃是建立在生理性別（sex），社會性別（gender）與性慾取向（性意識、性傾向）（sexuality）的合縱連橫之上，而《文本張愛玲》想要重新概念化的「姓別政治」，乃是希冀透過對「性別政治」的諧音與諧擬，開展女人作為「異性」（the other sex）與女人作為「異姓」（the different ancestral name）在宗法父權秩序中更形複雜幽微的構連。在此我們可以拿《小團圓》中一小段有趣的對話為例：

「你姓碰，碰到哪家是哪家，」她半帶微笑向九莉說。

「我姓盛我姓盛我姓盛！」

「毛哥才姓盛。將來毛哥娶了少奶奶，不要你這尖嘴姑子回來。」（頁二〇四—二〇五）

此段對話乃是小說女主角盛九莉小時候與照顧她弟弟盛九林（毛哥）的余媽之間的拌嘴，余媽認定原本姓「盛」的九莉終將不再姓「盛」，「蹚」（在小說中亦帶有粗俗的性意涵）成為將來夫家姓氏的不確定統稱，「碰到哪家是哪家」，「姓氏」成為家族親屬關係判別親／疏、遠／近、內／外的最後關鍵，九莉終將成為「異姓」的「尖嘴姑子」，連嫁入盛家才姓盛的「少奶奶」都可以將其視為外人。[23]

故若僅以「男尊女卑」、「男主女從」的父權批判話語切入，斷是無法掌握此段對話中漢人「姓氏」與宗法秩序的緊密關聯。雖說歐美也有出生從父姓與婚後從夫姓的傳統與慣例，但歐美「姓氏」的發展與漢人「姓氏」的發展，卻展現了截然不同的歷史軌跡，前者大抵排除而後者卻強烈保存了氏族部落到宗族家族的「姓圖騰」。古代宗法婚姻的目的乃是以祭祀與繼嗣為重，乃以「兩姓」而非「兩性」之好來事宗廟與繼後世，如《禮記・昏義》所言「昏禮者，將合二姓之好，上以事宗廟，而下以繼後世也」（卷六一，頁九九九）。而今日宗法秩序與「姓氏」在親屬關係的親疏遠近上，依舊扮演著關鍵的內外區別角色：「本宗」（同姓親之宗族家族）與「外親」（異姓親之母黨妻黨）之別。以最簡單的例子來說，英文 grandfather 與 grandmother 之為祖父母，並無親屬稱謂上父親的父母或母親的父母之語言區分，但中文祖父母（爺爺奶奶）與外祖父母（外公外婆），則有清楚的內／外、主／副之別。由此觀之，「姓—性別」不只是任何生理上或本質上的男

／女二元對立，女性不只是「異性」更是「異姓」。然當代女性主義的批判操作，卻往往將過多的焦點放置在男性與女性的「性別差異」之上，而忽略整個宗法父權制度更幽微糾結的「姓別差異」，不是直接歧視女人，而是以男性血親所建構的世系傳承為核心，區分出「有權」與「無權」承繼祖宗祭祀的兩種位置。「性別」與「姓別」絕不只是表面上的諧音遊戲而已，當代性別研究必須積極辨識宗法父權體系中的「性別」為何總已是「姓別」。因而「宗法父權」與「性—姓別政治」與其說是一整套從古到今、明目張膽的壓迫機制，不如說更是一個不斷在「異—譯—易—溢—佚」中流變轉換的「感性分隔共享」（*le partage du sensible*; the distribution of the sensible），一整套有關可見—不可見、可聽—不可聽、可說—不可說、可為—不可為、可動—不可動、可思—不可思之間的感知模式，貫穿所有政治、經濟、藝術、社會、文化的各個領域。[24]然在《小團圓》小說中當余媽對九莉說出此番「重男輕女」的歧視言論時，立即被一旁的九莉母親卞蕊秋更正：「現在不講這些了，現在男女平等了，都一樣」（頁二〇五），那《文本張愛玲》在「宗法父權」與「姓—性別政治」上所進行的各種文學、歷史、政治、經濟、法律、文化爬疏，正是要看在當前號稱男女平等的時代，是否真的「都一樣」了。

全書共分為七章。前兩章以張愛玲家族史與女性家族成員為主軸，擴及張愛玲的文學文本與歷史、法律、文化脈絡—文本，以凸顯宗法父權從命名、嫁娶到分家、離婚的時代變遷。接下來的四章乃針對張愛玲不同的文學文本進行細讀，包括張愛玲第一本短篇小說集《傳奇》的序言、短篇小說〈桂花蒸 阿小悲秋〉以及長篇小說《小團圓》，以凸顯語言文字作為「文本表面」的繁複交織，以開展對宗法父權作為文化機制與語言機制的雙重批判。最後一章則聚焦張愛玲圖文並茂的《對照記》，從張愛玲可能的錯別字想像出發，再次反思宗法父權「示」字部（主即示，祖從示、宗從示、祭從示、祀從示）所貫徹的「感性分隔共享」秩序及其可能的逃逸路徑。

第一章〈本名張愛玲〉嘗試挑戰並翻轉張學研究的頭號鐵律「張愛玲本名張煐」，以凸顯漢人命名系統的「父系宗法」與「輩譜制度」，循此詳盡爬梳張愛玲的中文姓名（張煐、張愛玲、張孟媛、張允偀等）、張愛玲的筆名（梁京、范思平、世民等）與張愛玲的英文姓名（Eileen Chang, Eileen A Chang, Eileen Ai-ling Chang, Eileen Chang Reyher）之來龍去脈。其主要的目的有二：一是回到漢人文化號稱源遠流長、博大精深的姓名學脈絡，探究「姓」、「氏」、「名」、「字」等命名體系在上一個新舊世紀之交所呈現的大變動與大混亂，並藉此批判「漢字命名」與「父系宗法」的緊密相連，如何在此大變動與大混亂中依舊倖（姓）存至今，依舊陰魂不散。二是構連中國的「姓別政治」與當代解構「本名」（the proper name）的哲學批判，嘗試分別援引德希達的「溢出本名」（sur-naming）與巴特勒論女人的「本我剝奪」（expropriation），亦即女人在父權—父系—父財結構系統之中的雙重「本我非一」，以凸顯中國透過祖先崇拜—宗廟家祠—輩譜制度—宗祧繼承所嚴密交織的千年「命名」系統，究竟為何以及如何讓所有父系宗法的魔鬼，都藏在「命名」的細節裡，其繁複綿密的程度，乃遠遠超過任何西方的父權—父系—父財部署。

第二章〈母親的離婚〉聚焦張愛玲筆下「踏著這雙三寸金蓮橫跨兩個時代」的母親「黃逸梵」（本名黃素瓊，依英文名字 Yvonne 改名黃逸梵）。「黃逸梵」乃是中國現代史上第一波離婚潮的實踐者，她在一九三〇年與張愛玲的父親張志沂正式辦理離婚，也讓她的一對兒女張愛玲與張子靜，成為中國現代史上的第一代離婚子女。此章所欲展開的女性主義文本閱讀，乃是希冀將暫時放入引號的「黃逸梵」，當成「文本表面」的交織，以探討「性別文本化」與「文本性別化」的雙重美學政治可能，亦即在「黃逸梵」作為真人、離婚作為實事之外，我們如何有可能讓「黃逸梵」成為「文本效應」、讓「離婚」成為「文本事件」，讓傳記與書寫、指涉與符號、意義與異譯（易—譯—異—溢—佚的滑動）的各種可能關係，得以從封閉朝向開放、從穩固朝向鬆動。而此章將「黃逸梵」放入引號的企圖，亦是將「張愛玲」作為作者、作為敘事者、作為讀者（閱讀母親的故事）、作為女兒、作為離婚（一九四七年與胡蘭成離婚）與再婚的實踐者（一九五六年與賴雅〔Ferdinand Maximilian Reyher〕結婚）放入引號的企圖，故此章亦是對當前張學「自傳」與「傳記」研究的一種基進美學政治回應。

第三章〈文本裡有蹦蹦戲花旦嗎？〉以張愛玲為其第一本小說集《傳奇》再版所寫的序言出發，再次演練當代女性主義文本閱讀的雙重提問——「文本裡有女人嗎？」、「女人裡有文本嗎？」。全章分為三個主要部分。第一部分處理〈再版的話〉中「蹦蹦戲花旦」的末世寓言，展現其如何擺盪在「棄婦」與「蕩婦」的曖昧不確定性之間，並由此牽帶出兩種截然不同的宗法父權位置。第二部分則進一步將此宗法父權的批判，從文化機制延伸到語言機制，透過張愛玲所言「看不見的纖維」，一探〈再版的話〉如何引經據典、如何重複引述，如何在語言延異的過程中，出現從封面到序言一而再、再而三的「時過境遷」。第三部分則將此「看不見的纖維」之重複引述，延伸到張愛玲所言「感情的公式」，以「傳奇」之為小說與戲曲的曖昧不確定性，拉出從《詩經》到《白兔記》所呈現之「棄婦」的感情公式，並以此探索〈傾城之戀〉裡的白流蘇作為此感情公式的「重複變易」可能。

第四章〈阿小的「姘」字練習〉則以張愛玲短篇小說〈桂花蒸 阿小悲秋〉為主要文本，分別從「語言姘合」、「男女姘合」、「翻譯姘合」三個面向，探討語言文字、性別關係與跨語際翻譯實踐所可能展現的交織力量。第一部分嘗試凸顯小說中上海話的此起彼落，洋涇浜英文的翻來覆去，以及各種古典小說詞語的摻雜，視其為新與舊、中與西、高與低之間「姘」字練習的文學實驗。第二部分凸顯上海城市現代性的脈絡—文本，嘗試重新歷史化與政治化「上海女傭」的出現，並以阿小與阿小男人的關係，作為城市空間中男女社交、婚姻形態、家庭組合、經濟生活所給出的一種嶄新形態。第三部分則聚焦於張愛玲自譯該小說的英文版本“Shame, Amah”，並從此翻譯文本中擇選出幾個字作為「文本表面」，以展現帝國殖民主義在不同地理區域的文化流動，如何將「根源」化為「路徑」。本章希冀透過此三個部分的分析，能有效揭示張愛玲文學書寫中語言姘合、性別姘居與文化翻譯彼此之間互文交織的變化與不確定性。

第五章〈狼犺與名分〉則企圖從「狼犺」作為張愛玲辭典裡一個困窘笨拙的表達出發，嘗試提出一個有別於已然老生常談的「蒼涼」、「華麗」、「參差對照」的感性入口，一方面由此探究宗法婚姻與名分的傳統配置與當代爭議，一方面也將嘗試以「狼犺」連結當代解構「正當—財產—屬性」（proper-property-propriety）的批判理論。若「狼犺」一詞指向的乃是宗法象徵秩序中婚姻名分與正當地位之匱缺，無法在人際倫理關係間進行分辨與定位，那此對「名分」的內在焦慮與可能反抗，不僅出現在張愛玲的系列改寫——從千里尋夫、離開上海到溫州所寫的《異鄉記》，改寫到〈華麗緣〉以第一人稱鋪陳「社戲」與「祠堂」的祭祀、且以「總理遺像」暗渡家族主義到國族主義，再改寫到《小團圓》——更廣泛出現在〈等〉、〈留情〉、〈多少恨〉、《十八春》、〈小艾〉、〈五四遺事〉與《半生緣》等小說文本，並由此擴展到一夫多妻、自由戀愛、姘居、重婚、次妻等面向的批判思考。

第六章〈木彫的鳥〉聚焦於《小團圓》中三度出現且極度濃縮的文學意象「木彫的鳥」，其不僅表徵宗法秩序的監控與規訓，其「神秘與恐怖」更可回溯至遠古「玄鳥神話」所涉及的部落氏族起源想像，以及性—性交—生殖—生殖器—圖騰崇拜—祖先崇拜的多層次貼擠。《小團圓》不僅將男女性愛場景與可能發生的生殖性交，和鳥圖騰與木主牌位相連結，更展開各種姓氏與血緣的「亂倫」想像，乃是對中國之為「宗」國、傳之千年宗法秩序的最深沉批判，一個進入到骨血與慾望結構中以「打胎」行動所進行最為清堅決絕的「打出幽靈塔」。而《少帥》中的「木雕鳥」則又可與《小團圓》中的「木彫的鳥」產生「文本譯異」（而非同一回歸）。在《少帥》中圓目勾喙的「木雕鳥」不僅複數化也陰性化，乃是「一群愛說人壞話的家中女眷」，徹底翻轉了原本的「鳥圖騰」崇拜與氏族始祖神話。但不論是在《小團圓》或在《少帥》，「木彫的鳥」之豐富精采，正在於其對神話、對遠祖、對宗法、對門望、對姓氏、對繁衍，展開了各種「譯—異—易—溢—佚」的書寫行動，不再有本源，不再有本文，不再有本名，也不再有本宗。

第七章〈祖從衣〉聚焦於張愛玲的《對照記》，嘗試區分「祖從示」所表徵的宗法父權象徵秩序與「祖從衣」所牽帶的血緣親情想像。全文分成四個部分。第一部分探討《對照記》所呈現的宗法父權壓迫，看張愛玲如何從家族女性的照片中，看到女性雙重的「此曾在」與「依舊在」。第二部分處理張愛玲文字敘述中所再現的「祖父母」，爬梳並比較

〈憶胡適之〉、《小團圓》、《對照記》三個文本的重複與差異。第三部分聚焦於書中祖父母的照片，回顧「影像」在華文文化脈絡作為「畫亡靈」的意含，並由此帶出「祖先畫」對十九世紀早期中國肖像攝影之影響。第四部分探討《對照記》所展現「再死一次」的「絕嗣想像」，並以「張」字作為本宗姓氏的最終揶揄為結。《文本張愛玲》以「主即示」的宗法父權批判開場，而全書的最後一章則是嘗試反思「祖從示」（宗法父權的象徵秩序）與「祖從衣」（祖父母的情感連結）之間可能的錯別想像與人機分離，亦即思考如何在批判宗法父權之同時，也能帶出家族親人的情感牽繫與想像連結。

女性主義文學研究進入臺灣學院已逾四十年，而就當代已然博大精深的張學研究而言，女性主義與性別政治乃為最主要的詮釋路數之一，多能成功結合（後）殖民研究、酷兒理論（queer theory）與其他後結構理論。就其論述生產力與批判力而言，恐遠遠凌駕於張學研究中的神話學、符號學、文學技巧或風格論、精神分析、影響研究、傳記研究、文化研究、考據索隱、翻譯研究等其他詮釋取徑。但在積累精采豐富的研究成果之同時，亦不乏論述的疲態與重複，而《文本張愛玲》既是嘗試對當前張學的女性主義研究領域已然出現的癥結與限制提出質疑，展開可能的思考逃逸路徑，也是藉此反思女性主義文學研究進入華文學術圈近四十年的發展困境與可能突破。本書所思考的「宗法父權」，不是要回到古代、回到傳統文化去闡釋「宗法」之要義，或以「宗法」之文化殊異性來「糾正」或

「對抗」西方霸權之假普世宣稱，而是在清楚爬梳「宗法父權」由古至今頑強且細膩、顯性加隱性的運作之同時，在清楚剖析華文文化（與部分東亞文化）和歐美文化差異區辨的同時，更要積極開展「宗法父權」的「當代」虛擬創造性，不只是對其遺跡的辨識與批判，更是如何透過各種積極的「摺曲」（folding），去形構各種可能的理論概念，去貼擠各種轉化流變中的宗法父權機制，以達「新故相推，日生不滯」的思考活力，讓宗法父權永遠是「當代」（多重時間的貼擠摺曲）的宗法父權，張愛玲永遠是「當代」的張愛玲，而所有「無主文本」的「去中心化」，也必然總已是一種活潑潑「去宗心化」的力量啟動。

注釋

1 目前有關張愛玲「神祕筆記本」最苦心孤詣、也最精采厲害的研究，首推馮晞乾《在加多利山尋找張愛玲》中的〈外篇．張愛玲神祕的筆記簿〉，頁一三八—一九六。有關張愛玲與宋淇、鄺文美夫婦之間的通信，僅部分節選於二〇一〇年出版的《張愛玲私語錄》，此次出版乃涵括所有的通信內容，計有六十餘萬字之多。

2 此故事尚有後續，話說敗北後的宙克西斯，又畫了一幅小孩手拿葡萄的畫作，再次引來小鳥啄食。但就在眾人讚嘆依舊的同時，他卻不禁悔恨嘆息自己沒有將小孩畫好。他的推理邏輯如下：葡萄的「擬真」或許成功，但小孩若也畫得一樣栩栩如生，一定會嚇得小鳥不敢飛向前來啄食葡萄（Pliny 252）。這些出現在大普林尼《自然史》中的古希臘軼聞瑣事，主要圍繞在對真實模擬再現的關注，而後來繪畫理論的相關援引，亦多將其與「擬真（欺眼）畫」的論爭相連結。

3 本書亦不能免俗，第六章〈木彫的鳥〉將專章處理此議題。

4 Phallogocentrism為德希達解構主義的新創字詞，結合了「陽物中心」（phallocentrism）與「理體中心」（logocentrism），兩者合而為一字，乃是企圖同時批判意義建構過程中對「陽物」（陽性、父權，尤指精神分析的陽物中心）與「邏各斯」（logos）（語言、理性、真理、語音中心）的過度倚重，下文將更詳述之。

5 當前有關「示」之文字學考釋，最齊備者乃屬《古文字詁林》第一冊，頁六七—八六，共彙整從許慎到戴家祥等二十九條考釋成果（條目中尚有針對不同文字學家的引述），「示」從神祇、天帝、先公、先王的指稱到「象形」（木表、石柱、木主、生殖神之偶象、祭壇、圖騰柱等），不一而從，可見諸家異說紛呈，相互批評對方有臆斷之失者甚多，顯難有共識，就連許慎的《說文》也被部分學者斥為囿於「晚周及漢之思想」（頁七一）。而郭沫若的「牡器」、「妣器」之說之所以備受攻訐，恐正在於男女生殖器所可能帶來的字面「褻瀆」，可參見馬敘倫，頁一七一—一七二。

6「互文性」或「文本間性」（intertextuality）乃法國理論家克莉絲緹娃（Julia Kristeva）所提出的理論概念，最早出現於她一九六六年的〈字詞、對話與小說〉（“Word, Dialogue and Novel”），強調所有的文本都是異質文本的組合，即使小到一個單字，也是「文本表面」的互文交織，而非單一固定意義的「點」，以此強調文本（單字亦是文本）不是自我封閉的系統，而是具差異性、歷史性的動態變化，充滿他異文本的痕跡、重複與變化。而此處「間文本」（inter-texts）的概念化，亦是循克莉絲緹娃之用法，強調不同文本之間的交互指設、交互參照、交互建構，但更欲凸顯「間」（inter-）所可能帶出的不確定性與創造轉化，亦即本書所常言的「變譯」能力，尤其是在跨文化與跨語際上的各種「易—譯—異—溢—佚」。

7 此處既談「文本表面」，那「祖，始廟也」的「始」亦見蹊蹺：「祖」從示，但「始」卻是從女。第一種可能的解釋，乃是回到「姓」之「始」（既是「姓」的初始，也是「始」本身作為一種「姓」），上古八大姓姬、姜、姒、嬴、妘、媯、姚、姞皆從女部，多被視為上古母系社會的造字遺跡。第二種解釋則又可回到《說文》「始，女之初也」（卷一二下，頁二六〇），「初」乃象形，裁衣之始。《爾雅．釋詁》「初、哉、首、基、肇、祖、元、胎、俶、落、權輿、始也」，後以《爾雅義疏》的解釋最為清楚，「初者，裁衣之始；哉者，草木之始；基者，築牆之始；肇者，開戶之始；祖者、人之始；胎者、生之始也」（頁二）。換言之，不論是上古八大姓之「始」，或兵分多路的初、哉、基、肈、祖、胎之為「始」，都不足以鬆動或抗衡「祖」作為父系宗法的奠基，亦即人之始為「祖」。然本書在凸顯「祖」、「宗」、「祭」、「祀」等字最初的男根生殖神崇拜的同時，並不迴避女陰生殖神崇拜的並存或更為古早的歷史，如祖妣、牡牝等陰陽性器崇拜。誠如郭沫若在〈釋祖妣〉中強調最初祖不從示、妣不從女，而從丄與匕之象形，亦即牡器與牝器：「以象先祖」，「然此有物焉可知其為人世之初祖者，則牝牡二器是也。故生殖神之崇拜，其事幾與人類而俱來」（頁三六）。而古代祭祀文字的「祖」、「妣」、「示」、「母」、「后」、「蒂」等，乃「牝牡」之初字，皆為陰陽性器崇拜之象徵，而從女陰崇拜到男根崇拜的過程，亦是母系社會到父系社會的過程。凌純聲在〈中國古代神主與陰陽性器崇拜〉亦論及中國古代的性器崇拜與「主制」的淵遠流長，其論點亦與「祖為牡（男根）、妣為牝（女陰）」相呼應，視廟中之「主」由「駔琮」而來，「駔」為男主，「琮」為女主，亦是凸顯陰陽性器之並存合一（頁三一—三二）。雖說陰陽和合而萬物生，不可能只有牡器而沒有牝器，但祖妣、牡牝作為古代陰陽性器崇拜的「並置」，卻往往讓我們無法精準看見父系世系的確立與千年承續，乃是以「祖」為尊、以「妣」為卑，以「牡」為主、以「牝」為從。

8 中國古代天神地祇人鬼皆可為「示」，而後來「社」作為「地主」主要發展成為土地神之祭拜，本書第五章第一節「千里尋夫〈異鄉記〉」將針對由「社」之儀式所發展出的「社戲」進行分析探討。

9 《說文》的解釋則有不同，「主，鐙中火主也」（卷五下，頁一〇五），主要針對「主」之小篆字形，象點燃之火柱（炷），有別於緒論此處將「主」推向「祖宗牌位」的思考路徑。

10 此處「姓圖騰」的講法，主要參考陶希聖在《婚姻與家族》的說法：「氏族的族人確信保護神就是本族的祖先。他們相信是祖先的象徵，如玄鳥，如火，如蛇，如野雞之類，便是他們的圖騰。一族有共通的圖騰，其後流為姓。一族以內的分族有各別的記號，其後流為氏。在封建制度，每一侯或數侯，同出於一祖或自認同出一祖者，有一姓。如姬、姜、嬴、姞之類。每一國有一號，如魯、齊、秦、燕之類。每一莊園領主之族有一氏，如孟孫氏、叔孫氏、季孫氏、唐杜氏、棠溪氏之類」（頁三〇）。

11 此處「看不見的纖維」乃張愛玲在〈洋人看京戲及其他〉中的用語：「中國人向來喜歡引經據典。美麗的、精警的斷句，兩千年前的老笑話，混在日常談吐裏自由使用著。這些看不見的纖維，組成了我們活生生的過去」（頁一〇九），以此表示語言本身透過引經據典所啟動的「重複引述」。有關「看不見的纖維」更詳盡的分析，可參見本書第三章第二節「書寫中看不見的纖維」。

12 除「殺父書寫」外，《張愛玲論述》亦提出「模擬去勢」作為張愛玲筆下另一種處理男性家長和男性角色的書寫策略，可參見該書下卷第一章。

13 *Différance* 為解構主義理論家德希達的新創字詞，乃是將原本法文 *différence* 的 e 改為 a，以凸顯法文動詞 *différer* 乃同時指向「延遲」（to defer）與「差異」（to differ），藉此表達語言的意義不在字詞本身，而在意符鏈中無限延遲並不斷以差異來區分，讓任何最終意旨的確立成為不可能。

14 本書第三章將深入探討張愛玲與當代文本理論的可能交織，尤其針對張愛玲文本所涉及語言文字的「重複引述」部分。

15 「陰性書寫」最早由法國理論家西蘇（Hélène Cixous）在一九七五年的〈梅杜莎之笑〉（"The Laugh of the Medusa"）中提出，用以表稱一種溢出傳統陽性風格的文學書寫類型，凸顯的乃是「女人」作為「書寫效應」（writing effect）而非創作或意義的源頭，強調的不是「文本之性／別」（the sexuality of the text），而是「性／別之文本」（the textuality of the sex）（Jacobus 109）。父權結構的語言機制壓抑多重異質性（或將其簡化為二元對立的階序，如男尊／女卑），而「陰性」則是迫近語言與意義的邊界極限，遊走於不可言說、不可再現的縫隙之間。但在當代女性主義的文學閱讀之中，尤其是在法國理論轉譯為英美文學批評的過程中，「陰性書寫」常被不自覺「本質化」為社會或生理「女性」，而非逼顯語言再現機制的另類「力必多權宜（欲力經濟）」（libidinal economy）。而本書在此所欲進行的，並非全然的「去本質化」，而是策略地凸顯「陰性」與「女性」之間的可能滑動與轉換，以培力女性作家與女性文學史的持續建構。

16 王德威在張愛玲《易經》英文版 *The Book of Change* 的序言中，精采提出「易」與「譯」之滑動，強調「書寫乃變形連續體」（writing as a continuum of metamorphoses）（David D. Wang xxi）。而本書所開展的「譯—異—易—溢—佚」（翻譯—差異—變易—餘溢—散佚），乃是在「易」與「譯」的精采連結之上，帶入另外三個同音字「異」、「溢」與「佚」，來豐富其理論概念化的可能。亦可見其〈張愛玲，再生緣：重複、迴旋與衍生的敘事學〉一文，《落地的麥子不死》，頁二〇—三二。

17 此處乃是拿當代女作家研究最常用到的「經驗」為例，「經驗」多被當成不證自明的已發生事實，而忽略了「經驗」本身的語言建構：「其（經驗）牽涉到語言，但又溢出語言；經驗可供客觀審查，但亦是事實之後所產生的虛構；經驗主動地尋求狂喜甚或神祕強度的片刻，但亦肯認其朝向不請自來之物的被動開放之力」（Jay 400）。或是如傅柯（Michel Foucault）所言，「人是經驗的動物，他無休止地涉入一個界定事物場域的過程，而此界定過程同時改變、扭曲、轉換、改觀了作為主體的他」（Trombadori and Foucault 124）。而本書所要進行的，便是將「生命」、「經驗」、「自傳」、「傳記」等不證自明的用語加以問題意識化、性別文本化。

18 宗法組織乃是西周的重要政治制度，以血緣關係為基礎，以嫡長子繼承制為運作核心。誠如陶希聖在《婚姻與家族》中所言，「宗法乃是封建貴族的親屬組織」（頁二），周天子之「家天下」乃是建立在嫡長子繼承制與「別子為祖，繼別為宗」的分宗制之上：天子（天下之大宗）—諸侯（本國之大宗）—卿大夫（本家之大宗）—士；亦即周天子（絕對大宗）與諸侯及朝臣（相對大宗）的關係統率組織。而隨著宗法封建制度的分解，親屬結構也逐次由族居制、家族制轉到夫妻制。雖然如陶希聖所言，「中國今日既沒有宗法制度可以保持，又沒有宗法制度可以剷滅。中國今日只有宗法的變態和遺跡，猶之乎在經濟與政治上只有封建的變態與遺迹」（頁二），但「宗法的變態和遺跡」卻依舊威力殘存，此亦即本書希冀透過張愛玲文本所欲鋪陳與批判之重點所在。

19 此處的「宗法」一詞顯為翻譯者的有心置入。英文原稿用直接音譯的 *dee* 與 *shu* 來表達「嫡」與「庶」，而英文段落結尾的“a form of Confucianism”則被翻譯成「孔教的宗法」。引文中的「榮珠」乃是小說女主角琵琶的繼母。

20 目前有關張愛玲「英文自述」最詳盡仔細的討論，可見高全之，〈張愛玲的英文自白〉，頁四〇五—四一四。

21 我們亦可從字源學的角度，看出為何西方只有祖「先」而沒有祖「宗」。英文 ancestor 指「己身所從出」，由拉丁字根 *ante*（before）加上 *oedere*（go），亦即前行者、先行者。

22 「沒有宗法，何來父權？」的說法，乃是受王德威《被壓抑的現代性》中「沒有晚清，何來五四？」之修辭啟發。當代張學研究以最具系統化的方式發展「宗法父權」為核心概念的，首推林幸謙的《歷史、女性與性別政治：重讀張愛玲》、《張愛玲論述：女性主體與去勢模擬書寫》、《身體與符號建構：重讀中國現代女性文學》等相關著作。其所論的「宗法父權」基本上乃是由「中國的宗法」與「西方的父權」兩者之合構：「意圖結合中國宗法禮教與西方父權體制的雙重概念而成」（《歷史、女性與性別政治》，頁一九），「以突顯東方宗法秩序的父權文化體質，進而標榜中國父權體制中，特別是以儒家為中心的、宗法男性規範和道德禮教的特色。中國宗法制度乃依據男性血統承傳，在宗法禮教的根基上，構成介乎氏族與家庭間的一種宗族組織社會，其特質包括嫡長子繼承，封建家族，和外婚制。此外，其主要特徵則為尊祖、敬宗、父系、父權、父治等男性家長特權，世代相傳」（《張愛玲論述》，頁三二七—三二八）。而本書對「宗法父權」的論述開展，乃是嘗試在其精采的論述基礎之上繼續推演，暫去中國／西方、傳統／現代的二元預設，以「沒有宗法，何來父權？」與「古今疊影」時間感性的再理論化，來凸顯「宗法父權」作為「當代」的倫理迫切性。

23 林幸謙所著的《張愛玲論述》最早提及「異姓氏」的概念，精采點出「氏」的雙義性（既是姓氏，也指女性），詳盡分析探討了「異姓氏」作為父家與夫家的雙重外來者。「婚前，是別家的人；婚後，則是外來者」（頁一〇），無可避免地將儒家禮教下的婆媳關係位置，推向彼此仇視的閨閣政治死角（頁一二）。

24 此為當代法國哲學家洪席耶（Jacques Rancière）所提出的理論概念，因法文 *partition* 乃同時兼有 division（分隔）與 sharing（共享）的雙義，而洪席耶更是以此雙義來形構此概念，故此處將其翻譯為「感性分隔共享」，以凸顯其既分隔又共享的矛盾與辯證。

第一章
本名張愛玲

張愛玲本名張愛玲，這句話究竟有何弔詭不當之處？

「張愛玲本名張煐」幾乎是當前張學研究的鐵律。翻開《張愛玲典藏全集》最後第十四卷《情場如戰場等三種》卷尾所附的「張愛玲年表」，第一行就明寫著「一九二〇　九月三十日出生上海，本名張煐」，跳過數行後便是「一九三〇　改名張愛玲」（頁二四七），白紙黑字，毫無疑義，更遑論各種學術著作、坊間傳記對此「本名張煐」千篇一律的重複引述。

但「張愛玲本名張煐」這個公認欽定的講法，真的有這麼確切無疑嗎？本章正是要以此張學研究的天字第一號鐵律作為思考的起點，質疑當代張學研究有沒有可能乃是建立在一個充滿疑義的「根本」或「基礎」之上呢？如果我們連作家的本名都無法確定，那文學研究究竟該如何開始呢？或者反其道而思，難道只有當作家的名字真正進入「基進不確定性」時，文學研究才得以開始嗎？

首先，「張愛玲本名張煐」究竟是誰說的？張愛玲曾說：「我的小名叫煐」（〈必也正名乎〉，頁四〇），張愛玲的弟弟張子靜在《我的姊姊張愛玲》中也曾說：「母親生下我姊姊，小名小煐」（頁五一），張愛玲在給姑姑與弟弟的信件中，也都署名「煐」。張愛玲曾說中國人「一下地就有乳名」，而「乳名是大多數女人唯一的名字，因為既不上學，就用不著堂皇的『學名』」（〈必也正名乎〉，頁三七）。[2]但顯然乳名不是張愛玲唯一的名字，小名煐或乳名小煐的張愛玲，七歲時父親就在家中延師教讀，爾後出洋遊學的母親歸國，更毅然決然不顧遺少型守舊父親的極力反對，堅持將十歲的張愛玲送到上海黃氏小學插班就讀六年級。[3]而下面這段引言恐怕正是大家心目中再耳熟能詳不過的命名由來：

在填寫入學證的時候，她一時躊躇著不知道填什麼名字好。我的小名叫煐，張煐兩個字嗡嗡地不甚響亮。她支著頭想了一會，說：「暫且把英文名字胡亂譯兩個字罷。」（〈必也正名乎〉，頁四〇）

這段文字清楚說明了四件事：（一）「煐」是小名，亦即乳名；（二）「愛玲」是學名，亦即所謂的大名；（三）母親沒有直接將小名登記為學名或參考小名來發想學名；（四）

學名「愛玲」乃是母親急就章將其原有的英文名字直接「音譯」過來。

但為什麼可以從小名煐、學名愛玲，搖身一變推論出「張愛玲本名張煐」並在正式入學時改名為張愛玲呢？這恐怕是對既有漢人命名系統的極大誤解與錯用。此將小名當本名、學名當易名（入學時改名）的說法，究竟有何怪異之處呢？且讓我們先簡單考證一下「本名」究竟該以何為「本」、以何為「名」。就「名」作為「稱呼」的擴大解釋而言，漢人命名系統可有乳名、小名、譜名、學名、訓名、表字、別號、戒名、齋名、筆名、藝名、化名、代號、綽號等等，稱呼方式不一而足，而「本名」之所「本」乃「根本」，那在一大堆可有可無的稱呼之中究竟該以何為「本」呢？古代以正式命名的「大名」為本，現代則以公領域「正式的名字」為本，用於戶籍、學籍等文書登記，以作身分辨識之用，為個人所專屬。[4]故在張愛玲的例子中，「煐」是私領域的小名，「愛玲」是十歲時插班入讀黃氏小學時公領域學籍登記的正式命名，亦即「本名」，此兩者可同時並存，「煐」者依舊為「煐」，「愛玲」者便也是「愛玲」，沒有取代、置換或更易之必要，自無改名之說。

我們在此也可以舉兩個例子來參照說明。第一個就拿近代中國革命女權運動家秋瑾為例，其初名閨瑾，乳名玉姑，字璿卿，號旦吾，一九〇四年離婚後留學日本，改名瑾，易字（或做別號）競雄，自稱鑒湖女俠，筆名鞦韆、漢俠女兒、白萍等。[5]故我們可以說「秋閨瑾」本於感時憂國的革命精神與女權意識的覺醒，毅然決然將姓名中蘊含女子內室與傳統婦德聯想的「閨」字去除，改名為「秋瑾」，亦將字由「璿卿」改為「競雄」，以應「尚武時代女性重塑自我的一種風氣」（符杰祥，頁七二）。故對真正改過名的秋瑾而言，我們可以說「秋瑾本名秋閨瑾」，因閨瑾乃其原本的正式命名，但我們不能說「秋瑾本名秋玉姑」，因為「玉姑」是非正式的小名，不是正式的大名。雖然在漢字文化圈的命名系統中，往往是先有乳名小名，再有學名大名，但亦不可就時間發生先後的次序想當然耳，就逕自把最初的乳名當成「本名」。「本名」之所「本」指向「正式」命名，乃眾多稱謂之中作為確立不移的「根本」，如果我們不能把「玉姑」當成秋瑾的本名，那我們為何可以毫無疑義地把張愛玲的乳名小名「煐」當成她的本名呢？且又毫不遲疑地將張愛玲的學名當成她的易名呢？[6]

我們亦可拿魯迅作為另一個比對的例子。依據許壽裳的〈魯迅先生年譜〉，魯迅「姓周，名樹人，字豫才，小名樟壽，至三十八歲，始用魯迅為筆名」（頁二〇〇）。魯迅一生用過筆名無數，目前有據可考的至少有一百一十八個筆名（周作人，《周作人文類編第十卷》，頁一九九—二〇〇），但魯迅乃是行之於世最主要的筆名，甚至有時還被一些不明就裡的人當成其真名實姓。故我們可以說「魯迅本名周樹人」，但我們不可以說「魯迅本名周樟壽」，因樟壽乃小名，樹人才是大名，我們可稱其為魯迅、周樹人或周豫才，卻不可喚其在私領域的小名樟壽，否則便是僭越頂冒他人父祖或親族之輩。而魯迅的眾多筆名中最浪漫多情的，乃是「許遐」，以「遐」諧音愛人許廣平的小名「霞姑」（許廣平，頁一五一）。同理可推，「霞姑」是乳名小名，「廣平」是學名大名，故我們決計不會說「許廣平本名許霞姑」，因為許廣平既不是筆名，也不是易名，許廣平就是許廣平的本名。

那為何當代張學研究就可以從頭到尾以「張愛玲本名張煐」一以貫之呢？若「本名張煐」的說法不成立，那「本名張愛玲」的說法成立嗎？若我們將「本名」單純當成公領域的正式名稱，那「張愛玲本名張愛玲」倒也勉強可以成立，只是充滿同義反覆的辭廢之嫌。若是按此「本名」作為公領域「正式的名字」之說法，張學研究天字第一號的鐵律「張愛玲本名張煐」，不是反倒可以弔詭地顛倒過來說「張煐本名張愛玲」嗎？但顯然此種用乳名來帶出本名的說法，實屬無聊也無前例可循。而若「本名」另有一個更常出現之用法，乃是建立在與「改名」或「筆名」的相對關係之上，那沒有改過名字的張愛玲、也不是以筆名張愛玲而隱去本名，為何跑出一個「本名張煐」來了呢？張愛玲為何既是「本名」（正式的名字），也不是「本名」（改名或筆名之前原本的名字）呢？換言之，「本名」之所「本」，難道是將確切無疑的「本屬」、獨一無二的「專有」，打散成關係網絡中的差異區辨嗎？難道「本名」之「本」不在自身，而在相對於非公領域、非正式的乳名小名，或相對於新採用的易名或筆名嗎？「本名」的弔詭，會不會正在於「名無所本」（非本屬、非專有）呢？故本章的意圖不是要為張學研究「正本」清源、欽定出真正的「本名」，也不是一番苦心孤詣要為張愛玲「正名」，撥「煐」反「愛玲」，而是想要積極嘗試另闢思考與想像的蹊徑，企圖從最根「本」的「本名」去鬆動當前的張學研究，由「名無所本」來探究「張愛玲」作為名字、「張愛玲」作為專有名詞、「張愛玲」作為作家署名的「基進不確定性」，開展足以顛覆擾動從文化傳承到文學研究以「正本」、「正名」、「正統」、「正當」所建立的超穩定階序。

故本章思考的重點在「不確定性」，不是要以「本名張愛玲」的確定性，來取代昔日「本名張煐」的確定性，也不是一心上下求索去考證、去索隱出張愛玲所有可能佚失的名字，而是企圖回到「不確定性」本身所能開展出的基進思考。目前張學研究中的考據衝動無所不在，但往往乃是為考據而考據，企圖找出隱藏在文字表面之下所謂的歷史真相或真人實事（亦即本書緒論開場所言「深度模式」的「秘密」）。更有甚者，則把文學書寫當成「鑰匙小說」（*roman à clef*），以索隱為樂，一一對號入座，就此交代了事或全案了結。本章對張愛玲「姓名學」的探究絕不願耽溺於純考據，而是希望藉由表面上對「姓名」的探究，在「性別政治」之中展開「姓別政治」的批判思考，要在宗法父權的最細緻操作中，撥「正」（「正本」、「正名」、「正統」、「正當」）反「亂」。換言之，「本名張愛玲」所要探詢的，不再是追根究柢找出「張愛玲」真正的「名字」，而是把「名字」所展現的「名無所本」，放回漢人文化號稱源遠流長、博大精深的姓名學脈絡，以探究「姓」、「氏」、「名」、「字」等命名體系在上一個新舊世紀之交所呈現的大變動與大混亂，並藉此批判兩個緊密構連的系統——「漢字命名」系統與「父系宗法」系統——如何在此大變動與大混亂中，依舊倖（姓）存至今、陰魂不散。

一．小名與大名

要論張愛玲的名字，必得先回到張愛玲論名字的那篇精采散文〈必也正名乎〉。如果「張愛玲本名張煐」的推論最主要的考據來自〈必也正名乎〉，那以下對此「始作俑者」文章之詳盡解讀與延伸，或可說明「本名張煐」作為推論的無稽可笑。收在張愛玲散文集《流言》中的〈必也正名乎〉，乃是以最生動活潑、淺顯易懂的文字，表述中國數千年以降的「姓名學」，從哲學、美學、心理學到文字學，無所不包。然就此早期散文的文字力道而言，多採四兩撥千斤之勢，幽默調侃多於嚴肅批判，而字裡行間更出現甚多游移的詮釋空間。文章一開頭，張愛玲便以自己「惡俗不堪」的名字切入，帶出對傳統漢人姓名系統的高度探索興趣。接著她便把「命名」浪漫化為一種「輕便的，小規模的創造」：

舊時代的祖父，冬天兩腳擱在腳爐上，吸著水煙，為新添的孫兒取名字，叫他什麼他就是什麼。叫他光楣，他就得努力光大門楣；叫他祖蔭，叫他承祖，他就得常常記起祖父；叫他荷生，他的命裏就多了一點六月的池塘的顏色。（〈必也正名乎〉，頁三五）

在這個祖孫和樂融融的想像畫面中，「光楣」、「祖蔭」與「承祖」所承載的宗法意涵，顯然被六月的浪漫塘色給成功搪塞了過去，故我們看到的乃是祖父對孫兒的殷殷期許，透過命名所進行的「小規模的創造」，而非「小農封建宗族意識」的源遠流長。[7] 而此刻祖父為新添孫兒所取的名字，大抵多是孫兒的乳名或小名，又稱童名、兒名、幼名或小字，乃私領域未成年時的稱呼，真正「門楣」與「祖蔭」所象徵子孫後輩傳承父祖與光宗耀祖的期許，往往要等到正式命名的「大名」才得以真正實踐，具體而微地鑲嵌在論字排輩的「字輩譜」與家譜登錄的傳統之中，以達父系血緣親合關係承先啟後、敬宗收族的理想。

但舊時代即便是取個乳名小名，也還是得費心琢磨。就如張愛玲在文中所言，「從前人的乳名頗為考究，並不像現在一般用『囡囡』『寶寶』來搪塞」（〈必也正名乎〉，頁三七）。曾有張學學者十分好奇為何張愛玲的小名取「煐」，便拿著張愛玲的出生年月日，請南京大學史學博士用《周易》卜卦，而得出「這個年月日對應的五行是：『金金木金金木』，如果生時不對應『火』，那確實是缺火。故依命理改運取名煐」（楊曼芬，頁一七一）。[8]但這個別出心裁、以張愛玲式「庸俗反當代」的命理詮釋，還是被張愛玲的文章打臉。在二〇一六年最新出土的〈愛憎表〉未完稿中，張愛玲不僅寫到自己的小名，也寫到了弟弟的小名：

> 有一天有客要來，我姑姑買了康乃馨插瓶擱在鋼琴上。我聽見我母親笑著對她說：「幸虧小煐叫嬸嬸還好，要是小煃大叫一聲『媽』，那才——」（頁三）

我們早已熟悉張愛玲稱自己的父母親為「叔叔」、「嬸嬸」（名義上過繼他房），但卻是第一次看到白紙黑字上張愛玲寫下了自己親弟弟的小名。然而在張子靜自己的追憶中「母親生下我姊姊，小名小煐。次年，母親生下我，小名小魁」（頁五一），「魁」與「煃」同音，不知是《我的姊姊張愛玲》合著者季季的筆誤或錯用同音字，或是張子靜本身的記憶模糊，童年往事久遠只記得小名之發音而忘卻其字，讓少見而較顯高深的「煃」，變成了平易近人的「魁」。但不論事實真相為何，至少我們看見大家族在取乳名時的慎重，火字旁的「煐」與火字旁的「煃」，姊弟小名同偏旁，看來不是「命理」缺火改運，而是「命禮」（命名之禮）的考究。像前面提到的魯迅（本名周樹人）小名樟壽，大弟周作人小名槐壽，小弟周建人小名松壽，即便是取小名亦考究，不忘以「木」為二字名頭一字的相同偏旁，以「壽」為相同的末一字，以示同輩排行。張愛玲家族的小名或亦復如是，一字名中已然使用「火」作為同輩分乳名的相同偏旁，不分男女，此亦為何此處的推理，乃暫時先排除張愛玲誤將弟弟小名「魁」錯記為「煃」的可能。

但男人的小名與女人的小名，卻往往帶出截然不同的文化位階與禁忌。一如張愛玲在〈必也正名乎〉所言，過去「乳名是大多數女人的唯一的名字，因為既不上學，就用不著堂皇的『學名』，而出嫁之後根本就失去了自我的存在，成為『張門李氏』了。關於女人的一切，都帶點秘密性質，因此女人的乳名也不肯輕易告訴人」（頁三七）。此處信手拈來的「張門李氏」卻難免啟人疑竇，難不成張愛玲又幽默自嘲地以自己家族史為例，一如〈必也正名乎〉文中毫不避諱地嘲笑父親為弟弟也取了個通俗普遍而絲毫不具創造性的名字：「回想到我們中國人，有整個的王雲五大字典供我們搜尋兩個適當的字來代表我們自己，有這麼豐富的選擇範圍，而仍舊有人心甘情願地叫秀珍，叫子靜，似乎是不可原恕的了」（頁三六）。但「張門李氏」真的是在暗指張愛玲的祖母李經璹嗎？李經璹，李鴻章長女，上有兄長經方（過繼）、經述，下有弟弟經遠（早逝）、經邁、妹妹經溥與小弟經進（早逝），李鴻章家族的命名方式在張愛玲祖母李經璹這一代，非常清楚地乃是以「經」字排輩。[9] 而此處「張門李氏」的深層嘲諷，乃是縱使祖母李經璹除了小名乳名外，明明已有論字排輩的大名，但在「張氏族譜」之中也只能落得一個「張門李氏」的地位。當然若真要為文中的「張門李氏」繼續附會穿鑿，張愛玲家譜中還有另一個相對靠近的例子有跡可循，張愛玲曾祖父張印塘有妾「李氏」一名，正式載入家族世系表。我們不可得知李氏究竟是否只有乳名小名，而不像張愛玲祖母李經璹一樣有大名學名，但在傳統的家譜族譜書寫中，恐也只能落得個「張門李氏」的同樣下場。[10]不論此「張門李氏」確切所指何人，都帶出封建時代女人名字的命運，未嫁之前往往已名存實亡，而嫁娶之後則被徹底削除，只能稱為張門李氏或張李氏，在父姓之前加上夫姓，表示其所從出與其所歸屬，全然「失去了自我的存在」。張愛玲貌似不經意帶出的「張門李氏」，卻可以是對父系宗法下「姓別政治」最綿裡藏針的批判。[11]

相對於此「張門李氏」作為時空穿越的附會想像，我們倒是可以認真考據一下張愛玲母親的小名。作為二〇年代摩登留洋的時代新女性，張愛玲母親黃素瓊曾採用其英文名字Yvonne的音譯，改名為黃逸梵（張子靜，頁一〇八）。而張愛玲的母親也是有乳名小名的，依據張愛玲之弟張子靜的猜測，「瑩大概是母親的小名」（頁五二），而其猜測的依據乃是在父親的日記中，瞥見了「瑩歸寧」三個字。誠如張愛玲在〈必也正名乎〉中所言，女人的乳名不輕易示人，「在香奩詩詞裏我們可以看到，新婚的夫婿當著人喚出妻的小名，是被認為很唐突的，必定要引起她的嬌嗔」（頁三七）。想來張子靜是從未聽過父親或其他親友喚母親的小名，故只能依據父親日記中的三個字去揣測（張愛玲祖母李經璹的小名或表字菊耦，也是重複出現在祖父張佩綸的日記之中）。[12]所以對改過名字的黃逸梵而言，我們可以說「黃逸梵本名黃素瓊」，一如前面所言「秋瑾本名秋閨瑾」，但不宜說「黃素瓊本名黃瑩」，一如不宜說「秋瑾本名秋玉姑」，但為何我們卻一而再、再而三理直氣壯地聲稱「張愛玲本名張煐」呢？

二・字號與筆名

說完了小名與大名，我們接著看看張愛玲怎樣談字、談號、談筆名。〈必也正名乎〉中寫道：

> 男孩的學名，恭楷寫在開蒙的書卷上，以後做了官，就叫「官印」，只有君親師可以呼喚。他另有一個較灑脫的「字」，供朋友們與平輩的親族使用。他另有一個備而不用的別名。至於別號，那更是漫無限制的了。買到一件得意的古董，就換一個別號，把那古董的名目嵌進去。搬個家，又換個別號。捧一個女戲子，又換一個別號。本來，如果名字是代表一種心境，名字為什麼不能隨時隨地跟著變幻的心情而轉移？（頁

三七—三八）

相對於傳統中多數女人的只有乳名，男人的名、字、號則變化多端。一方面極為嚴謹，像寫在開蒙書卷上的「學名」（在古代考取了功名，就成了「官印」），君親師為之命名，也只有君親師可以喚之，不得亂來。另一方面則有較具補償性的「表字」系統，男子在親暱的小名與嚴謹的大名之外尚有「字」，可以較為灑脫地在平輩親族與朋友間「以字行」。最放蕩不羈的則是號或別字，因為不論小名、大名或取字的命名權多來自君親師等尊長，只有取號可以完全自己作主、自己擇取。但傳統以言意託志的別號到了張愛玲的犀利筆下，彷彿成了一場一發不可收拾的鬧劇，可以隨心愛的古董或心儀的女戲子而更迭不已。[13]

當然此段文字的敘述，乃是卡在新舊交替的命名系統與現代戶籍登記制度之間，一字姓兩字名（或一字名）的「姓名」漸行普及，「名」「字」便合而為「名字」，登記在戶籍、學籍上的「名字」取代了無法登記在戶籍、學籍上的「字」，「表字」傳統因而式微，逐漸走向「單一名制」。而繁複字號的取消，不僅只是字號稱謂煩難、常有錯稱失禮之虞，更充滿君主專制時代封、贈、謚號等封建陋習之遺緒，乃民國共和時代汲汲除之而後快的要務。以張愛玲的祖父張佩綸為例，字幼樵，又字繩庵，號蕢齋，名字號齊備，學名與「官印」是張佩綸，同儕或同輩可稱其張幼樵、張繩庵或張蕢齋。到了子輩張志沂，長兄張志滄（早逝）字伯蒼，二兄張志潛字仲炤，張志沂字廷眾，而其妹張茂淵，則無字無號，亦無法正式進入「志」輩譜的同宗家族世系血緣排序，僅能在姓名第三個字採用「水」字偏旁的「淵」，來相應於兄長們同部首的「滄」、「潛」與「沂」。[14]到了孫輩張愛玲、張子靜，則已全然無字無號。張愛玲「似乎」完全跳脫任何「字輩譜」系統的命名方式，然張子靜則「似乎」還仍與堂兄弟張子美、張子閒相應，以「子」字輩來承續同宗家族世系血緣的秩序。小名「煐」與小名「煃」同偏旁，不分男女，但在大名「愛玲」與大名「子靜」之中，卻「似乎」延續了宗法秩序的男尊女卑與漢人族譜世系千年行之的系男不系女（「似乎」表存疑，本章第五節將針對此段三個「似乎」提出反證，以最新出土的資料再次開展「張愛玲」、「張子靜」與傳統字輩譜制度的曖昧不確定）。

然在嘲笑完古代男性的字號滿天飛後，張愛玲接著把砲火對向現代男性文人的濫用筆名、化名。她語帶嘲諷地說道：

> 也許我們以為一個讀者看到我們最新的化名的時候，會說：「哦，公羊澣，他發表他的處女作的時候用的是臧孫蝃蝀的名字，在××雜誌投稿的時候他叫冥蒂，又叫白泊，又叫目蓮，櫻淵也是他，有人說斷黛也是他。在××報上他叫東方髦只，編婦女刊物的時候他暫時女性化起來，改名蘭烟嬋，又名女婉。」任何大人物，要人家牢

記這一切，尚且是希望過奢，何況是個文人？（〈必也正名乎〉，頁三八—三九）

張愛玲此處並未嘗試探究文人廣用筆名、化名的歷史政治或文化背景，也未如周作人般從言論不自由的角度，將筆名化名當成「亡命客的化妝逃難」。張愛玲在此處只是以詭笑的方式，盡量找出些冷僻艱澀的字詞加以揣擬，以順接前文中所言「多取名字，也是同樣的自我的膨脹」（頁三八），視現代男性文人筆名的詭變多端，一如古代男性的字號滿天飛，皆指向新舊交接時代「名字」作為身分符號系統的大變局。[15]

雖然我們不必進一步考據張愛玲此處嘲笑的男性文人為何，雖然擁有至少一百一十八個筆名的魯迅恐怕也難逃流彈所傷，但我們還是可以好奇地問一問，沒字沒號的張愛玲有筆名嗎？厲害的張學研究者早已指出，張愛玲確實曾經用過極為少數的筆名發表或翻譯作品，而最先被考據出來、也最為人廣知的乃「梁京」與「范思平」。一九五〇年三月二十五日至一九五一年二月二十一日間張愛玲在上海《亦報》以「梁京」為筆名，連載長篇小說《十八春》；一九五一年十一月四日至一九五二年一月二十四日間，同報同筆名連載中篇小說〈小艾〉。原本從不用筆名的張愛玲，在新中國成立後的政治風向未明中，不用本名用筆名，或許也是一時但求自保的權宜之計。但為何是「梁京」？張愛玲曾告知宋淇，梁京筆名乃桑弧代取，並無解釋，她自己相信「就是梁朝京城，有『西風殘照，漢家陵闕』的情調，指我的家庭背景」（宋以朗，《宋淇傳奇》，頁三〇七）。但《餘韻》的〈代序〉（掛名皇冠文化出版社編輯部，實由宋淇代寫）又解釋道，筆名梁京乃是「借用『玲』的子音、『張』的母音，切為『梁』；『張』的子音、『玲』的母音，切為『京』，絲毫沒有其他用意」（頁六）。看來張愛玲難得用筆名，但非得用筆名時也著實考究，一個筆名可同時指涉煊赫舊家聲，又可玩弄「本名」之中的各種切音，好個猶抱琵琶半遮面，成功地讓「梁京」成為既要人認不出、又怕人認不出的「文字謎」。而日後張愛玲也確實在表明曾以「梁京」為筆名撰寫〈小艾〉之時，提到了「張愛玲」作為自己相對於筆名的「本名」：「聽說『小艾』在香港公開以單行本出版，用的不是原來筆名梁京，卻理直氣壯地擅用我的本名，其大膽當然比不上以我名字出版『笑聲淚痕』的那位『張愛玲』」（〈《續集》自序〉，頁五）。短短一句兩度氣結，氣原本用了筆名的中篇小說被換成了本名，更氣直接盜用其本名出書的「那位『張愛玲』」。

此外張愛玲也曾以「范思平」為譯者署名，翻譯美國作家海明威（Ernest Hemingway）的《老人與海》（*The Old Man and the Sea*），在一九五二年十二月由香港中一出版社出版，待一九五四年海明威獲諾貝爾文學獎後，一九五五年五月《老人與海》三版時譯者的姓名則改回張愛玲，並在一九五四年所寫的序中言明海明威為該年諾貝爾獎得主（單德興，頁一六三）。「范思平」與「梁京」一樣都是相當男性化的筆名，但「范思平」之取名由來，並未如「梁京」一般，得到本名張愛玲的譯者任何補充說明，而學者也把較多的精力放在探討張愛玲中譯美國文學與冷戰結構下美新處的關聯，或放在張愛玲譯文的優劣與增刪改動處，而未對「范思平」的筆名一探究竟。[16]但除了「梁京」與「范思平」外，張愛玲的筆名就如張愛玲的遺作一般，還是不斷被熱心的張學研究者發掘出土。陳子善在〈張愛玲用過哪些我們所不知道的筆名？〉中再度揭露，一九四六年六月十五日張愛玲曾用「世民」（亦是一個相對男性化的筆名），在《今報》副刊「女人圈」上發表〈不變的腿〉，並引用另一篇〈張愛玲化名寫稿〉的文章加以印證：

> 善於心理描寫，在中國也有一部分讀者的張愛玲，自從勝利以後，便擱下中國筆，打開打字機，從事英語著述，準備像林語堂那樣換取大大的美國金洋錢。但據消息傳來稱：張愛玲近忽化個叫「世民」的筆名，寫了許多小品，交最近出版的《今報》的「女人圈」發表。她的第一篇東西叫〈不變的腿〉，是一篇頌揚女性大腿美的讚美詩，寫來清〔輕〕鬆有味，引證亦多。據該報「女人圈」的編者蘇紅說：「張愛玲還有十幾篇題材寫給我，並要求我，每篇替她都換上一個新的筆名呢。」[17]

陳子善不但考據出《今報》「女人圈」版的編者乃張愛玲舊識蘇青，而非「春長在」文中所謂蘇青的妹妹蘇紅，更將這篇短文〈不變的腿〉當成新出土的張愛玲佚文發表，讚嘆此以「世民」為筆名所寫的散文，乃「張愛玲研究界七十餘年來一無所知的，非同小可」。但「梁京」、「范思平」與「世民」就是張愛玲「唯三」可考的筆名嗎？套句張愛玲愛說的話，「斬釘截鐵的事物不過是例外」（〈自己的文章〉，頁一九），若是回到最早提出「范思平」為張愛玲筆名的香港作家劉以鬯的說法，張愛玲的筆名顯然尚有其他。他在一九九七年主編的《香港短篇小說選（五十年代）》中，收錄了張愛玲的短篇小說〈五四遺事——羅文濤三美團圓〉，小說末尾的「作者簡介」中寫道：「張愛玲筆名梁京、徐京、王鼐、范思平等」（劉以鬯，頁三〇九）。而最新一波出土的張愛玲筆名則是「霜廬」和「愛珍」：張愛玲曾用前者翻譯了毛姆（M. Somerset Maugham）一九二一年的短篇小說〈紅〉（"Red"），分別刊登在《春秋》一九四八年第五、六期（韋泱）；在編輯主導下以後者為譯者名，翻譯比齊（Edward L. Beach）的《海底長征記》（*Submarine*），於一九五四年八月由香港中南日報印行（吳邦謀，頁六四—六七）。看來張愛玲筆名的考據與挖掘依舊有戲可唱，恐怕一時間還沒完沒了。

但若要將無字無號但有少數筆名的張愛玲，與有字有號更有上百個筆名的魯迅相提並論，那我們可以說「魯迅本名周樹人」，卻不能有樣學樣地說「梁京本名張愛玲」，此陳述之毫無意義，當在於無人知曉梁京，卻無人不曉張愛玲，張愛玲的本名常被不知情的人士當成了筆名，而魯迅作為周樹人的筆名卻又常被不知情的人士當成了本名，或許正在於「張愛玲」三個字過於通俗而太像筆名，而「魯迅」兩個字則有姓有名而太像本名吧。但「魯迅」作為筆名的出現，卻也相當貼合張愛玲在〈必也正名乎〉一文中對「別號」與「筆名」在時代動盪變易中的觀察。根據許壽裳在《亡友魯迅印象記》中的追憶，魯迅曾言：「因為《新青年》編輯者不願意有別號一般的署名，我從前用過『迅行』的別號是你所知道的，所以臨時命名如此，理由是：（一）母親姓魯，（二）周魯是同姓之國，（三）取愚魯而迅速之意」（頁四八）。可見《新青年》不喜含有封建帝制遺緒的「別號」，而「魯迅」之臨時命名，不僅有來自父姓轉換母姓的考量與自謙自期之意，更是別號「迅行」的現代轉型。而張愛玲目前至少四個有據可考的筆名中，「世民」乃最像男子別號，同時雜有新舊的聯想，包括諧音上的「市民」、縮寫上的「世界公民」與封建帝制的唐太宗之名「世民」，反倒十分搭配〈不變的腿〉一文貫穿古今中外的詼諧。

三・不當的名字

然而在談笑風生漢人姓名學與字號筆名的種種繁複之同時，張愛玲從頭到尾都沒忘記要時時調侃自己的名字，但在諸多挑剔中卻更顯一往情深。在處理完張愛玲對漢人姓名學的議論後，此處將回到張愛玲自己的名字，一探其中所可能牽引出的「性別」與「姓別」政治。首先，張愛玲在〈必也正名乎〉中認為一個人的名字至為關鍵，「名字是與一個人的外貌品性打成一片，造成整個的印象的」（頁三五），而在她心目中所謂「適當的名字」，其定義如下：「適當的名字並不一定是新奇，淵雅，大方，好處全在造成一種恰配身分的明晰的意境」（頁三六），她舉例「茅以儉」名字所給出的寒酸聯想，「柴鳳英」則是一個標準的小家碧玉相，都是漢字名字所能生動傳達的不同意境與想像。

而相對於能與外貌品行、身分搭配得宜的「適當的名字」，張愛玲從〈必也正名乎〉一開頭就抱怨自己名字的「不當」：「我自己有一個惡俗不堪的名字，明知其俗而不打算換一個」（頁三五）。可見「愛玲」作為「不當的名字」之首椿罪狀，便是太過通俗，不僅張愛玲自言「我在學校讀書的時候，與我同名的人有兩個之多」（頁三九），就連上海的文人也曾因名廢言，質疑「有著這樣名字的女人豈能寫出好文章來」。[18]甚至部分眼紅張愛玲一夕間紅遍上海灘的小報文人，也以誇張其名字的俗氣來報復：「眼前張愛玲有三個，一個是舞女，面孔並不怎樣漂亮，更無籍籍之名，不過是一個桂花阿姐而已」（曼廠，頁六一）。這些揶揄卻也都坐實了張愛玲的內心焦慮：「為什麼不另挑兩個美麗而深沉的字眼，即使本身不能借得它的一點美與深沉，至少投起稿來不至於給讀者一個惡劣的最初印象？」（〈必也正名乎〉，頁三九）然張愛玲並沒有找出兩個美麗而深沉的字眼進行「改名」，也沒有找出一個「煒麗觸目的名字」當成筆名（梁京、范思平、世民都頗為男性化），而〈必也正名乎〉最動人之處，便在於張愛玲為自己「明知其俗而不打算換一個」的做法提出了懇切動人的說明：

> 我願意保留我的俗不可耐的名字，向我自己作為一種警告，設法除去一般知書識字的人咬文嚼字的積習，從柴米油鹽、肥皂、水與太陽之中去找尋實際的人生。（頁四〇）

此時俗不可耐的名字，反倒成為張愛玲屏除文人矯飾以親近日常生活的自我提醒。

但張愛玲名字的「不當」，不僅來自俗氣的不當聯想，更來自急就章的不當「翻譯」。如前所引，張愛玲的母親黃逸梵（本名黃素瓊）留歐返國後，堅持將張愛玲送進上海黃氏小學插班就讀，填寫入學證時一時遲疑，匆忙中決定「暫且把英文名字胡亂譯兩個字罷」。換言之，張愛玲不僅小名叫煐，更是從小就有英文名字 Eileen，而所謂的「胡亂譯」或可包含兩個層次，第一個層次乃是棄中文小名而就英文名字，第二個層次則是 Eileen 可譯成艾琳、愛琳、璦霖等各種可能，而張愛玲母親黃逸梵情急之下就以「愛玲」定案，雖然「她一直打算替我改而沒有改」（〈必也正名乎〉，頁四〇）。然證諸一九二〇年代時髦洋派的「跨語際」命名或改名風潮，張愛玲母親的「胡亂譯」卻一點都不胡來，而是有跡可循。

先從張愛玲母親黃逸梵自身說起，本名黃素瓊，其改名的原因當然不是像秋瑾一般充滿革命與女權意識，也不是像小她幾歲、同樣身為勇敢湖南女子的丁玲一樣，毅然決然廢姓（父姓蔣）易名（本名蔣偉），而是追隨一九二〇年代都會時髦女性的腳步，以英文名字的中譯來表達前衛與摩登。張愛玲母親小名瑩，而英文名字則是 Yvonne，「逸梵」正是 Yvonne 的中文音譯，一如「愛玲」正是 Eileen 的中文音譯（張子靜，頁一〇八）。而這類由英文音譯成中文的名字，更大量出現在張愛玲的小說之中，從早期〈第二爐香〉中的英國女主角「愫細」到晚近《小團圓》中的中國女主角「九莉」，母親「蕊秋」，姑姑「楚娣」，都是明顯的英文名字中譯。

或是拿張愛玲未完稿的英文小說《少帥》（*The Young Marshal*）為例，小說中的女主角 Phoebe，也有同樣的故事。

"Phoebe Chou, 1925," the teacher had dictated the line on the flyleaves of all her books. The name Phoebe was just for the teacher's convenience. Her other given name was also not known outside the schoolroom. Her father was supposed to use it but he seldom had occasion to address her. She was just called Fourth Miss.（《少帥》，頁一〇四）

「菲碧・周，一九二五年」——英文教師讓她在自己每一本書的扉頁上都寫上這行

> 字。「菲碧」只是為了方便那老師而起的名字，她另一個名字也只有上課才用。照理她父親會用，可是他甚少有喚她的機會。大家只叫她四小姐。（頁一一）

顯然四小姐菲碧乃同時擁有英文學名與中文學名，前者供英文教師使用，後者則是中文老師與父親使用，而更多的時候大家只是叫她在家中姊妹的排行「四小姐」。若回到張愛玲自陳《少帥》之所本乃張學良與趙一荻，大名鼎鼎的趙四小姐小名香笙，學名綺霞，而趙一荻之名，正是其英文名字Edith的中文音譯，與「逸梵」、「愛玲」一樣，都是透過名字的跨語際翻譯，創造出舊有漢人命名系統之外的「化外之地」，既時髦又新穎。不同的只是，黃逸梵有本名黃素瓊，趙一荻有本名趙綺霞，而張愛玲的本名就是張愛玲，從最早的中文學名開始就是採用了英文名字的音譯。

但這樣跨語際的名字翻譯，顯然有著清楚的性別差異。以張愛玲的父親張志沂為例，張愛玲曾在家中一本蕭伯納（George Bernard Shaw）劇本《心碎的屋》（*Heartbreak House*）的空白處，看見父親的英文題識：「天津，華北。一九二六。三十二號路六十一號。提摩太．C．張」（〈私語〉，頁一五五）。可見彼時中上階級的男性亦多洋名，但我們幾乎無法想像張愛玲的父親，可以像張愛玲的母親一樣改名為「張提摩太」，重點不在男性是否不如女性愛追趕時髦，重點在男性名字與女性名字在傳統父系宗法位階上的明顯差異，張「志沂」乃家族「字輩譜」的排字論輩，黃「素瓊」則無，「素瓊」可改，「志沂」不可動。就算有些女性的名字也排字論輩，但在傳統的父系宗法配置上，亦不須也無法繼嗣與承祀，而其姓氏亦將隨婚嫁而變動更易。如前所述，「張門李氏」不僅在姓氏上得加上夫姓，就連原本的名字（不論小名或大名）也一律抹去。在古代「張志沂」能堂堂正正出現在家譜之上，而「黃素瓊」就算不離婚，最多也只能成為「張門黃氏」或「張黃氏」而已。

而麻煩就出在他們都生在新不新、舊不舊的「現代」，生在舊式漢字命名系統的「多名制」與新式戶籍「單一名制」的矛盾與衝突之中，而在此矛盾與衝突中，更夾雜了新時代「自我命名」、「自我改名」的膨脹快感。畢竟千年以來都是君親師命名，而民國共和之後才帶來了名字「民主化」的誇張過程：「因為一個人是多方面的。同是一個人，父母心目中的他與辦公室西崽所見的他，就截然不同——地位不同，距離不同。有人喜歡在四壁與天花板上鑲滿了鏡子，時時刻刻從不同的角度端詳他自己，百看不厭。多取名字，也是同樣的自我的膨脹」（〈必也正名乎〉，頁三八）。然而對現代男性而言，「別號」一直是從古到今在正式「名」與「字」之外最浪漫無限制的自我表現，但隨著時代的推移，慣有的字號已被視為封建帝制遺緒而被迫棄置，連取個筆名也要有姓有名，以避開作為別號的嫌疑（如以「魯迅」取代「迅行」）。

但對女性而言，「取名自娛」卻成了千年來首遭的大解放，就如同張愛玲在《小團圓》

中描寫到女主角九莉的母親蕊秋：

楚娣又笑道：「二嬸有一百多個名字。」

九莉也在她母親的舊存摺上看見過一兩個：卞漱海、卞嫿蘭……結果只用一個英文名字，來信單署一個「秋」字。（頁一一一）

看來小說中以張愛玲母親為原型的蕊秋，不僅以英文名字Rachel的音譯為中文名字，還自我膨脹、對鏡自戀到取了一百多個名字，真可謂載欣載奔、身體力行現代女性首次獲得的自我命名權，雖仍是在不更動姓氏（父姓、祖姓）的前提之下熱烈進行。而張愛玲顯然對這種「自我的膨脹」相當包容，「取名自娛」無礙他人，「雖然是一種精神上的浪費，我們中國人素來是傾向於美的糜費的」，「如果名字是代表一種心境，名字為什麼不能隨時隨地跟著變幻的心情而轉移？」（〈必也正名乎〉，頁三八）古代男人靠瀟脫不羈的別號，現代男性文人靠層出不窮的筆名，而現代女性則不僅可以為自己改名、取名，更可以為女兒命名，在命名作為「輕便的，小規模的創造」中樂此不疲。由此看來，張愛玲母親在為其填寫入學證時，這個暫且把英文名字「胡亂譯」的兩個字，乃是讓張愛玲從入學正式命名的那一刻起，就加入了現代女性的自我命名潮。此「不當的名字」不僅只是俗氣，不僅只是從洋名音譯過來，更重要的乃是由母親命名，而非傳統的父輩命名。此「不當的名字」之可親可憫，不僅在於柴米油鹽的日常羈絆，不僅在於跨語際翻譯的靈活運用，也不僅在於能逃逸於傳統漢字命名系統的僵化，更在於母親對女兒讀書求學的期許，沒有排字論輩，沒有「光楣」或「祖蔭」所承載的宗族重擔，只有透過英文名字的中譯所打開獨立自由的新世界想像。正如張愛玲所言，「我之所以戀戀於我的名字，還是為了取名字的時候那一點回憶」（〈必也正名乎〉，頁四〇）。

四・英文的名字

既然張愛玲中文名字的取名由來是英文名字 Eileen，那張愛玲的英文姓名理所當然就該是 Eileen Chang，但只有一個正式中文名字的張愛玲，卻有好幾個不同的正式英文名字。一九三九年在張愛玲香港大學入學的英文申請表上，姓名欄填寫的是「Eileen Chang 張愛玲」，父母或監護人欄原先填寫的是 Mr. K. D. Li（李開弟，張愛玲在香港大學就讀時的監護人，後於一九七八年與張愛玲的姑姑張茂淵結婚，成為張愛玲的姑丈），後來劃去重新填上 Miss Yvonne Whang，將母親黃逸梵以英文姓名與小姐的稱謂（已與張愛玲父親張志沂離婚）帶出，可見張愛玲在中國時期的英文名字，一直是 Eileen Chang。[19]

而一九五五年張愛玲以中國專才難民資格赴美，在美國移民「綠卡」上填寫的姓名則是EILEEN A CHANG，入境日期為一九五五年十月二十二日，地點為三藩市（舊金山）。[20]與原本的英文姓名比較，顯然多出了一個縮寫字母A，那以A作為首字母的名字「中」的名字究竟為何？照常理推斷，應該為「愛玲」二字的英譯Ai-ling，而這個推斷也因《張愛玲私語錄》的出版而獲得證實。一九五五年十月二十五日張愛玲在寫給鄺文美的信上，詳細敘述了她搭乘克利夫蘭總統號油輪（SS President Cleveland）從香港經日本到美國的經過：

> 那天很可笑，我正在眼淚滂沱的找房間門牌，忽然一個人（並非purser）走來問「你是某某嗎？305號在那邊。」當時我也沒理會這人怎麼會認識我，後來在佈告板上看見旅客名單，我的名字寫著Eileen Ai-Ling Chang，像visa上一樣嚕嗦。船公司填表，有一項是旅客名單上願用什麼名字，我填了E.A. Chang。結果他們糊裏糊塗仍把整個名字寫了上去。我很annoyed——並不是不願意有人知道我，而且事實上全船至多也只有一兩個人知道，但是目前我實在是想remain anonymous。（張愛玲、宋淇、宋鄺文美，頁一四六）[21]

由此段的通信內容可得知，張愛玲在入美簽證上用的是Eileen Ai-Ling Chang，在到達美國所填寫的移民「綠卡」上用的是 Eileen A Chang，一個將「愛玲」的英文拼音全部寫出，一個則是採首字母縮寫，但無論如何張愛玲赴美前後正式文件上的正式英文姓名，已經在原有 Eileen Chang 的名與姓之間，加上了 Ai-ling 或簡寫為 A 作為「中名」（中間的名字），亦即英文的 middle name。

一般而言，在中文姓名轉英文姓名的慣例中，多將原本的中文名字用英文拼音轉換為「中名」，亦即「英文名字＋中文名字的英文拼音或英文拼音首字母縮寫＋中文姓氏的英文拼音」，而成為符合英文姓名 given name（+middle name）+family name 的慣用法。但在表面上完全符合此中英姓名轉換規範的 Eileen Ai-Ling Chang，卻又是如此的弔詭怪異。Eileen 依舊是 Eileen 作為名，Chang 依舊是 Chang 作為姓，但 Ai-ling 卻成了中文名字「愛玲」的英文拼音。若「愛玲」本就從 Eileen 而來，現在卻要將「愛玲」倒翻回去成為英文拼音的 Ai-ling，更與張愛玲正式的英文姓名，產生發音上的詭異重複。Eileen 就是愛玲，愛玲也是 Ai-ling，但 Eileen 不是 Ai-ling，所以需要一前一後分別寫出，最後才擺上姓氏的英文拼音 Chang。此畫蛇添足之舉，恐怕是張愛玲母親黃逸梵當時「暫且把英文名字胡亂譯兩個字罷」所始料未及的。原本為了時髦為了方便，直接將英文名字轉換為中文名字，但真正到了必須進入美國之為英語國家時，或為了官方正式文件的慎重和要求，或為了不被視為美國出生長大、只有英文名字而無中文名字的華裔，硬是讓中文名字來自英文名字的張愛玲，再次將中文名字轉換成英文拼音，落得英文姓名中 Eileen 與 Ai-ling 的尷尬重複。

而 Ai-ling 的消失不見，則發生在一九五六年八月十四日張愛玲與賴雅結婚之後。[22]婚後的張愛玲冠夫姓，入籍美國的正式文件上姓名欄為 Eileen Chang Reyher，此亦成為日後張愛玲在美國所有正式文件上的簽署。[23]此時 Ai-ling 或 A 作為中名已消失不見，張愛玲「父姓」的英文拼音 Chang 變成了中名，擺放在「夫姓」Reyher 之前。[24]而根據《宋淇傳奇》的說法，張愛玲後因多次搬家而遺失了美國公民入籍證，然在請求美國政府補發時，卻得到「查無此人」的結果。「多番困擾後才發覺政府工作人員在查找『愛玲．張』，而她紀錄上的正式全名應是『愛玲．張．賴雅』」（宋以朗，《宋淇傳奇》，頁二〇七）。此項說法可在張愛玲重新提出補發美國公民身分證的申請書上得到證實。此補發表格填寫於一九九一年五月十五日，申請人欄填寫 EILEEN CHANG REYHER，一九六〇年入籍美國歸化證件上的姓名為 EILEEN CHANG/REYHER，一九五五年入境美國證件上的姓名為 EILEEN A CHANG。[25]爾後張愛玲在過世之前的所有正式文件，包括補發的公民身分證、加州長青身分證（senior citizen identification card），甚至張愛玲立於一九九二年的遺囑，出現的都是 Eileen Chang Reyher，而張愛玲過世後的相關正式文件，包括死亡證明書、火化授權書，出現的也都是 Eileen Chang Reyher。

然那弔詭怪異的「中名」Ai-ling，卻似乎從未真正徹底消失過。一九六五年十二月三十一日張愛玲在寫給夏志清的信上提到，「有本參考書 20th Century Authors，仝一家公司要再出本 Mid-Century Authors，寫信來叫我寫個自傳，我借此講有兩部小說賣不出，幾乎通篇都講語言障礙外的障礙。他們不會用的——一共只出過薄薄一本書。等退回來我寄給你看」（夏志清編註，《張愛玲給我的信件》，頁三六）。而這本參考書一直拖到一九七五年才正式以《世界作家簡介‧一九五〇—一九七〇年，二十世紀作家簡介補冊》（*World Authors 1950-1970: A Companion Volume to Twentieth Century Authors*）問世，書中九百五十九位作家中，僅有三位有中國背景——張愛玲、韓素音與黎錦揚，而他們所採用的英文名字都頗為有趣（Wakeman 297-299; 612-614; 847-848）。以《花鼓歌》（*The Flower Drum Song, 1957*）走紅的黎錦揚，乃是以 LEE, C. Y.（CHIN-YANG LI）的作者姓名出現在頁八四七至八四八，LEE, C. Y. 只給人華裔或亞裔美國人的聯想，而 CHIN-YANG LI 則清楚帶出原本的中文姓名。而出現在頁六一二至六一四的 HAN SUYIN（pseudonym of Elizabeth Comber）則較為複雜，本名周光瑚，父親中國人，母親比利時人，英文名字為 Rosalie Matilda Kuanghu Chou，後冠夫姓 Comber，改為 Elizabeth Comber。此本世界作家簡介自是相當重視作家的族裔與文化背景，此二例除了英文自我簡介外，作者的中文姓名拼音（黎錦揚之為 CHIN-YANG LI）或是作者的中文筆名拼音（韓素音之為 HAN SUYIN），都成為舉足輕重的身分辨識關鍵，而張愛玲的麻煩恐怕正在於她的英文「名字」就是她的中文「名字」。於是張愛玲出現在頁二九七至二九九的英文自我簡介，乃是用了CHANG, EILEEN（Chang Ai-ling），看來Eileen還是必須依賴Ai-ling，從英文Eileen翻譯成中文愛玲、再從中文愛玲翻譯成英文Ai-ling，才得以雙重釐清張愛玲的中國人身分，既有中國人的姓，又有中國人的名，沒有華裔或混血的疑義。

五・新出土的名字

由Eileen到愛玲，再由愛玲到Ai-ling，兜兜轉轉，我們大抵應該已交代清楚張愛玲名字的由來與各種變化轉換，從小名煐到學名愛玲，無字無號但有幾個筆名可考，連可能的英文名字都已詳查一番。然而二〇一七年最新出土的張愛玲未完稿〈愛憎表〉，卻向我們拋出了一個新的挑戰，讓張愛玲的名字「疑義」繼續「迻譯」，沒完沒了。原本在二〇〇九年出版的《小團圓》中就已點出張愛玲有另一個學名的可能，只是彼時乃是鑲嵌在小說女主角九莉與姑姑楚娣的對話之中，一閃而過：

> 乃德一時高興，在九莉的一把團扇上題字，稱她為「孟媛」。她有個男性化的學名，很喜歡「孟媛」的女性氣息，完全沒想到「孟媛」表示底下還有女兒。一般人只有一

個兒子覺得有點「懸」，女兒有一個也就夠了，但是乃德顯然預備多生幾個子女，不然怎麼四口人住那麼大的房子。

「二叔給我起了個名字叫孟媛，」她告訴楚娣。

楚娣攢眉笑道：「這名字俗透了。」（頁一一〇—一一一）

小說中的父親乃德為女兒九莉在團扇上題字「孟媛」，九莉不察箇中原委而兀自高興，反倒是姑姑楚娣嫌題字俗氣。就傳統「伯（孟）仲叔季」作為兄弟姊妹長幼排行的次序而言，「孟」乃「列為首位」，「孟媛」就是大美女、大女兒，此亦九莉後來才理解到父親「顯然預備多生幾個子女」。[26]而姑姑楚娣之所以對此嫌棄，恐不僅因為「孟媛」二字太顯通俗，怕也是對「伯（孟）仲叔季」的老式排行心有不屑。而九莉之所以歡喜，乃是因為「孟媛」有女性氣息，不像她的學名那麼男性化，至於這個「男性化的學名」究竟為何，小說之中並未交代。

但到了〈愛憎表〉，同樣的段落描寫已從小說的第三人稱，轉換為散文的第一人稱，驗證了張愛玲父親確曾以「孟媛」為其取「字」（一般而言「字」多為父輩所取，而「別號」則為自取）。但在張愛玲字孟媛的同時，張愛玲那神祕「男性化的學名」也一併呼之而出：

「叔叔給我取了個名字叫孟媛，」我告訴我姑姑。不知道是否字或號，我有點喜歡，比我學名「允偀」女性化——我們是「允」字排行，下一個字「人」字邊。

我姑姑攢眉笑道：「這名字壞極了。」

給她一說，我也覺得俗氣，就沒想到「孟媛」是長女，我父親顯然希望再多生幾個兒女，所以再婚後遷入一座極大的老洋房。（〈愛憎表〉，頁一三—一四）

此處我們無須驚訝於上下兩段引文的大同小異，〈愛憎表〉本就改寫自《小團圓》。完稿於一九七六年的《小團圓》因諸多考量而決定不出版後，一直束之高閣，張愛玲在八〇年代末開始將「小說」《小團圓》，慢慢改寫為「散文」《小團圓》，先是完成了《對照記：看老照相簿》出版（亦曾一度被張愛玲命名為《小團圓》），而原本只打算作為《對照記》附錄的〈愛憎表〉（也曾一度被張愛玲命名為《小團圓》）決定獨立成文，只可惜在張愛玲生前未能完稿。然這未完成的〈愛憎表〉卻給出了一則我們研究「張愛玲」姓名學前所未見的新訊息：張愛玲的學名「允偀」。若按〈愛憎表〉中所言「我七歲那年請了老師來家教讀」（頁六—七），想來早在張愛玲十歲插班進黃氏小學之前，張愛玲其實已經有了學名「允偀」。

我們當然可以問：為何張愛玲過去從未透露父親曾為她取過學名「允偀」？為何回憶

起母親幫她填寫入學證時，只提「我的小名叫煐，張煐兩個字嗡嗡地不甚響亮」？母親知道她已有學名「允偀」嗎？還是母親故意不參考小名，也不用父親取的學名呢？張愛玲戀戀於她惡俗不堪的名字，卻為何在此之前絕口不提這「男性化的學名」呢？但我們更想問的是：為何是「允偀」？而「允偀」的出現將如何改變我們對張愛玲「姓別政治」的理解？「小煐」、「允偀」、「愛玲」、「孟媛」究竟有何不同？首先，「允偀」由何而來？從張愛玲提出的解釋觀之，當是從「字輩譜」而來：「我們是『允』字排行，下一個字『人』字邊」。如前所述，張愛玲家族在論字排輩上十分講究，不僅男女都排行，二字名中一字遵循「字輩譜」，另一字則用同偏旁。如張愛玲祖輩的張佩經—張佩綸—張佩紱—（張佩縈）—張佩緒—（張佩紉）等，以第二字「佩」排輩，並同時加以第三字的「糸」字部的同偏旁。[27]張愛玲父輩的張志滄—張志潛—張志沂—張志潭—張志瀓—張志浩—張志淦—張志洪（字人駿）等，皆以第二字「志」排輩，並同時加以第三字「水」字部的同偏旁。而其中最為奇特的，乃是張愛玲的姑姑張茂淵，「茂」沒有加入「志」字輩的排行，「淵」卻加入「水」字部的同偏旁。若將她的名字與她的五姑姑張佩縈、七姑姑張佩紉相比較，顯然張茂淵父輩乃無分男女皆以「佩」字排行，也無分男女再加以另一字的同偏旁，為何到了張志沂、張茂淵這一代就改了規矩、不從老法呢？或張茂淵另有其他的名字嗎？但就目前出現的資料而言，我們尚無法進一步揣測推想。

然張愛玲學名「允偀」的出現，卻再一次證實豐潤張家排字論輩的慣例，女兒一樣以「允」字加入排行，一樣在下一個字強調「人」字部的同偏旁。於是張愛玲的小名「煐」變成了「偀」，小名「小煐」變成了學名「允偀」（雖然依舊是「嗡嗡地不甚響亮」）。但如此一說，不僅讓人疑惑張愛玲姑姑張茂淵的「茂」字所由何來，也更讓人疑惑張愛玲弟弟張子靜的「子」字與「靜」字又所由何來。「子」既非「允」字排行，而「靜」又沒有「人」字部的同偏旁，然張愛玲父親張志沂斷不可能如此重「女」輕「男」，讓女兒加入論字排輩，而將兒子屏除在外。其中的蹊蹺究竟何在？若我們回到目前所依據的「豐潤張氏世系簡表」，張志沂之子張子靜乃是與其兄張志潛之子張子美、張子閒一樣，姓名中的第二個字都是「子」，難道張愛玲、張子靜這輩乃是以「子」字而非以「允」字排行嗎？若果真如此，那奇怪的便不是「子靜」而是「允偀」了。

在不排除記憶有誤的狀況之下，我們能替「允偀」解套的方法之一，便是提出同一家族之內男女不同排行的可能。以前面所舉的秋瑾為例，家中兄妹四人，兄譽章與弟宗章以「章」字排輩，而本名「閨瑾」的秋瑾則與妹妹「閨珵」一樣以「閨」字排輩（陳象恭，頁四）。以此觀之，秋閨瑾改名秋瑾，便不僅只是去除「閨」所帶來的女子內室聯想，更也是一舉去除論字排輩的陋習。故若從秋瑾家族的男女不同排行看來，或許張印塘家族到了張愛玲、張子靜一代，已讓男女分別排行，女子用「允」字，男子用「子」字。然這個說法本身恐不靠「譜」，畢竟證諸張愛玲祖輩與父輩的慣例，論字排輩乃男女無別，並未出現過男女不同排字論輩的現象。

那究竟是「允侒」可信還是「子靜」可信呢？所幸在「豐潤張氏世系簡表」之外，我們尚有更多現代的參考資料可循，或可為張愛玲的學名「允侒」考據一番。張愛玲在《對照記》中曾自述：「我祖父出身河北的一個荒村七家蛇，比三家村只多四家，但是後來張家也可以算是個大族了」（頁四六）。而根據張志洪（即張人駿，張愛玲父親張志沂的堂兄）的曾孫張守中的說法：「張愛玲所說的七家蛇，實則應是大齊坨。在京東一帶，村莊的命名方式可謂『百里不同俗』，『坨』是豐潤很有特色的地名，大齊坨世居張劉兩大姓，張氏以耕讀傳家，讀書應舉的人較多」（靜冬）。而年逾八十的張守中曾花了三十餘年的時間調查「豐潤張家」的家族譜系，不僅親自走訪豐潤大齊坨故里，更向上回溯到更早的山東省無棣縣大山鎮張家碼頭，並曾在張家碼頭遇到張氏家譜收藏人張洪升，得以親見《張氏家乘》線裝七大冊，「曾祖張人駿、祖父張允方、父親張象輝」族譜中均記錄在冊。[28]根據張守中編著的《方北集》所提供的家族史資料，可約略整理出「豐潤張家」由其往上數五代的「字輩譜」如下：

第十七代印（張印塘、張印桓等）

第十八代佩（張佩經、張佩綸、張佩紱、張佩縈、張佩緒、張佩紉等）

第十九代志（張志滄、張志潛、張志沂、張志潭、張志潋、張志浩、張志淦、張志洪等）

第二十代允（張允言、張允愷、張允亮、張允方等）

第二十一代象（張象昺、張象昶、張象輝、張象昱等）

第二十二代守（張守中等）

由此看來，張愛玲在〈愛憎表〉中所言的「允」字排行確有其事。按輩分而言，第二十代的張愛玲（張允偀）乃第二十二代張守中的（堂）姑奶奶，而與張愛玲同為第二十代排輩的張允言做過大清銀行總監督，張允亮之妻為袁世凱長女袁伯禎，皆是「豐潤張家」第二十代中較廣為人知者。

那當我們可以確認張愛玲的「允」字輩排行後，接下來便有三個問題需要回答，而這三個需要回答的問題，目前卻也都沒有解答。第一個問題，若是張愛玲與弟弟張子靜都是第二十代的「允」字排行，那張愛玲的學名是「允偀」，張子靜有另外的學名嗎？「子靜」是表字或別號嗎？如果張「子靜」漏了字輩排行，那為何同輩的張「子美」與張「子閒」也都漏了字輩排行，而同時他們又都不約而同地用了「子」字排行呢？看來張子靜名字所引發的問題，一點都不下其姊張愛玲，張子靜可是從小名開始就無法確定是「煃」還是「魁」，更遑論其學名—大名—譜名之間可能的斷裂與分歧。而張子靜是否張子靜「本名」的難以確認，卻讓我們確認到民國初年命名系統的大動盪與大混亂，幾千年漢人穩固的命名系統遭逢前所未有的變革。首先是族譜（家譜、譜牒、家族世系表）的編修與傳承已被視為封建宗法遺緒而逐漸式微甚至斷絕，連同族譜的「輩譜制度」也一併受到動搖，喪失了原本在「命名」上的絕對權威性，二字雙名或一字單名開始與「字輩譜」脫勾，甚至至清末民初還出現「毀婚廢家廢祖姓」的無政府與女權運動。[29] 而更為關鍵者，乃是現代戶籍系統對「單一名制」的推行，以戶籍登記之姓名為本名，因而表字式微、別號落伍，徹底摧毀了原本的「多名制」（名、字、號等）。故本章所例舉的張愛玲家族絕非特例，而是具體而微展現行之千年的「字輩譜」如何在新舊時代的交接中亂了套，有排行、沒排行或排成什麼行都難以確定，甚至連小名、小字、大名、學名、譜名（族名）、表字、別號都混淆不清。看在守舊人士眼中自是亂世亂象，但在進步人士眼中則又可以是封建宗法終有鬆動與解放的希望。換言之，我們並不真正在乎張子靜的「學名」、「譜名」或「本名」為何，我們真正在乎的是名字本身的「不確定性」，正是新時代所開啟鬆動父系宗法的一個新可能。

第二個問題，既然我們追溯張愛玲最早的學名乃「允偀」，那我們可以說「張愛玲本名張允偀」嗎？如果「張愛玲本名張煐」的說法不成立，乃是因為「煐」是小名乳名，不是大名學名，那我們該如何面對張愛玲這個新出土的「學名」呢？就時間先後順序來說，乳名「小煐」出現最早，「允偀」應是七歲那年延師來家教讀時所取的學名，「愛玲」則是十歲那年入讀黃氏小學時所取的學名，而最後出現的「孟媛」則是父親為張愛玲所取的「字」。若現代意義上的「本名」指的是戶籍學籍等正式文件上所使用的「正式的名字」，而在過去「正式的名字」即大名，而大名又多與學名、譜名相同沒有衝突，那張愛玲的問題便在於她有兩個學名，一個入家塾的學名與一個入小學的學名，前者由父親張志沂所取，後者由母親黃逸梵所取，前者循家族「字輩譜」以「允」字排行，後者則將英文名字Eileen直接音譯為中文，前者仍為私領域，後者則屬公領域。換言之，若以現代「本名」的標準看來，登記在黃氏小學入學證上的「愛玲」才是「本名」，而非家塾中所使用的「允偀」。

若張愛玲的學名「允偀」不可以當成本名，那第三個問題便是張愛玲的學名「允偀」可以當成「譜名」嗎？正如本章所一再重複強調的，所有父系宗法的魔鬼，都藏在「命名」的細節裡，而「允偀」作為我們理解張愛玲「姓名學」的最後一個關鍵，正在於其與家譜、字輩譜的直接連結。家譜作為一種表譜形式，乃記載以血緣關係為主體的家族世系繁衍，中國漢人自古相信家有家譜猶如國有國史，國無史無以考興衰，家無譜無以辨世系。而家譜立譜的依據，正是宗族或家族內定的「字輩譜」，以確定家族世系命名上的輩分序列，亦即所謂的論字排輩，取名字中的一個字作為「字輩」（「行輩」），可以是二字雙名頭一字或末一字，或一字單名的同部首，此乃一姓宗族「奠世系，序昭穆」之關鍵所在。「所謂『字輩』，即代表家族世系輩份的文字。字輩所用的字，一般都是由祖宗或地方博學儒士所選定，並被寫入家譜，具有『法定』的權威性」（王泉根，頁一一三）。而此遠在漢代就已形成的家族世系命名字輩序列，乃是「中國宗法制社會的特有產物，因之，透過字輩譜，可以認識中國宗法制社會的特有文化心理。例如崇拜祖先的意識，光宗耀祖、揚名顯親的觀念」（頁一一四）。故千年以來「輩譜制度」一直被視為保證家族血緣秩序永不紊亂的重要依歸，這種序列由祖先確定，後裔按字排輩，一字一輩，世次分明，秩序井然地傳承下去，即使家族分遷各地，支派浩繁，只要能確確實實按字輩譜取名，就可保證同宗血脈的一氣貫通、世系相連。

而「字輩」亦稱「祧字」，乃具體見證並實踐了古代宗法制度（按血緣遠近來區分嫡庶親疏的等級，並以嫡長繼承的父系家族組織來鞏固封建統治），如何過渡並延續到後來以「宗祧繼承」、祖先崇拜為中心的宗法家族結構。父宗曰宗族，「以父宗而論，則凡是同一始祖的男系後裔，都屬於同一宗族團體，概為族人」（瞿同祖，頁二）。然「宗祧繼承」系男不系女，自然造成女性在族譜家譜、排字論輩上的「存而不論」。故「輩譜制度」的同宗血脈是男女有別的，只有男系才是同宗，才是承祀與繼嗣的血脈，即便是有嫡親血緣關係的女兒，也被視為終將由父姓到夫姓的非同宗「異姓」，不入族譜家譜，自是充滿強烈的封建宗法觀念與性別歧視（王慶淑，頁五一）。而「字輩譜」的「重男輕女」又可以有兩個不同的層次。就第一個層次而言，傳統中家族的男性一定要按輩取名，女性則限制不同，有些家族的女性也能按輩取字（如前所舉例的張愛玲祖母李經璹和六姑奶奶李經溥），有些家族的女性則完全被排除在「字輩」之外（如張愛玲母親的本名黃素瓊或張愛玲的姑姑張茂淵）。就第二個層次而言，就算部分傳統女性在命名過程中進入排字論輩，但在嫁入夫家後，女人的名字便消失不見，「字輩譜」的納入並不表示男女平等。前文已分析過張愛玲筆下的「張門李氏」，就算李經璹能和她的兄弟一樣以「經」字排輩，但論字排輩的李經璹，永遠不可能像其兄弟李經方、李經邁一樣列入合肥李氏家譜，就連其早逝的弟弟李經遠、李經進都在家譜之列，李經璹永遠只能進入豐潤張家的夫家家譜之中成為沒有名字的「張門李氏」。

回到張愛玲的學名「允偀」是否可為「譜名」一說，若按舊制，不論張愛玲或張允偀都不可能列入豐潤張家的家譜，即便按字排輩的張允偀，也絕難成為列入族譜的譜名。那本節的最後，就讓我們來看看與「張允偀」同樣作為豐潤張家第二十代、同樣以「允」字排行、卻在張愛玲出生之前早已過世的另一名女性：張允淑，張守中的親姑奶奶，張守中曾祖張人駿之女、祖父張允方之妹、父親張象輝之姑姑。按《清史稿．列傳二百五十五》

上的記載，京師團練大臣王懿榮率勇拒八國聯軍失敗後投井，「與妻謝氏、寡媳張氏同殉焉」（趙爾巽等，頁一四六一）。此處的「張氏」據考證正是張人駿之女張允淑。換言之，絕無可能列入豐潤張氏世系家譜的張允淑，最多也只能以「王門張氏」或「王張氏」列入夫家家譜，也只能以「寡媳張氏」列入清史（靜冬）。這就是張愛玲的家族史，讓張愛玲離家逃家叛家、深惡痛絕的父系宗法與輩譜制度，這同時也是中國行之千年的父系宗法命名系統。張愛玲在〈必也正名乎〉中用了曖昧調侃的「張門李氏」，五十年後的〈愛憎表〉一筆帶過自己男性化卻依照「輩譜制度」排字論輩的學名，看來張愛玲的「姓別政治」從不是敲鑼打鼓扯開嗓子叫罵，張愛玲的「姓別政治」總是在表面波濤不驚處暗潮洶湧。張愛玲母親黃逸梵「暫且把英文名字胡亂譯兩個字罷」之舉，卻是在父系宗法命名系統（小煐，允偀，孟媛）之外，為女兒意外打開了一個跨時代、跨語際、跨文化的女性空間，「張愛玲」之命名不僅只是如學者所言，「這則中英互譯的『正名』軼事，成為她後來譯者角色的預言／寓言」（單德興，頁一六〇），更是「翻譯」作為逃逸與背叛的想像與政治實踐，亦是「張愛玲」作為譯者—異者—易者—憶者（母親的逸之譯與逸之憶），如何得以打出父系宗法「輩譜制度」雷峯塔之關鍵。

六・當張愛玲遇見德希達

照理說處理完最新出土的張愛玲學名，比較過「張愛玲」與「張允偀」在父系宗法與輩譜制度的叛離與歸順之別，「本名張愛玲」的任務應可就此告一段落，但本章在此的添酒迴燈重開宴，卻是想要透過當代法國哲學家德希達的引進帶入，讓張愛玲的姓名學考掘得以最終拉到一個哲學思考的層次，亦即從「名字」到「名之為字」（名乃由文字所組成，名即語言）的批判思考。帶入德希達的原因有二：一是德希達乃是當代最愛對自己姓名進行調侃與戲耍的哲學家；二是德希達能從對自己姓名的戲耍，成功擴大到對西方存有論之「本名」（the proper name，本屬固有之名，專有名稱）的批判思考。而直到本章的後半才帶入德希達的原因也有二：一是張愛玲的綿裡針主要針對「命名」作為中國父系宗法的細節魔鬼，而德希達的解構哲學卻缺乏跨文化的精準，亦少跨性別的敏感；二是在對張愛玲「姓別政治」的詳盡鋪陳後，如何可能展開「名字」本身的「可譯性」（translatability）與「重述性」（iterability）思考，就必須仰賴當代解構主義對「本名」的批判，將重音節由本章標題上的「張愛玲」移轉到「本名」，以便能在避免陷入純粹的名字考據狂熱或推理快感的同時，更擴大「本名張愛玲」的批判與思考戰線。哲學家德希達與小說家張愛玲都已過世多年，不可能在人世相遇，但他們對「名字」的敏感與思索，卻可互通有無、相互輝映，足以產生一次思考強度與美學感性上的邂逅，將本章對中國父系宗法「姓別政治」的批判，積極擴展到對「名無所本」、「字無所屬」的哲學思考。

首先，我們先來看看德希達如何談論他自己的名字。晚張愛玲十年出生在法屬阿爾及利亞猶太家庭的德希達，乃當代最重要的解構主義哲學家，大名享譽國際。但一直要到他發表〈割禮告白〉（"Circumfession"）時，才真正向世人自我揭露那藏在他名字底下的祕密。文中他告白了他的宗教信仰（而非一向被視為的無神論者），他也告白了他的「本名」（出生證件上的名字）乃是Jackie 而非 Jacques。Jackie 乃德希達父母仿效一九二〇年代以卓別林（Charles Spencer Chaplin）電影《尋子遇仙記》（*The Kid*）紅遍全球的美國童星傑基．庫根（Jackie Coogan）的名字而來，而此「美國名字」更常被當成女性的名字使用，故德希達長大後赴法國求學，遂將自己的名字改為 Jacques，一個更像法國男人的名字，一個更具知性風格的名字（Peeters 12-13; Bennington and Derrida 325; Powell 10-12）。而更重要的是，德希達在〈割禮告白〉中還告白了他的「猶太名字」Elie，一個在出生後施行「割禮」時所取且充滿傷痕的名字，一個從未被書寫在任何正式文件之上卻滿溢幽靈的隱藏版名字（Derrida, "Circumfession" 96），隱隱指向他出生前三個月夭折的哥哥與在他之後夭折的弟弟，自殺身亡的朋友 Elie Carrive，猶太先知以利亞（Élie, Elijah）和在家族中被稱為 Elie 的叔叔 Eugène Eliahou Derrida 等（頁一八五）。而德希達「美國名字」Jackie 與「猶太名字」Elie 的相繼曝光，揭示了德希達在法國、美國、阿拉伯文化與猶太文化混雜交織中的成長經歷，藏在名字裡的幽靈，以及名字作為揭露與隱藏、在場與不在場的跨文化、跨性別、跨世代曖昧。

唯有透過書寫，我們得以看到在「賈克・德希達」之中，如何不斷裂解開摺出新的名字，無法被收束在「賈克・德希達」所表徵的「存有」與「本我同一」（self-sameness）之中，美國名字 Jackie 與猶太名字 Elie 的相繼浮出，都成為阻斷「賈克・德希達」作為單一的穩固意義，都是「文本性」（textuality）的歧異冒現，不可遏抑，無法收束。[30] 但精采的不僅只是德希達對自己名字的告白與反思，更是德希達從名字出發而開展出一系列對「邏各斯理體中心」、「存有形上學」最犀利的當代批判。先以德希達所舉的一個最簡單的例子來看，法文大寫的 Pierre 與小寫的 pierre 有何不同？大寫的 Pierre 乃是作為某男性的名字，強調此名對應此人的獨一無二，此男性人名 Pierre 亦即文法上所謂的「專有名稱」（*le nom propre*）；而小寫的 pierre 乃法文的「石頭」之義，乃屬文法定義下的「普通名稱」（*le nom commun*）（Derrida, *Acts of Religion* 109-111）。雖然 Pierre 與 pierre 都來自希臘字源 *petros*（石塊、石頭），但當小寫的 pierre 可以被翻譯成中文「石頭」、英文 stone 或德文 *Stein* 時，大寫的 Pierre 卻不可以被翻譯成英文的 Peter，如同 Pierre Bourdieu 不會是 Peter Bourdieu 或 Jacques Derrida 不會是 John Derrida 一樣。換言之，「專有名稱」預設了名字與指涉對象之間的同一對應與獨一無二，不具有跨語言的「可譯性」，而「普通名稱」則是事物的通稱，可以被翻譯成各種語言。[31]

為了呼應本章既有的論述脈絡，擬在此將法文的 *le nom propre* 權宜譯為「本名」，並不時與文法上慣用的「專有名稱」之翻譯產生滑動。其理由有二：一是法文 *nom* 既是名字 name 亦是名詞 noun，可用「名」表示之；二是 *propre* 與德希達一再使用的 *propriété* 乃指「本我同一」，可用「本」表示之。故此處「本名」已不再圈限於前文所強調的「正式的名字」或相對於改名、筆名的「本來的名字」，而終於可以進一步從「名字」擴大到「語言」、從專有、專屬、名有所本擴大到無有、無屬、名無所本的思考。而德希達乃是從最早期著作《論文字學》（*Of Grammatology*）開始，就將「本名」（*le nom propre*; the proper name）視為「邏各斯理體中心」的基石：「本名」作為「本我同一的名字」，預設了「本屬」的特質，專為己有，獨一無二，乃是語言符號與指涉對象之間完美的貼合認同，無法分離，無法翻譯，亦無法置換取代，我的名字就是我，意符就是意旨。而德希達的解構工程，正是要揭示所有的「本名」總已充滿差異書寫的痕跡，總已流變「通名」（普通名稱），總已是不可譯與可譯之間的「雙重束縛」（*double contrainte;* double bind）。

故對德希達而言，「本名」作為「本我同一的名字」給出的正是一種兩難的不確定性。一方面「本名」具有「獨異性」（singularity），凸顯「現下存有」（the present presence），「詞」（word）即是「物」（thing）的合而為一；另一方面「本名」卻必須在「重述性」中存活，不僅在命名之初就已飽含分類化與書寫化的痕跡，以展現其作為與一切其他「本名」的名義差異（nominal difference），更能在主體不在場或主體已逝的情況下持續使用。前者所凸顯的「獨異性」乃純粹的指涉、純粹的不可翻譯，在語言與表義之外；而後者則是對可譯與可讀的要求，由專有名稱流變普通名稱。由此觀之，「本名」既在書寫之外又在書寫之內、既在語言之外又在語言之內、既在可譯之外又在可譯之內，此正是德希達所強調「雙重束縛」的兩難與不確定性。

於是西方「存有形上學」中不可翻譯、不可重述的「本名」，被德希達弔詭解構為必須建立在「可譯性」與「重述性」之上的「本名」。正如德希達在〈本名之戰〉（"The Battle of the Proper Name"）中所言：「從本名在系統之中被抹去的那刻起，便有了書寫，從本屬消失出現的那刻起，便有了『主體』，亦即從本屬的第一次出現、從語言的第一個黎明」（頁七五）。故書寫與主體的出現，正是「本我同一的名字」的解構，不僅我之為我乃透過「命名」，我與我的關係亦踐履於語言的不斷重複陳述之中，名字作為指稱，名字作為標記，都不斷挖空我，將我置放在差異的關係連結之中，讓我不斷「溢出」我，讓我的名字不斷「譯出」更多的名字，讓「本我同一」不斷偏離摺曲為「本我非一」，「『我』乃是最正當與最不當的名字，獨一無二與普世皆同的名字」（Stocker 96）。如果說張愛玲愛自己「惡俗不堪」的名字，乃是因為對母親的記憶與對世俗日常的依戀，那德希達在此提出愛自己名字的理由，則是名字永遠不屬一己所有，德希達永遠無法歸屬於德希達。

而德希達最厲害之處，便是把哲學思考上對「本名」的解構，放回到對自己名字的戲耍之中，具體展現「名無所本」的語言流變。例如在《格拉斯》（*Glas*，原義為「喪鐘」）中大玩特玩姓氏遊戲，像搬弄法國作家惹內姓氏 Genet 的「不當」，其「不當」不僅是因為出生時父不詳而採用了母親的姓氏，遂被傳統保守社會視為恥辱，更是因為 Genet 與 *genêt*（植物或花名）之間的類同連結，創造出 Genet 作為大寫專有名稱與 *genêt* 作為小寫普通名稱之間的滑動，一如惹內喜用花名來命名角色，亦是讓專屬的姓氏變成了通稱的花名（*Glas* 34b）。而德希達更是大量拿自己的姓氏來耍弄，例如 "*derrière les rideaux*"（*Glas* 84b），德希達將自己的姓氏 Derrida 藏在 *derrière* 與 *rideaux* 之中成為顛倒字母排列的字謎（anagram），而 "*derrière les rideaux*" 之義也正是「在簾幕（面紗）之後」，既呼應該文乃是德希達對剛過世父親的悼亡，讓父親的姓氏藏在文字的簾幕（面紗）之後，也同時呼應德希達對「真理作為揭示」（*aletheia*; unveiling）的批判思考。[32] 此亦為何美國後殖民學者、亦是德希達重要的譯介者史匹娃（G. C. Spivak），會將《格拉斯》一書讀成德希達的「祭祖儀式」（an ancestral rite）（Spivak 22）。她指出德希達自己的父親加上黑格爾（G. W. F. Hegel）與尼采（Friedrich Wilhelm Nietzsche），乃書中最主要的三位祖先，而德希達乃是在「d 字母起首的字詞殘骸」（"the debris of d-words"）上下求索，變化出各種小寫化、音素化 da 的文字捉迷藏，而讓帶有自傳性質的《格拉斯》成為「失去名字的永恆悼亡」（Spivak

23-24）。[33]

但德希達最膽大妄為的「本名」解構，乃是將聖經的「巴別塔」讀成一則有關上帝「本名」及其「翻譯」的故事。上古部落「名族」（*Shems*，希伯來文的「名字」）想要修築一座通天的高塔，且擬完工後在塔頂宣告他們的單一語言以一統天下。被惱怒的上帝不僅摧毀了「名族」已完成的塔身，並打亂他們的語言，讓他們彼此無法再用相同的語言溝通而終至散向四海八荒，也讓原本理想中的高塔永無完工的一日。德希達巧妙指出，上帝之所以能成功混亂「名族」語言的方式，乃是對他們說出自己的「本名」，而上帝的「本名」被名族翻譯成 *Babel*（希伯來文的「混亂」），遂帶來了語言的分歧岔出。換言之，上帝的「本名」為「名族」帶來了雙重（兩難）束縛：一方面說我是上帝，你們用你們的語言翻譯我的名字並遵守我的律法；一方面則說我在我的本名之外，我是超驗的無所不在，你們無法用你們的語言翻譯我的名字，因為我的名字本身便是混亂矛盾，永遠溢出你們用世俗語言所建構的生命世界。故將上帝的「本名」翻譯成 *Babel*，便落入了既是且非的進退兩難，既是將其翻譯成「混亂」（一種翻譯），也是將「混亂」當成一種混亂而不確定的翻譯（無法翻譯），再次讓獨一無二、本我專屬的「本名」變成了可以不斷譯動的「普通名稱」（Derrida, "Roundtable on Translation" 102）。德希達用上帝的「本名」來說明的，乃是所有「本名」的內在分裂——要求翻譯也同時禁制翻譯，而此「本名」內在分裂所指向的，正是語言作為一種「本名」使用時的兩難：「可譯性」與「不可譯性」的同時存在。

但德希達不論是自曝美國名字與猶太名字、透過文字遊戲去解構自己的姓氏，或是以翻譯的角度重新解讀聖經故事，其所念茲在茲的乃是所有的「本名」都無法逃脫其在語言關係網絡中的差異流變。而這些思考背後最主要的關鍵人物（史匹娃所謂的「祖先」）之一，正是以「同名面具」（homonymic masks）撼動整個西方哲學史的尼采。尼采徹底抨擊「本名」結構中獨一無二的真確性、固定性與對應性，他是他的父親、他的母親，他是凱薩大帝、亞歷山大大帝，他是「查拉圖斯特拉」（Zarathustra），他是華格納（Wilhelm Richard Wagner），他是酒神也是被釘上十字架的耶穌基督。「弗里德里希・威廉・尼采」作為哲學家的「本名」，喪失了任何可能達成的整體一致性，「本名」所預設的「當下存有（在場）」，已徹底被差異系統所鬆動、被關係連結所牽扯，無法就其位、司其職。這裡並不是預設在多重「面具」（*persona* 最早即為祖先的蠟製面具）之下或複數的流動認同之後，存在著一個獨一無二、永恆不變的尼采，此仍是人本主義透過「本名」對單一確切主體的預設，這裡的「面具」乃指向抹去本名之後才出現的書寫主體，不斷以分裂增生的「同名面具」來回應生命的複雜糾葛，不斷以真實與偽裝之間的弔詭循環來啟動自我（作為透過語言的「字」我）呈現，一個永遠無法確實掌握身分認同與屬性、永遠無法「如實呈現」的「字」我。

而德希達在〈耳傳記：尼采教誨與本名政治〉（"Otobiographies: The Teaching of Nietzsche and the Politics of the Proper Name"）中更透過對尼采自傳《瞧！就是這個人》（*Ecce Homo*）的解讀，嘗試拉出哲學文集（*corpus*）與生命傳體（*corps*, body）之間的巧妙連結，提出如何在解構本名的實踐之中，重新看待作家的「署名」（signature）。如果名無所本、本無所屬，那「作家署名」又代表了什麼？對德希達而言，「作家署名」乃是作品與生命之間的動態界限，乃是「本名尼采」的邊界標記，等待一個聆聽的耳朵，經由溝通而得以被聽到、被讀到。「署名」一如「本名」，讓尼采在尼采死後還是以尼采之名被重述之，讓尼采無法被固置標定為一家之言，讓尼采永遠無法外在於書寫，也讓尼采永遠無法成為尼采作品與傳記的最初唯一源頭或最終僅存依歸。

七・「本名」的跨性別翻譯

而我們「繞道」德希達對「本名」、「署名」的長篇哲學大論後，究竟能對「本名張愛玲」的思索提出任何新解呢？但在一探德希達的解構本名思考如何有助於我們重返張愛玲之前，我們應該先看看女性主義對德希達的可能批判與張愛玲對德希達的可能提點。誠如巴特勒在《攸關身體》（*Bodies That Matter*）中所言，當代對「本名」的哲學思考充滿了男性中心的自以為是與異性戀架構的預設，因而避談「父姓（祖姓）」，避談「本名的運作」即是「父姓的運作」（頁一五四）。而「父姓」之所以可以世世代代綿延接續，關鍵便是透過婚嫁儀式交換女人，讓女人從「父姓」轉變為「夫姓」，女人姓氏的可變性，如是造就了「父姓」的永續性。巴特勒反諷男性哲學家要如此大張旗鼓、大費唇舌，辯稱「本名」的「本我同一」（propriety）實乃「本我非一」（non-propriety），乃是根本看不到女人自始至終的「本我剝奪」（expropriation）：「本我剝奪乃女人的認同情境。認同的獲取正來自姓名的轉換，姓名作為轉移與置換的地點，姓名總是如此暫時，差異於自身，滿溢出自身，非—自我—同一」（頁一五三）。

此處巴特勒對德希達的批判火力，乃聚焦於德希達的避談「姓氏」（祖姓、父姓、夫姓），而德希達之所以避談「姓氏」，不僅只是因為法文的特殊表達（法文的 *nom* 既指名也指姓，而 *surnom* 則為暱稱，不同於英文的 surname，而較近 nickname），更是德希達意圖將法文 *surnom* 拆解為 *sur-nom*（sur-name; sur-naming），以作為解構「本名政治」的核心操作概念。德希達的 *sur-nom*，乃名字之上、之外、之後所不斷溢出、不斷增補、不斷替代的名字，證諸西方姓名學的發展脈絡，先有名再有姓，姓確實是附加在名字之上、之外、之後的名字。故 *sur-nom* 作為「溢名」或「添名」乃是命名的不斷重複，不僅只是「本名」必須不斷重複與重複命名，更在於最初的命名本身已是一種再命名，「姓」既是一種重複，也是一種遺忘，一個掩蓋 sur-naming 本身的不斷重複。換言之，「姓」所承載與具現的父系—父權體系，乃被德希達 sur-naming 的語言重複遊戲所拆解無蹤，此亦為何巴特勒要特別強調德希達「本名的運作」，乃是建立在「父姓的運作」之重複與遺忘之上。

故巴特勒乃是從女性主義政治批判的角度，來看當代「純」哲學對「本名」所展開的語言思考與文字遊戲。不需要透過對自己姓名的戲耍或穿插藏閃，女人總已是父權結構下的「本我非一」，或雙重的「本我非一」。但相較於中國父系宗法的「命名」系統，一個透過祖先崇拜—宗廟家祠—輩譜制度—宗祧繼承所嚴密交織的千年系統，巴特勒筆下所批判的近現代西方父主—父系—父財共構之父權架構，顯然是小巫見大巫。而張愛玲在自身家族命名的曲折繁複中，或在〈必也正名乎〉的命名考究中，都具體展現了中國父系宗法的嚴密細膩與動彈不得，一個「張門李氏」就足以道盡女人雙重、多重的「本我非一」，一個「愛玲」就足以帶出跨文化譯名的逃逸路徑，一個「允偀」就足以表達漢人命名輩譜分類系統的收納與排除。中國女性只有父姓、只有夫姓、沒有女姓、沒有母姓，即便母親的姓氏也是母親的父姓，即便「姓」字本身乃強烈攜帶了上古母系社會的造字遺跡（上古八大姓皆從女部）。

德希達的解構「本名」，雖有跨文化與跨性（姓）別的敏感缺失，但還是可以對「本名張愛玲」提出兩個關鍵的思考方向。第一個是「本名」二字的跨文化翻譯，如何讓中文的「本」、「名」與當代歐陸哲學對 the proper name 的批判思考相連結，以展開名字的「可譯性」與「重述性」。第二個則是作家署名作為「本名張愛玲」的邊界標記，如何得以讓我們重返「張愛玲」作為書寫文本與生命傳記之間的動態界限。首先在德希達解構主義的啟發之下，讓我們先爬梳「本名」在中文可能開展出的「造字」脈絡，並嘗試對「本名」、「名字」、「姓名」的用法，提出差異思考的可能。先從「名」開始，《說文》：「名，自命也。从口，从夕。夕者，冥也。冥不相見，故以口自名」（卷二上，頁三一）。「名」在此的造字關鍵有二，一從夕，混沌暗黑或天地晦明中的無法識見、無法辨別；一從口，用自己的嘴巴發出聲音，報出自己的名字。由此可見「名」之為「名」，所啟動的可以是一系列同音異字的相互轉換：冥—鳴—名—明。從「冥」到「明」的關鍵，在於自「鳴」其「名」。故「名」乃同時兼具「冥」與「明」的背反，無「冥」則不須「鳴」，「名」出則「明」至，唯有冥而鳴之，才能鳴而名之，以臻名而明之。這與德希達所言西方哲學將「名」視為「保留給獨一存有在場的獨一稱呼」（unique appellation reserved for the presence of a unique being）（Derrida, "The Battle of the Proper Name" 76），乃有異曲同工之妙。

但「名」在從夕從口之外，還有一個關鍵詞「自命」，在幽冥晦暗中自稱其名。此處的「自命」當非自己為自己命名，而是自己報出自己之名。「名」之「以口自名」，我口報我名，展現名與我之間的直接身體發聲表達。故「自命」的重點之一在「名」作為語言發聲與「存有」的展現乃同時發生，一如聖經創世紀中神說要有光，就有了光，而自此光與暗、天與地、陸與海就此分隔，世界不再幽冥晦暗。故「自命」的重點之二便在「自我」與「他者」的同時出現，若幽冥晦暗指向無差異區分的混沌，那「自命」作為最初的語言行動，則是打破混沌進入象徵，開啟人我區隔、差異區分的世界運作。換言之，「自命」乃是「字命」，「自」之弔詭矛盾，正在於「字」之無法「自有」與「自屬」，亦即進入語言後永無專屬、專有、專名之可能。故「自命」的重點之三，則是以黑暗中自己報上名來的場景調度，迴避了命名系統所承載父系宗法、敬宗收族的「意識形態召喚」（「光楣」、「祖蔭」、「承祖」）與輩譜分類系統，亦即「自（字）命」之前「他命」（大寫他者作為語言的象徵秩序）的重複與遺忘。

正如緒論已述，本名之所「本」，乃《說文》所言「木下曰本。从木，一在其下」（卷六上，頁一一八），亦即在象形字的「木」（上有枝幹、下有根系）下方中央加上一道線，來「指事」木之「根本」所在。這以一道線來「指事」樹根之所在，自又可與張愛玲小時候的畫畫習慣穿鑿附會一番。張愛玲曾言她畫的人物總踩著一道代表地板或是土地的線，而母親在欣賞她的畫作之餘，總是要求「腳底下不要畫一道線」，張愛玲還曾為此做出了長段的自我辯護：

> 生物學有一個人的成長重演進化史，從蝌蚪似的胎兒發展到魚、猿猴、人類。兒童還在野蠻人的階段。的確我當時還有蠻族的邏輯，認為非畫這道線不可，「不然叫他站在什麼地方？」也說是巫師的「同情魔術」（sympathetic magic）的起源，例如灑水消毒祛病，戰鬥舞蹈驅魔等等。（〈愛憎表〉，頁九）

看來中國象形、指示的造字方式，與張愛玲畫畫的蠻族邏輯確有相通之處，樹底下畫一道線，或人腳下畫一道線，標示的乃是樹之所以能長、人之所以能立的「根本」之處。

故當我們將作為語言關係網絡中差異區辨的「名」與強調本我固著、自體根植的「本」放在一起時，「本名」就已然出現了矛盾分裂，既以名為本，又名無所本，既凸顯專屬專有，又漂流離散，永遠有一道線所標示出的「正當位置」，也永遠溢出一道線所圈限的「本我同一」。也只有在此「雙重束縛」的兩難觀照下，我們才有可能從張愛玲的姓名學考據中，拉出有關名字「可譯性」與「重述性」的哲學思考。此處名字的「可譯性」指的不再只是前文所論 Eileen 的跨語際翻譯為愛玲，或愛玲的跨語際翻譯為 Ai-ling，也不再只是小煐—允偀—愛玲—孟媛—梁京—世民—范思平—霜廬—愛珍—Eileen Chang—Eileen A Chang—Eileen Ai-ling Chang—Eileen Chang Reyher 等各種名字的「迻譯」，而是回到「名字」本身的兩難與置疑：既是形上存有論的「名自」（稱謂自身），也是打破形上存有論的「名字」（名之為字，名乃語言關係網絡中的差異書寫）。「名字」遂成為當代哲學思考中「形上存有學」（ontology）與「解構文字學」（grammatology）的終極交鋒。「張愛玲」作為「本名」之兩難，既專屬亦無法專屬，這並不是指一般意義上的「同名之累」，尤其是證諸漢字命名系統中同名或同名同姓的高重複率，而是前面所言的尼采「同名面具」，不是筆名、化名、字號的微量或大量使用，而是作為獨異生命在不同時間節點所不斷裂解出的「同名面具」，不再「是其所是」，不再「名我固當」，徹底打破「本名」的「專屬邏輯」，而能不斷流變—異者—譯者—易者。因而「本名張愛玲」所開啟的「可譯性」與「重述性」，正在於張愛玲不屬於張愛玲，所有有關張愛玲的「獨異性」，皆出現在一再引述的重複與變化之中，在張愛玲生前如是，在張愛玲身後亦復如是，沒有任何一個張愛玲的本尊或本質可供回歸或膜拜。故在〈私語〉出現之前的張愛玲，不同於〈私語〉出現之後的張愛玲，在蕊秋出現之前的張愛玲，不同於蕊秋出現之後的張愛玲，小名煐的張愛玲，不同於學名允偀的張愛玲，張愛玲作為「本名」的同時，生前與身後皆不斷裂解成重新出土的「同名面具」，不再「是其所是」，不再「名我固當」。

然在這層層的解構思考中，我們更不可須臾忘記「張愛玲」之為「女性」，其「本名」總已展現了一個更根本的雙重「本我剝奪」，由父姓「張」到夫姓 Reyher、由中國到西方之「本我剝奪」。二十世紀英國女作家吳爾芙曾說「女人無祖國」，若對張愛玲而言，恐怕更根本、更基進的乃是「女人無本名」，女人在命名之初，就總已被「本名」所預設的「正當」、「正統」、「正宗」及其所建立的穩定象徵階序排除在外了。張愛玲作為「本名」的弔詭，正在於同時展現了「樹狀張愛玲」與「塊莖張愛玲」的兩難，前者指向父系宗法、輩譜制度，以「家族樹」的系譜想像為原型，後者則指向「姓別政治」逃逸與異質連結的去中心開展，無祖先，無子嗣，無始亦無終；前者指向「張愛玲」作為漢人分類系統的命名，後者則指向「張愛玲」作為書寫文本的差異痕跡。此乃「張愛玲」作為「本名」的雙重「本我剝奪」（命名的「本我剝奪」與性別的「本我剝奪」）與雙重「本我非一」（生命的「本我非一」與書寫的「本我非一」）。

有了這層層的理解與掌握，我們便可進入德希達解構主義對「本名張愛玲」的第二個重要啟示，亦即本章最後所欲探究的「作家署名」，如何有可能成為書寫文本與生命傳記之間的動態界限。在當前的張愛玲研究中，一直存在著「傳記化」、「自傳化」文學文本的傾向，輕者以張愛玲生平傳記資料作為閱讀張愛玲文學文本的比對經緯或參考框架，重者則對號入座，以挖掘考據文學角色的現實對應人物為職志，熱心提供各種角色人物的「對照表」以供參考。其所造成的主要困擾有二。一是方法陳舊，不見新意，固守傳統文學研究對「作家」、「作品」、「反映時代」、「自我經驗」的理解，更往往深陷在作家傳記資料之中難以施展。二是強化了傳統對「女作家」的研究模式，好像只要是女性創作就離不開身體、離不開親身經驗，而重重貶抑了書寫作為女性身體與女性經驗離散流變的可能。因而當前的張學研究迫切需要對「作家署名」進行哲學思考與重新界定，才有可能柳暗花明開展出具當代理論敏感度的張學研究，而德希達透過尼采所進行「作家署名」的解構思考，或許正是可以參考斟酌以進而培力的路數之一。

德希達最初的考量，乃是西方哲學傳統中男性哲學家身體的「存而不論」，只談哲學概念，不談哲學家的生命經驗，故德希達一心想要找出的，乃是尼采「文體」與「身體」之間的緊密連結。而張愛玲作為女性書寫者，其所面臨的問題或許正好相反，女性文學家身體的無所不在，幾乎讓所有的文學文本都被當成女作家的生命經驗再現。換言之，尼采作為「作家署名」的重點放在「身體」，而張愛玲作為「作家署名」的重點則應放在「文體」。就其相同點論之，兩者作為「作家署名」，都是在文本上簽署了自己的「本名」，而此「作家署名」在其死後仍不斷被「未來」所簽署，一方面自傳者用自己的名字述說自己的生命經驗，另一方面自傳者的當下顯現乃同時指向時間的「到臨」（to come）。[34] 而書寫文本的開放，乃是朝向他者的訴說，也將由到臨的他者進行會簽，因而尼采並不擁有尼采，張愛玲並不屬於張愛玲。而就其不同點論之，張愛玲作為女性的「作家署名」乃是雙重的「本我剝奪」與「本我非一」，但其重點不在回返「本名」所允諾的烏托邦認同幻象，而是思考如何更加基進化語言書寫作為符號的差異系統，如何讓「本名」不斷「溢出」

與「譯出」，讓作為「本名」與「本人」的張愛玲，永遠無法成為張愛玲文本的「最初起源」與「最終依歸」。故張愛玲作為「作家署名」所開啟的「文體」與「身體」之緊密連結，可以有兩種截然不同的解讀版本。一是「一切皆自傳」的保守版本，逕自將張愛玲的所有文本，都讀成張愛玲的自傳材料或傳記投射，並以此自傳材料或傳記投射，當成張學研究最終確切的依歸與判準。另一則是「一切皆文本」的基進版本，不是要「正本清源」，讓文學的歸文學，傳記的歸傳記，或讓經典的歸經典，八卦的歸八卦，而是視所有的「自傳」皆「字傳」，皆「生命—書寫」，文學是文本，傳記也是文本，經驗也是文本，時代也是文本，「文本之外無他」，沒有在流變、摺曲、歧異之上或之外的不變「自我」、固著「經驗」或本然「生命」。

如是觀之，張愛玲「本名」張愛玲，誰說不是一句至為弔詭不當的話語。

注釋

1 如本書緒論所強調，「基進」二字乃在「根本」、「基礎」上做變革，為英文 radical 一詞的中文翻譯，呼應其拉丁字源 *radix* 所指向的根部。

2《我的姊姊張愛玲》書中所示張愛玲寫給弟弟張子靜的信件，乃以「煐」署名，可見該書頁七—八。

3 此處的黃氏小學，按照張子靜的說法，乃是上海的美國教會。但在晚近學者的考據文章中，清楚指出其非教會學校，乃是座落在上海赫德路60號的黃氏女塾，可參見祝淳祥（頁五〇）。

4 傳統漢名中包括氏、姓、名、字、號等，但是現在「姓氏」統一為「姓」，「名字」統一為「名」，現代人的稱呼只由「姓」和「名」組成。古代的「名」多用於自稱或長輩直稱，同輩之間則「以字行」，而近現代的「名字」其社會功能較近古代的「字」，乃公領域的正式稱呼，可指大名、學名、訓名，多以入籍、入學為正式命名的分水嶺。有關中國姓名學（命名制、多名制、行輩制）的文化歷史研究，可參閱王泉根《華夏取名藝術》、蕭遙天《中國人名的研究》、趙瑞民《姓名與中國文化》、陳建魁《中國姓氏文化》、劉學銚《中國文化史講稿》第六章等。

5 可參見陳象恭，《秋瑾年譜及傳記資料》，頁四；符杰祥，《國族迷思：現代中國的道德理想與文學命運》，頁七二等。

6 張愛玲目前唯一可考的刻意「換名」，乃是為了要在美國洛杉磯「隱姓埋名」、躲避騷擾。林式同在〈有緣得識張愛玲〉中記載道，一九九一年七月他替張愛玲挑選了洛杉磯西木區羅徹斯特大道二〇六號的公寓，此亦張愛玲最後過世的居所。而在公寓的信箱上，張愛玲用了一個對林式同而言相當越南的名字 Phong，「她向伊朗房東解釋換名的理由很妙：『因為有許多親戚想找我借錢，謠言說我發了財。而 Phong 又是我祖母的名字，在中國很普遍，不會引起注意』」（頁三五）。

7 在張愛玲的《秧歌》裡確實出現一個叫「荷生」的鄉下小販，挑著擔子賣黑芝麻棒糖（頁七），但僅只是過場人物無足輕重。

8 有關張愛玲對命理之偏嗜，目前最精采的一手資料與討論分析，可見馮晞乾《在加多利山尋找張愛玲》的第二章〈從占卜、命書看張愛玲的半生緣〉，頁一九九—二三四。

9 可參見馮祖貽，《百年家族：張愛玲》，頁一四—一五所表列的「合肥李氏世系簡表」。馮祖貽明言此表乃參照吳汝綸〈太子太傅肅毅伯文華殿大學士直隸總督贈一等侯李文忠公神道碑〉與李鴻章年譜和傳記資料，此表原不系女性，但為說明張愛玲的家世，故加入李鴻章的兩個女兒「菊耦與經溥」。然蹊蹺之處正在於此處小女兒用了大名「經溥」，大女兒亦是張愛玲的祖母卻用了「菊耦」，一起排入她們原本並無位置的家族世系表。而《百年家族：張愛玲》有關張愛玲家族成員稱謂的另一個比較嚴重的問題，則在於將張愛玲母親的姓名「黃素瓊」（後改名為「黃逸梵」）寫成了「黃素瑩」，乃是將小名「瑩」誤植在大名之中。

10 可參見馮祖貽，《百年家族：張愛玲》，頁一二—一三的「豐潤張氏世系簡表」。表中所列張印塘配田氏、毛氏，妾李氏。此「李氏」嫁入張門後，為張印塘生下次子張佩統、四子張佩綬、五子張佩紱，為張佩綸的庶母。據光緒版《豐潤縣誌》記載，張印塘病逝後，李氏「二十餘年，雖造次顛沛不改其度。食貧勵志，撫孤有成。光緒間以節孝旌」，過世後被追封為四品恭人。

11 張愛玲對舊時代婦女作為「夫姓＋父姓＋氏」稱謂的「姓別」批判，亦可見《怨女》中對佛寺香爐上密密麻麻刻滿捐造香爐的女施主名字之描寫，「『陳王氏、吳趙氏、許李氏、吳何氏、馮陳氏……』，都是故意叫人記不得的名字，密密的排成大隊，看著使人透不過氣來」（頁八一）。

12 除了張愛玲的小名「煐」、母親黃逸梵可能的小名「瑩」，連祖母李經璹可能的小名也呼之欲出：在張愛玲祖父母共同創作的一些「聯句」詩作，「前半為『幼』所寫，指的當是『幼樵』，即張佩綸；而後半則由『慧』所寫，這當是李菊耦之暱稱」（南方朔，頁三七）。而當我們必須在詩作或日記中，推敲張愛玲祖母與母親可能的小名時，張愛玲則是在文章中毫不避諱直書自己的小名，可見時代之差異轉變。

13 張愛玲此處乃延續民國以降對於「別號」的嘲諷風潮。例如民國九年九月一日刊登於上海《民國日報．覺悟》上楚傖所寫〈別號的累〉，敘述某位「懷紅抱綠齋主人」迎接搭船而來的詩人，但因詩人的名號過長，主人背誦中而不慎落水的窘境，小說結尾點出主旨：「好名好姓不用，用起這種古怪名稱來，怪不得……」（楚傖）。

14 可參見馮祖貽，《百年家族：張愛玲》，頁一二—一三的「豐潤張氏世系簡表」。

15 證諸清末報刊雜誌潮的興起以及清末民初時局的動盪不安，以筆名發表文章或不斷更換筆名以逃避追緝時有所見，而中國現代文學作家的繁多筆名，乃二十世紀世界文學史上絕無僅有的現象，像魯迅、茅盾、沈從文、巴金等，畢生使用數十到數百個筆名，就連在〈現代作家筆名錄序〉用「亡命客的化妝逃難」來形容此現象的周作人本身，也有兩百多個筆名。

16 詳情亦可見陳子善，〈范思平，還是張愛玲？——張愛玲譯《老人與海》新探〉一文。

17 此篇文章乃以「春長在」署名，發表在一九四六年六月二十六日上海《香雪海畫報》第一期，引文內容轉引自陳子善，〈張愛玲用過哪些我們所不知道的筆名〉。

18 此句出自江蘇著名作家章品鎮以「顧樂水」之筆名、發表在江蘇南通《北極》半月刊五卷一期（一九四四年九月）的〈《傳奇》的印象〉一文：「看張愛玲，看得真晚。是今年二月的事。『雜誌社』社長邀請上海文化人赴蘇春遊的知單上高踞首座的就是文載道與張愛玲。約張的原意是說讀了《西洋人看京戲》，發現中間有著頗多的人情味。這篇文章是早就在《古今》上見到的，卻沒有看，原因是格於『有著這樣名字的女人豈能寫出好文章來』的想頭」（轉引自陳子善，〈揭開塵封的張愛玲研究史〉，頁三九一）。

19 此表可參見宋以朗撰文、廖偉棠圖片翻拍，〈張愛玲美國長者卡公民入籍證照片曝光（圖）〉。

20 證件照片可參見宋以朗，《宋淇傳奇》，頁二〇九。

21 《張愛玲私語錄》在編輯過程中，編者宋以朗為體貼不諳英文的讀者，在信件中使用到英文字的地方，皆補上該字的中文意譯，且放入括弧緊隨該英文字字後，卻依舊難免造成一些閱讀上的混亂（容易誤以為是原書寫者所為）。故本書對類似書信的援引，都嘗試將引文中後來添加的中文翻譯暫時刪去，以呈現原始通信內容。

22 張愛玲第二任丈夫賴雅為美國現代文學的健將，布萊希特（Bertolt Brecht）的好友與經紀人，與張愛玲相戀結婚時已體弱多病。有關張愛玲與賴雅的生活景況，可參見司馬新的《張愛玲與賴雅》、周芬伶的《哀與傷：張愛玲評傳》，頁六九—八三，頁一〇九—一五〇。

23 誠如當代女性主義法學研究者不斷指出，姓氏的性別權力關係作為持續存在的父權宰制現象，即便各國國情或有不同（如美國以從父姓與從夫姓為常規，日本多以夫的姓氏為家姓，韓國與臺灣從父姓但從夫姓已非常規），但「從父／夫姓」乃清楚標示著「從屬性」（子女從父、妻從夫），「維繫了男性優越的性別秩序階層，並且也是婦運的改革對象」（陳昭如，頁二八〇—二八一）。此處所謂的「從屬性」並非單純的「歸屬」，而是意圖凸顯「命名」作為性別、階級、種族差異區分下的「財產所有權」實踐：買奴僕婢女為其命名、奴隸從主人姓、子女從父姓、妻從夫姓，乃一以貫之的歷史歧視與壓迫機制。就張愛玲的例子而言，雖然美國經歷了一九七〇年代的婦運法律改革運動，而現今美國各州法律多已允許女性在婚後保留婚前姓（原本父姓），而父母也可相互約定子女姓氏或命名，但在社會實踐層面，子女仍以冠父姓為大宗，婚後冠夫姓亦屬多數。而一九五六年在美國與賴雅結婚後冠上夫姓的張愛玲，乃循彼時常規，但亦無法迴避此父權姓氏宰制所強化的「從屬性」。

24 經張鳳的查證，張愛玲一九七六至一九七九年在哈佛瑞克利夫學院（Radcliffe College）訪問時，檔案卡片姓名欄寫下的是 Reyher, Mrs. Ferdinand（雖下有括弧填上 Eileen Chang），此乃彼時美國社會對已婚婦人最最保守的稱謂方式，完全看不出原本的姓名，只以丈夫的姓名行之，成為某某夫人。可見張鳳，〈張愛玲在哈佛大學〉一文。

25 此申請表格的影印本照片可參見林式同，〈有緣得識張愛玲〉，頁四六。

26 此或乃詩禮人家對多生養子女的期盼，在取「字」上並未直接展現傳統封建社會的重男輕女與對傳宗接代的重視，不像張愛玲在小說裡透過角色命名所展現（鄉下勞動階級）的傳統封建意識，如《秧歌》中金根與月香的女兒阿招（小名）：「他們這孩子叫阿招，無非是希望她會招一個弟弟來。但是這幾年她母親一直不在家鄉，所以阿招一直是白白地招著手」（頁一三）。

27 馮祖貽在《百年家族：張愛玲》所表列的「豐潤張氏世系簡表」，主要根據〈安徽按察使豐潤張君墓表〉、陳寶琛〈清故通議大夫四五品京堂張君墓誌銘〉、勞乃宣〈有清通議大夫四五品京堂前翰林院侍講學士張君墓表〉、《澗于集》、《澗于日記》及張子靜回憶整理而成，可參見該書頁一二—一三。然張印塘共六子七女，此簡表在男系部分僅列出四子，而女系部分只「加入」（家譜本不系女性）孫女張茂淵與曾孫女張愛玲，由此簡表僅能判斷豐潤張家男系的排字論輩，而無從判斷張家女子是否一樣按照「字輩譜」排序。然張印塘七女中有兩女——五女張佩紫、七女張佩紉——以孝烈入載《無棣縣誌．烈女志》，而得以從她們的「名字」中看出同樣的排行「佩」與同樣的偏旁「糸」。亦可參見網站《豐潤趣文化變流論壇》上〈大齊坨張家的女人們〉一文。

28 根據張海鷹在〈張愛玲的祖籍及其顯赫家世〉中的說法，張人駿曾兩次到山東省無棣縣張家碼頭村尋根祭祖，可見河北豐潤大齊坨張氏早年乃是從山東省無棣縣大山鎮張家碼頭遷來。清光緒二十七年（一九〇一），時任山東巡撫的張人駿第一次回張家碼頭村探親，捐銀修繕張家祠堂。任兩江總督兼南洋通商大臣期間第二次返鄉祭祖，同行者包括其堂伯父張佩綸，亦即張愛玲的祖父。

29 可參閱洪喜美，〈五四前後廢除家族制與廢姓的討論〉；劉人鵬，〈晚清毀家廢婚論與親密關係政治〉；陳慧文，〈廢婚、廢家、廢姓：何震的「盡廢人治」說〉等精采論文。

30 此處的「文本性」並非單指德希達對自己名字的有意識告白，更多是以「音素」（phonemes，亦即語言中區別意義的最小聲音單位）形式所不斷出現的名字，一如法國女性哲學家西蘇在《一位年輕猶太聖徒賈克．德希達的畫像》（*Portrait of Jacques Derrida as a Young Jewish Saint*）一書中指出，〈割禮告白〉中 Elie 與 Jackie 的尾韻重複，Elie 作為回聲、交互指涉、雙關語的無所不在，甚至德希達母親的猶太名字 Ester 與 *rester*、*desir* 等字詞的「音素」交疊。

31 此處所謂的「獨一無二」並非指單一姓名只能為單一個人所使用，畢竟世界上同名或同名同姓之人甚多，此處的「獨一無二」主要指名字與指涉對象之間關係的「本我同一」，Pierre 與這個叫 Pierre 的人之間關係的「本我同一」，此即「本名」最基本的操作方式。在人名作為專有名稱的例子之外，德希達亦舉例其他的專有名稱之不專有，如在〈白色神話〉（"White Mythology"）一文中質疑「太陽」之為專有名稱，企圖解構亞里斯多德對「專有式」與「隱喻式」的區分，展現作為「專有式」的「太陽」正是建立在「太陽」與光、真理的「隱喻式」連結之上而無法專有（頁二四二—二四五）。

32 此處法文的 *derrière* 作為德希達的「姓氏解構」，也被其他學者以貌似無厘頭之方式加以挪用，從其「後」開展出德希達與當代酷兒理論（queer theory）的可能連結，可參見 Hite, "The Gift from (of the) 'Behind' (Derrière): Intro-extroduction"。

33 曾有不少學者質疑德希達的「姓名遊戲」乃是刻意行之，德希達的回應則是強調「本名」邏輯的本身就會啟動名字的遊戲（Derrida, *The Ear of the Other* 76）。

34 "to come" 作為當代理論概念，中文翻譯有「到臨」、「到來」、「來臨」、「臨在」、「將臨」等，本文暫採「到臨」，以避免「將」、「來」所可能投射的未來性與「在」所隱含的存有狀態。德希達將 "future"（*l'avenir*）差異化為 "to come"（*à venir*），以凸顯前者在線性因果關係上可被預期、可被預測的終將到來，後者乃不可預見、出乎意外、產生裂變的「他者」（the Other）（再）到臨，一個「沒有彌賽亞的彌賽亞主義」（"a messianicity without messiah"）（*Specters of Marx* 211）。

第二章
母親的離婚

張愛玲的母親本名黃素瓊，後來自我改名為黃逸梵，不是為了諧音任何可能的女德楷模之為「懿範」，而是恰恰相反、背道而馳，她是將自己的英文名字 Yvonne 音譯成為中文名字「逸梵」，就如同後來她將女兒的英文名字 Eileen 音譯為中文名字「愛玲」一般，以置換原本傳統的父系命名（即便是在自己的祖姓、父姓「黃」與女兒的祖姓、父姓「張」無法更動的前提之下進行）。如本書第一章所述，這個改名的舉動既勇敢也時髦，勇敢地偏離宗法父權的既有命名系統，也是時髦地以英文名字行於世，一如許許多多一九二〇年代的都會男女。雖現有的傳記資料多以黃素瓊稱之，但為了尊重她的自我選擇以及凸顯改名的性別時代意義，本章將以「黃逸梵」稱之。而暫時被放入引號的「黃逸梵」在本章接下來的鋪陳中，不僅可以指向其姓名的雙重與分裂（黃素瓊與黃逸梵），也是嘗試以引號可能帶來的突兀感，來加強姓名本身可能的「去熟悉化」或真人實事的「去傳記化」，更希冀藉此開啟「黃逸梵」作為符號「重複引述」（citationality）的基進思考可能，一個擺盪在真實與虛構之間的「重複引述」。

話說「黃逸梵」乃是中國現代史上第一波離婚潮的實踐者，和她改名的行動一樣既勇敢也時髦，她在一九三〇年與張愛玲的父親張志沂正式辦理離婚，也讓她的一對兒女張愛玲與張子靜，成為中國現代史上的第一代離婚子女。此處所謂的「第一波」與「第一代」並非否定千年來層出不窮的夫妻離異，只是在傳統封建宗法制度中，不論是禮教上的「七出」（不順父母、無子、淫佚、嫉妒、惡疾、多言、竊盜）或法律上的「義絕」，皆是以捍衛「夫方」的父系利益與繼嗣為主的「出妻」、「休妻」，即便是「和離」，也多是在父系宗族的關係網絡裡進行協商與議決（甚至私下強迫）。而現代「離婚」徹底不同於古代的「和離」或「出妻」、「休妻」，不僅在於「離婚」所可能預設的現代性別平等觀，不同於後者所奠基的父系宗法傳統，更在兩者所展現的不同「婚姻」預設。宗法婚建立在「兩姓」之間的關係連結，婚姻乃是透過「交換女人」（exchange of women）以建立兩個祖姓之間的祭祀—繼嗣責任與親屬倫常關係。正如《禮記．昏義》所言，「昏禮者，將合二姓之好，上以事宗廟，而下以繼後世也」（卷六一，頁九九九），故「無子」可堂而皇之成為「出妻」的事由。[1] 而現代婚則是建立在「兩性」之間的關係連結，性別相異（異性戀婚姻的預設）的兩個個體透過法律程序的認可所建立的夫妻關係。

故相對於古代的「和離」、「出妻」、「休妻」，現代的「離婚」之所以現代，乃是同時「離異」於夫妻兩性關係，終結其法律效應，亦是「離異」於傳統宗法婚的預設與實踐，讓結婚與離婚成為個人與個人「兩性」之間、而非家族與家族「兩姓」之間的連結與終結。張愛玲的父親與母親在一九一五年結的是「兩姓」的宗法婚（包辦婚、盲婚），但在一九三〇年離的卻是「兩性」的現代婚，在兩種新舊制度與文化習俗的夾縫與夾擊間更顯複雜。故所謂的第一波離婚潮，正是在文化觀念與法律修訂過程中所牽引出的大規模變動。張愛玲曾在《張看》的〈自序〉中提到，「我母親也是被迫結婚的，也是一有了可能就離了婚」（頁八）。而文中所謂的「一有了可能」大抵指向北伐成功後，國民政府定都南京並修訂頒行《民法親屬編》（一九三〇年十二月二十六日公布、一九三一年五月五日施行），確保了女性的離婚權，此亦為何張愛玲在〈國語本《海上花》譯後記〉亦曾言道，「北伐後，婚姻自主、廢妾、離婚才有法律上的保障」（頁六〇）。[2]

在此我們可以簡略回顧清末民初「離婚」的相關法律變革，以便能精準掌握張愛玲母親「黃逸梵」之所以可以順利離婚的法律與社會條件。完成於清宣統三年（一九一一）的《大清民律草案》，首採大陸法系的離婚法思想，廢除舊律之「七出」、「義絕」，而保留傳統「兩願離婚」（「夫妻不相和諧而兩願離婚者，得行離婚」）的方式，並從大陸法系國家引進（主要從日本）「裁判離婚」，採列舉規定，夫或妻欲離婚者，必須起訴為之（戴炎輝、戴東雄、戴瑀如，頁二一八；林秀雄，頁一二七—一二八；徐慧怡，頁一

○）。[3]《大清民律草案》用「離婚」取代了傳統的「出妻」，雖仍未脫男主女從、男寬女嚴的架構，但已賦予女性一定程度的離婚自主權，而其中最為進步的乃是明文規定「兩願離婚者於離婚後，妻之財產仍歸妻」，保障了女性的「私有財產權」，離婚後可攜出夫家。雖該法案因辛亥革命推翻了滿清政府而未得施行，但仍是民國初期大理院判例的主要法理依據。

然在北洋政府時期，即便女性在法律上已享有和男性一樣的離婚權，而大理院亦不乏「兩願離婚」或「裁判離婚」的判例，且出現聘財不能因離婚而追還、得協議子女監護方式（未協議者，由歸其父任監護之責，但親生母子關係依然存在）等進步思想，但保守傳統的輿論卻大肆抨擊離婚之風的盲目模仿，夫權主義與宗法利益蠢蠢復辟，整體社會氛圍反倒不利於女性主動提出離婚，即便在一九二一年之後，「女性主動」在離婚訴訟中的比例已逐漸增高（盧惠，頁四一）。而至為關鍵的改變，則出現在國民政府北伐（一九二六—一九二八）期間與之後，尤其是一九三○年頒布的《民法親屬編》，明文保障了結婚離婚自由（家長不得干涉）與男女平等原則，而夫妻離婚時，一切嫁妝（包括田土與房產）均能攜出夫家。據上海市社會局公布的資料顯示，民國二○至二一年（一九三一—一九三二）上海市離婚案共一千零五十四件，而其中的「協定離婚」案占八百七十四件（荒砂、孟燕堃，頁五二九），遠遠多於「訴訟離婚」案，而張愛玲父母的「協議離婚」（〈私語〉，頁一六一），顯然乃是屬於彼時由女方主動提出而占多數的「協定離婚」案件。同樣的數據亦顯示了上海離婚案（含協定和判決）的統計件數與離婚率：民國十八年（一九二九）為六百四十五件、離婚率（與當時總人口比）為〇．四八％；民國十九年（一九三〇）為八百五十三件、離婚率為〇．五五％；民國二〇年（一九三一）為六百三十九件、離婚率為〇．四％（荒砂、孟燕堃，頁五三〇）。張愛玲母親「黃逸梵」當是為人所不敢為，勇敢成為中國現代史上第一波擺脫封建婚姻的覺醒女性。

正如張愛玲在《小團圓》小說中的描述，女兒九莉在得知母親蕊秋、父親乃德離婚後，乃對著母親含笑道「我真高興」，並「同時也得意，家裏有人離婚，跟家裏出了個科學家一樣現代化」（頁九四）。若按傳統宗法父權的守舊思想觀之，離婚乃女子醜行與家族恥辱，但二〇、三〇年代的「離婚」卻成為「現代性」的重要展現，對離婚的贊同與支持乃成為社會進步與文明的象徵，而反對離婚則被視為因襲舊道德禮俗，前者「新派」，後者「封建」。誠如楊聯芬在〈自由離婚：觀念的奇蹟〉中所言，「離婚」一詞雖古已有之，但「離婚」與「自由」的組合，卻主要來自五四新文化運動所倡導的新道德。「離婚自由」作為五四新道德的重要命題，乃是由家族主義轉向個人主義的重要生命實踐，不僅凸顯性別的平等自由，甚至還往往上綱到民族國家、救亡圖存的話語（「人的解放」、「婦女解放」、「個性解放」的新文化身分與符號價值），更是繼「戀愛」之後成為「二〇年代報刊媒介聚焦的公共話題及新文學熱衷表現的題材」（楊聯芬，頁一一五）。

然而本章的重點並非單純援引張愛玲母親「黃逸梵」之例，以其作為探討清末民初婚姻法與離婚法的千年變動，或是單純以其再現彼時女性社會與法律地位的更替，或進一步闡釋離婚與婦女解放的基進革命連結。本章另有所圖，在簡略回顧古代「和離」、「出妻」、「義絕」到現代「離婚」的父系宗法與法律變革之後，接下來則欲將探討的焦點從文化與法律層面，轉移到「真人實事」與「真實效應」（effect of reality）之間所可能開展出的「文本」思考。[4] 換言之，本章不擬將重點放在「黃逸梵」離婚案的探討、法律變革與文化批判，本章真正想要發展的，乃是如何在已成「定案」的離婚事件與法律變革之中，找到得以重新開啟矛盾情感、複雜想像、顛倒記憶與文本摺曲的「懸案」可能。誠如《小團圓》小說中透過女主角盛九莉的表達：

她沒想通，好在她最大的本事是能夠永遠存為懸案。也許要到老才會觸機頓悟。她相信只有那樣的信念才靠得住，因為是自己體驗到的，不是人云亦云。先擱在那裏，亂就亂點，整理出來的體系未必可靠。（頁六四）

就文本脈絡言之，此處令盛九莉百思不解卻不願人云亦云的，乃是國家主義的優劣存廢，突然爆發的戰爭打亂了盛九莉在香港的大學生活，但她對國家主義的困惑卻也只能永遠存為「亂就亂點」的懸案，無法建立清晰可辨、條理分明的思考體系。而此處成為「懸案」的，不僅只是字面意義上所陳述的國家主義，也是「角色」盛九莉作為「作者」張愛玲（同樣因二戰日軍轟炸而暫停香港求學生涯）的「懸案」，也將在本章中延伸為「角色」盛九莉母親卞蕊秋作為「作者」張愛玲母親「黃逸梵」的「懸案」。此「懸案」閱讀的傾向，徹底有別於當前張愛玲自傳研究的「拍板定案」傾向。如果《小團圓》只是張愛玲自傳的「懸案」，張愛玲只是盛九莉的「懸案」、「黃逸梵」只是卞蕊秋的「懸案」，那本章接下來的主要嘗試，便也是對當前張學「自傳」與「傳記」研究的一個美學政治回應，一個企圖將「定案」轉為「懸案」的女性主義「文本」閱讀，而「懸案」之為「懸案」，不是放入括弧的存而不論，而是放入引號的重複變易，讓所有企圖封閉文本閱讀的對號入坐與拍板定案，都能持續以文本「延異」的方式懸而未決、未完待續。

故本章所欲展開的女性主義文本閱讀，乃是希冀將暫時放入引號的「黃逸梵」，當成「文本表面」的交織，以探討「性別文本化」與「文本性別化」的雙重美學政治可能。換言之，在「黃逸梵」作為真人，離婚作為實事之外，我們如何有可能讓「黃逸梵」成為「文本效應」、讓「離婚」成為「文本事件」，讓傳記與書寫、指涉與符號、意義與異譯（譯—異—易—溢—佚）的各種可能關係，得以從封閉朝向開放、從穩固朝向鬆動。若「黃逸梵」不只是《小團圓》卞蕊秋在文本之外穩如泰山的真實指涉，也不只是在不確定文學書寫之外如假包換的本尊，而「黃逸梵」本身總已是真人實事的「多重」文本化、書寫化與文學化（不只是將「真人實事」寫成文字、寫成文學因而被文本化，而是「真人實事」本身就總已是放入引號的「文本」），那本章將「黃逸梵」放入引號的企圖，亦是將「張愛玲」放入引號的企圖，讓「張愛玲」作為作者、作為敘事者、作為讀者（閱讀母親的故事）、作為女兒、作為離婚（一九四七年與胡蘭成離婚）與再婚的實踐者（一九五六年與賴雅再婚）也能再次成為懸案。故本章所稱的張愛玲，即便未加上引號，也總已是「張愛玲」的文本化，總已是「張愛玲」作為小說、散文、自傳、書信等交織出的「文本表面」。[5]故以「黃逸梵」來引動張愛玲研究的性別文本化，正是意圖回應當前張愛玲研究一支獨秀、一以貫之的「同一邏輯」（the logic of the One and the Selfsame）。此邏輯傾向於將文學書寫當成自傳證據，汲汲為小說人物找出實人實事以對號入座。或是將張愛玲在不同時期、以不同語言、不同類型與篇幅的書寫，一律讀成「家族創傷」的「重複衝動」，一寫再寫、三寫四寫家族故事的過不去、完不了。此類考據、索隱或精神分析取徑本身並無可厚非，也不時能為張愛玲研究帶來新的資料或視角，但其背後所預設的「同一邏輯」——不同文本中的類同角色，皆以傳記指認方式回歸到單一的實人實事而動彈不得；不同文本的類同敘事，皆以重複方式回溯到原初的創傷場景而萬劫不復——乃是無視於文學之以文字為中介，正在於給出「自」與「字」之間的最大滑動空間：離婚自由作為「字由」的可能、書寫自由作為「字由」的可能、自傳作為「字傳」的可能、自我作為「字我」的可能，而得以重複在「發言」或書寫的過程中，不斷分裂為「說的主體」（the subject of enunciation）與「話的主體」（the subject of the enunciated），而無法「一」以貫之，認「主」歸「宗」。

故本章放入引號的「黃逸梵」乃是企圖以「差異邏輯」取代「同一邏輯」。「同一邏輯」導引我們在不同的張愛玲文本中，看到母親或離婚婦人角色背後那一個呼之欲出且真確無誤的「正宗」、「本尊」黃逸梵。而「差異邏輯」則是反其道而行，不是將各種「黃逸梵」們的文本分身，朝文本之外作為實人指涉的黃逸梵收攏歸一，而是看到「黃逸梵」們的文本分身，如何不斷漂流離散、流變生成，不是將繁多化為單一，而是在所有可能的單一源頭或真確指涉中，不斷看到總已出現的分裂與雙重（多重）。「本尊」不是源頭，「本尊」是諸多「分身」重複引述所產生的文本效應；黃逸梵不是源頭，黃逸梵是「黃逸梵」們所給出的「真實效應」，充滿變動轉化之力而永遠無法徹底定於一尊。張愛玲的文本無能取消文字作為中介的不透明性，無法在文本之外談真人實事。張愛玲的文本也不單單只是以文學「再現」現實生活中的母親「黃逸梵」，更是讓文學在「書寫」中不斷重複、不斷引述、不斷變易出「黃逸梵」們，而能暫時且變動地給出母親「黃逸梵」的「真實效應」。若多化為一的「同一邏輯」乃是一種「中心化」的傾向，那一散為多的「差異邏輯」便是

「去中心化」的啟動。此處的「多」乃文本力量布置的摺曲與扭轉，而非單純作為「一」的加總，「一」的加總仍是「同一邏輯」，「多摺性」（multi-pli-city）才是以差異打破同一的離散與逃逸。而「中」與「宗」的可能滑動，更是本書所欲凸顯女性主義「無主文本」批判的關鍵所在，讓作為文本解構的「去中心化」，得以不斷導向「陽物理體中心」的「去宗心化」，讓「黃逸梵」的不確定性，得以鬆動宗法父權在性別意識形態與語言文字的雙重掌控，得以在「文本的離婚母親」中，釋放出無數「離婚母親的文本」。

一．母親是寫在水上的字

但在進入所謂張愛玲「自傳性小說」《小團圓》的解構閱讀之前，先讓我們看一看張愛玲第一本散文集《流言》中所提到的母親與母親的離婚。一九七六年初《小團圓》正式完稿前，張愛玲在給鄺文美和宋淇的信中言道：「《小團圓》因為情節上的需要，無法改頭換面。看過《流言》的人，一望而知裏面有〈私語〉、〈燼餘錄〉（港戰）的內容，儘管是《羅生門》那樣的角度不同。」[6] 然本章此處先從《流言》切入，並非依循線性時間的先來後到與文類的可能預設，而將「早先」以「散文」形式發表的《流言》當成更貼近真人實事、更根據事實的「自傳」，並由此來比對「後來」以「小說」形式發表的《小團圓》，而是企圖從「頭」去看「黃逸梵」的分裂與雙重，從「頭」去解構《流言》作為所謂最初、最原始、最真確的「源頭」（「源頭」之可以成為時間意義上的最初，本就同時啟動了「補遺」〔supplement〕的虛擬性，無後繼的摺曲變化便無所謂的本源，源頭並非生而為源頭，而是變成源頭）。

母親在《流言》中沒有姓名，如同父親、姑姑一樣，乃是以親屬稱謂的母親行之，但此親屬稱謂卻從「頭」便有了分裂與雙重：

> 我母親和我姑姑一同出洋去，上船的那天她伏在竹床上痛哭，綠衣綠裙上面釘有抽搐發光的小片子。傭人幾次來催說已經到了時候了，她像是沒聽見，他們不敢開口了，把我推上前去，叫我說：「嬸嬸，時候不早了。」（我算是過繼給另一房的，所以稱叔叔嬸嬸。）她不理我，只是哭。她睡在那裏像船艙的玻璃上反映的海，綠色的小薄片，然而有海洋的無窮盡的顛波悲慟。（〈私語〉，頁一五七——一五八）

按照張愛玲的傳記資料，張愛玲母親黃逸梵與姑姑張茂淵於一九二四年聯袂赴歐遊學，張愛玲彼時年僅四歲，與此篇〈私語〉中的敘述並無出入。但重點不在於傳記資料與散文敘事是否合一，重點在於文學技巧是否精采動人。此段追憶不僅用「明喻」的方式帶出母親

「像」船艙玻璃上反映的海，更成功接合了「母親」與「大海」的慣用文學與文化想像（法文的海洋 ***mer*** 與母親 ***mère*** 發音相同），出洋的母親所將行經的大海，已微縮為竹床上的「船艙」，「顛波」一詞不僅促發了情感狀態的「悲慟」，更外在化為光線與顏色的顫動閃爍：大海的顏色成了母親的綠衣綠裙，痛哭顫抖的身體「轉喻」為綠衣綠裙上「抽搐發光的小片子」。重點不在於母親離家出洋的那一天，是否真穿了一套綠色的衣裙、衣裙上是否釘有綠色的小薄片，重點在於「母親」與「嬸嬸」的分裂與雙重（不只是當時宗族家族名義上的「過繼」，也是母女關係在親疏遠近上的難以調整與無法適應，推上前去貼近了的身體距離，帶出的卻是親屬稱謂的親等疏遠，怕不正是進退不得於親密與疏離間的永恆踟躕），也在於「母親」與「大海」的分裂與雙重（母親不是海，母親只是要出洋渡海；母親就是海，母親就是海洋的顏色、光線與無窮盡的顛波悲慟），更是「無人稱」敘事的開放與流動，讓顛波悲慟的主詞——主格——主體充滿不確定性，誰在那裡顛波？即將出洋的母親，母親身上的綠色小薄片，船艙玻璃上反映的海？誰在那裡悲慟？伏在竹床上痛哭的母親，站在母親床前不知所措的女兒，多年以後以模糊回憶、以散文倒敘、以文字補遺的書寫者？重點不在傳記資料的「真實」揭露，重點在文字敘述的時空壓縮、在記憶與真實的貼擠、在情動主體的不確定性。

而母親與大海的雙重與分裂，也出現在敘述者「我」八歲那年從「天津的家」來到

「上海的家」之過程，「坐船經過黑水洋，綠水洋，彷彿的確是黑的漆黑，綠的碧綠」，「女傭告訴我應當高興，母親要回來了」（〈私語〉，頁一五九）。此處我們要推展的，不是傳統文學與文化想像中「母親—大海」作為回歸源起的「無差異」（undifferentiation），而是被大海帶走、又被大海帶回的母親，「母親—大海」所啟動一連串的「分離」運動：母親與父親分離，「父親的家」與「母親的家」分離，「我」與「父親的家」分離，乃至最後「我」與「母親的家」分離。八歲那年母親回來後，「我們搬到一所花園洋房裏，有狗，有花，有童話書」（頁一五九），但一切的美好卻終結於父母的協議離婚。又再度出洋的母親（母親與女兒的再度分離），將女兒留在了「父親的家」，「那裏什麼我都看不起，鴉片，教我弟弟做『漢高祖論』的老先生，章回小說，懶洋洋灰撲撲地活下去」（頁一六二）。後來父親再婚，與同樣吸鴉片的後母一起搬回了民初樣式的老洋房，「我」最初的出生地，一個「有太陽的地方使人瞌睡，陰暗的地方有古墓的清涼」的陰陽交界邊緣（頁一六三）。而與其相對的，乃是留有母親空氣的「姑姑的家」，然而當再度出洋的母親再度回國與姑姑同住，決定收留被痛毆幽禁爾後逃離「父親的家」的女兒後，「母親—大海」作為「分離」運動而非傳統「回歸子宮」的合而為一、圓滿安祥，最終所推向的卻是「我」與「母親的家」的分離，「仰臉向著當頭的烈日，我覺得我是赤裸裸的站在天底下了」，「母親的家不復是柔和的了」（頁一六八）。

而就算不與「大海」意象相連，在《流言》中作為血緣與家族親屬稱謂的「母親」，也同時成為一種以推離為連結、以連結為推離的獨特「分離」運動，重音節不放在「合」而放在「離」，一如本章所聚焦的「離婚」，除了指向社會習俗與法律規範、指向張愛玲父母的傳記材料外，亦是以「離」來分離「宗法婚」與「現代婚」、以「離」來分離父親與母親、以「離」來分離母親與女兒，以「離」來分離傳記與書寫、作品與文本。而母親與女兒的「分離」，不僅發生在母親的出洋與母親的離婚，更發生在母女的重逢與共處。「有兩趟她領我出去，穿過馬路的時候，偶爾拉住我的手，便覺得一種生疏的刺激性」（〈童言無忌〉，頁八）。「拉手」作為一種母女身體難得的接觸與連結，觸發的卻是陌生與疏離，然此生疏中尚有對母親「羅曼蒂克的愛」所引起的刺激感。但當「拉手」變成「伸手」時，「三天兩天伸手問她要錢」，「那些瑣屑的難堪，一點點的毀了我的愛」（頁八）。「拉手」嘗試拉近母女的距離，「伸手」卻推離了母女之間可能的愛，磨難著時時得盤算經濟狀況入不敷出的母親，也磨難著自覺拖累母親、自覺忘恩負義的女兒，沒有傳統對母愛的理想歌頌，沒有無怨無悔的付出，只有字裡行間的殘酷與辛酸，「能夠愛一個人愛到問他拿零用錢的程度，那是嚴格的試驗」（頁八）。

而錢所引動的母女「分離」運動，更時時出現在女兒「拜金」與母親「清高」的差異區分之上。母親對錢的態度，決定了女兒對錢的態度，不是仿效，而是對反：

我母親是個清高的人，有錢的時候固然絕口不提錢，即至後來為錢逼迫得很厲害的時候也還把錢看得很輕。這種一塵不染的態度很引起我的反感，激我走到對面去。因此，一學會了「拜金主義」這名詞，我就堅持我是拜金主義者。（〈童言無忌〉，頁六）

於是從小開始，女兒記憶中的「抓週」拿的便是錢，「好像是個小金鎊罷」（頁六）。而女兒生平的第一次賺錢（中學時代漫畫投稿英文《大美晚報》），便立即拿稿費買了一支小號的丹琪唇膏，卻被母親責怪，怪其未將那張稿費的鈔票留下來做紀念。此處的母女皆「戀物」，只是母親乃情感「戀物」（鈔票不是錢是女兒第一次賺得的漫畫稿費，鈔票是物質記憶的載體），女兒乃商品「戀物」（錢就是錢，錢就是商品的交換價值）。此處的重點不在於張愛玲是否真的在中學時代就以漫畫投稿《大美晚報》（即便有證可考），或者真的就拿報館給的五塊錢買了一支小號的丹琪唇膏（雖無跡可尋，但在當前眾多的張愛玲傳記中，皆信誓旦旦以此為真人實事，所憑所據主要仍是此為張愛玲親筆所寫的散文，更用了第一人稱的「我」來進行敘事），重點也不在於母親究竟有多清高、女兒究竟有多拜金。[7]重點在於以「錢」所開展的母女糾葛與差異區辨，乃是在散文形式與傳記材料中，以文學技巧的「對襯角色」（foil character）進行開展，乃是女兒以母親為對襯的「角色人物化」（characterization）。

而文學史上成功的「對襯角色」，往往不在於對襯角色與主角之間的截然不同，而在於兩者的極度相似，以及在此極度相似中卻有足以翻轉「同一性」的關鍵差異。故我們此處對文學「對襯角色」的權宜援引，就必須是「差異邏輯」的雙重援引，既是「對襯」所帶出的相互差異（蘋果與橘子的不同），也是「對襯」本身的差異化過程（蘋果如何不再是蘋果）。換言之，傳統文學研究的「對襯角色」，多帶有存有形上學「同一邏輯」的嫌疑，對襯角色與主角作為分離獨立的已完成個體，彼此之間的「對襯」乃是穩固地建立在彼此各自「是其所是」的基礎之上，才得以出現主體與對襯體之間清楚的差異區分。而我們此處將「對襯角色」帶入《流言》的閱讀，不僅是要鬆動散文與小說、傳記（被認為以事實為根據）與創作（被認為乃多作者虛構）、作品（封閉完成）與文本（開放交織）之間的楚河漢界，更是要徹底鬆動「對襯角色」的穩固基礎，讓「對襯角色」得以「對襯角色化」、性別文本化，讓《流言》所啟動的母女分離運動，不斷得以裂變在書寫過程中的自我（字我）認知與自我（字我）區辨。

而這樣動態交織、不斷解構建構的自我（字我）區辨，也精采出現在母親與女兒對顏色、對畫圖的相同喜好與偏執中：

> 我母親還告訴我畫圖的背景最得避忌紅色，背景看上去應當有相當的距離，紅的

背景總覺得近在眼前，但是我和弟弟的臥室牆壁就是那沒有距離的橙紅色，是我選擇的，而且我畫小人也喜歡給畫上紅的牆，溫暖而親近。（〈私語〉，頁一六〇）

喜歡畫畫也上過歐洲美術學校的母親，以透視法的深淺遠近為考量，教導也同樣愛畫畫的女兒，切記不要以紅色為背景。而女兒的反其道而行，則是為自己和弟弟的臥房牆壁選擇了橙紅色，要的正是沒有距離的溫暖與親近。女兒不是不懂母親的教誨，女兒的反其道而行正是因為聽懂了母親的教誨，只是母親要的是空間深度，女兒要的是顏色本身所造成的空間無深度，而此深深淺淺也依稀帶出字裡行間母親與女兒從身體到情感的近近遠遠。而更進一步透過顏色的母女分離運動，也出現在顏色與文字的裂解與區辨之中：

因為英格蘭三個字使我想起藍天下的小紅房子，而法蘭西是微雨的青色，像浴室的磁磚，沾著生髮油的香，母親告訴我英國是常常下雨的，法國是晴朗的，可是我沒法矯正我最初的印象。（〈私語〉，頁一六〇）

沒有出過國卻對出洋赴歐的母親充滿思念的女兒，只能從「英格蘭」與「法蘭西」中文翻譯的「字面」去望文生「色」，而到過英格蘭也去過法蘭西的母親，乃是根據親身的體驗而執意糾正女兒的錯誤印象。此處母女分離運動的啟動，不僅在於顏色（也包含氣味與溼度）的分離（英格蘭與法蘭西的顏色差異，母親與女兒的經驗差異），更在於繪畫顏色與文字顏色之分離、「文字中的顏色」與「顏色中的文字」之分離，不再只是用文字去捕捉顏色，而是在文字之中看到了顏色。母親的顏色用來畫畫，用來搭配衣服（綠衣綠裙或綠短襖上別上翡翠胸針），用來裝潢家居（藍椅套配著舊的玫瑰紅地毯）；而女兒的顏色不僅用在繪畫、衣飾與家飾，還用在以文字書寫出的各種美妍麗色，以及顏色帶出的文字物質感性（文字本身可能的色彩），甚至進一步用在「從作品中汲取理論」的「參差對照」，一整套寶藍配蘋果綠、松花色配大紅、蔥綠配桃紅的「文學理論」與創作實踐。同樣對顏色著迷的母親與女兒，卻分離出顏色在日常生活、繪畫實踐、文學書寫甚至理論批評的差異路徑。

故《流言》中母親的「不當」（improper），不僅是母親作為親屬關係的「不當」（是母親又是嬸嬸，母親與父親的離婚，母親與母職的疏離），也是母親作為書寫操作本身的「不當」（母親從傳記指涉轉為「文本分離運動」的開啟，母親從對襯角色轉為「對襯角色化」的差異過程），唯有「不當」才得以鬆動「黃逸梵」作為真人實事的單一指涉，才得以帶出「黃逸梵」作為母女分離運動的文本操作。張愛玲曾在《紅樓夢魘》的自序中提到，「以前『流言』是引一句英文——詩？Written on water（水上寫的字），是說它不持久，而又希望它像謠言傳得一樣快」（頁七），或許《流言》從跨文化、跨語際的雙關語「書名」開始，就是一連串「不當」所啟動的書寫，既是書寫「不當」（不當的父親、不當的母親、父親母親不當的離婚），也是書寫本身的「不當」（語言文字的延異與補遺，無法各就各位、安分守己），一如《流言》既是語言的字面意義化（水上寫的字）與衍生含義（不持久），也是家族隱私的外揚傳播、流傳於世。一如〈私語〉以「夜深聞私語，月落如金盆」的詩句開場，「私語」既像是在編輯先生催逼下急不擇言的私己告白，「所寫的都是不必去想它，永遠在那裏的，可以說是下意識的一部份背景」（〈私語〉，頁一五三），但此私己告白又總已是詩句「夜深聞私語」的「重複引述」（另一種語言文化的下意識）、總已是文字「公開」的拋頭露面。〈私語〉如是弔詭地給出了一種大「公」無「私」，既是《流言》所「公開」再現的「私密」家族故事，也是書寫本身所必然啟動「語言」中介的公開引述，無法為任何個人所獨占私有。8

而〈童言無忌〉的開場也不遑多讓，先視「自傳」為不切實際的幼稚夢想來進行自我嘲諷，「當真憋了一肚子的話沒處說，惟有一個辦法，走出去幹點驚天動地的大事業，然後寫本自傳，不怕沒人理會」，「現在漸漸知道了，要做個舉世矚目的大人物，寫個人手一冊的自傳，希望是很渺茫」（頁五），接著便是以「後設」方式反思對自己過分感到興趣的作家與通篇「我我我」的身邊文學。然後引號再次出現，來自一本沒表列書名或作者的英文書，而所引之言的兩句話乃嘲笑對自身肚臍過分感到興趣的人，竟也要其他人跟著一起瞪眼看。此處之有趣不僅在所引之言乃英文俗諺，實在不須引經據典加引號，更在於是引用本身所導向的明知故犯：「我這算不算肚臍眼展覽，我有點疑心，但也還是寫了」（頁六）。此處我們看到的，不僅只是書寫者的幽默自嘲，更是在此自（字）我調侃中，有著如「流言」一般的跨文化、跨語際擺盪（written on water 與 gazing at one's navel），有著如「私語」一般的「重複引述」（「夜深聞私語」），讓語言的「下意識」時時置換、不斷交織著傳記的「下意識」。

而與此文本自（字）我解構並行的，還有《流言》作為張愛玲第一本「散文集」所凸顯的「生活的戲劇化」。張愛玲一方面強調生活的戲劇化不健康，另一面卻又委婉道出其在所難免的原由：

> 像我們這樣生長在都市文化中的人，總是先看見海的圖畫，後看見海；先讀到愛情小說，後知道愛；我們對於生活的體驗往往是第二輪的，借助於人為的戲劇，因此在生活與生活的戲劇化之間很難劃界。（〈童言無忌〉，頁一二）

若「散文」作為文學文類的一種，多被當成平實真切、最為貼近「生活」的表達，那張愛玲此處則是要回到「生活」的源頭，讓我們看到源頭本身的分裂與雙重，亦即生活與生活戲劇化的難以劃分。就此處的脈絡文本而言，此段既是順接前一段所提「衣服是一種語言，隨身帶著的一種袖珍戲劇」（頁一二）（食衣住行日常本身的戲劇化），也是開啟後一段描寫十二歲時對心儀學姊的月下告白：「我是……除了我的母親，就只有你了」（〈童言無忌〉，頁一三）。此學校女女戀愛的「情節」，反覆出現在張愛玲的小說與散文之中，也反覆變易成姑嫂或親如姊妹或表姊妹的好友。若更「追木溯源」到所謂張愛玲的第一篇小說，正是十二歲時發表在校刊上的〈不幸的她〉，講的也正是女女戀愛的迷戀與無奈。但不論是記憶的源頭或創作的源頭，此源頭總已分裂化與雙重化為生活與生活戲劇化的無法劃界。張愛玲作為十二歲女學生鄭重而真摯的月下告白，乃是「因為有月亮，因為我生來是一個寫小說的人」（〈童言無忌〉，頁一三），入戲的「我」，同時也是出戲的「小說家」，不僅只是成人的「小說家」在追憶十二歲時的「我」，更是「我」在十二歲做出鄭重而真摯的回答時，「我」總已裂解為「我」與「小說家」，「我」在月亮下看到「我自己」告白的「場景」而深受感動（戲中戲，生活戲劇化中的戲劇化），「她當時很感動，連我也被自己感動了」（頁一三）。

而不論是經由「重複引述」或後設解構，《流言》與《流言》中的母親之所以難以持久，不僅是因為「寫在水上」，更是因為「以字書寫」，語言文字本身無法定於一尊（作者「張愛玲」作為本尊，母親「黃逸梵」作為本尊、「我」作為本尊、「生活」作為本尊）的流動性，離散四溢，終究無法區辨作者與書寫者、作者意圖與文本交織、自傳下意識與語言下意識、生活與生活戲劇化。而《流言》最精心卻又似最不經意的文本痕跡，更巧妙出現在《流言》對父母「離婚」的表述。《流言》在以七個字正式宣告「父母終於協議離婚」前，「離婚」總已出現：

『小說月報』上正登著老舍的『二馬』，雜誌每月寄到了，我母親坐在抽水馬桶上看，一面笑，一面讀出來，我靠在門框上笑。所以到現在我還是喜歡『二馬』，雖然老舍後來的『離婚』『火車』全比『二馬』好得多。（〈私語〉，頁一六〇—一六一）

在這個生活與生活戲劇化難分軒輊的場景中，作家老舍的文學創作成為母女共同的閱讀嗜好，或者說是由母親「遺傳」給女兒的閱讀嗜好，而文學造詣不是最高的老舍小說《二馬》之所以雀屏中選，乃是因為有母親坐在抽水馬桶上的畫面，邊看邊讀，有女兒靠在門框上的記憶，邊聽邊笑。在這個母女同處一室（廁所）的歡樂場景之中，分離運動的「惘惘的威脅」已悄悄透過老舍另一本小說的書名《離婚》爬了進來。老舍真有其人，老舍的《離婚》也真有其書，但《離婚》在此脈絡文本中的出現，乃是啟動了「離」作為分離運動的分裂與雙重，既是「文本中的離婚」（下下段落以七個字昭告天下），也是「離婚中的文本」（早早放入書名號的重複引述）。[9]

二．娜拉出走之後：母親的文學文本化

若《流言》乃母親的散文文本化，那《小團圓》或可說是母親的小說文本化。張愛玲曾在信中反覆提及書寫《小團圓》的多重動機，或是因為「朱西甯來信說他根據胡蘭成的話動手寫我的傳記」，雖張愛玲已回信說「我近年來盡量 de-personalize 讀者對我的印象，希望他不要寫」，但顯然擔心勸阻無效，還不如親自出馬為上。[10] 亦有一說乃是以《中國現代小說史》奠定張愛玲文壇地位的夏志清曾捎來長信「建議我寫我祖父母與母親的事」，張愛玲揣度「好在現在小說與傳記不明分」，遂決定採用小說的形式而非傳記的形式。而《小團圓》完稿後，張愛玲也欣然給夏志清回信說「你定做的小說就是《小團圓》」，但不忘提醒夏志清要「soft-pedal 根據事實這一點」。[11] 此外，或尚有另一個重要的動機，張愛玲在通信中並未提及，那便是英文小說《雷峯塔》（*The Fall of the Pagoda*）與《易經》（*The Book of Change*）的出版無門，張愛玲再次本著「出清存稿」的邏輯，將這兩本英文小說加

上另一本寫到一半放棄的英文小說《少帥》（*The Young Marshal*）改寫為中文小說《小團圓》。然這並非是說張愛玲乃根據真人實事，寫下了〈私語〉（更早的英文版本乃 "What a Life! What a Girl's Life!"）、〈童言無忌〉、〈燼餘錄〉等散文，爾後又根據這些帶著自傳色彩的散文寫成了長篇自傳式英文小說《雷峯塔》與《易經》，爾後又再將這些英文小說改寫成中文小說《小團圓》，或者再包括後來小說《小團圓》決定無限期延後出版，又讓張愛玲在八〇年代末、九〇年代初將其改寫為散文《小團圓》（亦即後來出版的《對照記：看老照相簿》）與附錄《小團圓》（亦即張愛玲生前未完稿的〈愛憎表〉）。此乃「同一邏輯」的思考理路，發表於後者，必定以發表於前者為「本」，而所有散文與小說的最終「有所本」，便是回歸到張愛玲的傳記、張愛玲「祖父母與母親的事」，即便張愛玲一心所盼的乃是 de-personalize 與 soft-pedal 所謂的真人實事，不是怕門第之張揚或家醜之外揚，而是希冀凸顯文學創作之苦心孤詣。而本章所欲凸顯的「差異邏輯」，便是企圖重新打散所有歸於「一」、復於「本」的「重複衝動」，在不否認傳記資料的同時，且將目光轉到散落在不同文本之間的差異痕跡，如何隨著時代、情境、地域、語種、文類等各種變動，而展開不同的再脈絡文本化過程、不同的織法紋路，甚或不同「間文本」的柳暗花明。

那就讓我們先來看看《小團圓》在書寫母親的故事時，如何以後設方式交織跨語際的文學文本。《小團圓》中的女主角盛九莉，一直不放棄嘗試在英美文學文本中找尋自己母親卞蕊秋的類比形象。換言之，母親作為「文本」的難以閱讀（懸案而非定案），必須透過其他文本的閱讀來揣摩、來臆想、來建立文本之「內」（而非文本之「外」）互為指涉的「文本間性」。在小說的第一章至少有三個英美文學文本的互為指涉。首先，「後來看了勞倫斯的短篇小說〈上流美婦人〉，也想起蕊秋來，雖然那女主角已經六七十歲了，並不是駐顏有術，儘管她也非常保養，是臉上骨架子生得好，就經老」（頁三四）。[12] 此文學文本出現的文本脈絡，乃是九莉與好友比比談起母親可能的更年期，便順著女人的保養來到了勞倫斯（D. H. Lawrence）一九二七年的短篇小說〈上流美婦人〉（"The Lovely Lady"）。勞倫斯小說中七十二歲的寡母駐顏有術，外表看上去有如三十出頭，但她對兒子的強力掌控卻造成了巨大的傷害（大兒子甚至因母親對其戀情的橫阻而身亡），更經由小說裡中年未婚的二兒子與母親關係的僵硬彆扭——「他在美婦人的子宮裏的時候一定很窘」（頁三四）（在《小團圓》中乃是直接以引言形式出現）——帶出九莉對自身容貌（不「肖」母親蕊秋）與自身身高的嫌棄，「她這醜小鴨已經不小了，而且醜小鴨沒這麼高的，醜小鷺鷥就光是醜了」（頁三四）。此處讓我們看到的，不僅只是作者—敘述者—角色人物之間可能交織出的「文本中的身體」（the body in the text）（身材過高，自覺容貌不妍），也是《小團圓》與〈上流美婦人〉文學文本之間可能交織的「身體中的文本」（the text in the body）。

而接著登場的，則是另外兩個英美文學文本，一劇本一小說。「九莉發現英文小說裏像她母親的倒很多。她告訴比比諾峨．考瓦德的劇本《漩渦》裏的母親茀洛潤絲與小赫胥黎有篇小說裏的母親瑪麗．安柏蕾都像」（頁三五）。先說考瓦德（Noel Coward）一九二四年的劇本《漩渦》（*Vortex*），劇中也有一個年華老去的母親，以社交名媛的身分不斷結交年輕男友以養顏，婚外情不斷，劇中母子關係的糾結不在僵硬彆扭，而在過於親暱。小赫胥黎（Aldous Leonard Huxley）小說《迦薩目盲》（*Eyeless in Gaza*）中的母親瑪麗．安柏蕾（Mary Amberley）則是一個憤世嫉俗、操控性特強的婦人，結交小男友，爾後小男友竟與自己的女兒相戀。《小團圓》裡的九莉尋尋覓覓，一直想在英美文學文本中找到「適當」的角色來描繪、來認知自己的母親蕊秋，卻一再回到英美文學文本中「不當」的母親形象，以尷尬曖昧的方式，安置自己母親的「不當」。正如也斯（梁秉鈞）在〈張愛玲的刻苦寫作與高危寫作〉一文中敏銳指出，張愛玲所引用的這些文學文本，其中所刻劃描寫的母親「都是自我較強操控兒女的角色」，「張愛玲寫九莉的母親，有意把她列在西方現代小說惡母親的肖像行列中，作為借喻與互涉，這是文學多於紀實的手法」（頁九五）。也斯閱讀張愛玲的精采，一如張愛玲閱讀《紅樓夢》的精采，在於強調「文學多於紀實」，在於凸顯「間文本」之間的借喻與互涉，而非直接真人實事的對號入座。

但我們依舊可以繼續往下追問，這些西方現代小說與劇本中的「惡母親」，究竟何

「惡」之有？三個文學文本的母親都有過於強烈的自我，都有對於子女過於強烈的掌控（當然其中也交織著小說家、劇作家個人與母親關係的傳記資料），但除此之外這些母親之「不當」甚至「不倫」，乃主要來自「不安於室」，不僅是年齡、容貌的不安於室，更是慾望的不安於室：婚外情、婚外情生子（〈上流美婦人〉中的二兒子，乃母親與義大利牧師的私生子）、濫交、姊弟戀（甚或移轉後的母子戀）等。但我們還是可以眼尖地發現，這些英美文學文本中的母親，若不是丈夫過世，便是瞞著丈夫在外偷情，卻沒有離了婚的母親形象。反倒是張愛玲的文學文本中不乏尋覓第二春的離婚婦人，如〈傾城之戀〉中的白流蘇，〈紅玫瑰與白玫瑰〉裡離婚後又再婚的王嬌蕊，而《小團圓》除了女主角九莉母親蕊秋外，尚有蕊秋的女友項八小姐（昔日的龔家四少奶奶）也是「離婚婦」。

故若回到《小團圓》文本，九莉在嘗試閱讀母親蕊秋所牽引出的「間文本」中，除了以上所述的三個英美文學文本外，尚有一個更重要、更幽微、更隱而未顯的「跨文化」、「跨語際」文學文本，沒有提及作者，也沒有提及書名，而是以毫不經意的方式驚鴻一瞥於對話之中，但卻比上述三個署上作者、書名或母親角色名的文學文本，扮演著更為舉足輕重的角色：

比比從來絕口不說人美醜，但是九莉每次說：

「我喜歡卡婷卡這名字，」她總是說：「我認識一個女孩子叫卡婷卡。」顯然這女孩子很難看，把她對這名字的印象也帶壞了。

「我喜歡娜拉這名字，」九莉又有一次說。「我認識一個女孩子叫娜拉。」作為解釋，她為什麼對這名字倒了胃口。（頁三五）

這個不經意出現、好似無心插柳的「娜拉」，乃是摻雜在上述的三個英美文學文本中一閃而過，在全書也僅此一次論及，未有後續。而小說中「娜拉」閃現後的對話，便直接帶到九莉母親蕊秋作為「離婚婦」的可能「性愛」生活：

比比便道：「她真跟人發生關係？」

「不，她不過是要人喜歡她。」

比比立刻失去興趣。（頁三五）

顯然「娜拉」作為草蛇灰線的文本痕跡乃欲蓋彌彰，表面上點名道姓的三個英美文學文本，其震撼力恐怕都遠遠不及這一閃而過的名字所可能帶出的時代文化動量。

誠如沈雁冰（茅盾）在〈離婚與道德問題〉中所言，「離婚問題不是新問題……，『易卜生號』裏的劇本《娜拉》是中國近年來常常聽得的離婚問題的第一聲」（頁一三）。其所指當是一九一八年《新青年》的「易卜生號」，其中包括胡適的〈易卜生主義〉、袁振英的〈易卜生傳〉、《娜拉》的中文翻譯劇本等。[13]而在此之前，魯迅在一九〇七年所撰的〈摩羅詩力說〉與〈文化偏至論〉中，就已評介過易卜生（伊孛生），一九一四年春柳社亦在中國首演《玩偶之家》（亦翻譯為《娜拉》、《傀儡家庭》）。而繼《新青年》的「易卜生號」後，胡適又在一九一九年三月《新青年》發表了中國版娜拉的《終身大事》劇本，《新潮》、《戲劇》、《小說月報》等雜誌，也都紛紛刊載易卜生的中譯劇作。「娜拉」不僅成為五四時期男性知識菁英所形塑、所投射的「新人性」、「新女性」典範，更在廣大的社會實踐面，形成了反抗包辦婚姻與出走夫權、父權家庭的「娜拉熱」。[14]而其中與本章主旨最為貼近的，當屬中國「娜拉熱」所凸顯的「離婚」問題。一九二二年四月五日《婦女雜誌》八卷四號以「娜拉」引入而引發的「離婚問題號」，除了本段開頭引用的沈雁冰（茅盾）〈離婚與道德問題〉外，尚包括瑟盧的〈從七出上看來中國婦女的地位〉、周建人的〈離婚問題釋疑〉等。同年侯曜的《棄婦》、歐陽予倩的《潑婦》與一九二三年郭沫若故事新編的《卓文君》，皆是以「娜拉」為原型來闡釋「自由離婚」的現代劇作。

一九二五年魯迅的〈傷逝〉、一九二八年潘漢年的〈離婚〉等，則是從小說探討「離婚」作為婦女解放之道的可能與不可能。此前仆後繼的創作與論述動量，當可見「娜拉在中國」所造成的「出走」旋風，不論是出走父家（逃婚）或出走夫家（離婚），皆是對封建宗法社會的搏命反擊。

那就讓我們回到張愛玲的文本，先看看她對「娜拉在中國」曾有的回應。早在一九四四年四月張愛玲就在上海《雜誌》發表過〈走！走到樓上去〉，文中提及她自己所編的一齣戲，戲中寫到有人拖兒帶女去投親卻和親戚鬧翻了，只能忿忿走到樓上去，「開飯的時候，一聲呼喚，他們就會下來的」（頁九七）。張愛玲乃是以嘲人亦自嘲的口吻，帶出這一家人的走投無路，除了上樓、下樓或從後樓走到前樓外，別無選擇，彷彿是另一種對一九二三年魯迅在北京女高師的演說稿〈娜拉走後怎樣〉之宛轉回應。魯迅在演講稿中指出離家的個人若不能擁有經濟權，娜拉出走後只有兩條路，「不是墮落，就是回來」。張愛玲依樣畫葫蘆，寄人籬下與離家出走後的困境一般，也只有兩條路，不是上樓就是下樓。而張愛玲也順勢在文中言道，「中國人從『娜拉』一劇中學會了『出走』。無疑地，這瀟灑蒼涼的手勢給予一般中國青年極深的印象」（頁九七）。然此處的「出走」顯然已「去性別化」為「一般中國青年」或拖兒帶女的一家子人。除此之外，不論是〈傾城之戀〉中的白流蘇或〈紅玫瑰與白玫瑰〉裡的王嬌蕊，離婚婦人的角色刻劃或形象塑造，抑或本章第一節所探討《流言》中的離婚母親，皆未曾有「娜拉」原型的引用或影射，反倒是在張愛玲完稿於一九七六年的《小團圓》，「娜拉」以毫不經意的方式，一閃而過。[15]

然此欲蓋彌彰的一閃而過，卻讓我們看到小說女主角盛九莉在詮釋母親卞蕊秋，一如「張愛玲」在詮釋母親「黃逸梵」一樣，乃是以「娜拉」作為隱而未顯的「間文本」，不僅是將「娜拉」從作為「人的解放」、「女性解放」的詮釋角度，重新拉回到「離婚問題的第一聲」，更是將離婚女人、離婚母親的「性」與「愛」放置到了前沿。[16]《小團圓》開闢了一個新的文字想像與書寫空間，「娜拉」不僅僅是出走、離家、離婚，「娜拉」更是女性在出走、離家、離婚後的「性愛」問題。若五四啟蒙話語將焦點永恆置放在「個性解放」與反封建宗法，以凸顯個人主義與經濟主權之重要，那張愛玲《小團圓》給出的卻是五四啟蒙話語所不曾觸及的面向，亦即「娜拉」作為離婚婦女在「不是墮落，就是回來」之外的可能「性愛」，並且是一個從女兒的觀看與敘事視角所帶出離婚母親的「性愛」生活，徹底有別於過往任何「娜拉型」的劇作與小說。《小團圓》裡離婚母親蕊秋的情史豐富但也情路坎坷，從英國留學生（後來的南京外交官）簡煒、華大使、香港的英國軍官、英國商人勞以德、病理學助教雷克，到昔日教唱歌的義大利人、菲力、英國教員馬壽、范斯坦醫生、誠大姪姪、法國軍官布丹大佐、印度馬來亞的英國醫生等等，族繁不及備載。而離婚母親蕊秋在面對女兒九莉時，也曾因情史過於豐富而愧然無法自持。

蕊秋哭道：「我那些事，都是他們逼我的——」忽然咽住了沒說下去。

因為人數多了，這話有點滑稽？

「她完全誤會了，」九莉想，心裏在叫喊：「我從來不裁判任何人，怎麼會裁判起二嬸來？」（頁二八八）

雖然九莉不裁判、不負評母親的複雜情史，甚至質疑「別的都是她愛的人。是他們不作長久之計，叫她忠於誰去？」（頁一九五），但終究還是既不捨又難堪地將離婚母親蕊秋視為「身世淒涼的風流罪人」：

她逐漸明白過來了，就這樣不也好？就讓她以為是因為她浪漫。作為一個身世淒涼的風流罪人，這種悲哀也還不壞。但是這可恥的一念在意識的邊緣上蠕蠕爬行很久才溜了進來。（頁二八八——二八九）

五四話語的「娜拉」只是被當成勇敢離家出走的妻子或女兒，甚或擴大到一切中國新青年，「娜拉型」的話劇或小說雖成功凸顯婚姻制度的壓迫與現實的殘酷困境，但也鮮少觸及「娜拉」之為母、「娜拉」之為女性在愛情、在性慾上的流離顛沛、漂泊離散，如何終究成為女兒（盛九莉閱讀卞蕊秋，「張愛玲」閱讀「黃逸梵」）眼中「身世淒涼的風流罪人」。但與此同時，我們也不要忘記「娜拉」作為《小團圓》的一個不顯眼卻關鍵的「間文本」，所展開的不是卞蕊秋向「黃逸梵」的收攏合一，而是文本與文本之間持續的挪移與交織，「娜拉」作為文本、「卞蕊秋」作為文本與「黃逸梵」作為文本之間持續的挪移與交織。

而本章節的最後則將暫時脫離張愛玲的文學文本，而以晚近三篇追憶張愛玲母親「黃逸梵」的「紀實」散文或「報導」文學為例——張錯二〇一六年所寫的〈張愛玲母親的四張照片：敬呈邢廣生女士〉、林方偉二〇一九年的〈黃逸梵私語：五封信裡的生命晚景〉和石曙萍二〇一九年的〈娜拉的第三種結局：黃逸梵在倫敦最後的日子〉——來探討「黃逸梵」作為「真人實事」的建構方式（亦即「再現」作為一種虛擬創造的可能），為何與張愛玲以「真人實事」為材料所開展的文學創作相互交織、如出一轍，以及「黃逸梵」之為「真人實事」為何終究無法拍板定案，只能一而再、再而三地存為懸案。

首先讓我們從張錯的「紀實」散文著手。張錯之文追憶二〇〇五年在馬來西亞吉隆坡《星洲日報》舉辦的「花踪文學獎」活動中，遇見「黃逸梵」的生前摯友邢廣生女士，一九四八至一九四九年間她們同在坤成女中任教而結為好友，並由她處獲得張愛玲母親的四張照片，但事隔十一年才以此為題撰文，以誌此段因緣。〈張愛玲母親的四張照片：敬呈邢廣生女士〉一文的組成包括了當下此刻的散文敘事、十一年前的記事本簡錄、邢女士二〇〇六年的來信與回信內容引述、張愛玲《對照記》與〈《傳奇》再版的話〉之引述以及四張置於書前「黃逸梵」拍攝於二〇、三〇年代的照片。在這篇「有圖為證」、「有文為證」的文章中，邢廣生自是張愛玲之母「黃逸梵」海外生活（馬來西亞到英國）的「人證」。該文充滿「紀實」與「抒情」的動人筆觸，提供了許多張學研究的新傳記資料（如「黃逸梵」曾有法國律師情人、曾盤算將皇上賜的一百零八件瓷器賣給邵氏老闆等）。然與此同時，邢廣生信中還是可見不少與目前已知「事實」的出入，像來信中稱「黃逸梵」為「黃一梵」（聽覺記憶造成的書寫錯誤？），回信才改回「黃逸梵」，或像來信中稱「張愛玲出生於一九二一」而非眾人所熟知的一九二〇年等。但邢廣生的來信顯然滿溢著對故交亡友的欽佩之情，尤其對其離婚的勇敢與異地求生的努力最是佩服，「一梵的美和魅力叫人難以抗拒，同時極有智慧和堅強的意志力，否則她不可能在她那個時代，那種家庭背景成功爭取到離婚」。[17]

然對學者出身的張錯而言，邢廣生對「黃逸梵」作為真人實事的陳述，必須重新回到張愛玲文本中對「黃逸梵」作為真人實事的陳述，以小心謹慎的方式加以一一比對與驗證。例如比對《對照記》中提到母親曾纏小腳與邢廣生信中所言「一梵唯一的遺憾是纏過腳」，然其前提必須是邢廣生從未閱讀過一九九四年出版的《對照記》或相關報導。故張錯也一再強調邢廣生手邊的《對照記》，乃是其在二〇〇六年接到邢來信後在回信中所寄贈的。

又或是回到《對照記》去再度確認書中所記「一九四八年她在馬來亞僑校教過半年書」（頁二〇）。此處我們並非要猜疑邢廣生所言是否屬實，而是想由此揭露「真實」的建構過程，若「真實」並不等於「事實」，那〈張愛玲母親的四張照片〉一文最有趣的地方，乃是張錯依據邢廣生所言與張愛玲所寫而進一步形構出的兩個「詮釋角度」。一個乃是在文末引用張愛玲〈《傳奇》再版的話〉中「蹦蹦戲花旦」之段落，而推論出「她好像在說她的母親黃逸梵」（張錯，頁一八八）。而另一個鑲嵌在「紀實」散文內文的「間文本」，則和張愛玲「虛構」小說內文的「間文本」如出一轍：「她替易卜生和魯迅的娜拉擬出一個答案，儘管不是理想的答案，中國的娜拉走出家庭，沒有回家，但也沒有墮落。她活得很有志氣，或許有貧窮、有疾病、有寂寞、有思念，到了晚年求見女兒最後一面亦不得」；「但娜拉是勇敢的，像她常對女兒說湖南人最勇敢」（張錯，頁一八六——一八七）。[18]

而這樣的「間文本」也不約而同地出現在二〇一九年最新出土的「黃逸梵」晚年報導。新加坡《聯合早報》記者林方偉、專欄作家余雲與旅英學人石曙萍先後撰文，追述「黃逸梵」一九四八年在馬來亞僑校教書與之後赴英直至一九五七年在倫敦病逝的情景。[19]「黃逸梵」生前摯友邢廣生仍是最佳「人證」（二〇一九年初林方偉訪問到居住在檳城已九十四歲高齡的邢廣生，但似乎林方偉等並未參考張錯二〇一六年散文集《傷心菩薩》中的相關文章與照片），「物證」部分則主要以邢廣生提供的五封來往信件為主，一封為「黃逸梵」親筆寫給邢廣生，三封為「黃逸梵」病重時口述由他人代筆寄給邢廣生，最後一封則為邢廣生寫給「黃逸梵」但未能順利寄出的信，五封信件的日期皆落在「黃逸梵」一九五七年十月病逝倫敦的前大半年。而信件上的地址也促成後續對「黃逸梵」生前倫敦「生活場景」的探索，尋址訪查的過程更進一步挖掘出「黃逸梵」的入籍英國證書、死亡證書、遺囑與墓地所在，允為當前對張愛玲母親「黃逸梵」晚年生活最為用心深入的報導。

以林方偉的〈黃逸梵私語〉一文為例，其交叉比對的考證之心與張錯如出一轍，只是除了《對照記》與〈《傳奇》再版的話〉外，更擴大到了〈我的天才夢〉（〈天才夢〉）、〈道路以目〉、〈私語〉、《小團圓》，甚至也包括張愛玲與鄺文美的通信，張子靜《我的姊姊張愛玲》與司馬新《張愛玲與賴雅》等書。然林方偉與張錯一樣，不僅都以〈《傳奇》再版的話〉中的「蹦蹦戲花旦」來詮釋「黃逸梵」，更是同樣用「中國娜拉」來總結「黃逸梵」的一生：「黃逸梵特立獨行，是一位不折不扣的中國娜拉。她在張愛玲四歲時，踩著小腳，毅然走出千瘡百孔的舊式婚姻，成為第一代出走到法國追求自由生活的現代女性」（頁七四—七五），甚至連「黃逸梵」在給邢廣生的信中提到手邊印於一八〇〇年、自小喜讀、尤愛其插畫的彈詞小說《夢影緣》（原信中誤植為《夢姻緣》），也被林方偉解讀為其乃「民國第一代出走留洋的娜拉」可能的女性意識啟蒙讀本。故以〈黃逸梵私語〉

為題，與其說是「黃逸梵」的私語，不如說是從張愛玲的〈私語〉等文學文本重新再塑「黃逸梵」，一個擺盪在「蹦蹦戲花旦」與「中國娜拉」之間的「黃逸梵」。此時的「指涉」，總已是「文本間性」遠遠大於所謂的「文本外指涉」（extra-textual reference）。20

而石曙萍〈娜拉的第三種結局：黃逸梵在倫敦最後的日子〉一文，更直接在文章標題上就點名「娜拉」作為詮釋「黃逸梵」的原型與變化。對石曙萍而言，如果魯迅認為娜拉出走後僅有兩個結局，一個是墮落，一個是回家，那「黃逸梵」則給出了魯迅不曾料到的第三種結局：「流浪」。然該文即便成功挖掘出從未出土的「黃逸梵」文獻檔案資料（從入籍證明書到死亡證明書），走訪了所有「黃逸梵」居住過的地址，卻依舊聲稱「黃逸梵」之晚年與死亡仍舊留下甚多「懸案」。例如文中指出「黃逸梵」在英國國家檔案館中的入籍證書（一九五六年八月二十七日加入英國國籍），姓名欄寫著 Yvonne Chang，但過世前的遺囑卻署名 Yvonne Whang，遂讓石曙萍進一步質疑「這樣一位現代娜拉，為何拖拖拉拉二十六年，仍對張太太的名分戀戀不捨？」，「保留夫姓，是因為內心對前夫一直餘情未了？」（頁八七），甚至在文章結尾處推論出「在生命最後的日子裏，她可能終於大徹大悟……於是她又決然地『離』了一次『婚』：在遺囑上拋棄了前夫的姓，真正地離婚了，把用了多年的張太太的身份徹底拋下，簽下了 Yvonne Whang（黃逸梵）」（頁九九）。然此可能的「懸案」或許一點也不懸而未決，按照一九一五年的結婚習俗與法律規定，黃逸梵婚後自當冠了夫姓，而一九二四年首度入境英國的護照名字，自當是 Yvonne Chang 而非後來遷往英國定居慣用的 Yvonne Whang。真正懸而未決的，或許反倒是「真人實事」本身的複雜性與詮釋開放性。「真人實事」的不確定（不只是事實的可考不可考），乃來自於詮釋架構的不可或缺（必須以符號去思考、以文本來互涉），不論此詮釋架構是指向「蹦蹦戲花旦」或「娜拉」，總已是「黃逸梵」的文本化與互文化。

三・是創作不是傳記

在進行完以上聚焦「黃逸梵」作為性別符號、書寫延異、文本痕跡的閱讀之後，本章的最後將回到「文本」閱讀本身所可能帶出的兩個主要理論脈絡。其中之一乃是後結構主義對「文本」、「自傳」的解構閱讀，亦為當代哲學與文學理論研究領域學者最為耳熟能詳者。而另一個理論脈絡則是企圖回到張愛玲的「後設」文本《紅樓夢魘》，端倪張愛玲作為「讀者」、作為「評者」，如何經由閱讀《紅樓夢》來析論何謂「文學」、何謂「創作」、何謂「自傳」。此二理論脈絡文本，兼或有文學「理論」與文學「批評」、哲學與文學認識論甚至存有論上的潛在差異，但皆對文學文本提出了疑難，展開了閱讀，並給出了精采且弔詭的後設分析。就讓我們先從當代文本理論較不熟悉、甚或較不易辨識其思考基進性的《紅樓夢魘》開始，一探張愛玲如何將《紅樓夢》理論化、文本化。張愛玲曾言，自己在寫小說和散文的同時，「不大注意到理論」，但在作品發表後引來正反批評環伺的情況之下，她還是以退為進地做出表態：

> 我以為文學理論是出在文學作品之後的，過去如此，現在如此，將來恐怕還是如此。倘要提高作者的自覺，則從作品中汲取理論，而以之為作品的再生產的衡量，自然是有益處的。但在這樣衡量之際，須得記住在文學的發展過程中作品與理論乃如馬之兩驂，或前或後，互相推進。理論並非高高坐在上面，手執鞭子的御者。（〈自己的文章〉，頁一七）

此處張愛玲當是援引《詩經．鄭風．大叔于田》的「執轡如組，兩驂如舞」（卷四，頁一六三），以此譬喻作品與理論的關係，正如馬之兩驂，前後交錯推進，無有孰上孰下、孰輕孰重之別，切不可將理論當成高高在上、下指導棋的「御者」。[21]而更重要的關鍵，乃是強調作品先於理論，而如何「從作品中汲取理論」並以之為「作品的再生產」，便是閱讀的重點所在。故不應服膺作品之外並凌駕於作品之上的「外來」理論，而評論者亦不應在進入個別文學作品閱讀之前，便預設了文學之功用、文學之價值之評判準則。雖說張愛玲此處的「理論」用語，較指向文學評論或批評，但其對「理論」作為「作品的再生產」之強調，則是企圖在作品本身的紋路肌理中生發「理論」，且不惜帶有「新批評」所倚仗的「細讀」暗示。而張愛玲在〈自己的文章〉中所提出的辯解，與其說是作者意圖的夫子自道（逢「自」便有「字」作為「惘惘的威脅」），不如說是張愛玲從作者的角度轉換為讀者，也是暗自嘗試在所謂「自己的文章」中汲取理論。

而張愛玲「從作品中汲取理論」的最精采展示，無非便是「十年一覺迷考據，贏得紅樓夢魘名」的《紅樓夢魘》一書，而其中章節〈三詳紅樓夢：是創作不是自傳〉，正是張愛玲以讀者的角度在《紅樓夢》中汲取文學理論的最佳示範：自傳與創作之差異區分，在於前者根據事實而後者乃虛構。張愛玲的主要切入點乃是《紅樓夢》長達二十多年在時間先後次序上的改寫痕跡與歧異蹊蹺之處，其基本預設乃是越改越好，越改越顯成熟。舉例來說，張愛玲認為一七五四本之所以延遲元妃之死，「目的在使她趕得上看見母家獲罪，受刺激而死」（頁二一六），爾後更將抄家禍首從元妃血統關係較遠的賈珍改為較近的賈政，以便「加強她受的打擊」（頁二一七）；或是為了一句「諧音趣話」，需要提前用到「鮑二家的」名字，但「鮑二家的」在另回已死，後文不能再出現，便「改寫第六十四回補漏洞，將新寡的多姑娘配給喪妻的鮑二」（頁二一七），遂造成文本中「鮑二家的」雙包案。而這些文本歧異的層出不窮，一人變兩人、兩人變一人的混淆不清（晴雯與金釧兒、麝月與小紅），正是張愛玲聲稱《紅樓夢》乃創作（精益求精、不斷改寫的虛構過程）而非自傳（真人實事的照本宣科）之文本證據。

張愛玲〈三詳紅樓夢〉最精采之處，不僅在於確認或推翻了過往紅學名家之見，也不僅在於上下求索的考據證明或鉅細靡遺的「細讀」功夫，更在於以小說家之心，度小說家之腹，用自身的創作經驗推想曹雪芹作為文學創作者的巧思安排與技巧發展，終能將《紅樓夢》讀成以大觀園為象徵的一個「長成的悲劇」（《紅樓夢魘》，頁二二〇）、一個具有藝術統一性的虛構創作。然在此「是創作不是自傳」的閱讀中，張愛玲並不否認《紅樓夢》中充斥著許許多多自傳性的材料，不否認賈寶玉「大致是脂硯的畫像，但是個性中也有作者的成份在內。他們共同的家庭背景與一些紀實的細節都用了進去」，但卻一再強調「絕大部份的故事內容都是虛構的」（頁二二〇），一再強調「黛玉的個性輪廓根據脂硯早年的戀人，較重要的寶黛文字卻都是虛構的。正如麝月實有其人，麝月正傳卻是虛構的」（頁二二〇）。換言之，不是說《紅樓夢》沒有真人實事，而是說《紅樓夢》的重點不在真人實事，而在文學創作、在藝術處理、在作者曹雪芹不斷改寫的過程，而得以識見他漸趨成熟的「天才的橫剖面」（頁七）。[22]

然張愛玲《紅樓夢魘》對於「自傳」的推定，本身還是充滿各種可疑可議之處。《紅樓夢魘》對所謂的「真人」、「實事」、「真人而非實事」的判斷，主要依據脂硯、畸笏的眉批或不同版本的夾批，以及張愛玲本身熟爛《紅樓夢》人物情節錯綜複雜的抽絲剝繭。例如麝月之實有其人，乃是根據庚本夾批與畸笏眉批，由此推定其乃「作者收房的丫頭，曹雪芹故後四五年，她跟著曹家長輩畸笏住」（頁一九〇）。但張愛玲認為即便麝月真有其人（曹雪芹的妾、收房丫頭），但是麝月在《紅樓夢》中的「正文」（正傳）卻非實事，而是套用了早本已經出現的「紅玉篦頭」（頁二一九）。同理可推，若是根據慣於批注「有是語」、「真有是事」的脂硯眉批，便可推斷出黛玉乃是脂硯當年的小情人，那葬花、聞曲則是虛構，「否則脂硯一定會指出這些都是實有其事」（頁一九七）。雖然我們可以質疑這樣的推論是否過於信賴眉批、夾批作為真實之指涉，是否仍難免以偏蓋全（沒有提及便等於沒有是事，或曾用來處理虛構人物的情節便不能當成真人的實事，實事就必須配對真人，因而沒有虛構人物與實事的連結可能），但無可厚非的乃是張愛玲對《紅樓夢》在文學技巧、布局、造詣上日臻成熟的最大推崇，深恐考據淪為真人實事的挖掘，把「紅學」變「曹學」，而看不到《紅樓夢》作為虛構文學創作的偉大成就。

故張愛玲在〈三詳紅樓夢〉的結語鄭重寫道「紅樓夢是創作，不是自傳性小說」（《紅樓夢魘》，頁二二〇），乃是以普世化的方式同時處理作者與自傳性資料的關係，以及對於作品中自傳性資料的可能閱讀方式：

寫小說的間或把自己的經驗用進去，是常有的事。至於細節套用實事，往往是這種地方最顯出作者對背景的熟悉，增加真實感。作者的個性滲入書中主角的，也是幾乎不可避免的，因為作者大都需要與主角多少有點認同。這都不能構成自傳性小說的條件。書中的「戲肉」都是虛構的——前面指出的有聞曲、葬花，包括一切較重要的寶黛文字，以及晴雯的下場、金釧兒之死、祭釧。（頁一九七）

此處張愛玲強調作者將自己的經驗或個性帶入作品乃在所難免，而在細節處理上的套用實事，乃是以自身熟悉的背景來增加真實感，皆不構成「根據事實的自傳性小說」（頁一八九），否則將看不到小說真正重要、真正精采、真正高潮迭起的虛構「戲肉」。[23]

那張愛玲此處為《紅樓夢》所做的辯解，到底是否也是一種自我的辯解呢？〈三詳紅樓夢〉改寫定稿於一九七六年九月、十月，而嚴重被當成張愛玲「自傳性小說」的《小團圓》亦補寫完稿於一九七六年三月。張愛玲為《紅樓夢》的辯解，就何種程度而言也可以是一種講出自己委屈心事的方式呢？張愛玲是否也希望讀者以其閱讀《紅樓夢》的方式來閱讀《小團圓》，並有樣學樣推論出《小團圓》是創作、不是自傳性小說呢？然或許不為她所欲見，從一九七六年《小團圓》手稿最初的兩位親密讀者到二〇〇九年正式出版後的廣大讀者，都是棄小說精采虛構的「戲肉」而聚焦於「自傳」的根據事實，甚至還進一步將「自傳性小說」讀成了「自傳—性—小說」。《小團圓》的第一位讀者乃張愛玲的香港摯友鄺文美，在讀完手稿後的回信結尾提到「你早已預料有一些地方會使我們覺得震動——不過沒關係，連我都不像以前那麼保守和閉塞」，「Stephen 沒聽見過你在紐約打胎的事，你那次告訴我，一切我都記得清清楚楚」。[24]而張愛玲在回信中所委婉表達的，正是她在〈三詳紅樓夢〉所直截辯護的，「我寫《小團圓》並不是為了發泄出氣，我一直認為最好的材料是你最深知的材料」，而如前已述，在同封信中張愛玲也提及夏志清建議她「寫我祖父母與母親的事」，「好在現在小說與傳記不明分」，爾後她也「請他 soft-pedal 根據事實這一點」。[25]換言之，張愛玲一方面是對摯友鄺文美說明撰寫《小團圓》的緣起，也同時像是透過她對夏志清「soft-pedal 根據事實這一點」的叮囑，婉轉期盼摯友也能「淡化」自傳資料「根據事實這一點」，如在小說女主角九莉的紐約墮胎場景中，能否不只是看到張愛玲本人對號入座的紐約墮胎經驗。

而《小團圓》的第二個讀者宋淇（前信中的 Stephen）則更是舉足輕重，他不僅是張愛玲摯友鄺文美的先生，更是張愛玲生前最重要的文學知己、評論家與經紀人。而他在讀完《小團圓》手稿後勸阻張愛玲不要出書的最主要關鍵，正在於小說中過多、過於露骨的自傳資料，恐讓張愛玲在臺灣好不容易建立起的文學聲譽毀於一旦：

這是一本 thinly veiled，甚至 patent 的自傳體小說，不要說我們，只要對你的作品較熟悉或生平略有所聞的人都會看出來，而且中外讀者都是一律非常 nosy 的人，喜歡將小說與真實混為一談，尤其中國讀者絕不理什麼是 fiction，什麼是自傳那一套。這一點也是我們要牢記在心的。[26]

宋淇此處殘忍但真誠懇切的提醒，對苦心孤詣細細指出《紅樓夢》為創作而非自傳性小說的張愛玲而言，恐非其所樂見。而宋淇接著再加碼，指出此書若出版後定會有人大聲張揚──盛九莉就是張愛玲，邵之雍就是張愛玲前夫胡蘭成，「那時候，你說上一百遍：《小團圓》是小說，九莉是小說中人物，同張愛玲不是一回事，沒有人會理你」。[27]

故宋淇主張《小團圓》應暫緩出版，並建議張愛玲可嘗試將邵之雍改寫成為錢而淪為雙面諜的地下工作者，以堵住「無賴人」的嘴。宋淇「淡化」根據事實的建議，顯然不同於張愛玲在信中懇請夏志清「淡化」根據事實的建議，以及張愛玲在同年所寫〈三詳紅樓夢〉「淡化」根據事實的閱讀策略，前者是要以人物角色身分職別的變易來「淡化」（讓當事人與讀者皆無法直接對號入座），而後兩者則是回到文學閱讀的基本訓練本身去做「淡化」處理：如何在真人實事中看到真正的「戲肉」，在自傳材料中看到虛構的威力，前者的無奈在於相信讀者永遠分不清小說與真實之別、虛構與自傳之異，而後兩者的努力則在於期待讀者能體諒作者需要藉由真人實事來帶出真情與真實感之同時，也能嘗試讀出字裡行間真正重要的文學「戲肉」，或透過文字技巧所展現的文學虛構威力（不是純粹的虛構，而是以真人實事為材料的虛構創造）。一如張愛玲後來在〈談看書〉中所一再表達的立場，「在西方近人有這句話：『一切好的文藝都是傳記性的。』當然實事不過是原料，我是對創作苛求，而對原料非常愛好，並不是『尊重事實』，是偏嗜它特有的一種韻味，其實也就是人生味」（頁一八九）。故對張愛玲而言，真人實事作為「最深知的材料」或非常愛好的「原料」，乃是因為「真實比小說還要奇怪」，小說用幾個有限的可能性去揣測，而真實卻是千變萬化無法逆料，「無窮盡的因果網，一團亂絲，但是牽一髮而動全身，可以隱隱聽見許多弦外之音齊鳴，覺得裏面有深度闊度，覺得實在」（頁一八九）。故一方面真人實事之為「真實」或「實在」，其作為「真實文本」的複雜變化，乃是遠遠超過「小說文本」的虛構想像（真實乃是比小說更具虛構威力），但另一方面小說卻是要透過真人實事的「傳記性」、「自傳性」的材料或原料，才得以給出「事實的金石聲」與「人生味」，兩者之間的虛實造化、相生相滅，絕非任何「同一邏輯」所能排比出的單一認同與入座比對。

然而在當前的張愛玲研究中，有關自傳性材料或根據事實的考掘，已是浩浩湯湯撲天蓋地而來，如《小團圓》中各種角色與真人的對應，早已清晰列表、對號入座，完全服膺於宋淇最初的擔憂與預料。而本章意欲透過對張愛玲母親「黃逸梵」作為性別符號與書寫延異的探索，來挑動當前張愛玲「自傳」與「傳記」研究的神經，乃是棄宋淇而就張愛玲、棄自傳而就創作、棄真人實事而就小說戲肉的一種嘗試。然而當我們想要有樣學樣〈三詳紅樓夢〉如何解構自傳的同時，我們也必須看到張愛玲式「解構自傳」本身可能的盲點與洞見，而此盲點與洞見也許正是我們可以帶入更多當代文本理論與之對話之處。首先，張愛玲將「自傳性小說」等同於「自傳」、將「自傳」等同於「根據事實」的論述模式，當是迴避了「自傳性小說」本身既是「自傳」亦是「小說」、既有真人實事亦是虛構創作的弔詭。張愛玲論《紅樓夢》，不用「創作」與「自傳」對比，而用「創作」與「自傳性小說」對比，顯然是要以更為堅壁清野的方式，將「自傳性小說」本身所可能涉及的「創作」暫時存而不論，將重音節單獨放在「自傳」而非「小說」之上；或是以「自傳性小說」來指那些只剩真人實事、照本宣科的劣等小說；但也更可以是透過「自傳性小說」的說法，來暗諷那些專挑單撿真人實事下手的考據評者。

但與此同時，張愛玲也並未繼續逼問、繼續解構所謂真人實事的「真實」本身作為文字虛構的可能，亦即有無可能一反「先有真人實事，再進行文本的創造虛構」，而成為「真人實事本身總已是文本化的創造虛構」，就如同本章藉由張愛玲母親「黃逸梵」所展開的文本閱讀，為何既是「文本的離婚母親」，亦是「離婚母親的文本」，「黃逸梵」作為（不）

可能的「文本外指涉」，為何總已來自「文本互涉」。換言之，「自傳性小說」的弔詭，不僅可在於自傳已被寫成了小說，更可在於自傳總已被文本化，自傳與小說都是語言文字構築而成的文本交織。而我們也不要須臾忘記，〈三詳紅樓夢〉中張愛玲「解構自傳」的目的，主要還是「建構作者」，以凸顯《紅樓夢》作者曹雪芹作為文學創作者的苦心孤詣，那歷經數十載精雕細琢出的「天才的橫剖面」。而對當代文本理論而言，真正更具虛構威力的乃語言文字本身，而非「作者」作為單獨封閉、人本中心的固著點（不論是橫空出世或百鍊成鋼），「書寫」（*écriture*）的開始正在於「作者」之為單一個人、單一聲音的死亡。誠如巴特在〈作者之死〉（"The Death of the Author"）中所言，「斷裂發生在聲音失去了它的源頭，作者進入他自身的死亡，書寫開始」（頁一四二），「語言在說話，而不是作者；書寫乃是透過非人稱為先決條件」（頁一四三）。故文學研究不宜過度聚焦「作者」的其人其事、其情其感、其思其見，而忽略了書寫中主詞—主格—主體作為「語言空位」的無所不在。或如傅柯所言，書寫不指向個別作者由內而外的「表達」，而指向語言符號本身的相互作用，乃不斷踰越語言符號本身的規則，不斷創造出一個讓書寫主體不斷消失的「開口」（Foucault 116）。

顯然對張愛玲而言，「解構自傳」乃得見文學創作者的虛構威力，但對當代文本理論家而言，「解構自傳」來自於「自傳」的「字我解構」，不在於創作者的巧思經營或高超的文學技巧，而在於語言文字本身總已將「自我」轉為「字我」、作品轉為文本、創作轉為書寫。那我們如何有可能在凸顯「作者之死」與「作者功能」的同時，也還能留有餘地談論文學創作的修辭、布局與技巧呢？其關鍵或許便在於將張愛玲放入引號，暫離傳統文學批評對作者與作者意圖等「存有形上學」的預設，而將張愛玲與張愛玲的文本打成一片，一如本章的努力正是將張愛玲母親與張愛玲母親的文本打成一片。允或如此，我們才有可能同時處理文學創作的「雙重」虛構威力，一邊探討如何在「黃逸梵」性別文本化的過程中，拉出各種「間文本」的交織，包括傳記資料、法律文件、離婚與五四話語、離婚女性的社會處境、歷史變遷、身體與性等，另一邊則同時處理「黃逸梵」在張愛玲文本中的「重複變易」，如何開摺在文類（散文與小說）與媒介（文字與照片）的差異化過程，穿梭遊走於《流言》、《小團圓》、《對照記》等張愛玲文本（既是張愛玲所書寫的文本，亦是張愛玲之為文本的被書寫）。正如一個貌似不經意的女子名「娜拉」，一邊可以是張愛玲作為創作者在三個刻意援引的英美文學文本之間，巧妙留下的草蛇灰線，另一邊也可以是張愛玲作為創作者被捲入更大更廣的跨語際、跨文化文本交織，而由此所啟動的「娜拉」文本互涉與後續接力，盡皆在張愛玲作為創作者主詞—主格—主觀的掌控之外，而得以讓女性主義文本閱讀所一再強調的雙重美學政治行動——「性別文本化」與「文本性別化」——持續發展、持續變化。

張愛玲並不先於文本存在，張愛玲也不是高高在上的「御者」或具有最終權威的作者，文本的開放不確定讓每一次的書寫行動都成為張愛玲「差異化」張愛玲的懸案過程，而非張愛玲「同一化」張愛玲的拍板定案。而本章將張愛玲母親「黃逸梵」放入引號的企圖，便亦是將「張愛玲」放入引號的企圖，讓「張愛玲」與「黃逸梵」都能成為擺盪在真實與虛構之間的「重複引述」，而得以永遠成為文本交織中充滿基進不確定性的「懸案」。

注釋

1 古代婚姻乃是以捍衛祖宗嗣續為重，不能達成此目的的婚姻，自須解除。但「無子」並非「絕對的離婚條件」，因附帶條件甚多（年齡限制、可納妾、可立庶為長等），而歷史上真正「以無子而出妻」的實際案例也甚為稀少（瞿同祖，頁一六二—一六三）。故「無子」所凸顯的，主要還是古代婚姻與祖宗嗣續的緊密關聯，象徵意義大於實際需求。

2 北伐成功作為讓現代「離婚」成為可能的關鍵時間點，亦出現在張愛玲小說《小團圓》之中。小說女主角九莉聽姑姑楚娣提及她與九莉母親蕊秋在英國留學的往事，蕊秋與另一留學生簡煒墜入愛河，甚至為其墮胎，但卻苦苦無法離婚。「後來不是北伐了嗎？北洋政府的時候不能離婚的」（頁一九四）。然離了婚的蕊秋卻最終沒能和簡煒結婚。「二嬸那時候倒是為了簡煒離的婚。可是他再一想，娶個離了婚的女人怕妨礙他的事業，他在外交部做事。在南京，就跟當地一個大學畢業生結婚了」（頁七七）。但九莉隨後卻推翻或擴充了楚娣的說法，「但是蕊秋回來了四年才離婚，如果是預備離了婚去嫁他，不會等那麼久。總是回國不久他已經另娶，婚後到盛家來看她，此後拖延了很久之後，她還是決定離婚」（頁七八）。小說中所謂的「四年」頗有蹊蹺，若以張愛玲母親「黃逸梵」一九二四年出國—一九二八年回國觀之，其離婚時間或許有可能比現在認定的一九三〇年還要往後延一些，但不論是早是晚，都絕對是在北伐成功、頒布施行民法前後，女性才有了真正的「離婚自由」。

3 《民律草案・親屬編》「裁判離婚」的相關修訂，列舉了甚為嚴苛且多雙重標準的條文，如「夫婦之一造，以左列事情為限，得提起離婚之訴：一、重婚者。二、妻與人通姦者。三、夫因姦非罪被處刑者。四、彼造故謀殺害自己者。五、夫婦之一造受不堪同居之虐待，或重大之侮辱者。六、妻虐待夫之直系尊屬，或重大之侮辱者。七、受夫之直系尊屬之虐待，或重大之侮辱者。八、夫婦之一造以惡意遺棄彼造者。九、夫婦一造逾三年以上生死不明者」，條文內容轉引自夏梅（頁二〇）。

4 此處的「真實效應」最早乃法國思想家羅蘭・巴特在一九六八年〈真實效應〉（"The Reality Effect"）一文中所提出之概念，後更從文學寫實主義的討論擴及到歷史書寫本身的文本性，亦即將所謂的文學「真實」與歷史「真實」皆視為由「符碼」（codes）所建構而成的「文本效應」，而非「文本」之外有任何可供明確指涉的「真實」存在。

5 將人名放入引號，乃是本章用來凸顯文本建構與文本建構所帶來的基進不確定性。故擴而言之，本章涉及張愛玲以及其傳記文本中其他親族的真有其人（如父親「張志沂」、姑姑「張茂淵」等），亦是放入引號的人名文本化。但為了凸顯本章所聚焦的「黃逸梵」，故暫不將其他文本化人名放入引號，除非有文本脈絡上的特別處理需求。但不論放不放入引號，這些人名盡皆具有同樣的文本建構性與基進不確定效應。

6 一九七六年一月三日張愛玲寫給鄺文美、宋淇信件，見宋以朗，〈《小團圓》前言〉，頁六。

7 然《小團圓》中作為「黃逸梵」小說文本化的離婚母親蕊秋，已不再清高，常經濟拮据，甚至還在牌桌上輸掉了女兒老師所饋贈給女兒的「獎學金」。

8 此處詩句的「重複引述」亦是一種「重複變易」，乃是將杜甫〈贈蜀僧閭丘師兄〉的詩句「夜闌接軟語，落月如金盆」，重新「脈絡—文本」化為「夜深聞私語，月落如金盆」，以「私語」代「軟語」，直接呼應全文標題，也將「落月」更生動化為「月落」。此處詩句的「重複引述」以文字為主，有時也可以意象為主，例如〈金鎖記〉中的描繪：「天就快亮了。那扁扁的下弦月，低一點，低一點，大一點，像赤金的臉盆，沉了下去」（頁一四三）。「重複引述」可以是創作者的刻意為之，也可以是語言文字「重複與差異」邏輯本身的啟動，而本章的解讀策略，乃是盡可能將前者往後者推動滑移，讓前者有意識的旁徵博引，也有一時半刻語言無意識的滑動可能。

9 老舍的《離婚》作為「離婚中的文本」，乃是從男性角色的觀點帶出婚姻的掙扎與無奈，幽默中帶諷刺。

10 張愛玲在一九七五年十月十六日寫給好友宋淇、鄺文美的信，見宋以朗，〈《小團圓》前言〉，頁五。

11 張愛玲在一九七六年四月四日寫給好友宋淇、鄺文美的信，見宋以朗，〈《小團圓》前言〉，頁八。

12 《小團圓》一九七六年的手抄稿並無任何注解，但在二〇〇九年正式出版時，加上了注解與注解編號，此處引文之所以略去注解編號，不僅在於注解本身可能的畫蛇添足（即便有幫助讀者理解或提供進一步資訊的用心良苦與體貼善意）、甚至造成原作者加注的「後設」小說錯誤聯想，也在於加注本身可能出現的錯誤。此處省去的注解編號2，乃是將勞倫斯的〈上流美婦人〉錯誤注解為《查泰萊夫人的情人》（*Lady Chatterley's Lover*），也斯是第一個指出此錯誤之人。

13 挪威劇作家易卜生（Henrik Ibsen）一八七九年的劇作 *Et dukkehjem*（*A Doll's House*）在中國有《娜拉》、《傀儡家庭》、《玩偶之家》等不同翻譯名稱。《新青年》「易卜生號」的《娜拉》劇本翻譯者為胡適與彼時尚為北大學生的羅家倫。

14 誠如張春田在《思想史視野中的「娜拉」》所歸納，「『娜拉』負載了女性解放與個人主義的雙重訴求，同時與反抗禮教、重估傳統、倫理重建、社會流動、自由戀愛、現代日常生活等有效地關聯起來，從一個側面呈現出五四啟蒙的『全息圖像』」（頁三）。然此「全息圖像」卻在性別政治上的發展先後有別，如許慧琦在《「娜拉」在中國》指出，娜拉作為新「人」性的典範，「首先是為中國知識男性所發現、吸收並消融；幾乎於同時，這群男性旋即以『（新女性）形象塑造者』自居，並配合著由他們首倡且隨之風行的女子解放思潮氛圍，將娜拉引導、定位為新女性形象，從此關鍵性地決定了該形象日後在中國的發展走向」（頁一一七）。換言之，「娜拉」在中國的論述發展，乃是持續擺盪在「人的解放」（「去性別化」的覺醒）與「婦女解放」（「再性別化」的覺醒）之間。

15 此處另一個可能的「間文本」，則是張愛玲的〈我看蘇青〉。以《結婚十年》成名的女作家與編輯蘇青，乃是張愛玲友人之中最醒目、最自由的離婚婦人，然〈我看蘇青〉最用心凸顯（或部分自我投射）的，卻是蘇青作為「女作家」的職業文人身分。雖然文中也提到「離婚」，「她與她丈夫之間，起初或者有負氣，到得離婚的一步，卻是心平氣和，把事情看得非常明白簡單」（頁八一），提到了蘇青「謀生之外也謀愛」（頁八九），但卻沒有任何「娜拉」的原型參照。文中雖然也提到「出走」，指的卻是女兒的「出走」父家（此亦為五四娜拉論述的重要轉折點，由夫家轉為父家），而非母親的「出走」夫家：父母親離婚，被父親禁錮後的張愛玲，決定離開父親的家投奔母親，「這樣的出走沒有一點慷慨激昂」（頁八一）。反倒是蘇青本人發表過一篇〈論離婚〉的雜文，直接點名「娜拉」出走的年齡之惑：「十八九歲的娜拉跑出來也許會覺得社會上滿是同情與幫助，廿八九歲的娜拉便有寂寞孤零之感，三四十歲的老娜拉可非受盡人們的笑罵與作弄不可了」（頁七六）。

16 誠如陳麗芬在〈童言流言，續作團圓〉中所言，「《小團圓》是個慢慢發現『母親』的故事，而發現母親也即是發現『性』」（頁二九九—三〇〇）。

17 二〇〇六年一月九日邢廣生寫給張錯的信件內容，轉引自張錯，〈張愛玲母親的四張照片〉，頁一八一。

18 此句引自《對照記》：「她總是說湖南人最勇敢」（頁二二）。

19 最早乃由記者林方偉以〈傳奇的傳奇：張愛玲之母黃逸梵 閨密邢廣生憶述 張母最後的南洋歲月〉發表於《聯合早報》二〇一九年二月二十二日，後有《聯合早報》專欄作家余雲發表〈「不到位」的畫家黃逸梵〉，同年四月則由《上海文學》以「急景凋年煙花冷：張愛玲母親黃逸梵晚景鉤沉」為特稿，包括余雲〈前面的話〉（頁七〇—七一）、林方偉〈黃逸梵私語：五封信裡的生命晚景〉（頁七〇—八五）和石曙萍〈娜拉的第三種結局：黃逸梵在倫敦最後的日子〉（頁八六—九九），後亦被選入二〇一九年七期《中華文學選刊》。石曙萍後亦以〈從女工到畫家：張愛玲母親晚年在倫敦〉發表於二〇一九年八月十日《風傳媒》、以〈從「女工張逸梵」到「畫家黃逸梵」：張愛玲母親晚年在倫敦〉發表於二〇一九年八月《印刻文學生活誌》一五卷一二期，頁一四〇—一六七。各版本大同小異，或有增補延伸，多所轉載，作者三人共同表示稿費將用於支付「黃逸梵」在倫敦墓地展延租約之費用，本章暫以二〇一九年四月號《上海文學》的版本為主。

20 若按照當代解構主義的嚴格說法「文本之外無他」，所有的「文本外」總已含括在文本之內，都是變動權宜中的語言符號構成。

21 張愛玲在此的用法，乃是依《詩經》、《楚辭》之表達將「驂」當成一乘「兩馬」，但依照《說文》「驂，駕三馬也。从馬參聲」（卷一〇上，頁二〇〇），「驂」又可指一乘「三馬」，並發展出兩馬並駕為「駢」，三馬並駕為「驂」，四馬並駕為「駟」的說法，讓原本用來「形聲」的「參」，也同時成為表意的「參」。而「驂」在馬匹數量與形聲表意上的不確定，實可繼續推演出「作品」與「理論」更為複雜的關係，甚至「御者」在作者、敘事者、評論者、讀者等更多位置之間的猶疑置換。然本章的重點放在「自傳」解構，故僅止於點出其中可能的蹊蹺線索。

22 同樣的抱怨也再次出現在張愛玲為《續集》所寫的〈自序〉之中，「不少讀者硬是分不清作者和他作品中人物的關係，往往混為一談。曹雪芹的紅樓夢如果不是自傳，就是他傳，或是合傳，偏偏沒有人拿它當小說讀」（頁七）。

23 「戲肉」為廣東話的慣常表達，用以指戲曲中最精采、最高潮的部分。

24 一九七六年三月二十五日鄺文美寫給張愛玲的信件，見宋以朗，〈《小團圓》前言〉，頁七—八。

25 一九七六年四月四日張愛玲寫給鄺文美、宋淇的信件，見宋以朗，〈《小團圓》前言〉，頁八。

26 一九七六年四月二十八日宋淇寫給張愛玲的信件，見宋以朗，〈《小團圓》前言〉，頁一一。

27 一九七六年四月二十八日宋淇寫給張愛玲的信件，見宋以朗，〈《小團圓》前言〉，頁一二。

第三章

文本裡有蹦蹦戲花旦嗎？

何人不知張愛玲筆下那個站在荒原之上、斷瓦殘垣中的「蹦蹦戲花旦」，但又有何人可確知那個「蹦蹦戲花旦」究竟是哪個？當「蹦蹦戲花旦」從「那個」（作為可以確指的單數）變成「哪個」（以口形聲帶出疑問不確定、尚待指認的複數）之時刻，不正也可以是當代張愛玲研究從「作品」轉向「文本」之時刻。

英國女性主義學者雅克布斯（Mary Jacobus）寫過一篇充滿慧心巧智且批判力道十足的論文，以〈此文本裡有女人嗎？〉（"Is There a Woman in This Text?"）為標題，反諷學舌讀者反應理論大將費許（Stanley Fish）的名著《此教室裡有文本嗎？》（*Is There a Text in This Class?*），而雅克布斯煞有介事卻不無調侃之意的標題之為修辭問句，幾乎成為上個世紀末女性主義文本分析的口頭禪。而此論文也不負眾望，劈頭就拿費許自己的舉例還治其人之身，示現教室場景中兩男（教授）一女（研究生）之間戲劇化了的權力與慾望關係，這廂是受費許教授啟發的女研究生，在另一個課堂對另一位男性教授提出「何謂文本」、「文本何在」的強烈質疑，那廂則是男性教授（們）透過女研究生作為回聲筒與交易物所展開文學詮釋（權勢）的隔空角力。該文不僅讓「文本」裡的女研究生躍然紙上，更活潑潑讀出了其他「文本」中的女人，如佛洛依德（Sigmund Freud）精神分析中的女病人等。論文最後且來到一個既具女性主義政治批判、又深諳當代後結構主義「去中心」文本理論的結語：我們不僅要看到「文本中的女人」（woman in the text），也要同時看到「女人中的文本」（text in the woman）：前者指向女人的文本「再現」，後者指向女人（陰性）作為語言構成的流變不確定；前者以女性人物或角色為中心，後者則以語言文字本身的「延異」（différance）去中心，以徹底鬆動任何人本中心或「陽物理體中心」的預設。

然「文本中的女人」或許易於尋覓與指認，但什麼會是「女人中的文本」呢？女人作為社會、文化、生理、心理的性別分類，如何有可能被「文本化」而得以帶出語言交織的開放不確定性呢？就讓我們拿張愛玲最膾炙人口的那篇〈再版的話〉為本章的出發點，看一看「文本中的女人」與「女人中的文本」如何得以相互迴轉、反覆交織。[1] 寫於一九四四年九月十四日的〈再版的話〉之所以有名，不僅只是見證了張愛玲一夕間紅遍上海灘的傳奇，更是《傳奇》的傳奇，一九四四年八月十五日出版的《傳奇》，一個多月後旋即再版；也不僅只是張愛玲為她的第一本短篇小說集《傳奇》以自序方式的一錘定音（《傳奇》初版沒有序，只有卷首題詞）；更是因為此再版序中出現了張愛玲亂世時間感的經典表達──「個人即使等得及，時代是倉促的，已經在破壞中，還有更大的破壞要來。有一天我們的文明，不論是昇華還是浮華，都要成為過去。如果我最常用的字是『荒涼』，那是因為思想背景裏有這惘惘的威脅」（〈再版自序〉，頁六）──早已成為張迷朗朗上口、學者一再引述的文字段落，精采見證了張愛玲在創作與生命哲學高峰的「世紀末視景」。

而此「世紀末視景」經典中的經典，又非其中「蹦蹦戲花旦」的末日寓言莫屬。一九四四年夏張愛玲與友人相偕去看「在上海已經過了時的蹦蹦戲」（〈再版自序〉，頁六），進了戲院就被「胡琴的酸風與梆子的鐵拍」震到了飛沙走石的西北寒窯，「天地玄黃，宇宙洪荒，塞上的風，尖叫着為空虛所追趕，無處可停留」（頁七）。而就在這蠻荒世界裡，張愛玲給出了「蹦蹦戲花旦」作為文明劫毀後的唯一倖存者：

> 將來的荒原下，斷瓦頹垣裏，只有蹦蹦戲花旦這樣的女人，她能夠夷然地活下去，在任何時代，任何社會裏，到處是她的家。（頁八）

在此「蹦蹦戲花旦」作為張愛玲末日寓言「文本中的女人」，自是鮮活吸引了所有人的目光。批評家們迫不急待細數張愛玲的各種「戲曲情結」，熱心找出蹦蹦戲與張愛玲的地緣關係（童年在天津英租界度過的張愛玲，文中所記敘的蹦蹦戲正是天津朱寶霞劇團在上海的演出），更博學多聞地搬出張愛玲各種有關「地母」、「婦人性」的文字敘述加以附會，或乾脆直接點名《傳奇》再版序中的「蹦蹦戲花旦」，究竟是小說正文裡哪些女性角色的化身。周芬伶在《豔異》中首推白流蘇為張愛玲筆下最具花旦氣息的女人（頁二二五—二二六），「彷彿是戲台上走出來的花旦」，舉手投足間都像在唱戲（雖說是京戲）；而七巧亦不差，「她一出場活脫是舞台上的潑旦」（頁二二六）。亦有批評家以「花旦原型」表列所有張愛玲筆下能夷然存活、「到處是她的家」的女性角色，名單如七巧、長安、薇龍、川娥、霓喜、流蘇等（張保華，頁七八—七九）或流蘇、七巧、霓喜、嬌蕊、薇龍、殷寶灩、阿小、敦鳳等（李今，頁五五）。各家排列大同小異，一時間蹦蹦戲花旦大爆炸，彷彿誰都是也誰都不是唯一正宗的蹦蹦戲花旦。

一．蹦蹦戲花旦：棄婦還是蕩婦？

然而本章在此想要探問的，不是張愛玲筆下哪些女性角色或是或似「蹦蹦戲花旦」，或給出個比對相似度高低的排行榜，而是回到〈再版的話〉這篇不到兩千字的序言之中，瞧一瞧文中究竟有幾個「蹦蹦戲花旦」？但那個張愛玲筆下最著名的「蹦蹦戲花旦」，難道還有哪個之分嗎？但顯然在再版序裡就已出現至少兩個蹦蹦戲的旦角，一個是由「評劇皇后」朱寶霞領銜擔綱的「棄婦」，一個是由不知名旦角出飾的「蕩婦」；「棄婦」是正戲，「蕩婦」是正戲之前的玩笑戲。那能在蠻荒世界夷然地活下去的，究竟是「棄婦」還是「蕩婦」呢？若就蹦蹦戲作為評劇前身的傳統劇目而言，張愛玲在序中雖未曾言明，但顯然「棄婦」演的是脫胎於《白兔記》的《井臺會》「李三娘」（又名《咬臍郎打圍》、《李三娘打水》、《劉智遠投親》），一齣母子相認然後闔家團圓的戲碼；「蕩婦」演的則是劉公案系列中的《黃愛玉上墳》（或《旋風告狀》），一齣謀殺親夫而被清官（既是清朝的官，也是廉潔的官）揭穿的戲碼。那「蹦蹦戲花旦」究竟指的是與子相認的「李三娘」還是小寡婦上墳的「黃愛玉」呢？或以上皆非，尚另有所指呢？

這個問題顯然在許多批評家眼中全然不成問題，他們毫不猶豫，鐵口直斷，「蹦蹦戲花旦」指的當然就是「李三娘」。他們深信唯有「李三娘」在逆境中所展現的執著與韌性，才能夠在斷瓦頹垣裡夷然存活（李清宇，頁一四一—一四八）。而飾演李三娘一角的「評劇皇后」朱寶霞，又首創唱腔「十三咳」，蕩氣迴腸，才能讓戰亂時期的張愛玲深切體會「李三娘的頑強」，到處都是她的家（侯福志，頁一九七）。故即便是在明明知曉「青衣旦」與「花旦」在戲曲行當上的區別，前者端莊賢淑，後者活潑俏皮，評者似乎還是堅持要把「蹦蹦戲花旦」的角色編排給「青衣旦」李三娘，並辯護此並非張愛玲在戲曲知識上的任何可能錯誤，反倒是出於慧眼獨具，能遵循生活邏輯、「突破行當規範做出的獨特判斷」（張保華，頁七七）。在這些評者眼裡，荒原上的「蹦蹦戲花旦」捨「李三娘」其誰。

但我們真能迴避「花旦」本身所蘊含的「美麗、俏皮、渾身都是戲」（周芬伶，《豔異》，頁二二五）嗎？我們真能如此斬釘截鐵地將其指派給寒窯苦守、忍辱負重的苦情棄婦「李三娘」嗎？然我們在此汲汲追問「蹦蹦戲花旦」的身世由來，除了想把一篇不足兩千字的序言弄得「像迷宮，像拼圖遊戲，又像推理偵探小說」（《紅樓夢魘》，頁一〇），更重要的恐怕還是企圖展開女性主義的文本閱讀，探問如何在其中析剔出至少兩個蹦蹦戲旦角所占據兩種截然不同的「宗法父權」位置，而這兩個位置的截然不同，又如何可以左右我們對「蹦蹦戲花旦」作為末世寓言的理解。最早夏志清便在《中國現代小說史》提及張愛玲對中國傳統戲曲的喜好，並循此發展出張愛玲在小說造詣上的「蒼涼」美學風格，也是最早精準評點張愛玲所援引地方戲曲本身所內藏的「封建道德」：

> 她喜歡平劇，也喜歡國產電影；還常常一個人溜出去看紹興戲、蹦蹦戲。那些地方戲的內容是所謂「封建道德」，它們的表現的方式——不論曲調和唱詞——是粗陋的，單調的，但是她認為它們同樣表現人生的真諦。……中國舊戲不自覺地粗陋地表現了人生一切飢渴和挫折中所內藏的蒼涼的意味，我們可以說張愛玲的小說裏所求表現的，也是這種蒼涼的意味，只是她的技巧比較純熟精巧而已。「蒼涼」、「淒涼」是她所

最愛用的字眼。（頁二九七）

夏志清在張愛玲對中國戲曲的喜好與援引中，成功看到了其如何從舊戲的「封建道德」拉出「蒼涼」的底韻，但顯然此處的「封建道德」與「蒼涼」都還是沒有性別差異的。

而我們接下來對「蹦蹦戲花旦」曖昧不確定的宗法父權位置之閱讀，既是要針對「封建道德」進行性別批判，也是要一探「封建道德」如何讓「粗陋地表現了人生一切飢渴和挫折」的中國舊戲更顯蒼涼，一個以性別批判再次定義的「蒼涼」，一個沒有致命女人、只有棄婦、怨婦、蕩婦、寡婦的「世紀末視景」。首先讓我們來看看「李三娘」的宗法父權位置。與《荊釵記》、《殺狗記》、《拜月亭記》並列元代四大南劇的《白兔記》，講的是五代後漢開國皇帝劉知遠與元配李三娘悲歡離合的故事。而張愛玲在上海劇院裡所觀賞的，正是《白兔記》中李三娘與兒子井臺相會的蹦蹦戲版本，故其焦點便由「糟糠之妻」、「棄婦」的夫妻關係，轉到了「貧娘」與英豪小將的母子關係。戲中母子離散多年，彼此不識，小將認親的關鍵，在於一一詳細盤查了「貧娘」的家世。「你父姓甚名誰？你母何人？你兄何人？」（〈再版自序〉，頁七），李三娘一一回答，就連嫂子的來歷也交代得清清楚楚，小將當下才認了親娘。可見李三娘得以由剝而復、由貧娘轉親娘的關鍵，正在於家族世系上的名分與地位，經父母兄嫂世代親等的關係位置確認後，才得以延伸到母子與夫妻關係的再次重新確認。表面上母子的得以相認，取決於李三娘的記性好壞，正如張愛玲不無調侃地感嘆道「黃土窟裏住着，外面永遠是飛沙走石的黃昏，寒縮的生存也只限於這一點；父親是什麼人，母親是什麼人，哥哥，嫂嫂……可記的很少，所以記得牢牢的」（頁七）。然李三娘「寒縮的生存」，恐不僅來自西北黃土高原艱苦困頓的生存環境，也更來自為人女、為人妻、為人母在宗法父權結構中地位的封閉狹小，卡在娘家（李姓）與夫家（劉姓）之間的進退艱難。

而此處張愛玲之生花妙筆，乃是讓戲臺上的李三娘把所有的「我」都唱成了「哇」，哇父、哇母、哇兄、哇嫂，一個不忘、一字不漏地背誦給英豪小將聽。就第一個層次而言，以「哇」代「我」給出了蹦蹦戲作為民間小戲的方言口音，生動活潑。就第二個層次而言，「我」變成「哇」也成功呼應了戲臺上各種聲音的交疊與聲量的傾軋。先是胡琴的慘傷，「風急天高的調子，夾著嘶嘶的嗄聲」，接著便是劈頭砸下的梆子打拍聲「『侉！喀哇！喀哇！』」，死命敲著竹筒「故意壓倒了歌者」（〈再版自序〉，頁七）。[2] 於是劇中人只能扯開嗓子「聲嘶力竭與胡琴的酸風與梆子的鐵拍相鬥」，這「侉」、「喀哇」與「哇」的此起彼落，當是最能傳神且傳聲戲臺上的粗野熱烈。而任何「我」的宣稱，只能混雜在各種交疊的聲音與傾軋的音量中，成為一個大聲喊出卻只能化為梆子打拍聲的「哇」。而更有趣的是，「哇」除了擬聲外，還兼具視覺文本上的一「口」加兩「土」。此純粹來自書寫文字的「視覺」聯想，不僅背離了前面所言以「聽覺」為主的方言口音或梆子打拍，也徹底背離傳統「哇」作為「象聲字」的詮釋脈絡（嚎哭聲、叫喊聲、嘔吐聲、靡曼之音）或作為語尾「助詞」的表達。黃土窟裡住著的李三娘，一開口說「我」，怕不是滿口滿臉的飛沙走石，口一張立即土上加土的「哇」當是最能「會意」傳神。[3] 而不論是作為方言鄉音的「哇」、作為梆子節拍聲的「哇」或是視覺另類象形上的「哇」，怕都難以不指向李三娘作為主體「我」的泯滅，滿身土氣土樣，滿口土言土語，盡皆打成一片亂哄哄的混沌未明。「在西北的寒窯裏，人只能活得很簡單，而這已經不容易了」（頁七）。看來張口只能「哇」來「哇」去的貧娘，恐怕才是中國蒼涼舊戲之中最深的蒼涼。

那相對於苦守寒窯、只能把「我」唱成「哇」的李三娘，張愛玲序言中的另一個「蹦蹦戲花旦」又是何等人物？出自劉公案系列的《黃愛玉上墳》，講的是一齣紅杏出牆、謀殺親夫的戲碼，丈夫的冤魂化作旋風，攔道向路過的官員告狀，終將上墳的小寡婦拘捕下獄。在蹦蹦戲的舞臺上，張愛玲先是用化妝來展現蕩婦的冶艷風騷，「闊大的臉上塌着極大的兩片胭脂，連鼻翅都搽紅了，只留下極窄的一條粉白的鼻子，這樣裝出來的希臘風的高而細的鼻樑與她寬闊的臉很不相稱」（〈再版自序〉，頁七）。[4] 相對於前文描寫扮演李三娘的北方少女，「黃着臉，不搽一點胭脂粉，單描了墨黑的兩道長眉」，蕩婦在妝容上的「不安於室」（臉頰與鼻翅的井水河水相犯，古妝與希臘風的沆瀣一氣），當是與棄婦在妝容上的「墨守成規」，形成強烈對反。而蕩婦春情的慾海無邊，更由其特殊的面容長相來帶出「性慾」與「獸性」的連結：「水汪汪的眼睛彷彿生在臉的兩邊，近耳朵，像一頭獸」（頁七）。

然這個不守婦道的小寡婦在蹦蹦戲的戲臺上，卻是出落得如此幽默嬌憨、可恥又可愛。官員追問她丈夫「有一天晚上怎樣得病死的」，小寡婦使勁「百般譬喻」，官員仍舊一頭霧水，逼得小寡婦只好唱道：「大人哪！誰家的灶門裏不生火？哪一個烟囪裏不冒煙？」（頁八），頓時惹得滿場觀眾喝采大笑。然小寡婦這個走投無路的機智告白，依舊還是一個「譬喻」，將男女性器比作煙囪與灶門，或本想以此推托丈夫乃房事猝死，反倒又像是招供了自己的性慾熾熱、紅杏出牆。然蕩婦的性慾不導向生殖繁衍，只導向縱慾狂歡，讓自身徹底背離宗法父權結構所設定「寒縮的生存」，翻轉了冷與熱，讓寒窯變熱灶，但也終究難逃宗法父權機制的追捕與嚴懲。當塞上無情的風，化成前來索命的冤魂旋風，又怎吹不熄滅不掉蕩婦的灶火。張愛玲這篇短短不到兩千字的再版序言，如此這般風、火、水、土相生相剋，精采編排了兩個女人一冷一熱截然不同的生存境遇，在宗法父權結構內外的放逐、收束與懲治。

那文明劫毀的蠻荒世界中，究竟是哇父哇夫哇子的棄婦，還是無父無夫無子的蕩婦得以遺世獨立呢？雖說張愛玲在描寫完蕩婦以煙囪灶門色喻房事性交後，下一段就緊接著寫到蠻荒世界裡的「蹦蹦戲花旦」，但只怕還等不到天地劫毀，風流美艷、活潑俏皮的蕩婦恐怕早已被宗法父權的清官繩之以法了。而嚴守名分與地位的棄婦貧娘，怕也只能苦守「寒縮的存在」，難有四處為家的灑脫自由。若棄婦與蕩婦都是也都不是那個荒原之上的「蹦蹦戲花旦」，那接著我們有沒有可能在「出場」的蹦蹦戲花旦所導向的不確定性中，也同時找找看「沒有出場」的蹦蹦戲花旦呢？找完了「文本裡的女人」，是否也可找找看「潛文本裡的女人」呢？且讓我們回到〈再版的話〉之創作時間點，據推算張愛玲應是在一九四四年七月初去上海新世界二樓紅寶劇場觀賞天津朱寶霞劇團演出的蹦蹦戲（段肇升），而〈再版的話〉完稿於一九四四年九月十四日，與此創作時間點與寫作心境上最貼近的兩個「蹦蹦戲花旦」候選人，卻又都弔詭地不出現在同年八月出版、九月再版的《傳奇》小說集之中。一九四四年一月《萬象月刊》開始連載張愛玲的小說〈連環套〉，刊出六期，七月自動腰斬。〈連環套〉裡像極了蹦蹦戲花旦的霓喜（周芬伶，《豔異》，頁二八二），自然不可能在《傳奇》裡出場亮相，即便她的俗艷讓蕩婦版的蹦蹦戲花旦呼之欲出——「嘴裏有金牙齒，腦後油膩的兩綹青絲一直垂到腿彎，妃紅衫袖裏露出一截子黃黑，滾圓的肥手臂」（〈再版自序〉，頁七—八）。張愛玲的〈連環套〉一直要到一九七六年才以「古物出土」的方式收錄在《張看》之中再度面世。而另一個可能的候選人則是一九四四年七月才在《雜誌》月刊刊完的〈紅玫瑰白玫瑰〉裡的嬌蕊，然而嬌蕊也不在《傳奇》之中，因為一直要到一九四六年的《傳奇》增訂本，才收錄了〈紅玫瑰與白玫瑰〉。如果李三娘或羅愛玉不是「蹦蹦戲花旦」的正主，那霓喜或嬌蕊恐怕也不可能是「蹦蹦戲花旦」的最終依歸。霓喜與嬌蕊的「不在場」或「延後出場」，只是讓我們得以將「蹦蹦戲花旦」作為單數與複數的可數性，再次推向了「蹦蹦戲花旦」作為不可數的「複數性」（多摺性，multi-pli-city），推向文本與文本的摺曲、時間與時間的凹陷。在一九四四年先〈再版的話〉出現的霓喜與嬌蕊，成為「前—蹦蹦戲花旦」不在場的在場，那後〈再版的話〉出現的嬌蕊（一九四六）與霓喜（一九七六），則又成為「後—蹦蹦戲花旦」在場的不在場，以錯亂時序的方式不斷改寫我們對「蹦蹦戲花旦」的認知與感受。看來一九四四年在〈再版的話〉中出現的「蹦蹦戲花旦」，還真能大膽熱烈地往前、往後、往上、往下、一而再、再而三地再版下去。

故霓喜或嬌蕊作為「蹦蹦戲花旦」可能的「隱藏版」、「再版中的再版」、文本中的文本間性，最終導向的也依舊還是「都是也都不是」的不確定性。這種由「文本」所帶出的「基進」不確定性，即便有一日我們可以在張愛玲「尚未出土」的文字資料裡，看到作者張愛玲清楚說明〈再版的話〉中所寫荒原上的蹦蹦戲花旦，究竟是李三娘或羅愛玉，還是霓喜與嬌蕊，亦或尚有他人，都無法封閉或推翻〈再版的話〉作為文學文本的語言交織、文本中有間文本所帶出的不確定性。「作者的話」也只是一種「再版的話」、一種後遺式的增補書寫，並無任何定於一尊的話語權威性或最終決斷力。而證諸當前過於傾向以傳記資料或書信內容來蓋棺論定的張愛玲研究，或是只談文學風格、意象、技巧而不解構語言文字本身的張愛玲研究，最缺乏的或許正是這種文本的不確定性、文本的開放與自由，這種得以讓作者成為作者功能、作品成為文本、閱讀成為書寫的基進性。故當我們追問那個「蹦蹦戲花旦」究竟是哪個的同時，不在於埋首「作品」之中死命挖掘出正確無誤的最終解答，而在於打開「文本」、「間文本」的千頭萬緒，在語言文字的交織中看到「蹦蹦戲花旦」的流變離散。

有了這樣的理解，我們可以再一次回到「蹦蹦戲花旦」的末世寓言，展開另一回合文本之為開放自由（字遊）的閱讀可能。張愛玲寫道「只有蹦蹦戲花旦這樣的女人，她能夠夷然地活下去」（〈再版自序〉，頁八），但若我們無法確定「蹦蹦戲花旦」到底是怎樣的女人，恐怕我們也無法確定「夷然地活下去」到底是怎樣的活法。「夷，平也，从大从弓，東方之人也」（《說文》卷一〇下，頁二一三），在此最初的字源探詢之中，「夷」總已分裂為「平」與「東方之人」的兩個詮釋路徑。若就從大從弓的「東方之人」切入，「夷」專指古代中原地區華夏族對東方部落的稱謂，如「東方曰夷」；或泛指盤據中國邊區野蠻未開化的部落，如四夷八蠻；而在近代則更延伸指向外國異邦，如英夷、法夷、夷館、夷船等。故若以此路徑切入蹦蹦戲花旦的「夷」，應可成功反轉中原中心與中國中心的「華夷之辨」，而得以凸顯蠻荒世界中「蠻荒之力」之必要。而此「蠻荒之力」之背離禮教宗法，更可以出現在「夷」作為野蠻未開化的「華夷禮隔」，到「夷」作為傲慢無禮的字義延伸。以此詮釋路徑觀之，在張愛玲禮失而求諸野、而求諸女的荒原背景之上，「夷」顯然給出了「蠻荒之力」、「鄙野之（女）人」的豐富聯想。

但若是從夷者「平」也的路徑切入，則是另一番風景。「夷」可指向古代鋤具，如《管子・小匡》「惡金以鑄斤、斧、鉏、夷、鋸、欘，試諸木土」（卷八，頁二〇），由此延伸除草為夷草，削平乃夷為平地，或更具暴力導向的徹底剷除如夷定天下、夷誅九族。平平都是「夷」，卻從鋤草到砍頭無所不包。而與此同時「夷」者「平」也，亦可順利延展到「平」之為教化修養，心平氣和才能「君子如夷」，一如段玉裁在《說文解字注》中所強調，「夷，平也。此與君子如夷、有夷之行、降福孔夷傳夷易也同意」（頁四九八）。此處的「夷」乃平和、平靜、平易，徹底翻轉前一路徑野蠻未開化之「夷」解。故若按常情常理而言，「夷然」多指平靜，但襯之以「蹦蹦戲花旦」寓言的蠻荒背景，卻又不可能不帶出另類「夷然」的聯想。於是就在「夷」之處，我們同時可以看到禮教君子與無禮蠻夷作為對反與重疊的可能，四夷八蠻是夷，言和色夷也是夷，而更誇張的是，若我們把「夷」作為平也、安也之意再往下推，竟也就到了「夷」與「怡」的音意相通，「既見君子，云胡不夷」乃指心平氣和所帶出的和顏悅色，又是再一次徹底翻轉「華夷禮隔」所導向的野蠻未開化或傲慢無禮。那「夷」究竟是野蠻或文明、平和或暴力？蹦蹦戲花旦「夷然地活下去」，究竟是鄙野、粗俗、漠然、傲慢或平靜、喜悅、祥和？「夷」的多義（多異、多譯、多溢），勢必將牽帶出不同神情樣貌的蹦蹦戲花旦。若「君子如夷」同時預設了穩當的男性性別與德行修養的雙重疊合位置，那在荒原之上能夠「夷然」存活的蹦蹦戲花旦，則既可以是被放逐在禮教宗法文明世界之外的「女人」，也可以是不斷鬆動「陽物理體中心」語言世界的「陰性」，在任何時代、任何社會、任何文本裡走竄，無處是家，無處不是家，如此這般的蹦蹦戲花旦或許才有可能同時帶出「文本中的女人」與「女人中的文本」。

一如〈再版的話〉之為文學文本，讓典出〈再版的話〉之「蹦蹦戲花旦」得以不斷再版中，那「夷」所啟動的「猶夷」（猶疑的古字）又如何得以繼續「不決」與「不絕」呢？而當代以文學批評來「補遺」蹦蹦戲花旦最精采的論述，則非王德威的「後夷民」、「後遺民」莫屬。按其所言，「後夷民遊走華夷邊緣，雜糅兩者的界限，稀釋、扭曲『正宗』中華文化，但也增益、豐富中華文化的向度」（王德威，《華夷風起》，頁四〇）。其精采之處，正在於讓「夷」的位置有了歷史化與政治化的細膩，游移且猶疑在「正宗」文化的邊緣，充滿既增又減、既是又不是的曖昧。而此「夷」更可轉成同音的「遺」繼續補遺，「尹雪艷、一把青、金大班這些人鬼魅似的飄蕩臺北街頭，就像張愛玲寫的蹦蹦戲的花旦，在世紀末的斷瓦殘垣裡，依然，也夷然地唱著前朝小曲。但風急天高，誰付與聞？」（王德威，〈落地的麥子不死〉，頁四一）此處張愛玲的「蹦蹦戲花旦」又已再版為白先勇筆下的尹雪艷、一把青、金大班，臺北成為上海的「再地引述」（re-site and re-cite），被胡琴、竹筒梆子與聲嘶力竭的唱腔所震出來「無時間性」的末日荒原，突然有了前朝小曲的配樂，蹦蹦戲花旦一個華麗轉身，就精采成為時間的「遺民」、文化的「夷民」。

然本章此處所要凸顯的，並不是「蹦蹦戲花旦」乃白先勇筆下女性角色的「原型」，或李三娘式的棄婦、黃愛玉式的蕩婦乃「蹦蹦戲花旦」的「原型」，甚或霓喜、嬌蕊作為「原型」或以其為「原型」的各種回歸。此處所展開的文本閱讀，乃是企圖將「原型」（archetype）打回「原構」（originary formation），看到「原構」作為形構過程之前、之後、之上、之下無邊延異（易、譯、溢）的間文本，看到「原構」如何總已分裂為雙重或多重，總已布滿補遺的書寫痕跡、無處是家、無處不是家的漂泊離散，徹底無法回歸收束到一個最原初、最穩定、最真確、最正宗的「原型」。於是一個「蹦蹦戲花旦」的修辭，可以讓我們如此上下求索、不亦樂乎；一個「夷」字的曖昧，可以讓我們這般猶疑不決、怡（夷）然自（字）得。文本閱讀所開放的不確定性，不是選項太多、資訊太少而無法確定，而是如何看到字中有字，文本中有文本，各種分裂與雙重的摺曲、貼擠、變形、替代與置換，而無法斬釘截鐵、無法拍板定案為真確與正宗的單一源頭或原型。而與此同時，文本閱讀所開放的自由（字遊），亦可以是對宗法父權制度所設定的「性別位置」與「陽物理體中心」語言結構所設定的「言說位置」之雙重裂變，讓性別政治文本化、文本理論性別化，讓「文本中的女人」與「女人中的文本」得以不斷交織、不斷再版中。

二・書寫中看不見的纖維

在前一段有關「蹦蹦戲花旦」的文本閱讀中，我們不難瞥見多位文本理論家的身影混跡其中，巴特、傅柯、德希達、克莉絲緹娃不一而足。但此文本閱讀並非將「外來」文學理論「套用」於文學作品（一種最常見的謬論責難），而是讓同為語言文本的理論與文學再度交織，外翻內轉，不斷變化出花旦的蹦蹦戲碼，一再再版〈再版的話〉。而本章接下來的重點，則是嘗試在巴特、傅柯、德希達、克莉絲緹娃等文本理論家的身影之中，如何有可能也看到張愛玲的混跡其中，去思考為何以及如何張愛玲本身就是一位超級厲害、當仁不讓的文本理論家，為何以及如何我們可以同時用張愛玲與諸位文本理論家的理論，交織出張愛玲文本的交織。容或張愛玲並不專擅當代各種文學理論的術語或套式，也不曾直接援引任何文本理論的大師或派別，但其對語言文字的敏感、對文化「再地引述」的了然，都讓她嘗試用自己的話語，表達出與當代文本理論異曲同工之睿智與妙趣。

首先讓我們來看看張愛玲是如何描繪語言中「看不見的纖維」。她的早期散文〈洋人看京戲及其他〉，嘗試以充滿驚訝眩異的洋人眼光來看中國的光怪陸離，而話劇裡穿插的京戲口頭禪，就成了她切入京戲世界在中國之所以根深柢固的關鍵。她以風靡上海的話劇《秋海棠》為例，指出其中最動人的臺詞乃引用自京戲：「酒逢知己千杯少，話不投機半句多」。「爛熟的口頭禪，可是經落魄的秋海棠這麼一回味，憑空添上了無限的蒼涼感慨」（〈洋人看京戲及其他〉，頁一〇九）。此時舞臺上的蒼涼，已不再是西北高原上飛沙走石的黃昏，也不僅只是中國舊戲所內藏的人性飢渴與挫折，而是回到語言本身一說再說、「重複引述」所造成時空壓縮的回味與感傷：

> 中國人向來喜歡引經據典。美麗的、精警的斷句，兩千年前的老笑話，混在日常談吐裏自由使用著。這些看不見的纖維，組成了我們活生生的過去。傳統的本身增強了力量，因為它不停地被引用到的人，新的事物與局面上。但凡有一句適當的成語可用，中國人是不肯直截地說話的。（頁一〇九）

張愛玲在此巧妙點出中國人引經據典的習性，能讓千年以降的斷句、成語、笑話或口頭禪，經由「引用」而不斷進入到新的人事物與局面之上，成為「活生生的過去」，沒有過去的過去，完不了的過去。此處「看不見的纖維」一方面好像是專門用來說明帶著口頭禪性質的京戲，如何得以讓「歷史仍於日常生活中維持活躍的演出。（歷史在這裏是籠統地代表著公眾的回憶）」（頁一〇九）；而另一方面也同時帶出了語言本身透過熟爛口頭禪所啟動的「重複引述」，話劇引用京戲，京戲引用鼓兒詞，一句「酒逢知己千杯少，話不投機半句多」不斷穿越歷史，不斷再版，不斷被「引用」到不同的脈絡文本（con-text），不斷成為「活生生的過去」。

而此「看不見的纖維」不正也可和本書緒論所言英文 text、法文 *texte* 與翻譯成中文的「文本」互織錦繡。而接下來的挑戰便是我們如何可以從語言「看不見的纖維」，繼續我們對張愛玲〈再版的話〉已然展開的文本閱讀。〈再版的話〉無京戲但有蹦蹦戲，無「酒逢知己千杯少，話不投機半句多」的口頭禪，但有作為「活生生的過去」之成語表達。例如，在形容好友炎櫻為《傳奇》再版所設計的新封面時，張愛玲不能免俗地用到了「事過境遷」的成語：

> 書再版的時候換了炎櫻畫的封面，像古綢緞上盤了深色雲頭，又像黑壓壓湧起了一個潮頭，輕輕落下許多嘈切嘁嚓的浪花。細看卻是小的玉連環，有的三三兩兩勾搭住了，解不開；有的單獨像月亮，自歸自圓了；有的兩個在一起，只淡淡地挨著一點，

在此張愛玲以典雅精緻的文字，轉譯《傳奇》新封面的視覺圖像，增添聽覺與文字節奏韻律上的敏感細膩。而此處文字的意象，一路從綢緞上的雲頭轉到嘁嚓的浪潮，再轉到玉連環的分合，最後轉到張愛玲最著稱的月亮意象，既呼應〈再版的話〉一開頭的「開一扇夜藍的小窗戶，人們可以在窗口看月亮，看熱鬧」（頁六），亦呼應《傳奇》小說集裡無處不在的月亮，尤其是〈金鎖記〉中那個最有名的「三十年前的月亮該是銅錢大的一個紅黃的濕暈，像朵雲軒信箋上落了一滴淚珠，陳舊而迷糊」（頁一四〇）。但就在這文字意象的層層轉譯中，出現了一個陳言老套的「事過境遷」，既用來形容小玉連環的關係位置，也用來形容書中人物的相互關係，都有一種關乎時間流變、關乎境遇不再的淡淡哀傷。

然「事過境遷」作為語言文字「看不見的纖維」，其「看不見的纖維」之中是否還有「看不見的纖維」，文中有本、本中有文，是為文本呢？接下來我們可以嘗試從三個相互交織的面向，去展開「事過境遷」的時間考掘。第一個是「事過境遷」作為成語、作為「活生生的過去」所帶出的時間「多摺性」。如前所述，〈再版的話〉寫於一九四四年九月十四日，文本中敘述的乃是一九四四年七月初在上海所看的天津蹦蹦戲。文章一開頭便充滿個人生命經驗的時間急迫感與興奮感，「呵，出名要趁早呀！來得太晚的話，快樂也不那麼痛快」，接著又用驚歎號搭配字詞的重複，「快，快，遲了來不及了，來不及了！」（頁六），然後馬上便轉進時代的倉促與破壞。然就在迫不亟待中卻猛然出現了「荒涼」與「惘惘的威脅」，讓敘事的「線性」時間繃緊在急促加速卻朝向最終崩毀的隱憂中前行。

而這樣的線性時間與線性時間的崩毀，同樣出現在文本中對「蹦蹦戲」的描繪。脫胎於冀東民間歌舞「秧歌」的「蹦蹦戲」，在民國初年以新的小戲姿態脫穎而出，時人稱為唐山落子，後定名為評劇。三〇年代初，天津蹦蹦戲朱寶霞劇團第一次進入上海造成轟動，乃是蹦蹦戲的全盛時期，爾後戰爭迭起，也為蹦蹦戲帶來了滅頂之災。而蹦蹦戲四大名旦之首的朱寶霞，在一九四四年七月一日至七日重回上海新世界二樓紅寶劇場演出，只可惜此番的捲土重來已是強弩之末（段肇升），此亦為何張愛玲在〈再版的話〉中清楚言道，她和友人聯袂去戲院觀看的，乃是「在上海已經過了時的蹦蹦戲」。但此依線性時間發展而判定的「過了時」（既是蹦蹦戲作為特定民間小戲的「過了時」，也可同時是整體中國傳統戲曲作為舊戲的「過了時」），卻在蹦蹦戲舞臺上有了驚人的時間翻轉。一方面中國傳統戲曲舞臺本就強調時間的虛擬性，即便脫胎於元代《白兔記》的《井臺會》，講的是五代十國的後漢故事，或即便脫胎於公案小說的《旋風告狀》，講的是清朝乾隆年間的故事，但在蹦蹦戲的舞臺之上，戲曲的無時間性成功取消了線性時間的朝代背景。而另一方面張愛玲的文本更是進一步將西北高原的地理位置，推向了天地玄黃，宇宙洪荒，將無時間性的戲曲舞臺，推向了歷史時間徹底終結、線性時間徹底崩毀的末日荒原。

但就在緊接著無時間性舞臺與無時間性荒原之後，〈再版的話〉卻又在頃刻之間翻轉出另一種時間性的弔詭，以及此弔詭所暗含傷心與快樂的置換。第一人稱的「我」在文中不禁想起「威爾斯的許多預言」，暗暗帶出英國作家威爾斯（Herbert George Wells）的科幻小說預言以及那本寫於一次世界大戰終結、修訂於二次世界大戰爆發時的《世界史綱》（*The Outline of History*；一九二〇年出版，一九三九年修訂）。「從前以為都還遠著呢，現在似乎並不很遠了」，因而覺得非常傷心；但爾後「我」又舒朗了起來，「然而現在還是清如水，明如鏡的秋天，我應當是快樂的」（〈再版自序〉，頁八）。故此心境的轉換乃同時帶出文本中的另一種時間性：季節遞嬗。從文章前面的暑夏，「她家裏誰都不肯冒暑陪她去看朱寶霞」（頁七），進到「過了時」的蹦蹦戲劇院，再進到無時間性的舞臺上時間終結的荒原，再帶到大戰前後出版與修訂的科幻小說與歷史末日預言，又再度拉回到寫作當下的秋天，呈現了文本敘事上繁複的時間「多摺性」，既有線性時間的急促加速與崩毀隱憂，也有時間「過了時」推到盡頭的徹底無時間翻轉，更有由季節遞嬗所帶來時間的循環與輪迴。

而就在接下來的結尾段落，炎櫻的封面出現了，而描繪炎櫻封面的成語表達「事過境遷」也出現了。就第一個語意層次而言，「事過境遷」本身就是一個充滿幽微時間感性的成語，情事已過，情境不再，都是由於時間流逝、無法駐留所造成的淡淡哀傷或漠然，而「過」與「遷」在文字視覺形式上的「辵字部」，又平添怎也留不住的走之又走，物換接著星移。而就第二個語言後設性的層次而言，「事過境遷」作為「成語」的時間性，正是張愛玲所謂「看不見的纖維」所給出「活生生的過去」，不是過去—現在—未來的線性次序，也不是由夏到秋的季節循環，而是過去與當下的時間凹摺、古今貼擠，透過成語的「引用」而不斷進入到新的人事物與局面之上，不斷進入到新的「脈絡—文本」之中。擴大來說，語言文字不也如時間一般，必須不斷「事過境遷」，不斷將其作為固定意義的「點」（即便其語意表達的正是時間的無法留駐），不斷置換為交織的「文本表面」（Kristeva 36），而得以展開「脈絡—文本」的不斷「再地引述」。因而在〈再版的話〉中，「文本中的時間」不是只有線性時間與線性時間的終結（末日）、時間性（文明）或非時間性（荒原）的交替，還有更複雜的「活生生的過去」作為語言文字的重複引述。甚至更弔詭地說，「事過境遷」作為文本中「看不見的纖維」，卻又有可能同時鬆動「蹦蹦戲花旦」所帶出的「末日寓言」。文本中由夏而秋的季節循環時間，若再搭配上「事過境遷」作為語言的「重複引述」，那文中的「末日」或許並非表面上如此西方、如此線性歷史終結，反倒更像張愛玲常說的「中國人覺得歷史走的是竹節運，一截太平日子間着一劫，直到永遠」（〈中國人的宗教〉，頁三六）。竹節運的歷史時間沒有盡頭，重複引述的語言不致枯竭，在由夏而秋、由剝而復的循環再生中，看來明天的太陽依然升起，真正的末日終究無期。

故如果〈再版的話〉在「敘事時間」上的「多摺性」，給出了複雜的線性與非線性之為「文本中的時間」，那「事過境遷」作為成語引用上的「重複引述」，則同時帶出了「時間中的文本」。那我們如何有可能從「事過境遷」作為「看不見的纖維」中再拉出「看不見的纖維」，繼續開摺出「時間中的文本」之摺曲與層疊呢？首先，「事過境遷」不僅只是成語引用上「看不見的纖維」，恐怕也是文本再版過程中「看不見的纖維」。《傳奇》〈再版的話〉在後來的再版中，已改名再版為〈再版自序〉，而「事過境遷」作為〈再版的話〉結尾部分的成語表達，更徹底消失在後續的〈再版自序〉之中：〈再版的話〉的最後兩段在再版為〈再版自序〉時遭到徹底刪除（連附加的說明皆無）。刪除的原因已如前述，最後兩段乃是對炎櫻所設計的新封面有所描繪與發想，而後來的選集版本都換成不同的封面設計，而扣緊原先《傳奇》再版封面的描繪與發想，自是已然「事過境遷」、無法再用。

其實在《傳奇》的三個版本中，就已出現三個不同的封面。《傳奇》初版的「藍綠封面」由張愛玲本人操刀，「我第一本書出版，自己設計的封面就是整個一色的孔雀藍，沒有圖案，只印上黑字，不留半點空白，濃稠得使人窒息。」（《對照記》，頁六）。《傳奇》

再版的封面由好友炎櫻設計，正如〈再版的話〉末兩段所述，乃是從綢緞雲頭、嘈切浪花到相連或脫解的細小玉連環之意象轉換，成功從描紅的生動圖案轉化為精采的文字臨摹。而《傳奇》增訂本的封面亦為炎櫻所設計，也是我們最為眼熟的著名封面，「借用了晚清的一張時裝仕女圖，畫著個女人幽幽地在那裏弄骨牌，旁邊坐著奶媽，抱著孩子，彷彿是晚飯後家常的一幕。可是欄杆外，很突兀地，有個比例不對的人形，像鬼魂出現似的，那是現代人，非常好奇地孜孜往裏窺視。如果這畫面有使人感到不安的地方，那也正是我希望造成的氣氛」（〈有幾句話同讀者說〉，頁七）。[6]看來「事過境遷」作為「看不見的纖維」之成語引用外，也可指向張愛玲《傳奇》封面的「事過境遷」，以及此封面的「事過境遷」所造成「事過境遷」作為成語引用段落本身的消失於無形。

談完了「封面」的事過境遷，我們還可以談「序言」的「事過境遷」，來持續開展「時間中的文本」之摺曲與層疊。不論就〈再版的話〉或〈再版自序〉（改換了標題、刪節了長度）而言，都可被視為張愛玲第一本小說選集《傳奇》的「序言」，而此「序言」卻給出了時間順序上的另一弔詭與矛盾。《傳奇》初版時沒有「序言」，只在第一頁正面中央印上孔雀藍色的兩排豎行字：「書名叫傳奇，目的是在傳奇裏面尋找普通人，在普通人裏尋找傳奇。張愛玲」（陳子善，〈『傳奇』初版簽名本箋證〉，頁五）。第一頁的反面印有「目錄」，與其相對的乃是張愛玲占滿整頁的「卷首玉照」，彷彿是將「序」（preface）

翻轉成了「前—臉」（pre-face），無文字的「序」卻有照片的「臉」，拋頭露面地放在全書最前端。[7]而《傳奇》再版時，張愛玲寫了〈再版的話〉當做序言，但此再版的序言，不是再序而是初序，一如一九四四年八月十五日出版的《傳奇》，因一九四四年九月二十五日《傳奇》的「再版」而成為了「初版」，都充滿了「初」與「再」作為時間先後的弔詭與「後遺式」（*après-coup*）的增補痕跡。

而這篇「序言」的「後序」變化則更是精采混亂。一九四六年十一月出版的《傳奇》增訂本，沒有扉頁題字，也沒有〈再版的話〉，而是將〈有幾句話同讀者說〉放在最前面充當序言。該文先是氣急敗壞地自我辯駁文化漢奸之毀，接著交代增訂本新收錄的〈留情〉、〈鴻鸞禧〉、〈紅玫瑰與白玫瑰〉、〈等〉、〈桂花蒸 阿小悲秋〉五篇小說，並言明以偷渡兩首個人詩作的散文〈中國人的日夜〉為跋。而在〈有幾句話同讀者說〉一文的最後，也再次依前例〈再版的話〉提到炎櫻所設計「時裝仕女圖」的新封面，而《傳奇》再版的舊封面以及描述舊封面的〈再版的話〉，也就「時過境遷」不再出現在《傳奇》增訂本之中。但後續在一九五四年由香港天風出版社出版的《張愛玲短篇小說集》，除了改頭（書名）換面（封面）外，也連帶出現了先後有「序」的混亂。《張愛玲短篇小說集》根據的乃是《傳奇》增訂本，但抽出了原本充當序言的〈有幾句話同讀者說〉（該文怕又是犯下細細描繪增訂本新封面之過，而要一直等到張愛玲過世十年之後，〈有幾句話同讀者說〉才在《沉香》中重新面世〉，而放入了雙序言。一篇是張愛玲為《張愛玲短篇小說集》重新添寫的〈自序〉，交代因舊作《傳奇》與《流言》在香港被盜印而決定重出《傳奇增訂本》為《張愛玲短篇小說集》，也再次重提初版時「在傳奇裏面尋找普通人，在普通人裏尋找傳奇」的類同願望，並以《論語》「如得其情，哀矜而勿喜」為結。

然有趣的是，《張愛玲短篇小說集》抽去《傳奇》增訂本舊序而添加新序的同時，又將《傳奇》再版時的序言〈再版的話〉改為〈再版自序〉，緊靠著放在新添的〈自序〉之後。而不論是一九六八年臺灣皇冠文化出版社根據香港天風版出版的《張愛玲短篇小說集》（後改為《張愛玲小說集》），或之後又拆分為《傾城之戀：張愛玲短篇小說集之一》與《第一爐香：張愛玲短篇小說集之二》，皆依循香港天風版的雙序言版本，重複將一九五四年的〈自序〉排在前，將一九四四年的〈再版自序〉（〈再版的話〉）排在後。雙序言的排列方式，固然有其字面上的順理成章，先排〈自序〉，再排〈再版自序〉，但〈再版自序〉中再版的是《傳奇》，而不是《張愛玲短篇小說集》或《傾城之戀》與《第一爐香》，而寫於一九五四年的〈自序〉卻排在了寫於一九四四年的〈再版自序〉之前而非之後，此處「自序」顛倒排列所造成的時間「秩序」錯亂，可見一斑。[8]

但就算沒有這些〈自序〉與〈再版自序〉的時間次序錯亂，回到「自序」形式的本身或許就已然蘊含了次序錯亂的可能：最後寫的自序，放在全書的最前方，既是書寫次序也是閱讀次序的「從尾到頭」，更是全書題旨與結構上的「由後而先」，將最後寫的「後見之明」，放在最前頭當成具有整體規劃效力的「先見之明」。由此觀之，「自序」的必然亂序，乃內在於書寫的「時過境遷」，既預告了書的完整結構性，也將此完整結構性以「補遺」的方式加以建構與解構：增補了自序，讓書的結構更完整，卻也同時打開書在結構上隨時可出現的匱缺，隨時可經由書寫不斷補遺的匱缺，書寫行動乃是讓書所預設的完整結構與整體再現，出現了無法封閉、無法完整、無法自我完成的「延異」。自序既是書完整結構的一部分，也是書的「域外」（the outside）與「補遺」，自序所給出的乃是書寫「延異」過程中無法抹去的「字跡」。[9]

而若回到中文造字的脈絡文本，「序」者「緒」也（一如「文」者「紋」也），「序」乃是「緒」之假借字，而「緒」在《說文》乃「絲耑也」（卷一三上，頁二七一），抽絲者得緒而可引，「絲緒」即為「思緒」，「緒論」即為「序論」，一時間我們又可以開開心心回到文本之為織品、重複引述之為「看不見的纖維」之理論連結。如此說來張愛玲的「自序」不也總已是「字緒」，既是在文字散亂如絲之中，找到頭緒與思緒，而「緒」中又有「絮」（「緒」又同「絮」），茫茫只見絲纖維繁多而綿延、延續而重複。此「序—緒—絮」的相連交織，不總已是書寫所啟動的「延異」，文中有本，本中有文，是為文本。由此觀之，張愛玲在「序言」上的千頭萬緒以及其可能造成的次序混亂與文本錯置，或許並不能從強力介入的「編年」動作去重新排序、徹底更正，像是努力考證出張愛玲的編年史，或像是以編年方式重新整理張愛玲的相關選集，如皇冠文化出版社在二〇〇一年重編的《張愛玲典藏全集》系列與二〇一〇年《張愛玲典藏新版》系列的出版，便是企圖更正早先出版的《張愛玲全集》系列在創作與發表時間上的時序大混亂，以及分類範疇上的文類大混亂。抑或就算能夠真正將「自序」與「再版自序」按發表時間先後重新排序，也無法改變「自序」本身所蘊藏的時間弔詭與「自序」之為「字緒」的書寫字跡，只因所有「井然有序」的張愛玲之中，都有「千頭萬緒」的張愛玲，一如所有「文本中的時間」，都有「時間中的文本」作為「看不見的纖維」反覆交織。

三・情感公式的重複變易

談完〈再版的話〉中「時間的文本性」與「文本的時間性」後，我們如何可以重新回到本章開頭所提問的「文本中的女人」與「女人中的文本」呢？從過了時到亂了序，從末日觀到竹節運，前節對〈再版的話〉所展開的文本閱讀，當然不可能純粹只是為了滿足「推理偵探小說」的樂趣，或「字」溺「字」戀於語言遊戲而已。本書自緒論便強調「文本」的「本」，除了「指事」木之根柢所在之處，更指向水有源、木有本的本源（祖宗）、本宗（祖籍）、本家（同姓同宗）。而前節談到的「序」乃「緒」也，除了頭緒，情緒，思緒，亦指向「世系」（「系唐統，接漢緒」），皆有文字之中「宗法父權」作為「看不見的纖維」之呼之欲出。而宗法父權作為文化機制所奠基的「階序」位置，強調的正是長幼有序，男女有別，「亂了序」、「忘了本」可是比「過了時」還要危險。那我們如何可以更進一步將張愛玲的「文本理論」——語言中「看不見的纖維」與重複引述中「活生生的過去」，連結到女性主義對宗法父權的政治批判呢？如何得以同時在宗法父權作為「文化再現」機制與宗法父權作為「語言表意」機制的雙重性之中，進行雙重火力、雙重裂變的「去中心」與「去宗心」呢？宗法父權的「文本化」與文本理論的「性別化」，究竟能給出如何不一樣的女性主義文本閱讀、甚至不一樣的張愛玲呢？

且讓我們再回到張愛玲那篇〈洋人看京戲及其他〉的文章，看看除了引經據典、套用成語外，還有哪些「看不見的纖維」組成了「活生生的過去」。在一一細數「最流行的幾十齣京戲，每一齣都供給了我們一個沒有時間性質的，標準的形勢——丈人嫌貧愛富，子弟不上進，家族之愛與性愛的衝突」後，張愛玲歸納出以下的結論：

> 歷代傳下來的老戲給我們許多感情的公式。把我們實際生活裏複雜的情緒排入公式裏，許多細節不能不被剔去，然而結果還是令人滿意的。感情簡單化之後，比較更為

堅強，確定，添上了幾千年的經驗的份量。（頁一一三）

看來除了「混在日常談吐裏自由使用著」的「美麗的、精警的斷句，兩千年前的老笑話」在不斷被「重複引述」外，歷代傳下來的老戲也能以穿越千年的方式，將實際生活中糾結的複雜情緒，簡化、標準化為跨時間性質的「感情的公式」，而得以不斷地被「重複引述」。而此處與《傳奇》〈再版的話〉最為貼切的「感情的公式」，當是文中所提京戲的《紅鬃烈馬》。張愛玲以極其幽默尖俏的語句，來嘲諷薛平貴與王寶釧十八年之後的夫妻小團圓，以及王寶釧十八天之後的死亡：

『紅鬃烈馬』無微不至地描寫了男性的自私。薛平貴致力於他的事業十八年，泰然地將他的夫人擱在寒窯裏像冰箱裏的一尾魚。有這麼一天，他突然不放心起來，星夜趕回家去。她的一生的最美好的年光已經被貧窮與一個社會叛徒的寂寞給作踐完了，然而他以為團圓的快樂足夠抵償了以前的一切。他不給她設身處地想一想——他封了她做皇后，在代戰公主的領土裏做皇后！在一個年輕的，當權的妾的手裏討生活！難怪她封了皇后之後十八天就死了——她沒這福分。（〈洋人看京戲及其他〉，頁一一〇）

雖然〈再版的話〉寫到蹦蹦戲的舞臺上，李三娘含淚相認的是她的兒子英豪小將，而不是她離家數十載已然成為皇帝的自私丈夫。但在受封為皇后之前，李三娘與王寶釧一樣死守寒窯，雖然沒有像王寶釧凍成「冰箱裏的一尾魚」，其「寒縮的存在」也早已是「飛沙走石的黃昏」、滿口黃土「哇」來「哇」去的主體難成。

而李三娘作為中國舊戲「感情的公式」所凸顯的，不是皇后，不是貧娘，而是「棄婦」，而將此「棄婦」公式發揮到最淋漓盡致的，又非《傳奇》小說集中〈傾城之戀〉的白流蘇莫屬。對張愛玲而言，白流蘇的「棄婦」形象可上溯至《詩經》，「拙作《傾城之戀》的背景即是取材於〈柏舟〉那首詩上的：『……亦有兄弟，不可以據……憂心悄悄，慍於羣小。覯閔既多，受侮不少。……日居月諸，胡迭而微？心之憂矣，如匪澣衣。靜言思之，不能奮飛』」（〈論寫作〉，頁二三六）。雖然此處張愛玲的重點是在說明自己筆下的悲傷，乃是屬於《詩經．邶風．柏舟》中的「如匪澣衣」（卷二，頁七五，「堆在盆邊的髒衣服的氣味」），但也間接帶出〈傾城之戀〉乃是以中國文學史上第一個《詩經》棄婦形象作為「感情的公式」之重複引述。[10] 爾後張愛玲針對〈傾城之戀〉舞臺劇演出所寫的〈羅蘭觀感〉，則是更進一步將白流蘇與戲曲中的「棄婦」李三娘相提並論，並以「井邊打水的女人」來開展古今疊映的可能，讓「情感的公式」也成為一種「看不見的纖維」，透過不斷的重複引述，敏感細膩地重複交織為「活生生的過去」、「貼身的人與事」。張愛玲在文章一開頭就提到觀看女演員羅蘭排戲時的驚喜詫異，「完全是流蘇」，接著便說道：「『傾城之戀』的故事我當然是爛熟的；小姐落難，為兄嫂所欺淩，『李三娘』一類的故事，本來就是爛熟的。然而有這麼一剎那，我在旁邊看著，竟想掉淚」（〈羅蘭觀感〉，頁九四）。《詩經・邶風・柏舟》當中「亦有兄弟，不可以據」的棄婦（卷二，頁七四），在此已白話並簡化為「小姐落難，為兄嫂所欺淩」，李三娘一類作為熟爛的「感情的公式」，乃是孕蓄著「幾千年的經驗的份量」，讓看排戲的「原作者」張愛玲也不禁落下淚來，不是因為如此熟爛而疏離而看破手腳，而就是因為如此熟爛而傷感而落淚而不能自已。[11]

然而此處我們要看到的，不僅只是張愛玲〈傾城之戀〉的故事乃取材於《詩經》的棄婦形象與其後《白兔記》李三娘一類一脈相承的戲曲，或僅限於戲曲演出與小說創作在文類與展現形態上的差異比較，而是要看到張愛玲如何在「情感的公式」裡開展出「當代性」（co-temporality）的可能思考，而得以在「文本中的女人」裡，給出「女人中的文本」之交織可能。在〈羅蘭觀感〉一文的最後，張愛玲寫道：

> 流蘇與流蘇的家，那樣的古中國的碎片，現社會裡還是到處有的。就像現在，常常沒有自來水，要到水缸裏舀水，凸出小黃龍的深黃水缸裡靜靜映出自己的臉，使你想

起多少年來井邊打水的女人，打水兼照鏡子的情調。我希望『傾城之戀』的觀眾不拿它當個遙遠的傳奇，它是你貼身的人與事。（頁九六）

此段引文一開頭，便是將「古中國」以碎裂化的方式打散在「現代社會」裡，沒有傳統／現代的新舊斷裂，只有整體與局部轉換中的新舊並置。接著就以「井邊打水的女人」來串聯「古中國」與「現代社會」，即便住在配有自來水的現代公寓裡，遇上戰亂停水，還是得用水缸儲水舀水，一時間今夕何夕，彷彿又迴旋於古代「打水兼照鏡子的情調」之中。

而此臨水照鏡的身體姿態所可能帶出的文化記憶，正是前文所言熟爛的「感情的公式」。「井邊打水的女人」所交織摺疊的，有《白兔記》與兒子在井臺相會的李三娘，有《傳奇》〈再版的話〉蹦蹦戲舞臺上「挑着擔子汲水去」（〈再版自序〉，頁七）的李三娘，更有〈傾城之戀〉裡離了婚回到腐舊家庭的白流蘇，以及那以水缸儲水以應戰時不便的「女作家」張愛玲。而此「井邊打水的女人」之穿越古今與穿越文本，最終指向的乃是一種「遠」與「近」的翻轉，不是「遠遠的傳奇」，而是「貼身的人與事」。《傳奇》之為「傳奇」，本就有著小說（唐傳奇）與戲曲（元明傳奇）之間曖昧的雙重性，而〈羅蘭觀感〉更以多重曖昧的方式，展現〈傾城之戀〉作為現代小說如何交織雜揉著舊戲曲「感情的公式」，而在搬上新的話劇舞臺後又如何重新召喚此公式中的古中國與井邊打水的女人。此小說與戲曲「間文本」所開展出重複引述的不確定性，同時帶來由「遠」翻「近」的觸身感，一種更具身體與情感親密性的「活生生的過去」。

然而問題來了，《詩經》棄婦─戲曲李三娘─小說白流蘇─話劇羅蘭─「女作家」張愛玲這一連串可能的「重複引述」，究竟是加強或是弱化宗法父權對女人的掌控呢？這些引經據典作為「看不見的纖維」、「活生生的過去」，難道只是為「傳統的本身增強了力量，因為它不停地被引用到的人，新的事物與局面上」（〈洋人看京戲及其他〉，頁一〇九）嗎？或那些令人潸然淚下的「感情的公式」，難道永遠只能在重複引述中不斷「添上了幾千年的經驗的份量」（頁一一三）嗎？有評者道《白兔記》中的李三娘與〈傾城之戀〉中的白流蘇在人物形象上的共通性，正在於皆為「逆境中的棄婦」（李清宇，頁一四三），但白流蘇真的只能是現代版的李三娘嗎？接下來且讓我們再以〈傾城之戀〉為例，看看小說中的白流蘇是如何變為「棄婦」、如何「小姐落難，為兄嫂所欺淩」，以及「重複引述」的情感公式，如何有可能在重複中產生變易。小說一開場便以白公館夜裡突如其來的門鈴聲，打斷黑沉沉破陽臺上傳來的胡琴聲，一陣騷動中得知六小姐白流蘇的前夫病逝，兄嫂們七嘴八舌逼她回去奔喪。流蘇的三哥更搬出天理人情、三綱五常的大道理來勸說，「你這會子堂堂正正的回去替他戴孝主喪，誰敢笑你？你雖然沒生下一男半女，他的侄子多著呢，隨你挑一個，過繼過來。家私雖然不剩什麼了，他家是個大族，就是撥你看守祠堂，也餓不死你母子」（〈傾城之戀〉，頁一八九）。「封建道德」的烏雲壓頂，白流蘇自是不從，但卻引來三哥的高聲恫嚇「你生是他家的人，死是他家的鬼，樹高千丈，葉落歸根——」（頁一八九—一九〇），執意要趕她回夫家。

接著便是兄嫂們輪番上陣，當面鑼對面鼓地羞辱於她，逼著白流蘇心中吶喊「這屋子裏可住不得了！……住不得了！」（頁一九二）作為窮遺老的女兒、作為離婚七八年的女人，此刻的白流蘇當是徹底落得六親無靠。就像張愛玲後來的評點，「像流蘇這樣，似乎是慘跌了，一聲喊，跌將下來，劃過一道光，把原來與後來的境地都照亮了，怎麼樣就算高，怎麼樣就算低，也弄個明白」（〈羅蘭觀感〉，頁九五—九六）。但白流蘇作為《詩經》棄婦或《白兔記》李三娘的重複引述，乃是在逆境中走出了完全不一樣的人生。她當初的離婚乃是因前夫家暴而主動爭取，並非被動遭休離；離婚時爭取到的贍養費應算豐厚，雖然後來跟兄長一起投資失利而被盤光。然而一無所有的白流蘇沒有自怨自艾，也沒有回到宗法父權的機制中披麻戴孝做寡婦、守祠堂，而是豁出去進行了一場感情的豪賭，與多金的浪蕩子范柳原展開爾虞我詐的「華美的羅曼斯」（張愛玲，〈關於《傾城之戀》的老實話〉，頁一〇三），最後並以結婚作為庸俗人生的修成正果。莫怪乎連張愛玲自己都忍不住稱讚，「流蘇實在是一個相當厲害的人，有決斷，有口才，柔弱的部分只是她的教養與閱歷」（頁一〇三）。相對於《詩經．邶風．柏舟》中「日居月諸，胡迭而微？心之憂矣，如匪澣衣。靜言思之，不能奮飛」的棄婦（卷二，頁七五），白流蘇乃是以雙重棄婦（離婚後又夫歿）的身分展翼奮飛，一下飛到香港，一下又飛回上海，逃離腐舊的家族，打敗潛在的情敵薩黑夷妮公主，成為范柳原「名正言順的妻」。這敗部復活的輝煌戰績，乃是在重複引用「情感的公式」的同時，也改寫了「情感的公式」之可能發展與結局想像。

顯然張愛玲在語言套式與情感公式的引用之中，給出了差異變化的基進可能，讓我們不只看到「重複引述」，也同時看到「重複引述」中所啟動的「重複變易（變異、變譯）」（iterability）。[12] 若白流蘇是合著節拍來到現代的《詩經》棄婦或戲曲李三娘，那重複中戛然而止的裂變，已然給出與中國舊戲封建道德分道揚鑣、不再相關的態勢：

> 陽台上，四爺又拉起胡琴來了，依著那抑揚頓挫的調子，流蘇不由得偏著頭，微微飛了個眼風，做了個手勢。她對著鏡子這一表演，那胡琴聽上去便不是胡琴，而是笙簫琴瑟奏著幽沉的廟堂舞曲。她向左走了幾步，又向右走了幾步，她走一步路都彷彿是合著失了傳的古代音樂的節拍。她忽然笑了——陰陰的，不懷好意的一笑，那音樂便戛然而止。外面的胡琴繼續拉下去，可是胡琴訴說的是一些遼遠的忠孝節義的故事，不與她相關了。（〈傾城之戀〉，頁一九五—一九六）

白流蘇看似亦步亦趨合著抑揚頓挫的調子，不論是笙簫琴瑟的古樂也好，或胡琴咿咿啞啞說不盡的蒼涼的故事也罷，只見她忽然「不懷好意的一笑」，便把那「忠孝節義」的封建道德徹底拋諸腦後。古之美女「一笑傾城」乃是宗法父權讚譽與懲戒的一刀兩刃，今之白流蘇則是以「不懷好意的一笑」，為自己打開了宗法父權的逃逸路徑。

由此觀之，〈傾城之戀〉在給出千年情感公式可能的「重複引述」之時，也是再一次對引經據典作為「看不見的纖維」之挪用變換。小說標題明顯引用「傾國傾城」之典故，卻也同時充分開展了「傾」作為「文本表面」的複雜交織，鬆動了其作為單一穩固意義的「點」之可能。首先，〈傾城之戀〉成功戲耍於「傾」作為「傾慕」與「傾覆」在意義上的曖昧不確定性。「傾國傾城」典出漢朝李延年詩作「北方有佳人，絕世而獨立，一顧傾人城，再顧傾人國。寧不知傾城與傾國，佳人難再得」，乃指美女絕色之貌，而〈傾城之戀〉也不忘寫到白流蘇充滿自戀的容貌：「然而她不由得想到了她自己的月光中的臉，那嬌脆的輪廓，眉與眼，美得不近情理，美得渺茫」（頁二〇九—二一〇）。然與此同時，「傾」的「傾城之貌」卻又可指向美女之惑主亡國，「商惑妲己、周愛褒姒、漢嬖飛燕、唐溺楊妃」，原本是令滿城傾羨的花容月貌，如今卻成了讓城池傾覆、文明劫毀的紅顏禍水、歷史成王敗寇的代罪羔羊。

而〈傾城之戀〉對「傾城傾國」之引經據典，乃是將「傾」的曖昧不確定性繼續往下推，在重複中「變易—異—譯」「傾」作為「傾慕」與「傾覆」的既有文化表意。先就「傾覆」而言，〈傾城之戀〉將古代皇朝王國的毀滅，化為一對亂世平凡男女的聚散，藉由二次世界大戰日軍對香港的無情轟炸，炸出了這對亂世鴛鴦的一點真心，「成千上萬的人死去，成千上萬的人痛苦着」，彷彿只是為了讓白流蘇從難堪委屈的情婦，得以修成「名正言順的妻」，得與范柳原在戰爭的斷壁殘垣中「執子之手，與子偕老」。全小說的戲肉似乎就在那句「也許就因為要成全她，一個大都市傾覆了」（頁二三〇）。不再是美人的花容月貌，迷惑了君王，帶來了邦國的毀滅危機，而是由高轉低、由古轉今、由雅轉俗，在一個離婚婦人一心想要抓住浪蕩子的心機算計中，戰爭如事件發生的始料未及，反倒成了白流蘇贏得豪賭的最大關鍵。此將「傾城」改寫為小眉小眼的亂世聚合，以「什麼都完了——燒完了、炸完了、坍完了」（頁二〇八）來重寫「天荒地老」的愛情神話，當是反諷中有著最難以言喻的辛酸。

而〈傾城之戀〉在改寫「傾」作為「傾覆」的同時，也改寫了「傾」作為「傾慕」的可能。在原本的典故套語之中，美人「傾城」之貌，乃是讓全城的男人，從君主到販夫，都為之瘋狂，乃是將重點放在異性戀關係上的傾心愛慕。但在〈傾城之戀〉的版本中，「傾慕」卻開展出另一個從男女情愫轉為女女同性之間的佩服與起而效之，箇中關鍵已不是女人的花容月貌，而是女人在宗法父權的桎梏之下、六親無靠的絕境當中，能否焠鍊出自覓出路的勇氣與手段。白流蘇從允赴香港幽會范柳原的那一刻起，就已然下定決心「如果賭贏了，她可以得到眾人虎視眈眈的目的物范柳原，出淨她胸中這一口氣」（〈傾城之戀〉，頁二〇二）。爾後兄嫂們的態度果然轉變，「只怕她當真嫁到香港的闊人，衣錦榮歸，大家總得留個見面的餘地，不犯著得罪她」（頁二〇二）。而〈傾城之戀〉最終的志得意滿，正是敗部復活的白流蘇，已然成為其他女人傾慕效法的對象。「四奶奶決定和四爺進行離婚，眾人背後都派流蘇的不是。流蘇離了婚再嫁，竟有這樣驚人的成就，難怪旁人要學她的榜樣。流蘇蹲在燈影裏點蚊烟香。想到四奶奶，她微笑了」（頁二三〇）（當然又是一個「不懷好意的一笑」）。故就「情感的公式」而言，當「遠遠的傳奇」重複引述為「貼身的人與事」之當下，白流蘇已然從《詩經》從《白兔記》中出走，那些「遼遠的忠孝節義的故事，不與她相關了」（頁一九五—一九六）。就引經據典作為文本中「看不見的纖維」而言，「傾城」典故的重複引述，帶出的卻是不斷變易中的「傾城」，既是城市因戰爭傾覆之為成全，也是離了婚再嫁讓姑嫂傾慕之驚人成就。

然而在〈傾城之戀〉重複引述並重複變易「傾」之為「傾覆」與「傾慕」的同時，我們還可以在「傾」作為「文本表面」的交織之中，看到另一個古今疊映的可能：「頃」與「傾」的相通。古漢語「頃」同「傾」，都有偏斜不正之意。除此之外，「頃」亦作古代土地面積的丈量單位，百畝為頃。但對我們而言更為關鍵的，乃是「頃」作為時間感性所可能給出的重複變易。「頃」、「旋」、「俄」在古漢語中皆為表達時間短暫的副詞，《助字辨略》卷三：「頃，猶云間也」，故「頃」與「久」乃為相對的反義字（段德森，頁七一五）。然而在〈再版的話〉、在《傳奇》、在〈傾城之戀〉中，原本與「久」相互對反的「頃」，卻總已成為「久」之中而非之外的「惘惘的威脅」。「荒涼」不是憂古懷古思古，也不只是今昔對比，「荒涼」乃是看到「頃」與「久」、「瞬逝」與「永恆」在時間現代性中的相互撞擊與貼擠。「時代是倉促的，已經在破壞中，還有更大的破壞要來」，此破壞不僅指向戰爭所造成斷壁殘垣的「傾城」（頹圮傾覆之城），也更指向時間不斷灰飛煙滅的「頃城」（時間廢墟之城）。〈傾城之戀〉之為〈頃城之戀〉，不正是天長地久只在頃刻之間，不正是讓「荒涼」有了時間的現代感性，而得以呼應波特萊爾（Charles Baudelaire）對「現代性」時間變易最有名、最傳神的表達：「稍縱即逝、難以捕捉、變易無常」（the ephemeral, the fugitive, the contingent）。

最後就讓我們回到《傳奇》〈再版的話〉的最後，那已然因「時過境遷」、而徹底消失在所有後來〈再版自序〉的最後。在細細描繪完好友炎櫻為《傳奇》再版所設計的新封面後，張愛玲將此文字的「描紅」延伸到生命的臨摹、書寫本身的自喻：

> 炎櫻只打了草稿。為那強有力的美麗的圖案所震懾，我心甘情願地像描紅一樣地一

筆一筆臨摹了一遍。生命也是這樣的吧——它有它的圖案，我們惟有臨摹。所以西洋有這句話：「讓生命來到你這裡。」這樣的屈服，不像我的小說裡的人物的那種不明不白，猥瑣，難堪，失面子的屈服，然而到底還是淒涼的。13

此處張愛玲一筆一筆臨摹的，既是炎櫻封面草稿的描紅，也是以文字成功轉換視覺圖像。而「那強有力的美麗的圖案」也在書寫行動的頃刻之間，從「封面」轉換到了「生命」自身。她引用西洋俗諺自喻身為「作者」的她，只能以帶著淒涼底韻的「屈服」方式，因「震懾」而不得不被動地臨摹生命的樣貌。就字義表達與主題意旨而言，此段文字自可被視為張愛玲作為「作者」的夫子自道，將小說書寫視為對生命的被動屈服。但弔詭的是在此凸顯書寫之為被動、之為屈服的文字表達中，也同時是張愛玲以「作者—權威」（author-authority）對遣詞用句的主動調度與意象經營，充滿強烈的掌控意圖。而與此同時作為具震懾力「它者」的生命，卻也只能停留在語言文字的「譬喻」層次與「題旨」層次被理解、被接收。

那我們如何得以反轉既有的「譬喻」與「題旨」閱讀，而回到語言本身的多摺不確定呢？什麼會是「它者」中的「它者」，「屈服」中的「屈服」，「看不見的纖維」之中「看不見的纖維」呢？若生命「它有它的圖案」，那「它」之中確實還有圖案。「它，虫也。从虫而長，象冤曲垂尾形。上古艸居患它，故相問無它乎」（《說文》卷一三下，頁二八五），「它」就是虫的象形，後又再加上虫字部來畫蛇添虫，虫旁有它是為蛇。而「它」又可指向異者、別者，英文的 other，法文的 *autre*，「它有它的圖案」乃是以「它」作為「生命」的第三人稱單數代名詞，不是人稱化、性別化了的「他」或「她」，而是「人」之外、「性別」之外的「非人」稱、「無人」稱。張愛玲曾在〈對現代中文的一點小意見〉中追本溯源，「當初為了翻譯的需要，造了中性的『它』字……結果還是動物與無機體，抽象事物統稱『它』」（頁二二），此顯然乃作為「作者—權威」的張愛玲之所以用「它」來代稱「生命」之原由。但「它有它的圖案」在指向生命自有自的圖案之表意外，卻也無法迴避中性代名詞「它」本身的象形圖案作為雙重非人稱、無人稱的書寫字跡。

而〈再版的話〉作為不足兩千字的序言，還有和「它」一樣在作者意圖與意識之外非人稱、無人稱的書寫字跡呢？我們在本章的最後還可以再做一個小小的嘗試，嘗試從語言的文法句構去思考跨語言的「重複變易」。如前所述，張愛玲在〈再版的話〉第一段結尾，生動地採用了歐化語法的「祈使句」（imperative）——「快，快，遲了來不及了，來不及了！」（頁六）——來雙重表達「出名要趁早」的時間急迫感，既是語意的迫不及待，也是祈使語氣的箭在弦上，更有長短句與重複語所形成的節奏變化與驚歎號來助陣。而在〈再版的話〉最後一段的結尾，張愛玲則是將西洋俗諺 “Let life come to you.”，翻譯成了「讓生命來到你這裡」。若第一段結尾的祈使句乃是以動詞「快」為起頭，那最後一段結尾的祈使句，則是用使役動詞「讓」來開場，然兩者皆在祈使語氣的運用上，出現了曖昧的「主詞」省略與「動作」語態。「快，快，遲了來不及了，來不及了！」，按照文法規則而言，其所省略的乃是第二人稱代名詞「你」，然而就上下文而言，此又是作者張愛玲對自己而非對讀者的催促與提醒，反倒更像是第一人稱代名詞「我」的省略。

而「讓生命來到你這裡」的中英互譯則更為複雜。先就英文而言，在"Let life come to you."的句子結構中，顯然出現了兩個動詞與兩個受詞：祈使動詞 let ＋名詞作為受詞的 life ＋原形動詞 come ＋第二人稱代名詞作為受詞的 you。然而在雙動詞與雙受詞之外，什麼是被省略的主詞呢？若以"You may let life come to you."思之，被省略的當是第二人稱單複數代名詞，但若以"I wish you may let life come to you."，則被省略的乃第一人稱與第二人稱之雙代名詞、分別屬於獨立子句與附屬子句的主詞。而翻譯為中文的「讓生命來到你這裡」，其作為歐式語法的可能詰屈聱牙，不在於英文祈使句的主詞省略與無法確定，而在於將生命當成具有主動能力的對象。英文句法結構中，除了祈使句外，主詞多屬重要不可或缺，但「讓生命來到你這裡」卻十分貼合中文慣於省略主詞的習慣。但奇怪的是，一個省略看不見的主詞，乃是被動地「讓」（屈服於）「生命」主動地「來到」，彷彿「生命」自己會動作而不受他人所操縱掌控，而這不正也是〈再版的話〉從題旨到字義（易—異—譯）所欲揭露的書寫「自喻」嗎？而此必須透過語言文字中介才得以表達的「自喻」，不正也是轉「自」為「字」的「字喻」嗎？「讓生命來到你這裡」的題旨，必須透過語言不透明性的中介而得以表達。語言與生命一樣，「它有它的圖案」，「讓生命來到你這裡」的中英互譯（易—異—溢）揭露了跨文化語言的差異與重複，更彰顯了語言本身的不透明性。〈再版的話〉最後一段中「我」、「我們」、「我的小說」作為可能的主詞主格主體，正在認真地一筆一筆臨摹那令人震懾、使人屈服「強有力的美麗的圖案」，而與此同時「它有它的圖案」作為語言從字詞、語意到語法結構的「無人稱」，開放的乃是主詞受詞、主動被動的基進不確定性，「我」、「我們」、「我的小說」也同時是一字一句透過語言中介所形成的受詞受格受體，「讓生命來到你這裡」才得以同時給出生命作為祈使迫力（life as imperative）在題旨再現與語言延異、在人稱與無人稱、在意識與無意識上的雙重潛力與動量。[14]

我們以張愛玲穿針引線當代的文本理論，我們也在當代的文本理論裡穿鑿附會張愛玲，一心端倪「看不見的纖維」如何重複引述為「活生生的過去」，一再瞧見「情感的公式」如何重複變易為「貼身的人與事」。而所有文本分析的重點，不在於拍板定案那個「蹦蹦戲花旦」究竟是哪個，也不在於苦心孤詣找出「夷」、「文」、「本」、「序」、「傾」或「它」的最終意涵，而是讓〈再版的話〉繼續再版，展開對雙重「去中心」與「去宗心」的「去宗國化」閱讀，既是對宗法父權作為性別與文化機制的質疑與批判（「宗國」作為以宗為中的家族—宗族—國族連續體），也是對宗法父權作為語言「陽物理體中心」的鬆動與解放（「宗國」作為以中為宗、以國為界的語言霸權與宰制階序）。此「去宗國化」的雙重閱讀，不僅是意識形態的批判（棄婦與蕩婦、苦守寒窯或紅杏出牆），更是以語言為中介的書寫無意識、無人稱，在書寫者意識與意圖掌控之外「讓生命來到你這裡」的生成流變，從書寫者的主觀主格主詞，「時過境遷」到書寫者被生命、被語言、被時間所牽制的「屈服」。而唯有在此「屈服」的頃刻之間，我們或許得以視見「文本中的女人」與「女人中的文本」之交織，為何總已是「文本中的張愛玲」與「張愛玲中的文本」之交織。

注釋

1 〈再版的話〉為最早《傳奇》再版時之序言篇名，爾後在皇冠文化一九六八年出版的《張愛玲短篇小說集》、一九九一年的《張愛玲全集》、二〇〇一年的《張愛玲典藏全集》，皆改稱〈再版自序〉並沿用此篇名，而二〇一〇年的《張愛玲典藏新版》，則又改為〈《傳奇》再版自序〉。本章所採用的版本乃《張愛玲全集》中收錄於《傾城之戀：張愛玲短篇小說集之一》的〈再版自序〉，但正文行文統一用最初的篇名〈再版的話〉，而在直接引述時採此〈再版自序〉的頁碼。

2 「蹦蹦戲」名目之由來，有一說乃正來自最早所使用的「竹板（節子板）擊節」，可參見余甲方，《中國近代音樂史》，頁一三一。張愛玲此處刻意強調「竹筒」，或可說正正凸顯了「蹦蹦」之為戲曲板腔體的形式。

3 在此「土上加土」所強調的乃是李三娘在黃土高原上的生存處境，並不擬回歸「圭」作為「瑞玉也，上圜下方」的雅正詮釋，也不擬將其歸屬於作者張愛玲的巧思安排，僅旨在凸顯擬聲字的「哇」如何意外帶出另類象形兼會意的

「哇」，而得以更為貼近文本、更為傳神。

4 若將此處用戲妝創造出來的「希臘風的高而細的鼻樑」當成一種可能的線索，牽引出的難免會包括《傳奇》增訂本中〈留情〉裡的敦鳳，「她那沒有下頦的下頦仰得高高地，滴粉搓酥的圓胖臉飽飽地往下墜著，搭拉著眼皮，希臘型的正直端麗的鼻子往上一抬，更顯得那細小的鼻孔的高貴」（頁一一一—一一二）。然這一假（戲妝）一真間，自然也有著角色心性與際遇的截然有別。

5 當初〈再版的話〉改稱為〈再版自序〉時少了最後的十來行，而此刪除的部分在目前的各種繁體字選集版本中皆未出現。此處引文正來自已遭刪除的結尾部分，乃引用莊信正在《張愛玲來信箋註》中的原文抄錄，可見該書頁一一七。此結尾部分的刪除乃出自張愛玲本身的意願，正如她在回給莊信正的信中解釋道：「又，上次信上忘了提，承影印的序最後一段，原來是我自己刪的，因為是關於傳奇再版本封面，封面早換了。又讓你百忙中費事複印，真過意不去」（莊信正，頁一一六）。

6 此「時裝仕女圖」乃吳友如《飛影閣畫報》裡的〈以永今系〉，只是將原本畫中掛在牆上的女子肖像，放大轉化為從窗外探身而入的現代女子（徐禎苓，頁一四四）。

7 可參閱拙著《張愛玲的假髮》第三章〈『卷首遺照』及其他〉對此「卷首玉照」的詳盡探討。

8 當然「後序」混亂中尚可包括作為「跋」的〈中國的日夜〉，究竟算是新作或舊作、正文或跋文，甚至是「散文」或「小說」的文類歸屬，亦多爭議。

9 此亦為何德希達在《播散》（*Dissemination*）的〈著作之外，序言〉（"Outwork, prefacing"）中，乃用「序言」或「序言式」（the prefatory）來談哲學「專有」（proper）的不可能（尤其是黑格爾哲學）：哲學無法看到、無法處理「序言式」所指向語言的「域外」與「邊緣」，只能以補遺的方式，在「序言」之中不斷發生而無法越出「序言」、無法給出書的整體再現。

10 〈柏舟〉有兩首。《詩經》中的棄婦形象，除了此處提及的《邶風．柏舟》，尚有《衛風．氓》、《邶風．穀風》等。

11 顯然張愛玲認為老戲「感情的公式」所召喚的，往往不是所謂戲劇上的疏離或間雜效果，而是一種因熟「爛」而「濫」情的反應，創造出一種因「感情的公式」而得以相互呼應而出的歷史「穿越劇」，一如她在〈洋人看京戲及其他〉中所言，「切身的現實，因為距離太近的緣故，必得與另一個較明徹的現實聯繫起來方才看得清楚」（頁一一三），而京戲「狹小整潔的道德系統」並非用來產生疏離效果，反倒是讓臺下的看客、小說的讀者眼冷心熱地因「爛」而「濫」。

12 此處 iterability 的翻譯，主要參考其字源結構與其作為當代解構主義的概念。就字源而言，iterability 乃是拉丁文 *iter*（again）加上梵文 *itara*（other），故嘗試翻譯為「重複變易」。而在德希達的相關著作中，亦強調所有的記號都僅只一次發生，但也都同時被帶入「再次—記號」（re-marking）的重複可能，亦即他在〈簽名事件脈絡〉（"Signature Event Context"）中所強調的「重複變易邏輯」（the logic of iterability），讓書寫本身具有創造轉化的重複性或覆述性。而此「重複變易」所允諾的「民主到臨」（democracy to come），正是德希達在《文學的行動》（*Acts of Literature*）談文學之為文學行動的最大特色，不可剝奪、不可挪占的「民主到臨」不在未來，而是持續對當下此時提出要求與質疑，不斷質疑文學之為文學的律法，讓文學得以不再是其所是。而本章在此正是嘗試以「重複變易」所可能給出的開放自由（字遊），來基進化文學文本作為性別政治批判與打開性別美學想像的關鍵。

13 此段引文亦來自〈再版的話〉結尾遭刪除的段落，轉引自莊信正，頁一一七。

14 本章此處對祈使語氣的分析，乃是受德希達對盧梭（Jean-Jacques Rousseau）文本祈使語氣解構閱讀之啟發，而螳螂捕蟬、黃雀在後，亦是受哈維（Irene E. Harvey）對（解構盧梭文本中祈使語氣的）德希達文本中祈使語氣的解構閱讀之啟發。

第四章 阿小的「姘」字練習

「姘」字有何需要不斷加以習練之處？

「姘：除也。漢律：『齊人予妻婢姦曰姘。从女幷聲。』普耕切」（《說文》卷一二下，頁二六四）。在此簡短精要的解釋中，至少包含了三個部分可供分析。第三部分最為簡單明瞭，處理「姘」的部首（女部）與發音（幷聲，普耕切），眼見為信，耳聽為明，無有爭議之處。然第一與第二部分卻似乎有著表面上可能出現的詮釋差異，恐需進一步加以會通。第一部分將「姘」做「除」解，乃同「屏」與「摒」，乃是棄除之意。第二部分講的則是漢代法律，平等之民（齊人）不得與妻婢私合，指的乃是封建宗法社會明顯的階級之分，士以上皆可有妾，妻之婢女可納為收房丫頭，但庶人則不得有妾，與妻婢私合則有罰。秦代《倉頡篇》視所有男女私合皆曰姘，而《說文》此處所引的《漢律》，則將「姘」更進一步特定階級化與罰責化。[1] 故第二部分之「姘」乃取「合併」之義，與第一部分「姘」之「棄除」之義有異，此即段玉裁在《說文解字注》中特別就此強調「姘」的「此別一義也」（頁六三一）。[2]

然「姘」之為「棄除」與「姘」之為「合併」，難道真的如此對立不容嗎？若就表面文章打圓場，男女私合無名無分，自是被封建宗法棄除於外、不計算在內，「合併」與「棄除」於是可以一先一後指向同一件事的發生與結果，而非彼此相互別義。但本章所躍躍欲試的，卻是想要練習如何維持而非抵消「姘」作為「棄除」與「合併」之間的矛盾與張力，並將其理論化為文本「變譯」（變易、變異、變溢）的動態過程。此處的「變譯」乃指跨歷史、跨文化、跨語際的翻轉調動所造成語言與文化的轉變與多義不確定性，以凸顯語言與文化在「譯—異—易—溢—佚」（翻譯—差異—變易—餘溢—散佚）之間的滑動與創造。正如本章的標題乃是以「姘」易「拼」，表面上似乎是採用了「姘」與「拼」的同音異字，企圖展開「別字」可能帶出的趣味幽默或反諷，但若「姘」可同「摒」，「摒」又可同「拼」，「姘與拼古字通也」，現代作為同音異字的「姘」與「拼」，倒又可以是古代文字遞變過程中的同音同字，女部與手部的一分為二，二合為一。[3]而「姘」與「拼」皆從「幷」聲，而形聲的「幷」亦可以是象形的「幷」，「從二立」，兩人相從相隨，或佇列齊步、比肩同行，給出的正是「姘」與「拼」之間另一個可能的並立相連。換言之，「拼」字練習可以是「姘」字練習，但「姘」字練習又可以不只是「拼」字練習，「拼」只有連合或捨棄（亦是「合併」與「棄除」之間的張力），而「姘」除了斬斷連結或建立連結之外，尚有宗法典律對男女私合性行為之懲戒，尚有封建體制透過階級所掌控管制的婚姻形式，更有沿至當代對「姘」字暗含「不當」的道德評斷與循此道德評斷所可能展開的人身攻訐。「姘」字練習比「拚」字練習之更為多音多義（譯、易、異、溢），乃在於其更有可能生動打開與開打語言文字、宗法習俗、法律規範、階級地位、道德評斷在單一字詞上的交織，而得以給出「姘」作為「文本表面」的極度繁複化。此即法國理論家克里絲緹娃在〈字詞、對話與小說〉（"Word, Dialogue and Novel"）中所一再強調的，即使小到單一字詞，都可以是「文本間性」的交織，都可被視為「文本表面」（頁三六）。

而本章所欲展開的「姘」字練習，將以張愛玲一九四四年十二月發表於《苦竹》第二期的短篇小說〈桂花蒸 阿小悲秋〉為例，思考如何在語言的「拚」字練習中也看到性別的「姘」字練習。小說女主角丁阿小，在上海租界洋主人家幫傭，上海話滑溜，但識字不多，偶替洋主人接電話或與洋主人溝通時，則是一口勉強湊合的洋涇浜英語（Chinese Pidgin English）。而阿小與阿小男人之間的關係，更常被視為張愛玲筆下「姘居」的另一代表，不像正式夫妻關係的鄭重，卻是「活潑的，著實的男女關係」（〈自己的文章〉，頁二二一），勤勤儉儉過著小日子。張愛玲「姘居」一說出自〈自己的文章〉，原本乃是談論〈連環套〉中的霓喜與霓喜的男人們，然在《苦竹》第二期刊出〈桂花蒸 阿小悲秋〉的同時，也轉載了原本發表於一九四四年七月的〈自己的文章〉，讓「姘居」的詮釋方向獲得了更新更有力的支持。但「姘居」作為主題詮釋的方向，往往僅及於人物角色與情節發展，而未能與〈桂花蒸 阿小悲秋〉作為透過語言文字中介的文本產生進一步交織的可能。故本章的企圖乃是以「姘」之為「文本表面」做出發點，嘗試以〈桂花蒸 阿小悲秋〉展開「性別文本化」與「文本性別化」的女性主義閱讀，同時談「語言姘合」與「男女姘合」，以及此二姘合所可能帶出的動態「變譯」（變易、變異、變溢）。主要處理的文本除了〈桂花蒸 阿小悲秋〉外，亦將包括該小說的張愛玲自譯英文版本與他譯英文版本，以便能從「語言姘合」作為語言文字的變譯能力與「男女姘合」作為性別關係的變譯能力，進一步推向「翻譯姘合」作為跨語際實踐的變譯能力，以求同時得見語言文字、男女關係、翻譯實踐在「變譯」之中求生求存、活潑且著實的強悍生命力。

一．開口說話：中文的英文，英文的中文

蔡康永曾在悼念張愛玲的文章中提到一個小插曲，他自小無意識地都用上海話來讀張愛玲，直到有一天在與朋友的交談中，才赫然發現朋友居然是用普通話在讀張愛玲，而這出現在兩位張迷之間的「驚人」發現，正是透過〈桂花蒸 阿小悲秋〉中的一小段文字而得以揭露：「嘎？那你怎麼唸《桂花蒸 阿小悲秋》裡講的話？你怎麼唸阿小的兒子呆看

天空時，喃喃自語的『……月亮小來……星少來……』？」（蔡康永，頁一〇一）對許許多多只會說「普通話」（「國語」）的讀者而言（包括本書作者），恐怕不僅沒有辦法用上海話傳神地唸出「月亮小來！星少來！」，更可能對中文字面的認知理解也出現障礙，不問不查便無法明瞭其乃指「月亮有點小，星有點少」。而文本中阿小兒子百順的這句自言自語，也立即招來母親阿小的口頭數落：「什麼『月亮小來，星少來』？發癡滴搭！」（張愛玲，〈桂花蒸 阿小悲秋〉，頁一三四），此刻馬上又蹦出另一個只能用上海話唸來才傳神才到位的「滴搭」，亦即「做什麼」。[4]而這樣交織在〈桂花蒸 阿小悲秋〉文本中的上海話（或廣義的吳語）更是錯落有致，「娘姨」是女傭人，「姆媽」是母親，而作為上海話詈詞的「癟三」，也重複被用來當成對自己小孩的暱稱。於是阿小催促著百順「還不快觸祭了上學去」（頁一一八）（「觸祭」乃「吃」，貶義詈詞），或是當阿小送串門子的姊妹出門，百順也跟在後面嘟囔「阿姨來白相呵」（頁一二八）（「白相」乃「玩耍」）。這些上海話詞語的此起彼落，乃生動活潑地帶出了阿小之為「蘇州娘姨」以及上海之為小說不須言明的時空背景。

而在〈桂花蒸 阿小悲秋〉中與上海話一樣錯落有致、生動傳神的，則非中式洋涇浜英語莫屬。[5]教育程度不高的阿小，卻早已練就一身為洋主人哥兒達接電話的本領，撇著洋腔洋調使命必達。「哈囉？……是的密西，請等一等」（頁一一八），此處的中式英語之所以生動傳神，正在於將中式洋涇浜英語最常見的"Missy"（而非慣用的"Miss"），翻譯成了中文「密西」（而非慣用的「密斯」），以破中文對破英文，一看便知洋涇浜。或是阿小為洋主人擋掉不想接聽的電話時謊稱「哥兒達先生她在浴間裏」，英文人稱代名詞的性別倒錯，顯而易見。而小說敘事者也不無調侃地補上一句，「阿小只有一句『哈囉』說得最漂亮，再往下說就有點亂，而且男性女性的『他』分不大清楚」（頁一二一）。然而阿小卻從不放棄以荒腔走板的「洋腔」，奮奮興興、紅紅火火進行著各種支離破碎的表達，「她迫尖了嗓子，發出一連串火熾的聒噪，外國話的世界永遠是歡暢、富裕、架空的」（頁一二二），這既是她躋身參與外國話世界的興奮片刻，亦是出於生活與工作需要的恬不知恥、無所畏懼。

那究竟什麼是洋涇浜英語？而洋涇浜英語究竟示現了何種跨語言、跨文化、為求溝通（交易）不擇手段的生猛活力？甚且 pidgin 一詞的本身究竟如何展現了洋涇浜語言的錯綜複雜、莫衷一是呢？讓我們先來看看張愛玲在〈編輯之癢〉中如何定義並舉例「洋涇浜」英語：[6]

「浜」這俗字音「邦」，大概是指江邊或海邊的水潭。上海人稱 Pidgin English 為「洋涇浜」英文——洋人雇用的中國跑街僕役自成一家的英語，如「趕快」稱 chop-chop，

> 「午餐」稱「剔芬」（tiffin），後者且為當地外僑採用。我小時候一直聽見我父親說「剔芬」，直到十幾歲才知道英文「午餐」是冷吃（lunch）不是「剔芬」。「芬」想必就是「飯」，「剔」不知道是中國何地方言。這一種語言是五口通商以來或更早的十八世紀廣州十三行時代就逐漸形成的，還有葡萄牙話的痕跡。（頁九一—九二）

誠如張愛玲所言，洋涇浜英語最早來自做生意時的溝通需要，不論是十八世紀廣州十三行或五口通商，洋涇浜英語乃是摻雜了粵語、上海話、葡萄牙語等的英語，一如 pidgin 一字本就多被視為粵語發音的葡萄牙語 *ocupaçao* 或英語 business。[7] 故凡指向無共通語言前提下所進行跨文化交易過程中語言的權宜表達，就都是pidgin language，常被翻譯成「皮欽語」（乃是原以粵語發音的 pidgin 再次循英語發音譯為中文）或「別琴語」（循滬語發音譯成中文）。

故整體而言「皮欽語」在中國的歷史發展，多可上溯至十六世紀的葡萄牙—中國沿海交易、十七世紀末的英國—中國貿易等，夾雜中文、英文、印度語、葡萄牙語，辭彙有限，發音在地化（尤其是先後加入粵語與滬語的發音與句法），聽起來幼稚可笑，卻又多能使命必達。而隨著英語的流通，皮欽英語在二十世紀已逐漸式微，並從原本貿易買辦的流通語言，轉而成為外國人家中僕傭所使用的溝通語言（Strazny 200-201）。而「皮欽英語」

之所以又被稱為「洋涇浜英語」，乃是十九世紀中葉後以上海黃埔江支流洋涇浜（英、法租界的界河）來重新命名，更增添了「皮欽英語」從廣州到上海的歷史移動痕跡，從買辦流通語到外國人僕傭溝通語，自然亦是張愛玲在〈編輯之癢〉一文中提到的上海地區「洋人雇用的中國跑街僕役自成一家的英語」。然而有趣的是，文中張愛玲談論洋涇浜英語時所舉的 chop-chop 與 tiffin 兩例，卻又似乎多有曖昧。chop-chop 作為「趕快」（或「速速」的粵語發音），指向的乃是漢語（粵語）的英語象聲字（以英文字母拼出漢語或粵語的發音），而此類由漢語直譯（音譯或意譯）而成的英文，也早已從過往跨文化聲腔的異國獵奇、正式成為被字典收錄的當代英語辭彙，一如 chop-chop 早自一八九七年就被當成「皮欽英語」而收錄於辭典（Barrère and Leland 236），直到今日最為通行的牛津英文辭典亦復如是，或如〈桂花蒸 阿小悲秋〉中提到洋主人留在冰箱裡的「雜碎」炒飯，其漢語直譯 chop suey 亦已成為當代英文辭典收錄的正式字彙。

雖然 chop-chop 與上文所提及阿小講英語時用的「密西」與人稱代名詞的男女不分相比，顯然後者更被視為「中式洋涇浜英語」的代表，但前者作為中文的英（音）譯或「外僑」英語的入境隨俗，至少還常被歸類為「洋涇浜英語」，然張愛玲所舉的第二個例子 tiffin，卻帶出更多爭議的空間。此例之生動，在於 tiffin 一字乃是循父女情感的閃回記憶而出，父親口中的「剔芬」原來應是「冷吃」，一如《小團圓》女主角九莉憶及幼時父親偶爾伸手揉亂她頭髮時叫她「禿子」，「多年後才悟出他是叫她 Toots」（頁九七）。對張愛玲而言，出自父親口中的 tiffin 之為洋涇浜，乃是中國地方方言的由中轉英，成為上海彼時外僑的習慣用語，而張愛玲父親受此影響也稱「午餐」為 tiffin。張愛玲多年以後所悟出的道理有兩層：第一層是英文的「午餐」是 lunch（中文音譯為「冷吃」）、不是 tiffin（中文音譯為「剔芬」）；第二層是原本以為是英文的 tiffin，其實是洋涇浜英語的「中文英（音）譯」（「芬」想必就是「飯」），亦即父親口中像是英文的 tiffin，其實是中國地方方言的英（音）譯，而《小團圓》中亦涉及父女情感記憶的 Toots 之例卻正好相反，父親口中被誤聽成中文「禿子」的，其實是英文 toots（甜心寶貝）的暱語。

但麻煩的是若我們回到世界殖民語言文化史一詳究竟，tiffin 多被歸類為「英—印」（Anglo-Indian）語而非「洋涇浜」英語。按英—印語歷史發展的權威辭典《霍布森—約伯森》（*Hobson-Jobson*）所言，tiffin 乃「英—印」辭彙，從英文俚語 tiff（小酌）而來，本指小酌時搭配的餐點，後用來指「午餐」。雖說有人主張 tiffin 乃阿拉伯語，亦有人主張 tiffin 有可能是中文「吃飯」之意，但卻不被《霍布森—約伯森》辭典所採信，反而詳盡指證早在一七八五年的英文文獻中，就已出現 tiffing 作為吃或喝的餐飲表達記錄（Yule and Burnell 700）。此處我們並非要就此論斷張愛玲的猜測是否錯誤，而是藉由此例再次看到所謂的皮欽語或洋涇浜英語在「根源」與「路徑」上的錯綜複雜，比比皆是「尋向所誌，遂迷不復得路」。而除了張愛玲在〈編輯之癢〉的洋涇浜英語舉例外，我們亦可回到〈桂花蒸 阿小悲秋〉中再舉一例。「癟三」在小說中多次出現，乃阿小在他人面前用以親暱稱呼自己的兒子百順（同鄉的老媽媽亦稱其子「癟三」）。如前所述「癟三」乃上海話詈詞（亦可用作暱語），乃指流浪漢、乞丐、無業遊民。但此上海話詈詞的背後，卻也同樣有著洋涇浜英語的複雜「根源」與「路徑」。學者考據此語最早源自上海街頭無賴向洋人討錢所喊的 begsir（beg sir），或來自上海買辦稱無錢之人所創的“empty cents”，再轉成「癟的生斯」或「畢的生司」，又因「生」與「三」在吳語中發音相同，遂出現了「癟三」作為洋涇浜英語的翻來覆去（Lu 16）。[8]

換言之，在閱讀〈桂花蒸 阿小悲秋〉的文本時，我們不僅要在中文的書寫表面，讀出上海話的此起彼落（即便無法直接用上海話來唸），或看出洋涇浜英語的翻來覆去，也要在中文之中讀出中式英文的英翻中，有時是文法錯誤，有時是用法特殊，有時是發音失準（摻和了粵語或吳語發音的英語發音），有時是中國人的洋涇浜，有時則是外僑的洋涇浜，字字句句都是超級精采的多聲道「語言姘合」。但在〈桂花蒸 阿小悲秋〉穿插藏閃的，除了顯性的上海話與洋涇浜英語外，還有更多隱性的「中文的英文」與「英文的中文」。像是洋主人哥兒達在電話中敷衍打發女友李小姐：「當心你自己。拜拜，甜的」（頁一三三）。此處「當心你自己」應是英文句子“Take care of yourself.”的蹩腳意譯，一如在此句中「甜的」之為 Sweet、Sweetie 之暱語。蹩腳中文不僅能帶出中式洋涇浜英語的蹩腳（阿小英語的中文翻譯），也能偶爾帶出直接由英文翻譯過來洋式中文的蹩腳（哥兒達英語的中文翻譯），以凸顯洋主人虛情假意的敷衍。誠如評者所言，「這也可以印證中英兼擅的張愛玲習慣在對話裏模擬『非驢非馬』的語言，從而營造與別不同的風格」（譚志明，頁一八二）。如果洋涇浜所指向的乃上海場景中無所不在的「中式洋文」，那此處蹩腳翻譯所帶出的，怕不也正是另一種上海場景中無所不在的「洋式中文」。例如此句中的「拜拜」，雖最早乃英語 Bye-bye 的中文譯音，但早已成功融入中文語境，變成中文的日常口語，而不再強調或凸顯其原本的英語「洋腔」。

但此句最無疑處有疑的，乃是「你」而非「妳」的用法。阿小的洋涇浜英語分不清男性女性，敘事者還不忘添上一句，特別強調她如何將「他」誤用為「她」，而此處男性洋主人用「你」來稱呼電話另一端的李小姐，則出現了至少兩個可能的細微差異。張愛玲曾在〈對現代中文的一點小意見〉中表達了對於「她」與「妳」的不以為然：

> 最初提倡白話的時候，第三人稱只有一個「他」。創造「她」字該是為了翻譯上實際的需要，否則有時候無法譯。西方各國「他」「她」二字不同音，無論在對白或敘事中，一聽、一望而知是指誰。都譯為「他」，會使人如墜五里霧中。此後更進一步，

又造了個「妳」字，只有少數人採用，近二十年來才流行。偶有男女大段對白，而不說明是誰說什麼，男方口中的「妳」可以藉此認出發言人是誰，聯帶的上下幾次的人都清楚了。（頁一九）

故就第一個層次而言，張愛玲在此嘗試解釋「她」與「妳」作為性別化人稱代名詞的出現，乃跨語際翻譯的實際需要，且與白話文運動的提倡息息相關，但矛盾的是若以英文為例，男女第三人稱代名詞之有別，促成了中文「他」之後又有「她」的出現，但英文男女第二人稱代名詞原本就無別，卻在中文之中又出現了「你」與「妳」的區分，好似原本男女不分的中文，突然之間矯枉過正，出現了過度區分的傾向。張愛玲甚且表示，當「妳」流行起來後，「女人似乎也喜歡『妳』字，幾乎稱她『你』就帶侮辱性，彷彿她不夠女性化」（頁一九）。而就第二個層次而言，張愛玲也曾抱怨出全集時「妳」的陰魂不散：

我出全集的時候，只有兩本新書自己校了一遍，發現「你」字代改「妳」，都給一一還原，又要求其餘的幾本都請代改回來。出版後也沒看過。夏志清先生有一次信上告訴我還是都是「妳」，我自嘆「依然故妳」。（〈對現代中文的一點小意見〉，頁二二）

那此處洋主人哥兒達口中由英文譯為中文的「你」，究竟是從英文習慣第二人稱代名詞的男女不分，還是從中文（白話）習慣的暗貶或錯用？究竟是編輯忘了改，還是被作者及時還原？為何在「依然故妳」的張愛玲全集裡，此處仍是用「你」代「妳」的倖存，而此倖存卻又巧妙地保存了英文第二人稱原本的男女不分？看來洋主人哥兒達一句「當心你自己。拜拜，甜的」之中，既有由英語直譯過來的彆腳中文，也有已然中文化的英語，更有夾在字裡行間中英文在人稱代名詞上性別藏閃的不確定性。

如果這些動態的「語言姘合」讓我們看到「中式洋文」與「洋式中文」的相互交織，那〈桂花蒸 阿小悲秋〉還有更多語言知微入漸的「變譯」。像是一句「冰箱的構造她不懂，等於人體內臟的一張愛克斯光照片」（頁一三一），將冰箱比做內臟的譬喻已是精采，而英文 X-ray 直接音譯為「愛克斯光」也毫不違和，甚且「愛克斯光」作為最初中文化的英文翻譯名詞，更帶著時髦、洋化的現代氣息，非常貼合阿小所身處的上海租界。或是文中寫到哥兒達的風流好色，甚至不惜「給半賣淫的女人一點業餘的羅曼斯」（頁一二四），此處將 romance 直接音譯為「羅曼斯」亦甚為普遍，更是大量貫穿於張愛玲的各種文學文本。或讓我們再舉一例，小說最後一段描寫被風捲到陰溝邊的小報，「在水門汀闌干上吸得牢牢地」（頁一三七），此處的「水門汀」自是英文 cement 的直接音譯，典型中式洋涇浜英語的代表，一個帶有時髦、洋化氣息的都市生活用語，亦為張愛玲文本的慣用語。

但此句除了「水門汀」之外，「闌干」一詞亦有蹊蹺，此乃「欄杆」的古語表達，如李白〈清平調〉中的「解釋春風無限恨，沉香亭北倚闌干」。棄「欄杆」而就「闌干」，乃是讓充滿古典詩意想像的建築形式「闌干」與洋涇浜英語所凸顯的現代建築材料「水門汀」，「並」在一起比肩而行、齊步而走，正是〈桂花蒸 阿小悲秋〉中所一再出現的「語言姘合」特色。更有甚者，「牢牢地」中的「地」則又是另一個中文「歐化語法」的顯影，英文副詞 -ly 的還魂。一句「在水門汀闌干上吸得牢牢地」，讓樓下陽臺上貼著小報的水泥欄杆，又中又西、又摩登又古雅，既是再現元素上的精采排比（公寓、陽臺、水泥、欄杆、小報、秋風），也是語言構詞上的絕妙姘合。[9]

然〈桂花蒸 阿小悲秋〉中不僅有中文、英文、洋式中文、中式洋文的姘合，更有白話與文言的姘合。這廂以古典語詞「鮮華」來形容大圓臉小眼睛，打扮得像大學女生的阿媽秀琴，「好像她自己也覺得有一種鮮華，像蒙古婦女從臉上蓋着的沉甸甸的五彩纓絡縫裏向外界窺視」（頁一二二），那廂寫到阿小「歸折碗盞」（頁一二二）或「杯盞」（頁一三三），用的都是帶有舊小說古典色彩的文言語詞。或這廂的阿小「一壁搓洗，一壁氣喘吁吁的說」（頁一二四）；那廂阿小的男人則「旋過身去課子」（頁一二九），或是躲到陽臺上「負手看風景」（頁一三一）；就連敘事者形容洋主人硬起聲的態勢，也用了類似《紅樓夢》的句子「丁是丁，卯是卯的」（頁一三三）來形容，更別說那些散在文本中的各種話本套語、成語、慣用語、諺語等。10

而更有趣的，則是文中還不時冒現一些吳語的方言詞彙，帶出官話中某些已經消失的古詞，但卻依舊出現在吳語小說《海上花列傳》與《九尾龜》等，既是古典語，又是上海話，彷彿是要再次證明吳語方言更為貼近古漢語，而官話則較多滿蒙方言的混雜。例如，阿小高聲叱喝著兒子，「她那秀麗的刮骨臉兒起來像晚娘」（頁一一八），此處不用「繼母」，而用了吳語的方言詞彙「晚娘」。或是阿小向秀琴解釋洋主人款待女客的固定菜單，「一塊湯牛肉，燒了湯撈起來再煎一煎算另外一樣。難末，珍珠米」（頁一二二—一二三）。「珍珠米」自是彼時上海人口中的玉米，但「難末」卻是上海話中的慣用轉折語，「上海話中較老而又保持到現今的連接詞」（錢乃榮，頁三二四），用來表示「於是，然後，這下」。或是阿小嘲笑洋主人的新中國女友，「連哥兒達的名字都說不連牽」（頁一二三），「連牽」又是一個吳語小說的慣用詞彙，表示流暢連續。但〈桂花蒸　阿小悲秋〉對古雅文言詞彙（亦是吳語方言化的古語）的運用，自是有著高度的自覺與風格策略，小說中更藉由一封鄉下姆媽的來信，極力嘲諷文話套式書信的拙劣，不僅文白夾雜，錯誤百出，更任由阿小的男人用句點胡亂斷句，著實貽笑大方。

當然我們也不要忘記，一九四四年十二月在《苦竹》第二期發表的〈桂花蒸　阿小悲秋〉，正是寫於〈連環套〉之後（一九四四年一月起在《萬象月刊》連載六期後，於七月自動腰斬〉，而與〈桂花蒸 阿小悲秋〉同期在《苦竹》轉載的〈自己的文章〉，原發表於該年五月《新東方》雜誌，正是部分回應迅雨（傅雷）〈論張愛玲的小說〉的批評褒貶。[11]而迅雨在讚賞之餘最不留情面的批評要點，正是針砭張愛玲小說中不知節制、如細菌般蔓延的古典套語：

> 《傾城之戀》的前半篇，偶爾已看到「為了寶絡這頭親，却忙得鴉飛雀亂，人仰馬翻」的套語；幸而那時還有節制，不過小疵而已。但到了《連環套》，這小疵竟越來越多，像流行病的細菌一樣了——「兩個嘲戲做一堆」，「是那個賊囚根子在他跟前……」，「一路上鳳尾森森，香塵細細」，「青山綠水，觀之不足，看之有餘」，「三人分花拂柳」，「銜恨於心，不在話下」，「見了這等人物，如何不喜」，「……暗暗點頭，自去報信不提」，「他觸觸前情，放出風流債主的手段」，「有話即長，無話即短」，「那內侄如同箭穿雁嘴，鈎搭魚腮，做聲不得」……這樣的濫調，舊小說的渣滓，連現在的鴛鴦蝴蝶派和黑幕小說家也覺得惡俗而不用了，而居然在這裏出現。豈不也太像奇蹟了嗎？（頁一四）

而張愛玲在〈自己的文章〉中也毫不閃躲地做出回應，她強調〈連環套〉之所以「襲用舊小說的詞句」，乃是「遷就的借用」，用「一種過了時的辭彙」，來表達上海人心目中五十年前浪漫香港的雙重時空距離，但也自承有時難免陷於刻意做作，並謙言「我想將來是可以改掉一點的」（頁二二四）。然緊接著〈連環套〉之後創作的〈桂花蒸 阿小悲秋〉，寫的是當下上海的「姘居」，而不是五十年前香港的「姘居」，但依舊文白摻雜，套語如珠，例如形容起阿小的臉紅，「她整個的臉型像是被凌虐的，秀眼如同剪開的兩長條，眼中露出一個幽幽的世界，裏面『沉魚落雁，閉月羞花』」（頁一二〇），顯是毫不避諱迅雨筆下惡俗濫調之譏，依然故我在新與舊、中與西、高與低之間，進行著各種「姘」字練習的文學實驗。

而〈桂花蒸 阿小悲秋〉中最為神祕隱藏版的「語言姘合」，乃是出現在最為顯著的小說標題與引文。〈桂花蒸 阿小悲秋〉以炎櫻的散文（詩）做開場引文，「秋是一個歌，但是『桂花蒸』的夜，像在厨裏吹的簫調，白天像小孩子唱的歌，又熱又熟又清又溼」（頁一一六），以歌對調，又以歌的重複成功帶出深夜轉白晝的溫度與溼度變化。[12] 然此引文之蹊蹺，不僅在於小說以所謂作者好友的真人實文開場，混淆了虛構與紀實、小說與散文的既有分界，更在於「炎櫻」作為真名實姓的本身就已是跨語際的多重「變譯」。[13]「炎櫻姓摩希甸，父親是阿拉伯裔錫蘭人（今斯里蘭卡），信回教，在上海開摩希甸珠寶店。母親是天津人，為了與青年印僑結婚跟家裏決裂，多年不來往」（《對照記》，頁五六）。

而 Fatima Mohideen 不叫「摩希甸」而叫「炎櫻」的原委，乃出自張愛玲的命名創舉。

> 我替她取名「炎櫻」，她不甚喜歡，恢復了原來的名姓「莫黛」——「莫」是姓的譯音，「黛」是因為皮膚黑——然後她自己從阿部教授那裏，發現日本古傳說裏有一種吃夢的獸叫做「獏」，就改「莫」為「獏」，「獏」可以代表她的為人，而且雲鬢高聳，本來也像個有角的小獸。「獏黛」讀起來不大好聽，有點像「麻袋」，有一次在電話上又被人聽錯了當作「毛頭」，所以又改為「獏夢」。這一次又有點像「獏母」。可是我不預備告訴她了。（〈雙聲〉，頁六三，註1）

「炎櫻」之名一波多折，從日本古傳說中的小獸到中國古神話中的醜妃，文字旁徵博引之魔力，可見一斑。

然從「炎櫻」到「獏夢」，除了展現其與張愛玲的親暱友誼之外，也間接說明了張愛玲一直為好友扮演著中國文字與文化的翻譯者與詮釋者（甚至命名者）。在〈炎櫻語錄〉裡張愛玲將好友對自己矮小豐滿身材之自嘲“Two armfuls is better than no armful.”，逗趣地妙譯成「兩個滿懷較勝於不滿懷」（張解釋此翻譯乃根據「軟玉溫香抱滿懷」）（頁一一九）。在〈氣短情長及其他〉中也寫到獏夢有同學姓趙，一日問起「趙」字怎麼寫，張愛玲將其拆為「走」字與「肖」字為其解說，「『肖』是『相像』的意思。是文言，你不懂的」（頁七二）。而積極學習中文的炎櫻，識不得幾個現代中文方塊字，更遑論文言，但卻又常語出驚人鬧笑話，「中文還不會，已經要用中文來弄花巧了！」（頁七二）而我們在此繞了一圈說明炎櫻的不識中文，正是要凸顯〈桂花蒸 阿小悲秋〉開場的引文本身已是「語言姘合」的痕跡，乃是由炎櫻所寫的英文翻譯成的中文，「炎櫻」是此處的刺點，否則無法從詩意流暢的引言文字表面，看到任何所謂英翻中的痕跡。而此段引言為英翻中的另一個脈絡提示，則是出現在《苦竹》第二期的內容編排之上，在此我們不僅有〈桂花蒸 阿小悲秋〉的首刊，也有〈自己的文章〉的轉載，更有張愛玲翻譯炎櫻的文章〈生命的顏色〉。而由胡蘭成在一九四四年十一月創立的《苦竹》封面，一如張愛玲《傳奇》再版與增訂本的封面，都由炎櫻所設計，創刊號中也有張愛玲翻譯的炎櫻文章〈死歌〉。誠如單德興所言，「一九四〇年代張愛玲的譯作對象大都是摯友炎櫻（Fatima Mohideen）的作品」（頁一六二），當又是另一支持引文為英翻中的參考資料。若彼時炎櫻為張愛玲、胡蘭成設計視覺封面，那此段原本或不應出現在現代小說形式的引文，或許也可被視為另一種文字封面，不是「畫」龍點睛，而是以最簡短的文字給出小說從聽覺到膚覺、從廚房到日常的敘事基調。[14]

然我們兜了一圈說明炎櫻不識中文，又兜了一圈說明炎櫻的中文創作都是透過張愛玲的翻譯，兩人四手聯彈、合作無間，主要的企圖莫非是要再次回到由英文翻成中文、有著身體感官強度的開場引文，一探端倪。炎櫻的署名讓我們得以猜測此段引文恐怕原本乃是以英文書寫而成的句子，而此段引文中的引文，引號中的引號『桂花蒸』，也恐怕正是整篇小說最婉轉幽微、最不疑處有疑的「語言姘合」。[15] 小說題目以「七言」的古法為之，前三字與後四字之間以空格斷開，以示停頓或區隔主標副題，「頗具唱詞的一份跌宕與節奏感」（康來新，頁四五）。[16] 後四字「阿小悲秋」之為「語言姘合」，乃在巧妙顛倒了中國抒情文學傳統的「悲秋」主題，不是文人騷客、才子佳人的勞心者（如宋玉、杜甫、歐陽修、李清照、林黛玉等），而是「一個文墨不通的勞力者，從鄉間到城市謀生的小小女子丁阿小」（康來新，頁四四）。阿小之為阿小，除了「生得矮小」（〈桂花蒸 阿小悲秋〉，頁一一七），「瘦小得像青蛙的手與腿壓在百順身上」（頁一三六），恐更是以年幼的排行稱之，看來其不僅不通文墨，甚至連名字都闕如。而小說對上海租界日常的鋪陳，除了夜晚一場蒸熱至極後的暴雨驟至，阻擋了阿小與阿小男人所欲的一夜溫存，次日清晨時氣頓時入秋轉涼外，並無傳統「悲秋文學」的抒情言志特質或任何感傷基調，「阿小悲秋」四字的姘合張力，怕不正在於雅與俗、高與低的置換、貼擠與突兀。[17]

而小說標題前三字的「桂花蒸」既雅緻又通俗，八月桂花香，俗稱桂月，而「桂花蒸」當然不是蒸桂花，而是形容入秋後暑熱不減反增的「秋老虎」天氣，正如小說中一再出現對天氣悶熱蒸騰的抱怨，「過了八月節了還這麼熱」（〈桂花蒸 阿小悲秋〉，頁一一六）。[18]但蹊蹺的卻是炎櫻引文段落中的『桂花蒸』乃是以雙引號（引號中的引號）方式出現，不諳中文的炎櫻斷無可能熟稔『桂花蒸』的典故，想必是張愛玲再次通過雙重的「中文化」（翻譯成能同時與中國文學、中國文化相應的中文），一如前所舉「兩個滿懷較勝於不滿懷」的巧妙逗趣，乃是以「軟玉溫香抱滿懷」為本的雙重「中文化」翻譯。那我們或可好奇地探問炎櫻所使用的英文原文為何，而張愛玲又是如何巧妙地將其翻譯成既雅緻又通俗的「桂花蒸」呢？我們當然可以大膽臆測炎櫻所使用的英文或為 Indian summer，一個既通俗又充滿文學地理聯想的辭彙，或換成世界各地其他各種約定俗成用來形容「秋老虎」天氣的英文辭彙也成，如 gypsy summer、old woman's summer、poor man's summer 等，然重點不在於答案是否可尋可覓可確定，重點在於雙引號所帶出的『桂花蒸』總已是一個不可考的中英翻譯，一個語言姘合的謎題。

二・姘居的年代

在〈桂花蒸 阿小悲秋〉中穿插藏閃的，有中文、英文、中式洋涇浜英文、中翻英、英翻中、洋式中文、中式洋文與各種文白交織、方言俚語的轉進拉出，而本章之所以用

「姘」而不用「拼」，除了凸顯其既離且合（既棄除偏離原有固定的辭彙意義和語法脈絡，且創造連結新的動態「變譯」）、凸顯其脫規矩、不合法、甚至可能招致的文化貶抑與道德責難，更是企圖與小說所欲展現和語言一樣活潑潑、深具變譯能力的日常「姘居」相互環扣。在過往的批評文獻中，〈桂花蒸 阿小悲秋〉的詮釋有兩個主要的方向。第一個方向較為「去歷史化」，強調阿小之為「地母」原型，「丁阿小於是成了原始類型的女子，具有『大地之母』的生猛、善感與永恆性」（康來新，頁四五），不僅以強烈的母性情感養護兒子百順，甚至對平日專挑她毛病的洋主人也不遺餘力地包容捍衛，而證諸小說中的表述則是「她對哥兒達突然有一種母性的衛護，堅決而厲害」（〈桂花蒸 阿小悲秋〉，頁一三二）。[19] 第二個方向則較為「政治化」，凸顯阿小之為勞動階級的悲哀，如何在殖民與階級的雙重壓迫下存活，並以上層社會／下層階級、物質生活／道德價值、殖民者／被殖民者來開展辯證。[20] 若「地母」之解讀過於仰賴神話原型，而階級之爭辯也易流於意念先行，那本章所欲嘗試的，乃是從上海城市現代性的「脈絡—文本」，重新歷史化與政治化「上海女傭」的出現，以阿小與阿小男人的關係，作為一種新形態城市空間男女社交、婚姻形態、家庭組合、經濟生活所給出的各種「姘合」、「變譯」可能。

首先，就讓我們先從阿小作為「上海女傭」的勞動身分開始談起。張愛玲曾在〈寫什麼〉中自我調侃，朋友問到她是否會寫無產階級的故事時，她遲疑了一會回答道：「不會。要末只有阿媽她們的事，我稍微知道一點」，後來才從別處打聽到，「原來阿媽不能算無產階級」（頁一三三）。此處不僅讓我們看見阿媽乃是張愛玲生活經驗中少數能緊密接觸到的勞動階級婦女，也讓我們看見文章中隱含對奉無產階級為圭臬的左翼文學之不以為然。而在〈我看蘇青〉一文中，張愛玲也對自家的阿媽做出了動人的描繪：「我們家的女傭，男人是個不成器的裁縫，然而那一天空襲過後，我在昏夜的馬路上遇見他，看他急急忙忙直奔我們的公寓，慰問老婆孩子，倒是感動人的」（頁九二）。而附錄在〈我看蘇青〉之後的〈蘇青張愛玲對談記〉，則更直白帶出張愛玲家中女傭的工作樣態：「我們的阿媽早上來，下午回去，我們不管她的膳宿，不過她可以買了東西拿到這裏來燒」（頁八〇）。而其中一段更記述到曾見一個阿媽打小孩的場景，令張愛玲感受深刻、久久難忘：「小孩大哭，阿媽說：『不許哭！』他抽抽噎噎，漸漸靜下來了。母子之間，僵了一會，他慢慢地又忘了剛才那一幕，『姆媽』這樣，『姆媽』那樣，問長問短起來，鬧過一場，感情像經過水洗的一樣。骨肉至親到底是兩樣的。」[21]

看來不論是在空襲過後急忙奔走探視妻小的裁縫老公，或是哭鬧一場後又纏在母親身旁團團轉的小孩，在張愛玲眼中這勞動階級的夫妻與骨肉親情，不透過言辭達意，反倒更為直截誠摯，不似中產階級的多所矯飾。當然此處我們並非要對號入座，將張愛玲實際生活中的女傭視為阿小的原型（小說中阿小的男人確實也是個不成器的裁縫），然後就此拍板定案，而是要看到張愛玲如何在生活經驗中，得以敏感相應於勞動階級家庭的情感表達模式，以及如何在小說的文學實驗中，得以鋪展此感情模式的表達。然張愛玲與張愛玲家（姑姑、母親與張愛玲的家）中的女傭，並非少數特有的案例，而是隨著清末民初上海城市現代性一路發展所帶來的蓬勃社會文化現象。誠如《申報・勸恤婢女說》所言，「合城內外，洋場南北，歲有百金，家三四口者，無不雇用傭婦，大抵皆自鄉間來」。又云「婦女貪上海租界傭價之昂，趨之若鶩，甚有棄家者，此又昔之所未見也」。[22]而這批源源不絕、從鄉下奔赴上海尋找幫傭工作的阿媽或娘姨群體，更可被視為上海最早的職業婦女，「這支氣勢浩蕩的勞動娘子大軍，相信其歷史，遠要悠長過上海的紡織女工和有『湖絲阿姐』之稱的繅絲女工」（程乃珊，頁四七），即便其曖昧的階級地位，並未如紡織女工或繅絲女工一般，獲得嚴格定義下左翼文學的青睞。

而與此同時我們也需要進一步區分張愛玲筆下的「婢」與「傭」，才得以清楚感知阿小之為蘇州娘姨、上海阿媽的特有歷史與社會處境。中國封建傳統的婢女俗制乃是透過人口買賣或嫁娶習俗所建立，如〈小艾〉中的小艾乃被迫「賣身為奴」的購婢，〈鬱金香〉中的金香乃陪嫁丫頭。故婢女丫鬟乃金錢交易或婚姻交易的私產，不論是否受到壓迫，皆無人身自由可言。然早期的上海女傭則有著非常不一樣的身分地位，可以透過協助家務勞動獲得薪酬，可以自由選擇或轉換東家，不是婢僕，而是女傭，尤其是在租界洋人家

「走做」的娘姨，更是月薪較一般為高，不僅能夠養活自己，甚至還可贍養家人。[23]故相較於那些被壓迫、被欺凌或被收房做小的婢女丫鬟而言，〈桂花蒸 阿小悲秋〉中的阿小乃月資僱傭，「勞資雙方彼此利用，有離職的知識與自由」（高全之，《張愛玲學》，頁一一八），不再是封建社會主僕關係的絕對權力宰制與隸屬。阿小與哥兒達的「僱傭」關係清楚了當，不包吃，不包住，名義上三千塊一個月。阿小顯然擁有作為「僱傭」勞動階級的人身自由（移動、居住、擇偶）與經濟獨立，即便洋主人口帶揶揄「阿媽，難為情呀！」（〈桂花蒸 阿小悲秋〉，頁一一九），責其連數目字也抄不清楚，但亦不敢輕舉妄動，「用着她一天，總得把她哄得好好的」（頁一二〇）。

而小說對這群「勞動娘子大軍」的細膩描繪，乃是從「頭」說起。對門的黃臉婆阿媽「半大脚，頭髮却是剪了的」（〈桂花蒸 阿小悲秋〉，頁一一六——一一七）。而「黃頭髮女人」的阿媽秀琴，打扮得像個大學女生，「壯大身材，披着長長的鬈髮，也不怕熱」（頁一二二）。而阿小雖然梳的是較為傳統的辮子頭，但「額前照時新的樣式做得高高的；做得緊，可以三四天梳一梳」（頁一一七），經濟實惠又時髦。而為了凸顯阿小作為上海大都會的勞動階級女性，小說一再強調其趨時的現代感，即便是戰時限水，阿小也不臨水（醬黃大水缸裡的儲水）照鏡，「女人在那水裏照見自己的影子，總像是古美人，可是阿小是個都市女性，她寧可在門邊綠粉牆上黏貼着的一隻缺了角的小粉鏡（本來是個皮包的附屬品）裏面照了一照，看看頭髮，還不很毛」（頁一一七）。阿小作為都市女性的經濟時髦，就連洋主人哥兒達也不得不同意，「這阿媽白天非常俏麗有風韻的」（頁一三六）。[24] 而阿小身邊固定來串門子的阿媽、阿姐們，都是阿小的鄉下熟識、經阿小熱心引介而找到鄰近的工作。這群阿媽們勤勤懇懇，話完東家（東家娘）長來話西家短，倒也頗有些「地域同鄉壟斷性同業群體」的小小格局。

但除了僱傭關係與同鄉同業關係外，〈桂花蒸　阿小悲秋〉中以白描、暗寫手法處理最深刻的，乃是男女親密關係的時代「變譯」。評者早已指出阿小與阿小男人乃「大都市中男女的性關係」（水晶，〈在群星裏也放光〉，頁五二）、「都市男女狹邪的性關係」（嚴紀華，頁五七）。但若上海大都會不僅只是這對「男女性關係」的陪襯背景，那什麼會是「都市現代性」對男女親密關係的歷史與社會建構呢？小說中阿小聽到自家的姊妹秀琴談起「辦嫁妝」，心中嘀咕不悅，「阿小同她的丈夫不是『花燭』，這些年來總覺得當初不該就那麼住在一起，沒經過那一番熱鬧」（〈桂花蒸　阿小悲秋〉，頁一一五）。[25] 表面上沒有「花燭」是遺憾少了說媒、辦嫁妝、迎娶、入洞房的一番熱鬧，實裡也是點出不合法（國法家規）、沒名分的尷尬，尤其是對好強愛面子的阿小而言，秀琴為辦嫁妝所發的嘮叨，反倒變得像是對阿小沒有明媒正娶的示威。故阿小這廂才罵完兒子百順留級難為情，那廂便自我傷感了起來，「她看看百順，心頭湧起寡婦的悲哀。她雖然有男人，也賽過沒有；全靠自己的」（頁一二八）。[26] 三言兩語的描繪，清楚交代了阿小與阿小男人的空間距離，男人宿在店裡，而阿小則帶著兒子租下悶熱如蒸籠的亭子間，獨自撫養照顧。

而阿小的沒有婚姻名分，不僅透過正在籌備「老法」結婚的小姐妹秀琴做出對照，也與洋主人樓上剛搬進來以「新法」結婚的夫妻相互比襯。但小說對阿小與阿小男人的關係鋪陳，卻是異常溫柔體貼，不帶任何武斷的道德價值評判，反倒是舉棋不定是否該返鄉訂親的秀琴在一旁嫌東嫌西，反倒是樓上的新婚夫妻大吵大鬧要跳樓。兒子百順曉得「阿爸來了姆媽總是高興的，連他也沾光」（〈桂花蒸 阿小悲秋〉，頁一二八），阿媽客人們也曉得「阿小的男人做裁縫，宿在店裏，夫妻難得見面，極恩愛的」（頁一二八）而紛紛起身告辭。但阿小的高興不形之於色，而是化為閒話家常的不在意。串門子的阿媽阿姐散去後，「阿小支起架子來熨衣裳，更是熱烘烘。她給男人斟了一杯茶；她從來不偷茶的，男人來的時候是例外。男人雙手捧著茶慢慢呷着，帶一點微笑聽她一面熨衣裳一面告訴他許多話」（頁一二九）。此處的「熱烘烘」已不再只是小說從開場便一再鋪陳天氣的悶熱難耐而已，或此時熨衣裳的熱上加熱，而更是一說一聽、一熨一笑間蒸蒸然而起的心頭暖意與身體慾望。但當阿小提到秀琴如何在她面前驕矜擺出一副沒有金戒指不嫁的排場時，阿小的男人也只能無奈地應「唔」一聲。

狡猾的黑眼睛望着茶，那微笑是很明白，很同情的，使她傷心；那同情又使她生氣，彷彿全是她的事——結婚不結婚本來對於男人是沒什麼影響的。同時她又覺得無味，孩子都這麼大了，還去想那些。男人不養活她，就是明媒正娶一樣也可以不養活她。誰叫她生了勞碌命，他掙的錢只夠自己用，有時候還問她要錢去入會。（頁一二九）

此處的狡猾不是真的狡猾，反倒更像是迫於經濟困窘的無奈逃避，然男人還有退路來同情阿小，阿小則是委屈難掩，細細思量到了頭也只能推給生來的勞碌命，只能扎扎實實賺錢養活自己和兒子，甚至偶爾還要接濟男人來會以存錢。

但阿小的男人連帶阿小的兒子，卻也都因為阿小沒有經過明媒正娶的一番熱鬧，而不被鄉下的家人所承認。「鄉下來的信從來沒有提到過她的男人，阿小時常叫百順代她寫信回去，那邊信上也從來不記掛百順。念完了信，阿小和她男人都有點寂寥之感」（〈桂花蒸 阿小悲秋〉，頁一三〇）。但就算一時的傷心寂寥難掩，並無礙於阿小和阿小男人的「極恩愛」。全書最動人的一句情話，乃是男人站在阿小身後低聲說道「今天晚上我來」（頁一三一），此句情話之所以如此動人，不僅在於阿小嫌煩似地繞個彎回答「熱死了」（頁一三一）（指她和百順住的亭子間逼仄悶熱如蒸籠），在於接下來冰箱的隱喻（突突跳著的心，寒浪與熱淚），也在於男人臨走前阿小適時補上的一句「百順還是讓他在對過過夜好了」（頁一三一）（心中已有安排兒子留宿他處的盤算），更在於阿小下工後急於赴約的一再受阻。首先是阿小錯以為洋主人還未離家而苦守膠著，又以為有人打錯電話而銳聲斥喝電話那頭苦苦等著她的男人，直到好不容易將兒子百順托給了對門的阿媽，卻又被一場夜裡突如其來的大雷雨擋住了去路，逼著她驚惶遁逃，終究還是退回了洋主人家已然上鎖的小廚房。

慾望如天候般蒸騰，卻硬生生被大雷雨澆熄，開場引文「又熱又熟又清又濕」的秋歌，此刻頓時也有了肌膚之親的聯想，然逼仄的亭子間平日容得下一對辛苦的母子，今夜卻容不下一對想要溫存的男女。回到小廚房的阿小，悶悶無語：

> 她把鞋襪都脫了，白緞鞋上繡的紅花落了色，紅了一鞋幫。她擠掉了水，把那雙鞋掛在窗戶鈕上晾着。光着腳踏在磚地上，她覺得她是把手按在心上，而她的心冰冷得像石板。廚房內外沒有一個人，哭出聲來也不要緊，她為她自己突如其來的癲狂的自由所驚嚇，心裏模糊地覺得不行，不行！（〈桂花蒸　阿小悲秋〉，頁一三五）

此段描繪先從被大雷雨泡溼了的鞋襪側寫，再將白晝熱之蒸騰劇烈翻轉為夜之冰涼（由石地的冰涼到心的冰涼），一熱一冷、一期待一落空之間，突如其來的暴雨帶出的乃是突如其來的「癲狂的自由」。阿小一路走來，走出了自己遷徙的自由、工作的自由、身體的自由、擇偶的自由、未婚生子的自由，但莫不是小心翼翼如走鋼索，積極向上，努力掙錢，決不讓過多的情緒來攪局。然而今夜一連串的挫折沮喪，卻把此刻孑然一身的她逼到了癲狂的深淵邊緣。身邊沒有了兒子、沒有了男人、沒有了同鄉姊妹、甚至沒有了吆喝的洋主人，也就沒有了牢牢拴住現世的安穩妥當。但阿小沒有放聲痛哭，沒有歇斯底里，而是迅速回到日常的實際與穩妥，當機立斷到對門接回了兒子，將棉被鋪在大菜檯上，下面墊了報紙，便也將就睡下。夜裡被樓上新婚夫妻的吵鬧聲驚醒，也只是幽幽然「想起從前同百順同男人一起去看電影」（頁一三六）一家三口的和樂親密，便又在雨聲中沉沉睡去。

然小說〈桂花蒸　阿小悲秋〉中溫柔處理的一家三口，卻又可以是彼時道德掛帥下社會輿論口誅筆伐的對象。自清末民初「這支氣勢浩蕩的勞動娘子大軍」從鄉下進城後，這些阿媽、娘姨、女傭們從穿著打扮到身體慾望，皆成為社會道德新一波的監控對象。上海竹枝詞曾道，「侍兒心性愛風華，奔走街頭笑未暇。寄語阿郎來訂約，松風閣上一回茶」（顧炳權，頁五五），寫的正是這群衣飾入時的村婦變傭婦，下了工結伴遊街，甚至利用茶館與相好的男人幽會。彼時社會輿論更是將其數落得面目全非：「鄉間婦女至滬傭工，當其初至時，或在城內幫傭，尚不失本來面目。略過數月，或遷出城外，則無不心思驟變矣。妝風雅，愛打扮，漸而時出吃茶，因而尋拼（姘）頭，租房子，上臺基，無所不為，回思昔日在鄉之情事，竟有判若兩人者」。[27]在道德家的眼中，上海女傭最初的墮落總來自善於模仿的趨時裝束打扮，接著便是出外吃茶、搭識相好，最終落入「尋姘頭、租房子、上臺基」的不幸下場。此處的「臺基」指的是十九世紀下半葉在上海、蘇杭和天津等地陸續開設、專供男女幽會的「小客寓」，又稱「花客棧」或「轉子房」，取自「藉臺演戲，僅租基地」之由，乃是都會城市空間中最早出現的情人旅館。顯然大城市裡的「臺基現象」並不被視為社交自由、自主擇偶風潮下的新興城市配套空間，而是被當成男女任意勾宿濫交，嚴重破壞傳統婚姻制度的墮落淵藪（徐安琪，頁一八）。而當代學者對「臺基現象」誠懇且持平的歷史剖析，或許正是我們需要認真審視阿小與阿小男人所可能帶出的時代「變譯」，一個得以衝擊封建宗法傳統婚姻的「姘居」關係：

這種現象的複雜性是在於，首先闖入這一禁區的，是一批處於社會低層的人士，這從小臺基的簡陋和興旺，可以知道它們的常客大都是被上層社會所賤視的階層。十九世紀後期隨著城市化和商業化的發展，農民進城謀生的日益增多，大量單身男女流入城市，造成夫妻關係的空隙和尋求愛情的渴望。在傳統的小農生活中，男耕女織，足不出戶，就可以自給自足，生活範圍狹窄，眼界短小，家庭穩定，夫妻關係穩固。農民進城市謀生，擴大了生存空間和社會交往，生活方式的變化，城市生活的刺激，單身男女的情感饑渴，促使他們突破禮教的約束，追求婚外情的，自由戀愛的，出入公共場所找尋娛樂和消遣的日漸其多，臺基成為「露水鴛鴦」的棲身之地。（劉志琴）

這些在上海等大城市冒現、簡陋而興旺的小臺基，讓我們看到了城鄉移民中勞動階級單身男女的辛苦求存，在協助解決上海等大城市迫切需要的勞動力之同時，也必須解決自身的情感與慾望。縮小範圍來說，城市現代性造成了上海女傭的「離根」（disembedding），脫離農村既有的親屬人際網絡單身入城，已婚的難以維繫既有婚姻，適婚的難以循舊有禮俗安排嫁娶（或小說中阿媽秀琴對回鄉下成婚的百般不願），而城市匿名性與經濟獨立所可能帶來的禮教鬆脫，出現的乃是新的社交空間、新的擇偶模式與新的男女關係之「姘合」變化。

此處我們乃循張愛玲的「姘居」用法，而非當代普遍使用的「同居」，除了在過去「同居」一詞的運用過於廣泛之外（「同居」即同住，家族乃「同居共財」的親屬團體），亦在於「姘居」所潛在蘊含不合禮法的道德價值評斷。「姘」之為男女私合，自古有之，但「姘」的城市現代性，卻也可以同時牽帶出新國族論述的革命話語。在辛亥革命前後與共產主義革命前後，「姘居」都曾經成為拒絕甚至反抗封建婚姻制度的身體實踐，自由戀愛、自由擇偶、未婚同居都成為某種新形態的家庭革命，甚至一度蔚為城市現代性的時髦風潮。魯迅與許廣平，郁達夫和王映霞，丁玲、蕭紅等革命女作家的以身試法，甚至張愛玲本人與胡蘭成的關係也被部分人士視為沒有花燭、沒有名分的「姘居」。然這些革命話語卻不曾落到阿小們這群上海女傭的身上，「姘居」作為革命話語的可能，只能圍繞在知識分子或中產階級身上，而這群用勞力換來經濟獨立、用身體拚搏出擇偶自由的上海阿媽們，「姘居」只能是自甘墮落的尋「姘頭」、找「搭腳」、上「臺基」，只能成為保守道德火力全開的批判對象，責其甘願隨順城市現代性之誘惑，終至成為城市罪惡淵藪的墮落象徵。[28]

而張愛玲正是拋棄了革命話語，拋棄了傳統保守道德，想要一探現代婚姻形式驟變中的各種「姘合」可能，不僅嘗試詳盡鋪陳辛亥革命所造成封建婚姻的裂變與各種浮動中新形態婚戀自由的主張，更對戰爭所造成婚姻、家庭的流離失所多所著墨。像是短篇小說〈等〉所呈現因應戰時需要、分居兩年以上重婚無罪的重慶模式等，都讓我們得以瞥見婚姻如何從傳統「合兩姓之好」的「姓別政治」，過渡到老法、新法、非法（不合法）的男女關係與各種複雜的「性別政治」冒現。〈傾城之戀〉中的白流蘇與范柳原，若非一場突如其來的戰爭造成了香港的陷落，到頭來也可能就只是一對「姘居」的男女。而張愛玲對「姘居」最全面的鋪陳，則非〈連環套〉莫屬，即便該小說連載六期後便中斷腰斬。

現代人多是疲倦的，現代婚姻制度又是不合理的。所以有沉默的夫妻關係，有怕致負責，但求輕鬆一下的高等調情，有回復到動物的性慾的嫖妓——但仍然是動物式的人，不是動物，所以比動物更為可怖。還有便是姘居，姘居不像夫妻關係的鄭重，但比高等調情更負責任，比嫖妓又是更人性的。走極端的人究竟不多，所以姘居在今日成了很普遍的現象。營姘居生活的男人的社會地位，大概是中等或中等以下，倒是勤勤儉儉在過日子的。他們不敢大放肆，却也不那麼拘謹得無聊。他們需要活潑的，著實的男女關係，這正是和他們其他方面生活的活潑而著實相適應的。（〈自己的文章〉，頁二二）

然「姘居」作為彼時普遍的現象，落在張愛玲筆下卻又各有千秋。〈連環套〉中和霓喜先後「姘居」的雅赫雅是個中等的綢緞店主、竇堯芳是個藥材店主，就連後來僅沾著點官氣的英國小吏，也比阿小的男人有著相對較高的社會位階與經濟能力。而霓喜與阿小的最大差別，乃在於霓喜仍是「男主女從」的「姘居」模式，而阿小的自食其力與經濟獨立，讓她與她的男人（小說中自始至終沒有名姓）更有公平的對待與相對的自主，而得以在勤勤儉儉、聚少離多的日常裡，有著活潑著實的「極恩愛」。[29]

誠如張愛玲所言，在中國「姘居」作為普遍的文化現象甚至多於外國，卻鮮少被認真處理，「鴛鴦蝴蝶派文人看看他們不夠才子佳人的多情，新式文人又嫌他們既不像愛，又不像嫖，不夠健康，又不夠病態，缺乏主題的明朗性」（〈自己的文章〉，頁二三）。〈桂花蒸 阿小悲秋〉顯然是張愛玲繼〈連環套〉腰斬之後的又一認真嘗試，改變了角色的身分職業與權力慾望關係，擺脫了古典小說妾婢的依賴隨附陰影，而得以給出更具城市現代感性的上海女傭一日生活與更溫柔體貼的一家三口權宜之計。城市現代性為來自鄉村的上海女傭，提供了一個更為自由開放的工作環境與生存空間，阿小不是革命女性，也不是依附於男人而漸漸變得疑忌的自危自私者（如霓喜），「她自己僅僅是需要找人搭夥過日子，並沒有反叛封建禮教的意識，但是她確確實實地踏出了封建牢籠的第一步，這是實實在在的」（高麗君，頁一四）。如果「綜觀『傳奇』一書，和諧美滿的婚姻關係，幾乎絕無僅有！」（水晶，〈在群星裏也放光〉，頁五四）），那〈桂花蒸 阿小悲秋〉便是難能可貴的一個婚姻關係之外的「極恩愛」案例，即便有如此之多工作的辛勞、經濟的磨難與空間的困窘，即便阿小依舊不能忘記沒有「花燭」的委屈與失面子。

而與此同時〈桂花蒸 阿小悲秋〉也給出了阿小與洋主人在種族與階級之外的對比。若阿小和阿小的男人屬較為健康的「姘居」，那小說中對洋主人生活與交友的描繪，則趨張愛玲筆下「高等調情」作為時代變易中另一種類型的男女「姘合」。哥兒達先生愛食生雞蛋，在阿小眼中「簡直是野人呀」（頁一一九），而他的絕活不僅是「一大早起來也能夠魂飛魄散為情顛倒的」（頁一一九），更在於「只要是個女人，他都要使她們死心塌地歡喜他」（頁一二一）。他和眾女友們間的「高等調情」有手段有原則，講究時間與金錢的經濟算計，必得銀貨兩訖、毫不虧欠：

他向來主張結交良家婦女，或者給半賣淫的女人一點業餘的羅曼斯，也不想她們劫富濟貧，只要兩不來去好了。他深知「久賭必輸，久戀必苦」的道理，他在賭檯上總是看看風色，趁勢撈了一點就帶了走，非常知足。（頁一二四）[30]

而也只有在這個潛在的對比之上，我們才有可能對小說中一再凸顯的「整齊清潔」有更深一步的理解可能。身為女傭的阿小成日忙著清理打掃，有形而下的，也有形而上的，有字義的，也有隱喻的。「她們那些男東家是風，到處亂跑，造成許多灰塵，女東家則是紅木上的彫花，專門收集灰塵，使她們一天到晚揩拭個不了」（頁一二二）。甚至到頭來哥兒達「越來越爛污」，染上了病「弄得滿頭滿臉癬子似的東西」（頁一二五），連被單都弄得稀髒。小說倒並非要以此為道德警惕，而是在「姘居」與「高等調情」的對比間，更形凸顯前者的健康與活潑著實。

而小說三次複寫（搭配時間的轉換）樓下少爺搬椅子乘涼與吃了一地的柿子核、菱角花生殼，最終乃歸結到「阿小向樓下只一瞥，漠然想道：天下就有這麼些人會作髒！好在不是在她的範圍內」（〈桂花蒸 阿小悲秋〉，頁一三七）。此處的「作髒」除了貼合阿小的職業本分正在於「她的範圍內」之打掃清理維護，也在於將「整齊」帶往一個新的「感性分隔共享」秩序、一個對既有宗法秩序的可能「變譯」。阿小的能耐在於能不斷將自己範圍內的混亂作髒，重新整理安排出秩序，但就如所有的家事勞動一般，沒有一勞永逸的「整齊」，也沒有除之不去的「作髒」，只要是在管轄負責的範圍之內，阿小傭型家務勞動所啟動的，不也正是重複中的變易、變易中的重複。張愛玲曾言，「上海人是傳統的中國人加上近代高壓生活的磨練。新舊文化種種畸形產物的交流，結果也許是不甚健康的，但是這裏有一種奇異的智慧」（〈到底是上海人〉，頁五六）。而從鄉下來到上海幫傭落戶的阿小，不一樣也是在傳統與現代的擠壓中，實踐著上海各種畸形文化的「變譯」，她的「姘居」生活不受衛道人士的輿論批判所恐嚇，也不攬和偉大理想的革命話語，卻是出奇地健康，活活潑潑地實踐著由生存磨練而來的「奇異的智慧」。

三・翻譯的姘合

本章截至目前所展開的「姘」字練習，不論是在語言文字上的操作或是在男女關係上的變易，乃是運用並凸顯「姘」的字中之字（字的雙重與分裂），「姘」的棄除與合併，「姘」的跨語際與穿時代「變譯」。而本章的最後一節，則將從「姘」字練習的文本翻譯，更進一步推向翻譯文本的「姘」字練習。誠如德希達在〈何謂「適當」的翻譯？〉（"What Is a 'Relevant' Translation?"）中所一再強調的，任何一個字都有千絲萬縷的神祕危弱連結，任何一個「譯動身體」（translative body）都涉及語言邊界的崗哨檢查與穿越，沒有「逐字」（word-to-word）的翻譯，只有「字逐」（字的放逐、旅行與勞動）的過程。而該文最精采的部分，莫過德希達以文章標題中「適當」（relevant）一字的字中有字為例，展開其從拉丁字源到德、英、法語的出離與回歸，並進入莎士比亞《威尼斯商人》（William Shakespeare, *The Merchant of Venice*）以一磅肉是否等值於借款、以法文的 *relève* 是否等值於英文的 relevant 的質疑，展開關乎翻譯是否（不）可能的哲學思辨。而本章的最後一節，就將有樣學樣進入張愛玲自譯〈桂花蒸 阿小悲秋〉的英文版本 "Shame, Amah!"，擇選出幾個字的字中有字，一探文本翻譯與翻譯文本之間更多音多義（譯、易、異、溢）的「姘合」可能。

張愛玲自譯的 "Shame, Amah!" 收錄於聶華苓一九六二年編輯的《中國女人書寫的八個故事》（*Eight Stories by Chinese Women*），爾後亦有澳大利亞譯者帕頓（Simon Patton）的翻譯版本 "Steamed Osmanthus/Ah Xiao's Unhappy Autumn"，收錄於孔慧怡（Eva Hung）二

○○○年編輯的《留情與其他小說》（*Traces of Love and Other Stories*）。然本章此段論及翻譯文本的重點，卻不是放在中、英文版本或不同英文版本之間較為傳統取向的「比較」研究。當前以張愛玲文本為核心的翻譯研究方興未艾，但仍多是以「適當原則」去進行不同文本之間的比較，或論及信達雅、或進行量化分析、或嘗試評比跨語際翻譯的好壞優劣、或凸顯文化情境與預設讀者的轉換，仍多是以「原文」（the source text）與「譯文」（the target text）的交叉比對為方法，較少觸及翻譯可譯性與不可譯性的哲學思考。[31] 若以〈桂花蒸 阿小悲秋〉與"Shame, Amah!"為例，評者多只在人名翻譯、情節發展、角色人物刻劃上做出交叉比對。例如丁阿小變成了Ah Nee，兒子百順變成了Shih Fa（皆較易發音），洋主人哥兒達先生變成了Mr. Schacht，其原本的國籍不明，也被清楚界定為德國人（猶太裔），甚至英文版本還暗示Ah Nee的丈夫恐另有他人，遠在澳洲打工，而Shih Fa乃收養而非親生等細節更動。

顯然目前這些圍繞在〈桂花蒸 阿小悲秋〉的翻譯研究乃多是遵循「適當原則」所規範出的「可譯性」、一整套建立在「合宜—屬性—財產—正當性」（proper-property-propriety）連結之上的「可譯性」，再以此「可譯性」為出發，探討不同語言、不同版本間的異同。但對德希達而言，翻譯的弔詭正在於「無不可譯無可譯」（一切皆可翻譯，一切亦皆無可翻譯），永恆在最適當透明的可譯與最幽邃晦明的不可譯之間擺盪，字逐而非逐字於「間介權宜」（the economy of in-betweenness）（Derrida, "What Is a 'Relevant' Translation?" 178），而此「間介」所指向的不只是兩種或多種語言之「間」的空間區隔想像（與可能的交叉比對模式），此「間介」更是語言（單一或多種）在時間意義上的流變生成、創造變化，在時間意義上的「去脈絡—文本化」（de-con-textualize）與「再脈絡—文本化」（re-con-textualize）。而也只有在此時間而非空間的意義之上，我們才有可能更進一步理解班雅明（Walter Benjamin）在〈譯者的職責〉（"The Task of Translator"）中所強調的「餘生」（英文、法文的 survival，德文的 *Überleben*），不是讓原文殘餘倖存（依舊是原文），而是讓原文有了「來生」（原文不再「是其所是」），既是死亡也是新生文本身體的創造，而「餘生」之所以可能，正來自於語言文字本身的「餘溢」（excess），因翻譯所啟動的「餘溢」讓原文的存活被強化、被翻新，出現不斷持續存活與死後復生的雙重弔詭（Derrida, "What Is a 'Relevant' Translation?" 199）。

那就讓我們來看看〈桂花蒸 阿小悲秋〉與"Shame, Amah!"「間介權宜」中所可能啟動的語言「餘溢」與文本「溢譯」（因「譯」而產生的「異」與「溢」本身，就總已是語言與理論概念透過同音字所展開的「翻譯」）。首先讓我們來端倪張愛玲自譯的英文小說標題"Shame, Amah!"。此英文標題的新穎有趣，不僅只是擷取中文小說裡原有的對話「阿媽，難為情呀！」（頁一一九），將其轉換為英文標題，也不僅只是小說作者與譯者乃同一人，自當有更動標題或情節內容、人物角色的自由，抑或更強調自譯作為再一次小規模的文字創造，而是“Shame, Amah!”的英文標題，為何可能在「翻譯姘合」的語言創意上而非字面意義上更「忠於原文」。我們可先用另一位譯者帕頓對〈桂花蒸 阿小悲秋〉的英文直譯標題“Steamed Osmanthus/Ah Xiao’s Unhappy Autumn”為例，此英文標題以分隔號從中切開，而分隔號前後的翻譯皆出現問題。前半部的問題將造成對「桂花蒸」的錯誤理解，將形容八月（桂月）氣候的悶熱蒸騰，當成了蒸熟了的桂花之直喻，「桂花蒸」成了「蒸桂花」。而後半部的問題則是將「悲秋」直譯為 unhappy autumn，也完全失去原中文標題對中國抒情傳統「悲秋文學」的搬弄。〈桂花蒸 阿小悲秋〉作為中文標題的此地無銀三百兩，正在於字中有字、文中有文的「餘溢」，僅就中文字義表面去進行英文直譯，恐是封閉而非開放語言文字的「溢譯」（溢出翻譯）與「譯溢」（翻譯溢出）的創造性可能。

那接著我們可以問，難道張愛玲自己更換的英文標題“Shame, Amah!”就能帶出更多「溢譯」與「譯溢」的可能嗎？本章第一節已就〈桂花蒸 阿小悲秋〉中文標題所可能涉及的「語言姘合」做出討論，並從小說開場由炎櫻署名的引文中加上雙引號的『桂花蒸』，猜測推想原中文標題作為「隱藏版」英文翻譯的可能暗示。但顯然張愛玲並沒有將翻譯成中文的「桂花蒸」再反向翻譯回英文，而是選用了“Shame, Amah!”當成新標題。此新標題表面上簡單直截，讓英文讀者易於掌握，但其所涉及的「語言姘合」與文化翻譯，其實並不亞於原中文標題的豐富多層次。此處的驚嘆號當是直接引自小說內文洋主人對阿小的抱怨，輕責其連個電話號碼的數目字都記不清楚，既是加強語氣的用法，也可以是某種視覺形式上與小說中洋主人邊說邊「豎起一隻手指警戒地搖晃著」（又是「地」作為 -ly 與「著」作為進行式的歐化語法）的動作遙相呼應。而 "Shame, Amah!" 除了有祈使句句構與驚歎號的加強外，更帶出了 shame 與 amah 在跨文化理解上可能的驚異之感。首先，amah 一詞究竟有何驚訝詫異可言？amah 乃是小說中「阿媽」的英文音譯，雖然在中文語境裡，「阿媽」在吳語、閩語、客贛語等江南方言中亦指母親或祖母、外祖母（阿嬷），但小說清楚指明的乃是女傭，並無任何語義上的曖昧或擺盪。

但「阿媽」由中文變成英文 amah 時，卻精采帶出了跨語際翻譯上的曖昧擺盪。amah 在英文中被當成借詞譯語，但其所借或所譯的源頭卻不是中文，而是葡萄牙文或受葡萄牙文影響後的「英—印」辭彙。根據《牛津英文辭典》葡萄牙文 *ama* 乃指保姆、奶媽或女僕（Hickey 574）。那究竟是「阿媽」變譯成了 amah，還是 ama（amah）變譯成了「阿媽」呢？當然我們可以假想另一種相對複雜的語言「變譯」路徑：最早開展海上帝國的葡萄牙人來到中國南方，將南方方言中的「阿媽」直接借用為葡萄牙語 *ama*，而在葡萄牙之後占領印度的英國人，又將印度—葡萄牙語的「阿媽」*ayah* 直接借用為英文 amah（英文 loan-word 本身既指不經由意譯轉介的直接借用語詞，卻同時又是德文 *Lehnwort* 借用語詞本身的間接意譯），繞了一圈後又回到中國南方，成了洋腔洋調的中式洋涇浜英文 amah（Jayasuriya 84）。但麻煩的是葡萄牙語的 ama，又可回溯至拉丁字源的 *amma*，亦即母親之義，並在一八三九年以「印—英」詞語的方式，收錄於牛津英文辭典，作為東亞或印度地區的奶媽、女僕之意。這譯來譯去之間所涉及的帝國殖民文化流動與地理區域變譯，確實讓 amah 一詞的曖昧擺盪，得以爆破任何原文（原字）與譯文（譯字）之間穩固確實的起承轉合、先後有序。而若回到〈桂花蒸 阿小悲秋〉的上海語境，所謂外國「阿媽」與上海「娘姨」的用法之間亦有細緻的差異，取決於聘僱的主人是本國人或外國人。誠如魯迅在〈阿金〉中所言，「她是一個女僕，上海叫娘姨，外國人叫阿媽，她的主人也正是外國人」（頁一七〇）。以此觀之，女傭阿小作為「蘇州娘姨」，更清楚的稱呼乃是在外國人家裡幫傭的「阿媽」，此亦正是小說中洋主人對阿小的稱呼。看來「阿媽」一詞，不論是葡萄牙語的借用、印—英語的譯詞，還是上海洋涇浜的中式英語，都與西方帝國殖民歷史與洋人租界文化有著千絲萬縷的瓜葛，早已不是原汁原味、原地踏步的在地方言俗稱。

若 amah 的跨語際翻譯，讓我們看到了簡單單字中的不簡單，那另一個出現在英文標題的單字 shame 呢？英文 shame 雖然沒有像 amah 一樣有著跨語際「根源—路徑」上兜來轉去的曖昧不確定性，但卻也有其從古英文到現代英文「由內轉外」、「由遮而顯」的變遷轉換。古英文的 *scamu* 或 *sceomu* 乃指罪惡或羞辱感，身分、地位或聲譽的喪失（古日爾曼語、古北歐語、古德語等皆類同），多被認為乃來自古印歐語系的字根 *skem-*（掩蓋遮蔽）。而現代英文中的 shame 則轉而強化古北歐語的 *kinnroði*（臉頰泛紅），凸顯的乃是 shame 作為「臉紅」的外在身體反應。若依文獻所載，希臘時代就曾將 shame 區分為壞意義上的「恥辱、不名譽」（*aiskhyne*）與好意義上的「謙虛、臉紅」（*aidos*），那顯然現代英文中的 shame 乃是從前者往後者的移動。[32] 雖然此處我們不須回到潘乃德（Ruth Benedict）一九四六年的《菊花與劍》（*The Chrysanthemum and The Sword*），以文化本質化的方式，將西方文化與東方（日本、中國）文化二元對立成「罪感文化」（guilt culture）與「恥感文化」（shame culture）的差異，但 shame 作為中文「難為情」的英文翻譯，確實有著由重而輕、由內轉外、由遮而顯的畫龍點睛之妙。

〈桂花蒸　阿小悲秋〉原本就對阿小的臉皮薄、愛面子極盡描繪，而即便中文翻譯成英文時在情節內容上多所刪節，但對此一再出現的描繪重點卻詳盡保留，甚至更透過生動的英文去強化好面子、爭面子、護面子的方方角角，將 shame 提到了標題，當是更形凸顯小說所寄寓的人情互動與面子文化。小說中洋主人稍有揶揄或輕責，阿小「臉上露出乾紅的笑容」（頁一一九），張愛玲自譯的英文版中用 "crimson"，不當名詞當動詞，傳神表達 Ah Nee 的臉色轉為緋紅。當洋主人對阿小孩子吃剩的麵包起疑心時，「蘇州娘姨最是要強，受不了人家一點點眉高眼低的，休說責備的話了。尤其是阿小生成這一副模樣，臉一紅便像是挨了個嘴巴子，薄薄的面頰上一條條紅指印，腫將起來」（頁一二〇），英文版本用了“blush”與“red welts”來傳達 Ah Nee 的臉紅，誇張地有如被打了巴掌而出現的腫塊瘀傷，皆是將 shame 內翻外轉，將內心的好面子要強，外顯在面頰上的臉紅，一點眼色就足以傷到臉面紅腫。而動不動就臉紅的阿小甚至在接聽李小姐電話時，也為電話彼端那個死皮賴臉貼上來的女人紅了臉，「笑着，滿面緋紅，代表一切正經女人替這個女人難為情」（頁一二一），英文則是用“flushed with embarrassment”（Chang, “Shame, Amah!” 97）來強調 shame 之為「難為情」而非恥辱或不名譽，一如阿小在外人面前罵兒子，「才三年級。留班呀！難為情哦！」（頁一二八），責其還「有臉」提老師，英文用“Aren’t you ashamed?”與“It’s a wonder you still have the face to say ‘Teacher,’ ‘Teacher.’”（Chang, “Shame, Amah!” 104）來表達。「難為情」的不僅只是阿小、阿小的兒子或李小姐等人，更是整個中國（尤其是上海）面子文化所賴以維繫的人際互動，一整套建立在「界面—間臉」（inter-face）之間敏感幽微的人情世故。看來這個由小說內文對話信手拈來的英文標題，除了帶出 amah 的語言豐富性外，不也同時以 shame 的語意變化與文化會通，成功為〈桂花蒸 阿小悲秋〉的「情面」互動畫龍點睛，以另一種復活語言「譯溢」與「溢譯」能力的方式，更貼近小說在「語言姘合」上所展現的豐富多譯性。

接下來我們還可以繼續透過另外一個字的字中有字，來開展〈桂花蒸 阿小悲秋〉與

"Shame, Amah!" 所可能啟動的「翻譯姘合」：中文「陽臺」與英文 veranda 的對應。若就建築形式用語而言，小說中洋主人的高樓層公寓「陽臺」，英文翻譯當是採用 balcony 更為貼切。在帕頓翻譯的 "Steamed Osmanthus/Ah Xiao's Unhappy Autumn"，不論前陽臺或後陽臺，都一律採用 balcony，而張愛玲其他小說與散文文本不斷出現的「陽臺」，在他人所譯的英文版本也幾乎一律翻成 balcony。例如：安道（Andrew F. Jones）翻譯的 *Written on Water*（《流言》）用 balcony，金凱筠（Karen S. Kingsbury）翻譯的 *Half a Lifelong Romance*（《半生緣》）也用 balcony，就連最新的英文翻譯 *Little Reunions*（《小團圓》）用的也還是 balcony。但甚為弔詭的乃是張愛玲在自己中文創作的英文自譯或直接以英文進行創作的文本中，一以貫之用 veranda 來指稱「陽臺」。例如：張愛玲早期自譯的 "The Golden Cangue"（〈金鎖記〉），姜家新式洋房的樓上陽臺，用的英文乃是 veranda 而非 balcony。在 *The Rouge of the North*（後來改寫成中文《怨女》），不論是迴廊、戲臺二樓或公寓陽臺、頂樓都用 veranda（48, 49, 51, 52, 157, etc.）。在 *The Fall of the Pagoda*（後由趙丕惠翻譯成中文《雷峯塔》）與 *The Book of Change*（亦由趙丕惠翻譯為中文《易經》）的英文書寫中，也都用 veranda（Chang, *The Fall of the Pagoda* 25, 110, 112, 114, 170, etc.; *The Book of Change* 3, 52, 86, 190, 193, etc.）來指稱平房的迴廊、公寓陽臺或公寓頂樓公共空間，而不用 balcony。

那 veranda 與 balcony 究竟有何之別，到底是張愛玲誤識誤用，還是其他翻譯者粗心大意？嚴格說起來，veranda 與 balcony 在建築形式的用語上有著明顯的差異區分。veranda 或 verandah 多指底樓建築外側的迴廊，而 balcony 則多用在建築物二樓以上凸出於室外的平臺，四周多以欄杆維護。若以此觀之，金凱筠在 "Love in a Fallen City"（〈傾城之戀〉）中將白公館二樓的陽臺翻譯為 balcony，而將 "Aloeswood Incense: The First Brazier"（〈第一爐香〉）中姑母梁太太香港半山腰的白房子，「屋子四周圍繞著寬綽的走廊」，翻譯為 veranda（Chang, *Love in a Fallen City* 129），細心顧及建築形式上的差異區分，實乃恰如其分。[33] 那為什麼反倒是張愛玲本人，總是不分底樓或樓上、不分迴廊、走廊、陽臺、戲臺、屋頂，都一律採用 veranda 呢？或者更精確地問，張愛玲筆下最常出現的公寓陽臺，為何不是 balcony 而都是 veranda 呢？一種簡單的辯護方式，當是強調在英文中 porch, decks, patio, gallery, platform, corridor, veranda, balcony 這些半戶外、半室內空間常常混用，而翻譯為中文後的門廊、走廊、迴廊、陽臺、露臺、騎樓更是多有互通，不必在建築形式規格上去吹毛求疵。而另一種不簡單的辯護方式，則是促使我們回到建築的雜種化與語言的雜語化（creolization），回到上海租界與語言租界的「華洋雜處」，認真質問為何 veranda 乃是比 balcony 更豐富生動的翻譯姘合，為何 veranda 在犧牲了建築用語精確性的同時，卻更能帶出帝國殖民歷史與語言變譯能力的多彩多姿。

那接下來就讓我們來看看 veranda 一字的字中有字與其所指向跨文化字源的最終不確

定性。我們可以先從英文牛津字典的定義著手，veranda（verandah）乃指房屋地面層外圍的有頂平臺，該字出現於十八世紀早期，來自印地語的 varaṇḍā，葡萄牙語的 *varanda*（圍欄、欄杆）（*Paperback Oxford Dictionary* 820）。此解釋本身就呈現了兵分二路的態勢，veranda 的字源可以是印地語，也可以是葡萄牙語，那究竟是葡屬印度殖民史文化語言互動中印地語影響下的葡萄牙語、還是葡萄牙語影響下的印度語，則似乎無解。對部分學者而言，牛津英文辭典所表列的近千個印度起源的英語詞彙中，veranda 乃與 rajah, curry, coolie, pundit, jungle 等同樣被視為十七、十八世紀進入英文的印度詞彙（Krishnaswamy and Krishnaswamy 169）。然《簡易英語維基》（*Simple English Wikipedia*）在強調 veranda 乃帶有印度字源的英文詞彙時——源自波斯文 *bar-Amada*（導向戶外之處），後乃結合梵文 *vahir*（戶外）與 *andar*（室內），沿用為孟加拉語，再進入英文——也同時遵循牛津字典的解釋而不排除 veranda 來自葡萄牙、古西班牙語 *varanda*（*baranda*）、或現代西班牙語中的 *barandilla*）的可能，但卻認為此皆為印度語的影響所致，亦即殖民貿易互動中受印度文化影響的葡萄牙、西班牙語彙。但另一本一八八六年處理英國—印度跨文化語言互動的權威辭典《霍布森—約伯森》，卻推翻了 veranda 來自波斯文、梵文的可能，且大量引用早期葡萄牙人在印度探險敘事中就已然出現 *veranda* 的案例（Yule and Burnell 736-738），甚至援引在印度脈絡之外的西班牙文—阿拉伯文傳教士辭典中出現的 *veranda* 用法（頁二二一），而推斷 *veranda* 在波斯文、梵文之外的葡萄牙文、西班牙文字源，即便承認當前英文、法文中所使用的 veranda 乃主要來自印度。

莫怪乎不論是從印—英語彙、葡—西語彙或葡—西語彙影響下的印—英語，veranda 的字源考掘都眾說紛紜、莫衷一是（Dalgado 359）。而 veranda 字源的歧路亡羊甚至也被當成字源學研究的「試金石」，亦是對跨文化交易、跨語言繁複互動的最佳隱喻（Lerer 261）。而在字源上莫衷一是的 veranda，其在建築形式的源流上亦莫衷一是。若循印—英語彙的脈絡，veranda 強調的乃是十九世紀殖民樣式洋樓之迴廊，或說是英國殖民者對印度熱帶炎熱氣候的不耐，而在住宅前外加一圈迴廊以遮強光，也助通風涼爽，或說是結合了英國維多利亞時代的紅磚鄉村建築與印度熱帶建築的拱廊。而若循葡—西語彙的脈絡，veranda 帶出的乃是葡萄牙北方各省自中世紀以降的在地傳統建築，也包括了西班牙的部分濱海地區（Oliver 424）。但不論英式殖民或更早的葡式建築樣式，veranda 都隨歐洲殖民帝國主義的擴展而遍及世界各地，成為最具景觀與權力表徵的「殖民治理的空間技術」（Meier 114）。

故若回到張愛玲筆下的 veranda，除了極少數地方專指上海或香港的「外廊式殖民地風格建築」（colonial veranda architecture），多指向洋房二樓或公寓樓上的「陽臺」，乃是將 veranda 當成 balcony 使用。然我們兜兜轉轉字源學和建築史的來龍去脈，想要凸顯的莫不正是為何 veranda 遠較 balcony 生動複雜，攜帶更多歐洲殖民帝國歷史的語言變譯痕跡，一個能讓原文與譯文、正本與副本無法區分的基進不確定性。而在當前的張愛玲城市空間研究中，「陽臺」多被視為最能凸顯上海居室空間的日常性與建築修辭的邊緣性：阿小的後陽臺視角被當成「底層人眼中觀照的上海」（吳曉東，頁一四〇）；「黃昏的陽臺」更是結合了室內戶外、白天黑夜的過渡性時刻，構成張愛玲筆下「閾界」（liminal space）的特定美學範疇（黃心村，頁一〇八）。而當「陽臺」變成 veranda 時，乃是再一次「去文本—脈絡化」與「再文本—脈絡化」，更形強化「間介權宜」所啟動空間—敘事—語言的曖昧不確定性。透過 veranda 一詞的字源學與建築學考掘，得以「溢譯」與「譯溢」任何有關「本真性」（authenticity）與「本源性」（originality）的預設，無法導向任何語言的「對等」比較，而得以帶出跨語際翻譯實踐的反覆與多重、帶出新文本—脈絡化的生成、帶出「變譯」、「姘合」動態過程中的新「文本生產」。

而本章最後還想要處理兩個張愛玲自譯英文版中有關語言—翻譯姘合與翻譯—男女姘合的衍生問題。第一個乃是在本章第一節已詳盡處理〈桂花蒸 阿小悲秋〉中一再出現的中式洋涇浜英語，那在小說由中譯英的過程中，中式洋涇浜英語是否也牽帶出更華洋雜處、更不倫不類的難題呢？小說中阿小第一次撇著洋腔接電話，「哈囉？……是的密西，請等一下」（頁一一八），在張愛玲的英文自譯中果然洋涇浜得厲害，"Yes, Missy, please waita minute.”（Chang, “Shame, Amah!” 94），看來原本的中文乃是透過對洋涇浜英語的模仿而來，密西乃 Missy，唯 waita 的聲口較無法在中文帶出，卻在英文中恢復了活潑生動。相較於帕頓翻譯的同樣句子，“Hel-lo. Ye-s Mis-s. Plea-se wai-t a moment.”（Chang, “Steamed Osmanthus/Ah Xiao’s Unhappy Autumn” 62-63），就僅僅只是以重複使用單字內的分音節，來表達可能的結巴不順暢，顯然徹底失去上海洋涇浜英語的生動妙趣。

或是像阿小口中重複出現的「不用提」，張愛玲用 “Don’t mention”（Chang, “Shame, Amah!” 97），當是較帕頓中規中矩且符合英文文法的 “Don’t mention it”（Chang, “Steamed Osmanthus/Ah Xiao’s Unhappy Autumn” 66），更貼近原本用彆腳中文「不用提」來取代「不客氣」時所暗示阿小的破英語。中文可用「她」代「他」來表達阿小錯用英文代名詞的性別，但此處乃是透過英文本身，來帶出阿小丟三落四、漏了受詞的不合文法。但顛倒過來思考，“Shame, Amah!” 中英語流利的洋主人 Mr. Schacht 一句 “Take care of yourself. Bye bye, sweet”（頁一一〇）說得順理成章，但在中文版本哥兒達先生的「當心你自己。拜拜，甜的」（頁一三三），反似彆腳得沒有必要。但若是〈桂花蒸 阿小悲秋〉需要以彆腳中文來反襯「原話語」為洋涇浜英語而非標準英語，那 “Shame, Amah!” 作為英文版的最大問題，便出現在英文使用上的分裂：Ah Nee 的電話對話使用的是洋涇浜英語，但 Ah Nee 和其他姊妹間的交談使用的卻是標準英語，即便甚為簡單直截。

此乒分二路或許來自翻譯上的考量，全篇若充斥過多洋涇浜英語勢必造成閱讀上的障礙，但讓單一角色出現語言分裂的現象，卻也無法避免一連串不必要的猜想：為何Ah Nee只有在講電話時英文才出問題？難道是在外國人家幫傭的阿媽奸巧，明明英語說得順溜，卻在接電話時裝出一副破英語的樣子嗎？若Ah Nee用標準英語說話時，乃是暗自對應到她與阿媽姊妹間所用的乃是普通話或上海話，那Ah Nee「假」（假借）英文的中文與洋主人「假」（假借）英文的英文又有何分別呢？但與此同時"Shame, Amah!"卻又有著對英文裡中文音聲的極度敏感，除了透過洋涇浜英語的聲口模仿，也巧妙處理英文版本中潛在的中文對話。例如以斜體的*hong*（Chang, "Shame, Amah!" 108）（音譯中文的「（洋）行」）或*Wei*（頁一一一）（音譯中文的「喂」），來帶出前者乃Ah Nee與同為中國人的Miss Li在電話中以中文而非英文交談，後者乃是Ah Nee男人久候不耐，打來的電話乃是說著中文，而此兩處的細膩處理，皆在帕頓翻譯中被徹底忽略。但張愛玲這樣讓英文裡有中文或中文聲口的用心，似乎依舊無法避免Ah Nee在洋涇浜英語與標準英語間的分裂，虛虛實實間透露出跨語際翻譯過程中始料未及的姘合弔詭。

而自譯英文版的第二個問題，則是圍繞在本章第二節已詳盡處理的男女關係，那〈桂花蒸　阿小悲秋〉在張愛玲自譯為英文的過程中，「姘居」是否也出現了或進步或保守的姘合轉變呢？英文版極為明顯的差異，乃是張愛玲對阿小一家三口的改寫，不僅去除了樓上大吵大鬧的新婚夫妻之為對照組，也省去了阿小與男人「極恩愛」的各種描繪，反倒暗示兒子非親生（Chang, "Shame, Amah!" 104）、丈夫另有其人，遠在澳洲打工（頁一〇七），原本小說中因為沒有明媒正娶而自輕自謔用之的「寡婦」、「後娘」，反倒成了英文版本中一人獨留上海卻有姘頭的「已婚婦人」、「養母」，但對於其中所涉及的情感（與姘頭的關係）或倫理考量（為何要收養小孩），卻都按下不表。我們在此並非想要追問或考據張愛玲改寫的原由，或是歸因於中文到英文所涉及的文化背景轉換與讀者預設，而是希望在性別政治力道上較弱的英文版本中，重新看到〈桂花蒸 阿小悲秋〉在男女「姘居」關係上的基進態度，一個視其比正規婚姻制度更健康、更活潑著實的基進態度，一個已然消失在英文版本中上海阿媽的情慾生活史。如是觀之，"Shame, Amah!" 乃是再一次展示了語言姘合與性別姘合的另類交織，絕非僅是傳統意義上由中文短篇翻譯而成的英文短篇。〈桂花蒸 阿小悲秋〉與 "Shame, Amah!" 不是原文與譯文意義上的「互文」，而是「互文」的「互文」，滿布「文本表面」的穿插藏閃，以語言的不透明與不確定，豐富著書寫與閱讀的流動開放。

本章從「姘」的說文解字開場，嘗試凸顯「姘」作為「文本表面」的棄除—合併張力，並以此串聯「譯—易—異—溢—佚」的同音滑動，讓流動的「溢譯」與「譯溢」來取代穩固的「意義」，讓文本交織的意外，來取代任何「斬釘截鐵的事物」。而與此同時「姘」

所帶出宗法婚姻的階級控制與道德懲戒，讓原本似乎只局限於「人物角色」與「敘事主題」的分析，也有了性別、語言與文化的「文本」繁複性與「政治」批判力。張愛玲的文學書寫是「活」的，不僅只是她以生動活潑、活靈活現的語言（多語多音）與意象來描摹日常人情世態，從上海話到洋涇浜英語、從古典詞語到歐化語法的無縫接軌，也必然包括語言無意識本身的歷史與文化痕跡，如何在書寫的過程中被啟動、被揭露、被開展、被串聯。而我們對張愛玲文本的閱讀，就不會只局限在書寫者「意識」層面的文學實驗，而得以同時豐富感受語言文字的歷史動態過程與各種字中有字的書寫痕跡，精采得見語言文字、男女關係、翻譯實踐在「變譯」之中求生求存、活潑且著實的強悍生命力。一場完不了的「姘」字練習，依舊熱熱鬧鬧在張愛玲的文本裡穿插藏閃。

注釋

1《倉頡篇》之說引自《廣韻》卷二，頁二四七，而《廣韻》此處亦載錄男女之「姘」的另一解釋：「齊與女交，罰金四兩曰姘」（卷二，頁二四七），乃指男子齋戒期間不得與女子發生性行為，否則課以罰金。

2 此處段玉裁注之原文為「禮，士有妾，庶人不得有妾。故平等之民與妻婢私合名之曰姘。有罰。此姘取合并之義」。「姘」尚有他解，如「嬪，古作姘」，或「姘」同「妍」，乃指女子聰慧等。但本章所欲展開的「姘」字練習，乃聚焦在「姘」之為「棄除」與「合併」的弔詭張力。

3 可參考蕭統編，李善注，《文選》（下冊）卷四八，頁一二一九。

4 「滴搭」可解釋為滴滴搭搭，指做事拖拉不爽氣，但就此處的上下文而言，或許「滴搭」（迪搭、跌嗒）作為昔日上海話的結尾語詞亦相當傳神。

5 一般用法並不嚴格區分「英語」和「英文」，然本章對 pidgin English 的翻譯統一為「洋涇浜英語」，以凸顯其原以口語溝通為主，而文中用到「英文」之處則較為強調其作為文字的書寫形式。

6 〈編輯之癢〉初載於一九九三年十二月二十八日《聯合報・聯合副刊》，主要針對該年《皇冠》十二月號連載《對照記》（中）所出現的錯誤，起因乃是編輯一時手癢更動了原文的用字，其中一例便是將張愛玲原文的「張家浜」改成了「張家濱」。故此處張愛玲乃是從「浜」談到了「洋涇浜」。

7 Pidgin 一字的由來尚有諸多猜測，例如來自希伯來語的貿易交換 *pidjom* 等，可參見 Velupillai 23-24。

8 「癟三」作為洋涇浜英語的多層次翻譯，顯然未能出現在〈桂花蒸 阿小悲秋〉的兩個英文翻譯版本之中。不論是張愛玲自譯的版本或他譯的版本，「癟三」都被翻譯成英文 tramp，僅能保有「流浪漢」的單一意涵（另一「蕩婦」的意涵此處便不適用），而較無跨文化語言交織的痕跡。

9 〈桂花蒸 阿小悲秋〉尚有其他的歐化語法，例如在小說中頻頻出現的「著」，「丁阿小手牽著兒子百順」（頁一一六），「她猜着他今天要特別的疙瘩，作為補償」（頁一一七），皆是「著」作為動態助詞，強調進行時態（tense）的歐化語法。

10 可參見《紅樓夢》第四十三回：「我看你利害。明兒有了事，我也丁是丁卯是卯的，你也別抱怨」（曹雪芹等，冊二，頁一〇六〇）。

11 張學學者慣於將張愛玲〈自己的文章〉視為對迅雨批評文章的回應，但迅雨的文章發表於《萬象》五月號（五月一日出刊），而張愛玲的文章發表於《新東方》五月號（五月十五日出刊），時間間隔甚為接近。倒是學者邵迎建將此回應文的來龍去脈分析得最為清晰且合於情理：刊於《新東方》一九四四年五月號第四、五期合刊的〈自己的文章〉，主要乃是回應《新東方》一九四四年三月號胡蘭成〈皂隸、清客與來者〉一文中對〈封鎖〉精緻卻缺乏「時代的紀念碑式的工程」之評語，只在〈自己的文章〉的後半才回應了迅雨的批評，應是五月初看到《萬象》所刊迅雨文章後才立即添加的部分（邵迎建，頁三四五—三四七）。

12 本書主要採用的張愛玲全集版本，所有引言都用雙引號標示，故此段引文以前後加上雙引號、「桂花蒸」三字加上單引號的方式出現。二〇〇一年的張愛玲典藏全集版本維持此標示方式，但二〇一〇年的張愛玲典藏新版，則將引言改為單引號，以符合當前引言的標點符號使用方式，而出現在開場引言之中的『桂花蒸』，便是以雙引號注記，本章此處亦採相同處理方式，以配合當前普遍使用的標點符號習慣。

13 當然我們亦可將此「炎櫻」與引文當成純屬虛構，而非實有所指。但就彼時張愛玲小說創作上所可能展開的實驗性而言，實有所指或許比純屬虛構更具實驗性。此或可與發表於〈桂花蒸 阿小悲秋〉之前的〈殷寶灩送花樓會〉相提，其「後設」文學的實驗躍然紙上，小說中第一人稱敘事者本人就叫「愛玲」，由她來轉述女同學告知的情史，亦是一種戲耍紀實與虛構的敘事實驗。

14 或許對其他批評家而言，此段我們殷切細評的開場引文，恐只不過是一個天真荒謬的「發癡滴搭」、「像極了是一首兒歌：不知所云」（水晶，〈天也背過臉去了〉，頁八一）。至於此引文乃炎櫻專為張愛玲此篇小說所作，或張愛玲引用炎櫻既有的創作文本，甚或此掛名炎櫻的引言實則出自張愛玲之手，皆未能由當前出土的相關資料去評斷，然亦無礙於此處的分析。

15 當然我們也不需完全放棄另一種可能的詮釋路徑：一切皆是張愛玲自導自演自寫的移花接木，「炎櫻」乃刻意錯誤導引的真人名姓。但即便如此，引號中的引號『桂花蒸』依舊呈現啟人疑竇的語言不確定性。

16 此選集與簡析所採用的小說題目乃〈桂花蒸 阿小悲秋〉，省略了前三字與後四字之間的空格。此外，原簡析中的「跌宕」誤植為「跌岩」，引文中已更正。

17 高全之在〈張愛玲與王禎和〉一文中，指出王禎和的〈來春姨悲秋〉正是受張愛玲〈桂花蒸 阿小悲秋〉之影響，並進行了兩篇小說的比較。

18 當然「桂花蒸」中的「桂花」二字，在上海俗語裡尚有另一層妓女、舞女、歌女的情色聯想，如阿桂姐、桂花寡老，可參見汪仲賢（頁二七—二八）與孟兆臣（頁一四四），但本章的詮釋脈絡較為偏重「桂花蒸」三字作為「秋老虎」

的跨文化翻譯。

19 水晶是第一個指出阿小的個性中有著「『地母』的胚芽」之批評家（〈天也背過臉去了〉，頁七九），更早的一篇則為〈在群星裏也放光〉，並為後續的批評者所遵循，如康來新、邵迎建、嚴紀華等。

20 高全之曾對此批評傾向做出嚴正的回應，強調〈桂花蒸 阿小悲秋〉中緊張的乃是主僕關係，不是殖民者與被殖民者的二元對立，可參見高全之，《張愛玲學》，頁一一八。

21 〈蘇青張愛玲對談記〉原刊於一九四五年三月《雜誌》月刊一四卷六期，對談時間為一九四五年二月二十七日，地點為張愛玲住家公寓。本書採用的張愛玲〈我看蘇青〉版本，乃收錄於《餘韻》（張愛玲全集14），頁七五—九五，但該版本並未附錄此對談記錄，此處引文乃參考原《雜誌》版本，頁七八—八四。

22 〔清〕馬建忠撰，《適可齋記言》，轉引自周武、吳桂龍，《晚清社會》，頁三八三—三八四。

23 此外尚有更多跨文本的精采比較。如水晶在〈在群星裏也放光〉中比較阿小與魯迅〈祝福〉、吳祖緗〈樊家鋪〉裡的幫傭婦（頁四九—五一），以凸顯張愛玲如何不循三〇年代左翼論調的繩墨，刻劃阿小個性的不徹底，「遂有如『抽刀斷水』，顯得曖昧，不容易界定」（頁五一）。後又在〈天也背過臉去了〉裡比較〈桂花蒸 阿小悲秋〉與法國小說家福樓拜（Gustave Flaubert）的女僕小說〈一顆簡單的心〉（"A Simple Heart"）（頁七一—七二）。或阮蘭芳以魯迅〈阿金〉、張愛玲〈桂花蒸 阿小悲秋〉和王安憶《富萍》的三個文學文本進行比較，觀照進城女傭的不同生活狀態，並認為阿小是其中適應力最強者。

24 此處乃是對比於哥兒達夜裡返家，看到「卸了裝」的阿小與兒子睡在廚房大菜檯上的模樣。

25 此引文中的「熱鬧」，在另外兩個版本中皆改為「熱情」，可參見《短篇小說卷二：一九四四年作品》（張愛玲典藏全集6），頁一六，與《紅玫瑰與白玫瑰》（張愛玲典藏新版2），頁二一〇。

26 此處「寡婦」的用法，當指阿小與男人分居兩地，賺錢養家照顧兒子的工作一肩挑起，但若配上小說他處的「晚娘」用法，則又顯曖昧。阿小對待兒子的方式，既有傳統的訓斥與溺愛，也充滿現代的情感勞動自覺，「一樣樣要人服侍！」

你一個月給我多少工錢，我服侍你？前世不知欠了你什麼債！」（〈桂花蒸 阿小悲秋〉，頁一一八）。有一回叱喝兒子時，「她那秀麗的刮骨臉兇起來像晚娘」，雖說此處敘事用的是「晚娘臉孔」的套式表達，但也可說是同時帶出另一種親屬身分的曖昧不確定：沒有明媒正娶的阿小，不是寡婦卻有寡婦的悲哀，不是晚娘卻用晚娘的臉孔訓子。

27 一八七七年《申報》專欄「津門紀略」，轉引自鄧偉志、胡申生，頁四四。

28 除了道德控訴之外，對阿媽性慾流動的呈現亦有尖刻嘲諷的處理，如魯迅筆下的〈阿金〉，便被寫成一個豪放女阿媽，公開主張「弗軋姘頭，到上海來做啥呢？」（頁一七〇）。

29 〈連環套〉乃張愛玲處理「姘居」最直接明顯的小說，相較之下〈桂花蒸 阿小悲秋〉的處理已較為簡略。除了本章另外提及的〈傾城之戀〉外，張愛玲其他小說皆未深入探討男女「姘居」的可能樣態，如〈心經〉中對許峯儀和女兒同學段綾卿的同居按下不表，〈金鎖記〉結尾也僅暗示長安與長安男人之間沒有婚姻的曖昧關係。

30 雖然小說中對洋主人哥兒達的職業並未著墨，但白天必出外上班（洋行？）一事倒可確定，並不像部分評者以哥兒達居所「有點像個上等白俄妓女的妝閣」的形容，就判定「哥兒達是一個從事不名譽賤業的牛郎（男娼）！」（水晶，〈天也背過臉去了〉，頁七七）；或直指其乃住在上海的白俄，「阿小所以洞察哥兒達為男妓」（高全之，《張愛玲學》，頁一一八）。

31 此類翻譯研究中具政治性與東方主義批判的，乃著眼於〈桂花蒸 阿小悲秋〉與 "Shame, Amah!" 兩者在讀者預設上的差異。例如梁慕靈指出，中文版本中對哥兒達先生房間「逆轉的東方主義觀看」，到了英文版本時則大量刪減，由原本的七百多個中文字的描寫簡化為三十多個英文字的描寫，「這裡可見張愛玲在面對中國讀者和西方讀者時，對揭露東方主義觀看上的差異」（頁一二〇），甚是用心。

32 此處有關 shame 的字源變化，主要參考《線上字源辭典》（*Online Etymology*）。

33 而有趣的是，英譯小說集 *Love in a Fallen City* 中所收錄的 "The Golden Cangue"（〈金鎖記〉），乃是張愛玲最早收錄於夏志清所編《二十世紀中國短篇小說》（*Twentieth-Century Chinese Stories*）的自譯版本，而非金凱筠的翻譯版本，此張愛玲英文自譯版本中也果真只有 veranda 沒有 balcony。

第五章

狼犺與名分

試問除了華麗、蒼涼、荒涼、參差對照之外，我們還能經由什麼不同的詞語擇選，來再次接近張愛玲的感性世界呢？

「狼犺」是一個張愛玲不常用卻十分傳神的身體姿態詞語，其最顯著的出處乃是《小團圓》第九章的結尾。話說小說女主角九莉在鄉下看戲，臨時被迫中途離席，只得站起身來奮力往外擠。小說中寫道「這些人都是數學上的一個點，只有地位，沒有長度闊度。只有穿著臃腫的藍布面大棉袍的九莉，她只有長度闊度厚度，沒有地位。在這密點構成的虛線畫面上，只有她這翠藍的一大塊，全是體積，狼犺的在一排排座位中間擠出去」（頁二六五）。此段敘述文字若有特異之處，當是弔詭地同時結合數學辭彙與「狼犺」的古典用語。一邊是看戲的鄉民們，只有地位而沒有長度闊度厚度，一邊是穿著臃腫肥大的九莉，沒有地位只有長度闊度厚度，而就在鄉民作為「密點」所構成的虛線畫面中，九莉以一大塊翠藍亮麗的「體積」、想要在一排排「密點」中擠出去的畫面，自是顯得如此突兀笨拙。

而「狼犺」作為空間中大塊體積的笨拙移動，也曾出現在張愛玲的〈談看書〉之中。「西方電影戲劇也從來沒有表達出來，總是用小女孩演小仙人，連灰姑娘的教母也沒扮出成年婦女的模樣，再不然就是普通女演員，穿上有翅膀的小仙人服裝，顯得狼犺笨重」（頁一六八）。對張愛玲而言，有著透明蟬翼而又能輕盈飛行的小仙人，連小女孩扮演都嫌粗拙，更遑論穿上小仙人服裝的成人女演員。而「狼犺」所承載的蠢大笨重，也曾被張愛玲用來形容過站不停的惱人公車：「公車偏就會乘人一個眼不見，飛馳而過，儘管平常笨重狼犺，像有些大胖子有時候卻又行動快捷得出人意表」（〈一九八八至——？〉，頁六八）。此處「狼犺」與「快捷」彼此對反，公車可如胖子一般不可預期，看似笨重遲緩，奔馳而過卻異常靈敏迅速，霎時了無蹤影。此外當然也有虛晃一招的「狼犺」。《少帥》中譯本描寫到少帥與周四小姐密會偷情的場景：「在一個亂糟糟的世界，他們是僅有的兩個人，她要小心不踩到散落一地的棋子與小擺設。她感覺自己突然間長得很高，笨拙狼犺」（頁三九）。原著英文的表達甚為簡單——"She felt herself lumbering in sudden tallness."（頁一三一），雖英文的 lumbering 本就有緩慢笨拙之意，但譯者鄭遠濤以「狼犺」一詞帶出，顯然是受到《小團圓》小說中採用「狼犺」此生動表達的影響，反倒也巧妙地呼應了中文「狼犺」最早所指向的身材高長。

那「狼犺」究竟何義？為什麼我們可以嘗試以其作為張愛玲世界的另一個新感性入

口？「狼犺」最早見於《世說新語》，亦作狼伉、狼亢，一般解作「傲慢，暴戾」（羅竹風，卷五，頁五九）。而習見於明清小說的「狼犺」則寫法各異，如狼抗、榔槺（糠）、埌坑等，最著名的莫過於《紅樓夢》第八回寫到寶玉口銜通靈寶玉出世，「怎得啣此狼犺蠢大之物等語之謗」（曹雪芹等，冊一，頁二三六）。而日本學者香坂順一的《白話語彙研究》則是目前對「狼犺」一詞最深入的探討，藉由各種地方縣誌的引述分析，證明「狼犺」乃宋元以來普遍使用的口語辭彙，南北通用。然「狼犺」作為沿用至今的古典詞語，我們仍可就其意義與衍生義的演變，鋪陳出至少三個層次的游移悖反。若依《說文》，「犺」乃「健犬也」（卷一〇上，頁二〇五），該是精悍矯健之獸，為何如今卻成了肥拙遲緩之形容詞，此其一也。若依《廣韻》中所言「躴躿身長皃」（卷二，頁五五），那「狼犺（躴躿）」乃指長人，爾後用法顯然已轉為臃腫肥重不靈活，由身高過長轉成體重過重，此其二也。若依《吳下方言考》「今吳諺謂物之大而無處置放者曰狼抗」，「狼犺（埌坑）」既是大而無用、徒占位置，又是物大難容、無處置放，既是徒占地位，又是無地位，此其三也。

然本章對此古典詞語「狼犺」的爬梳與探討卻是企圖另闢蹊徑，希冀透過此詞語在張愛玲三個文學文本中的差異浮現，創造出「狼犺」與宗法身分、性別位置的論述新連結，以此串聯本書的宗法父權批判。本章聚焦的三個張愛玲文本，分別為書寫於一九四六年的

〈異鄉記〉（二〇一〇年出版）、最早發表於一九四七年的〈華麗緣〉（一九八二年修訂於美國洛杉磯，一九八六年重新發表，一九八七年收錄於《餘韻》）以及成書於一九七六年卻延遲到二〇〇九年出版的《小團圓》。[2]本章透過此三個文學文本的差異比較，主要的用意有二。第一是嘗試凸顯「文本譯異」的概念。過去對此三個文學文本的互文詮釋，基本上乃循寫作的先後次序，視「紀實」的〈異鄉記〉第九章為〈華麗緣〉之本，而〈華麗緣〉又為《小團圓》第九章之本，此追「本」溯「源」之舉著重於找出不同版本之「相同」處，以資驗證改寫的痕跡與「自傳」、「紀實」之「本源」所在，或甚至不辭勞苦一一考據文本背後的「真人實事」來加以比對。而本章所欲嘗試凸顯的「文本譯異」，卻是企圖鬆動、質疑所有投射在「本源」、「本文」、「自傳」、「紀實」上的原初固定意義與真理追尋，強調「文本」（text）之所以有別於「本源」或「本文」，正在於變動不居的「譯—異—易—溢—佚」，在各種改寫、重寫、修訂與關係互文中交織摺曲、轉化異動，沒有範圍固定、僵止不動、原地踏步的「本文」或「本源」可供回歸、索引或索隱。[3]換言之，「只有文本，沒有本文（本源）」，此三個文學文本的「譯異」乃是透過改寫之「譯」，來產生文本之「異」，「譯」必有「異」，求異而不求同，正是本書「無主文本」的最大企圖。

正如本書自緒論起便一再強調，張愛玲的「文本性」正在於如何由「文有所本」的「真人實事」走向「文無所本」的創作虛構與書寫虛擬，所有的真人實事總已是「無窮盡的因果網，一團亂絲」（張愛玲，〈談看書〉，頁一八九），所有的「本源」、「本文」、「自傳」、「紀實」總已是「文本」。或者更弔詭地說，所有的「實事本文」恐怕都比「創作文本」還要奇怪、還要「千變萬化無法逆料」（頁一八九），如何有可能當成獨一無二的真憑實據，如何有可能在其間確立任何模擬再現、索隱考據的唯一固定比對關係，而不被介於其間的語言文字所牽引拉扯。就張愛玲的文學書寫而言，困難的不是如何在「創作文本」中索隱考據出「實事文本」，困難的是「實事」本身總已可能是「文本」與「脈絡——文本」（con-text），「像七八個話匣子同時開唱，各唱各的，打成一片混沌」（張愛玲，〈燼餘錄〉，頁四一）。而所有透過語言文字的書寫表達，總已是「創作」而非自傳或傳記材料，不是不能對號入座，而是對號入座開啟不了、也無由迴避文本的不確定性與事件性（書寫作為事件的不可預期，閱讀作為事件的不可預期）。故本章此處以〈異鄉記〉、〈華麗緣〉、《小團圓》三個文學文本為出發，亦是對當前張愛玲研究「自傳說」的一個婉轉回應：「自傳」不只是真人實事，「自傳」總已是千變萬化的「文本譯異」，求異不求同，書寫與閱讀總讓所有穩固確定的「意義」，都已分花拂柳化為流變離散的「譯異」。正如同本書第二章〈母親的離婚〉所嘗試的，把張愛玲的母親「黃逸梵」放入引號的企圖，正是將「張愛玲」放入引號的企圖，讓張愛玲閱讀《紅樓夢》不忘一再強調的「是創作，不是自傳性小說」（《紅樓夢魘》，頁二五五），不僅能同理可推、一體適用於張愛玲研究的文本閱讀，更能基進地解構「創作」本身之為「無主」的語言文字構成。

第二個用意則是嘗試凸顯「名分溢易」的概念，以創造出「狼犺」與宗法名分之間的不當張力、扭曲與轉換變動，以及介於其間無法收束的溢出與歧異。從西周的宗法封建制度起，「為了便於統治的從屬關係能夠鞏固，以血統的嫡庶及親疏長幼等定下貴賤尊卑的身分，使每人的爵位及權利義務，各與其身份相稱；這在當時稱之為『分』」（徐復觀，頁一九）。爾後「名分」更成為儒家思想千年以降的核心，君臣、父子、夫婦等關係稱「名」，此關係所相應的責任義務稱「分」，而「名分」便是人際關係之間的分辨與對應，清楚標示出宗法地位與倫理規範，「名不正則言不順」，「必也正名乎」。而「名分溢易」的概念，則是對此宗法秩序發出了「異議」之聲，在貌似大一統的宗法「感性分隔共享」中出現猶疑蠢動、沒有地位或拒絕入座入列的「狼犺」身體，跌跌撞撞，踉踉蹌蹌，卻給出了裂變千年宗法秩序的潛力。此處「名分溢易」的「溢」指向身分、認同、地位的焦慮、溢出與不確定，而「易」則指向新舊時代與古今制度的交迭與變革，「溢」「易」相生，無法再安穩妥當各「舊」各位，各司其職。[4] 如果第一個企圖的「文本譯異」所欲彰顯的乃是「文無所本」，那此處「名分溢易」所欲彰顯的便是「名無所分」，不是傳統意義上的「有名有分、有名無分、無名有分、無名無分」（還是在名分邏輯中的排列組合），而是基進「異議」上的挑戰名分、游移名分、裂變名分。「狼犺」作為張愛玲辭典中一個既古老又新穎的生動表達，有體積重量，有身體姿勢，或能提供一個有別於四〇年代「蒼涼」、「華麗」、「參差對照」的七〇年代新感性入口，讓我們得見不一樣的張愛玲，不一樣的美學感性書寫世界。

一・千里尋夫〈異鄉記〉

〈異鄉記〉的出土也是因緣使然。張愛玲遺產執行人宋以朗在〈異鄉記〉出版時所寫的序文〈關於『異鄉記』〉中言道：

二〇〇三年我自美返港，在家中找到幾箱張愛玲的遺物，包括她的信札及小說手稿。手稿當中，有些明顯是不完整的，例如一部題作〈異鄉記〉的八十頁筆記本。這是第一人稱敘事的遊記體散文，講述一位「沈太太」（即敘事者）由上海到溫州途中的見聞。現存十三章，約三萬多字，到第八十頁便突然中斷，其餘部分始終也找不著。（頁一〇八）

而這本有頭無尾的八十頁手稿，卻因幾個關鍵因素而舉足輕重了起來。第一當然是所謂「非寫不可」的緣由。張愛玲曾言：「除了少數作品，我自己覺得非寫不可（如旅行時寫的〈異鄉記〉），其餘都是沒法才寫的。而我真正要寫的，總是大多數人不要看的」。[5]〈異鄉記〉雖為殘篇遺稿，但顯然在張愛玲的心中有獨特的份量與位置。第二則是〈異鄉記〉的出土，證明張愛玲確有親近底層老百姓的「下鄉經驗」與「農村生活經驗」，不似過往評論慣於責難張愛玲「平生足跡未履農村，筆桿不是魔杖，怎麼能憑空變出東西來！這裏不存在什麼秘訣，什麼奇蹟」（柯靈，頁四二八）。[6]第三則是此手稿經考證後斷定，乃張愛玲「在一九四六年頭由上海往溫州找胡蘭成途中所寫的箚記了」（宋以朗，〈關於『異鄉記』〉，頁一〇九），爾後張愛玲許多小說的段落與描寫，皆以〈異鄉記〉為「藍本」，包括《秧歌》、《赤地之戀》、《半生緣》、《怨女》、《小團圓》等，甚至被認定為《秧歌》的原型（宋以朗，《宋淇傳奇》，頁二一八）。[7]而此「藍本說」更順利發展成「自傳說」，誠如宋以朗在〈異鄉記〉序言中所言：

就前一點而言，〈異鄉記〉的自傳性質是顯而易見的，甚至連角色名字也引人遐想。例如敘事者沈太太長途跋涉去找的人叫「拉尼」，相信就是「Lanny」的音譯，不禁令人聯想起胡蘭成的「Lancheng」。又如第八章寫參觀婚禮，那新郎就叫「菊生」，

似乎暗指「蘭成」及其小名「蕊生」。（〈關於『異鄉記』〉，頁一〇九）8

而張愛玲研究者、亦是〈異鄉記〉的手稿校訂者止庵，則更進一步發揮此「自傳說」，並由此質疑張愛玲文本的「文類」（genre）歸屬問題。他在〈『異鄉記』雜談〉一文中，先以疑問句探問，〈異鄉記〉究竟是散文、隨筆、遊記，還是未完成的小說，接著進行〈異鄉記〉與〈華麗緣〉之間的比對，強調兩者「性質相當，乃紀實作品，所以說是『散文』而非『小說』」：

所寫內容並非虛構——外人大概根本不知道作者曾有溫州之行——還可能將文中的「我」當作小說的第一人稱敘述者了，以為就像張愛玲著《殷寶灩送花樓會》中的「我」。那實際上還是一個人物，雖然那裏「我」被殷寶灩徑直稱作「愛玲」。而《華麗緣》以及《異鄉記》中的「我」，其實是作者自己。

評者止庵在此的推論甚是有趣。張愛玲〈殷寶灩送花樓會〉中的「我」（「愛玲」）乃「小說」第一人稱敘事者，而〈異鄉記〉與〈華麗緣〉中的「我」（「沈太太」）則是張愛玲本人，即使〈殷寶灩送花樓會〉與〈異鄉記〉、〈華麗緣〉一樣都有「真人實事」可考。9

止庵推論的前提顯然是紀實／虛構、散文／小說的兩組平行對立關係：「小說」乃虛構，「散文」乃紀實，故紀實「散文」的第一人稱敘述者就一定是作者張愛玲本人，截然不同於虛構「小說」的第一人稱敘述者，即使名喚愛玲也一定不是張愛玲本人；〈異鄉記〉證明了張愛玲確有溫州之行，故〈異鄉記〉與〈華麗緣〉乃紀實「散文」，而非虛構「小說」。然接下來論證的自我矛盾卻又甚為明顯，一方面強調「沈太太」的用法（而非「胡太太」或「張小姐」）乃「我」必要的身分掩飾，另一方面又必須解釋〈異鄉記〉中的其他「人物」為何也沒用真名，如「閔先生」，「據胡蘭成著《今生今世》，真名叫斯頌遠」，而不得不承認「倒近乎小說寫法了」，但還是強調「文中的地名，多半都是真的」。[10]

那我們究竟該如何看待宋以朗與止庵筆下〈異鄉記〉這個自傳性質顯而易見、用假人名、真地名卻近乎小說的紀實散文呢？不論是「藍本說」或「自傳說」自是對當前的張愛玲研究貢獻甚多，也無可厚非之處，我們也都接受〈異鄉記〉乃一九四六年初張愛玲由上海往溫州找胡蘭成途中所寫的劄記，但「文本譯異」求異不求同，本章想要端倪的乃是三個文學文本之間的差異流變，而非滿足於或止步於可供指認的相同背景與紀實線索。以下我們將嘗試進入〈異鄉記〉的文本，重點不放在小說／散文、虛構／紀實的二元判定，重點放在書寫本身所可能啟動的「譯—異—易—溢—佚」，為何無法被「文類」（散文、小說、隨筆、遊記）所圈限所框定，為何文學創作的文字書寫本身總已是「文本譯異」的流變。

〈異鄉記〉第九章的起頭「這兩天，周圍七八十里的人都趕到閔家莊來看社戲」（頁一五八），出現了兩個關鍵字，一是「閔家莊」，一是「社戲」。「閔家莊」之為「虛構」，顯然來自文本中的「閔先生」（原名斯頌遠，原地為斯宅），但也同時帶出此「閔姓」村落的親屬連帶，合村同姓皆本家。那何謂「社戲」呢？「社」原指土地神或土地廟，「每年於一定時間做的戲叫做『年規戲』，社廟裏每年做的年規戲就叫作社戲了」（喬峯，頁一〇）。[11] 而在現代文學中對「社戲」描摹最生動的，莫過於祖籍紹興的魯迅。魯迅一九二二年的〈社戲〉一文，細膩描繪了從外祖母家平橋村坐船到趙莊看「社戲」的經過，「最惹眼的是屹立在莊外臨河的空地上的一座戲台，模糊在遠處的月夜中，和空間幾乎分不出界限，我疑心畫上見過的仙境，就在這裏出現了」（頁一四三）。而夜裡看社戲的描繪也出現在魯迅一九二六年發表的〈無常〉之中，「也如大戲一樣，始於黃昏，到次日的天明便完結。這都是敬神禳災的演劇」（頁三七）。而在一九三六年的〈女吊〉中，魯迅更細心區分了給神鬼看的「社戲」與給人看的「堂會」：

> 我所知道的是四十年前的紹興，那時沒有達官顯宦，所以未聞有專門為人（堂會？）的演劇。凡做戲，總帶著一點社戲性，供著神位，是看戲的主體，人們去看，不過叨光。但「大戲」或「目連戲」所邀請的看客，範圍可較廣了，自然請神，而又請鬼，

尤其是橫死的怨鬼。所以儀式就更緊張，更嚴肅。……「大戲」和「目連」，雖然同是演給神，人，鬼看的戲文，但兩者又很不同。不同之點：一在演員，前者是專門的戲子，後者則是臨時集合的Amateur——農民和工人；一在劇本，前者有許多種，後者卻好歹總只演一本《目連救母記》。（頁三一九）

雖然許多戲曲史的相關介紹，慣將「大戲」等同於「目連戲」或視「目連戲」為「大戲」的一個著名戲目，此處魯迅則是經驗老到地細數「大戲」與「目連戲」在演員組成與演出劇本上的差異之處。

有了這些「社戲」的歷史背景準備，就讓我們來看看張愛玲在〈異鄉記〉裡如何描寫社戲。在第九章的後半，「我」夜裡躺在床上聽到了對門的「紹興大戲」：

對門的一家人家叫了個戲班子到家裏來，晚上在月光底下開鑼演唱起來。不是「的篤班」，是「紹興大戲」。我睡在床上聽著，就像是在那裏做佛事——那聲調完全像梵唱。一個單音延長到無限，難得換一個音階。伴奏的笛子發出小小的尖音，疾疾地一上一下，吹的吹，唱的唱，各不相涉。歌者都是十五六歲的男孩子罷？調門又高，又要拖得長，無不聲嘶力竭，掙命似的。（頁一六〇）

如前所述，「紹興大戲」採用專門演員，乃祭神鬼的社戲性質，演出時間始於黃昏至次日天明，一如此處「在月光底下開鑼演唱起來」，「歌者都是十五六歲的男孩子罷」。然更有趣的是，此處特別強調請來的戲班子唱的是「紹興大戲」，而非「的篤班」。就戲曲史的發展與類別而言，此細節乃同時帶出了性別差異與可能的城鄉差距。何謂「的篤班」？「的篤班」發源於浙江紹興府嵊縣一帶，前身為說唱藝術「落地唱書」，乃浙江地方戲曲，整個樂隊只有一個人，一手敲尺板，一手敲篤鼓，的的篤篤地演唱，故名「的篤戲」或「小歌戲」。一九一六年後進入杭州、上海等地，為了與「紹興大班」有所區別，乃稱「紹興文戲」。一九三〇年起，女班大批湧現，至一九三〇年代末期，逐漸取代男班，稱為「女子文戲」（周來達，頁一）。一如陳定山在《春申續聞：老上海的風華往事》所言，「的篤班」亦名「鶯歌戲」，「二十三四年間，才風行起來，改名越劇」（頁二二三）。

換言之，此處已隱然浮現兩種地方戲曲的「性別差異」，以男班為主的「紹興大班」（以演出紹興大戲等社戲劇目為主）與逐漸發展成全女班的「的篤班」（從「小歌戲」、「紹興文戲」到「女子越劇」的名稱轉換與反串男角），但兩者都可稱為「紹興戲」，雖前者為四百多年的老劇種，而後者則最為年輕、不足百年。莫怪乎評論家在閱讀〈異鄉記〉發出感慨之餘，亦難免有所混淆。例如邁克在〈異鄉的蒼涼與從容〉中言道，「由男班唱紹興大戲也是一奇。根據資料，自從三十年代初全女班的篤班進入上海，逐漸演變成今天越劇的模式，男班就沒落了，糊塗戲迷如我，甚至以為本來就是清一色女藝人，直到早幾年中國唱片公司出版《創業先驅篇》光碟，才第一次領略男身前輩的丰采。卻原來遲至四十年代中，大城市以外還有得看……」。評者此處顯然錯將男班「紹興大戲」視為女班「的篤班」或越劇的前身，並以此凸顯城鄉差距（大城市上海早已是清一色女藝人，而訝異於張愛玲文中四〇年代鄉下居然還有男班唱紹興大戲）。然此處並非苛責評者對地方戲曲在劇種沿革與劇目差異上的可能誤識，而是想要先行埋下伏筆，待轉進下一個文本〈華麗緣〉時，能以更敏銳的方式察知〈異鄉記〉中的「紹興大戲」，為何在〈華麗緣〉中由黑夜瞬間轉為白晝，由男班全然翻轉為女班。

二．才子佳人〈華麗緣〉

那張愛玲一九四六年溫州之行在鄉下看到聽到的，究竟是「紹興大戲」還是「的篤班」？除了考據的好奇心外，我們為何需要對此加以區分辨別呢？張愛玲看的是「紹興大戲」或是「的篤班」有何差別嗎？先讓我們來瞧瞧胡蘭成在《山河歲月》中的說法：「愛玲去溫州看我，路過諸暨斯宅時斯宅祠堂裏演嵊縣戲，她也去看了，寫信給我說：『戲臺下那樣多鄉下人，他們坐着站着或往來走動，好像他們的人是不佔地方的，如同數學的線，只有長而無潤與厚』」（頁一〇八）。胡蘭成筆下的「斯宅」，提示了〈異鄉記〉中「閔先生」的真名斯頌遠，而張愛玲在給胡蘭成信中提及在斯宅祠堂裡看的乃是「嵊縣戲」，亦即發源於浙江紹興府嵊縣的「的篤班」。若我們一逕把〈異鄉記〉當成顯而易見「自傳」性質的「紀實」散文，那此處的「自傳」、「紀實」顯而易見出了點紕漏：〈異鄉記〉特別強調聽的不是「的篤班」而是「紹興大戲」，而胡蘭成說張愛玲信中寫的是「嵊縣戲」，亦即「的篤班」。然與其說我們去猜測此乃張愛玲的前後矛盾、戲曲知識不足、胡蘭成的記憶失誤或另有隱情，甚或去猜測張愛玲在鄉下或有可能兩種地方戲曲都先後聽過（在寫給胡蘭成的信上只提了斯宅祠堂裡演的嵊縣戲，而在〈異鄉記〉裡只寫了夜裡躺在床上聽到的紹興大戲），我們寧可嘗試將此表面上可能的不一致，往「文本譯異」的方向推進思考，以嘗試說明為何在〈異鄉記〉第九章的「文本—脈絡」中出現的地方戲，必須是「紹興大戲」，而在〈華麗緣〉的「文本—脈絡」中出現的地方戲，則必須是「的篤班」，由此帶出兩個文本的差異，正是建立在張愛玲作為創作者的精心巧思，得以給出兩種不同的文字布局，讓文本之「內」的前後呼應，重於且大於文本之「間」的前後呼應。

以〈異鄉記〉第九章來說，「我」在月夜裡聽戲，「笛子又吹起來，一扭一扭，像個小銀蛇蜿蜒引路，半晌，才把人引到一個悲傷的心的深處」（頁一六〇）。此處所欲營造的亙古蒼涼氛圍，更經由「紹興大戲」拉出古今映照的時間向度：「搬演的都是些『古來爭戰』的事蹟，但是那聲音是這樣地蒼涼與從容，簡直像一個老婦人微帶笑容將她身歷的水旱刀兵講給孩子們聽」（頁一六〇）。此處「古來爭戰」所呼應的，正是前面段落才剛描寫到的日本兵刁難鄉民，只是戲裡的水旱刀兵像老婦人講給孩子們聽的故事，而現實生活中的兵荒馬亂，則是孫八哥講給閔先生小舅子聽的親身經歷，一前一後、一古一今完美呼應。〈異鄉記〉第九章短短二千餘字，以聽社戲為始，再以兩個聽不懂戲文而跑去牆跟撒尿的年輕人為結，帶出的正是從古到今戰亂兵災的民間苦難，以及歷經苦難所呈顯的蒼涼與從容。

而〈華麗緣〉則是完全不一樣的布局與企圖，其中最明顯的不僅只是以「的篤班」置換了「紹興大戲」，更是從「戰爭」主題轉到了「愛情」主題，在「古來爭戰」所給出的亙古蒼涼中，加進了紅焰焰擊鼓催花的華麗情緣，更臻「參差對照」的美學成就。〈華麗緣〉於一九四七年四月首刊於《大家》月刊創刊號，乃張愛玲抗戰勝利後的一篇「試筆」新作，一九八二年修訂於美國洛杉磯，一九八七年收入《餘韻》出版。一九八二年的修訂版僅做了極小部分的文字異動，其中較為顯著的乃是刪去了首刊版的第一行：「（這題目譯成白話是『一個行頭考究的愛情故事』）」（頁一〇）。[12] 此首刊版的開場句子甚為獨特，既非副標，又置入括弧，以幽默詼諧的方式將〈華麗緣〉白話翻譯為「一個行頭考究的愛情故事」，也就是說要將敘述的重點放在舞臺上「戲文」的愛情故事，從行頭到生旦、從化妝到唱腔的娓娓道來，而不放在舞臺下第一人稱「我」的人生故事，即便此「戲文」乃是透過第一人稱的「我」來觀視、來聽聞、來描述。

如同〈異鄉記〉一般，〈華麗緣〉主要描寫正月裡在榴溪鄉下「閔少奶奶」送「我」去聽「紹興戲」的經過，但敘述中以多處細節交代此「紹興戲」乃「的篤班」，而非「紹興大戲」。其一，演戲的時間乃白晝而非黃昏黑夜，「下午一兩點鐘起演。這是我第一次看見舞台上有真的太陽，奇異地覺得非常感動」（頁一〇一）。其二，演出班子「樂怡樂團」乃全女班，男角皆為女演員反串，「老生是個闊臉的女孩子所扮，雖然也掛着烏黑的一部大髫鬚，依舊濃妝艷抹，塗出一張紅粉大面」（頁一〇一）。而老生是反串，小生當然也不例外，「小生只把她的脖子一勾，兩人並排，同時把腰一彎，頭一低，便鑽到帳子裏去了。那可笑的一剎那很明顯地表示他們是兩個女孩子」（頁一〇八）。其三乃是暗示「的篤班」在上海等大城市竄紅，到浙江鄉下演出乃「衣錦」還鄉：「而紹興戲在這個地方演出，因為是它的本鄉，彷彿是一個破敗的大家庭裏，難得有一個發財衣錦榮歸的兒子，於歡喜中另有一種淒然」（頁一〇四）。其四則是直指此「紹興戲」乃「淫戲」，「我看看這些觀眾——如此鮮明簡單的『淫戲』，而他們坐在那裏像個教會學校的懇親會」（頁一一〇），部分呼應了彼時對「的篤班」（「小歌班」、「篤歌班」）的負面世俗印象，「其實詞句淫鄙，並不句句押韻，亦無準繩板眼。稍為文雅的人，無不掩耳卻走」（陳定山，頁二二三）。13

而〈華麗緣〉花費最多筆墨的，正是這偷情調情的淫情浪態。而此才子佳人的「淫戲」，不僅透過春情蕩漾的雙肩聳抬、媚眼橫拋，或花枝招展地一個逃一個追，在鑼鼓聲中繞臺飛跑，更以舞臺上會移動的繡花床帳達到淫情浪態的高潮：

那佈景拆下來原來是用它代表床帳。戲台上打雜的兩手執着兩邊的竹竿，撐開那綉花幔子，在一旁侍候着。但看兩人調情到熱烈之際，那不懷好意的床帳便湧上前來。看樣子又像是不成功了，那張床便又悄然退了下去。我在台下驚訝萬分——如果用在現代戲劇裏，豈不是最大膽的象徵手法。（頁一〇六—一〇七）

然這廂表兄表妹雲雨交歡後，小生又在廟中驚艷，看上了另一位小姐。〈華麗緣〉彷彿要以最稀疏平常的語言，一筆帶過作為「戲肉」的最深沉哀淒：「有朝一日他功成名就，奉旨成婚的時候，自會一路娶過來，決不會漏掉她一個。從前的男人是沒有負心的必要的」（頁一一〇）。顯是嘲諷才子佳人的浪漫纏綿，背後是一夫多妻的宗法配置，只要一路娶過來無所遺漏，便無負心可言。

這是輕描與淡寫，還是哀莫大於心死呢？〈異鄉記〉描繪了下鄉的百般辛苦但卻也滿心殷切，每有慨嘆比興，總是回到張愛玲最熟悉的蒼涼筆法。而〈華麗緣〉曲筆寫愛情的艷麗、虛幻與屈辱，藉才子佳人的淫戲為托寓，幽幽帶出幻滅後的悽哀。此華麗中現蒼涼的寫法，主要圍繞在「顏色」與「光線」的參差對照之上。就「顏色」講，〈華麗緣〉開頭第一段尾描寫到隆冬時節淡黃田地上的新搭蘆蓆棚，貼滿了大紅招紙，紙上寫滿了香艷的女藝人名，「那紅紙也顯得是『寂寞紅』，好像擊鼓催花，迅即花開花落」（頁一〇〇）。而接下來的敘事乃不斷透過他人之口，強調此次請來的班子，雖是普通的班子，但行頭光鮮講究。果然小生一亮相，先是「白袍周身繡藍鶴」，打個轉身，又將行頭翻成了「檸檬黃滿繡品藍花鳥的長衣」（頁一〇二）。而表面上第一段表兄妹的才子佳人，「一幕戲裏兩個主角同時穿黃，似乎是不智的」（頁一〇二），而第二段廟裡姻緣的才子佳人，「這一幕又是男女主角同穿着淡藍」，但由鵝黃到淡藍的顏色轉換，「看著就像是燈光一變，幽幽的，是庵堂佛殿的空氣了」（頁一〇九—一一〇），既說明了豔遇新場景的所在地，也帶動了觀者心境的幽微轉折。

而「光線」更讓華麗光彩的面料成了參悟虛實的時間道場，「綉着一行行湖色仙鶴的大紅平金帳幔，那上面斜照著的陽光，的確是另一個年代的陽光」（〈華麗緣〉，頁一〇一）。〈異鄉記〉用「爭戰」貫串古今，〈華麗緣〉則是用「那靜靜的亙古的陽光」（頁一〇五），將一切的真實化為如夢如煙的恍惚幻境：

我禁不住時時刻刻要注意到台上的陽光，那巨大的光筒，裏面一蓬蓬浮着淡藍的灰塵——是一種聽頭裝的日光，打開了放射下來，如夢如烟。……我再也說不清楚，戲台上照着點真的太陽，怎麼會有這樣的一種悽哀。藝術與現實之間有一塊地方疊印着，變得恍惚起來；好像拿着根洋火在陽光裏燃燒，悠悠忽忽的，看不大見那淡橙黃的火光，但是可以更分明地覺得自己的手，在陽光中也是一件暫時的倏忽的東西……。（頁一〇四—一〇五）

且說演戲的舞臺不完全露天，「只在舞台與客座之間有一小截地方是沒有屋頂」（頁一〇〇），陽光便從這一小截地方撒了下來。而出現在戲臺上的真太陽，浮動著淡藍灰塵，已是虛實難辨，而張愛玲還要更進一步由此思索藝術與現實的相互疊印，有如在陽光中燃燒的一根洋火，小小火光悠忽難辨，就連拿著洋火的手也分不清是否真實，成了陽光下「一件暫時的倏忽的東西」。原本一九四七年版只有「暫時的」一個形容詞，而一九八二年版又加上了「倏忽的」另一個形容詞，想是要更加凸顯其間的幽微難辨。若「作戲」是藝術而「太陽」是現實，那此處「太陽」還是「太陽」而「火光」成了藝術，而那在太陽下拿著火光的「自己的手」，就成了藝術與現實彼此疊印的虛實難辨。

然我們此處想要追問的，不只是〈華麗緣〉如何透過「顏色」與「光線」的操作，以美學感受上的虛實變化，讓華麗中透出蒼涼，更是〈華麗緣〉如何讓藝術與現實之間變得恍惚，臺上臺下、戲裡戲外、自傳與虛構相互疊印。我們沒有忘記〈異鄉記〉是一九四六年初張愛玲由上海往溫州找胡蘭成途中所寫的箚記。我們也沒有忘記胡蘭成處處留情，張愛玲抵溫州時，他身邊早已有人。我們也沒有忘記〈華麗緣〉首刊於一九四七年四月的《大家》創刊號，而不久後張愛玲便寄出了給胡蘭成的訣別信，並於同年離婚，從此恩斷義絕。當然我們更不會忘記，那潛藏在文本之中更形幽微隱約的連結：〈異鄉記〉裡的「紹興大戲」與〈華麗緣〉中的「的篤班」，都與胡蘭成有深厚的地緣關係：胡蘭成正是浙江紹興嵊縣三界鎮胡村人，亦即「的篤班」地方戲主要發源地之人。

我們甚至還可以大膽猜測，張愛玲文本中最神祕不可覓的《描金鳳》是否也與〈華麗緣〉有所牽連？一九四六年前後上海報刊盛傳張愛玲正在趕寫長篇小說《描金鳳》，爾後便再無此作品的任何消息，就連張愛玲過世後，遺稿中亦無所發現。《描金鳳》究竟是未寫成、改了題目或原稿遺失，至今依舊成謎。但若就時間點的巧合觀之，傳說中的《描金鳳》或許有可能也是以〈異鄉記〉為藍本，張愛玲向有更迭小說名稱的習慣，也喜歡不斷調整創作的篇幅長短或拆開另起，並一心一意不忘「出清存稿」，〈華麗緣〉或許說不定也有著《描金鳳》的痕跡或影子。張愛玲在發表於一九四四年八、九、十月上海《天地》的〈談音樂〉中最早提到《描金鳳》：「彈詞我只聽見過一次，一個瘦長臉的年輕人唱『描金鳳』，每隔兩句，句尾就加上極其肯定的『嗯，嗯，嗯，』每『嗯』一下，把頭搖一搖，像是咬著人的肉不放似的。對於有些聽眾這大約是軟性刺激」（頁二二〇）。但我們也不要忘記，《描金鳳》不僅只是彈詞的曲目，更是「的篤班」（後來稱為「越劇」）著名的劇目之一（陳定山，頁二二三）。〈華麗緣〉將「紹興大戲」換成了「的篤班」，細細鋪陳不只一段的才子佳人淫戲，〈華麗緣〉或有可能也曾是《描金鳳》一個「暫時的倏忽的」開頭或段落。

然而在〈華麗緣〉將〈異鄉記〉的「古來爭戰」譯異為「一個行頭考究的愛情故事」、將鄉下人的「蒼涼與從容」譯異為舞臺上「華麗的人生」之同時，我們當然也不要忘記在此華麗與蒼涼中所埋下的政治伏筆：祠堂中的總理遺像。話說「總理遺像」最早出現在〈異鄉記〉第十二章，「牆壁上交叉地掛著黨國旗，正中掛著總理遺像。那國旗是用大幅的手工紙糊的。將將就就，『青天白日滿地紅』的青色用紫來代替，大紅也改用玫瑰紅。燈光之下，嬌艷異常，可是就像有一種善打小算盤的主婦的省錢的辦法，有時候想入非非，使男人哭笑不得」（頁一七六）。[14] 在此「總理遺像」與國旗出現的場所，乃是閔先生與沈太太借宿的「縣黨部」，雖詭異嬌艷，倒也較合於情理。然在〈華麗緣〉中，總理遺像卻是以十分怪異唐突的方式，疊印在祠堂裡搭出的小舞臺之上：

我注意到那綉著「樂怡劇團」橫額的三幅大紅幔子，正中的一幅不知什麼時候已經撤掉了，露出祠堂裏原有的陳設；裏面黑洞洞的，却供着孫中山遺像；兩邊掛着『革命尚未成功，同志仍須努力』的對聯。那兩句話在這意想不到的地方看到，分外眼明。我從來沒知道是這樣偉大的話。隔着台前的黃龍似的扭着的兩個人，我望著那副對聯，雖然我是連感慨的資格都沒有的，還是一陣心酸，眼淚都要掉下來了。（頁一〇六）

這段描繪給出了十分巧妙的調侃、嘲諷與心酸自憐。話說祠堂裡居然供奉著孫中山遺像（已從〈異鄉記〉「總理遺像」的尊稱轉為直呼其名），兩邊還掛著遺言對聯。而孫中山遺像與遺言之所以突然在戲臺上暴露出來的原因，乃是因為原本遮在前方作為布景的大紅幔子被撤掉了，而這被撤掉的大紅幔子正是前文已討論過那綁在竹竿上的活動繡花床帳，在表兄妹調情的高潮，「那不懷好意的床帳」（〈華麗緣〉，頁一〇七）一回回湧上來又退下去。換言之，這才子佳人的「淫戲」，乃是在孫中山遺像與遺言對聯前搬演，眉來眼去，欲拒還迎，最後還拉拉扯扯象徵性地入了帳上了床，孫中山遺像與遺言成了才子佳人「淫戲」的另一種道具布景。如果我們不想一本正經地把張愛玲認作愛國分子，像是批評家所言——「她牽掛國事，不置身事外，所以見到孫中山遺言會悲慟，但是從未以政治先知者的傲慢來煽動讀者，誇飾或強銷自己的政治理念」（高全之，《張愛玲學》，頁二〇一），那我們究竟可以如何看待這出現在祠堂而非縣黨部的「孫中山遺像」，如何看待文本中「我」作為第一人稱敘事者面對遺言對聯時那種泫然欲泣的情感反應呢？

首先，讓我們來看看何謂「祠堂」。「祠堂」亦即「宗祠」，乃是供奉祖先神主牌位、進行祭祀的場所。中國傳統宗族制度強調尊祖、敬宗、收族，而其具體落實的方式便是建宗祠、修宗譜、置族田、立族長、訂族規。〈異鄉記〉在閔家莊看社戲，〈華麗緣〉在榴溪鄉下祠堂搭舞臺，此間的「文本譯異」或可被讀成由「社」轉「宗」、由「外」轉「內」，由「祭神（鬼）」轉「祭祖」的書寫變易。如本書緒論已詳述，中國古代「祖」與「社」同源，「古人本以牡器為神，或稱之祖，或謂之社」（郭沫若，〈釋祖妣〉，頁五三）。而「最原始的祖或社即在郊野，除地為墠或封土為壇，又在墠壇之上，立『且』以為神祇或祖神」（凌純聲，頁一），後「祖」與「社」分開，亦即「宗」與「社」分開，「祀於內者為祖（宗廟），祀於外者為社」（郭沫若，〈釋祖妣〉，頁五二）。而所謂的「牡器」、「且」與「示」部，皆指男性生殖器的象徵，乃是以此為本展開祖宗崇拜、父系宗法的千年傳統。

那此處我們必須追問的是，為何〈華麗緣〉祠堂裡出現的不是列祖列宗的牌位，而是孫中山遺像呢？這裡我們或可從「國族—宗族—家族」的現代連結與置換來展開思考。孫中山在論及民族主義時，極力主張將家族主義改造為國族主義，以便能向內團結國人，向外抵禦列強，「合各宗族之力來成一個國族」（頁六七六）。故其遺像出現於祠堂之內，不論是紀實也好、虛構也罷，或都可解讀為既是對封建族權的一種反動，亦是對千年宗法制度的一種挪用與延續，更可以是祠堂「宗族」空間的「民族」主義化、「中山化」甚至「國民黨化」的跡象。其弔詭之處，或可呼應彼時國民政府新版婚禮，將國旗、黨旗與總理遺像置於最高位置一般，不再遵循傳統婚禮對父系家族祖先的強調，而以國族威權取代了宗族與家族威權（Glosser 88）。

而在祠堂裡供奉總理遺像亦有另外兩個具體而微的歷史脈絡可尋，一是「興學」，二是「軍用」。民國時期部分祠堂扮演了舊式宗族塾教與新式學校間的橋梁，轉而利用祠堂的庫房、迴廊、後殿等為教室。而抗戰時期軍隊駐紮鄉下，或在祠堂牆面書寫「國民公約」等宣傳標語，或直接將祠堂占為軍用的，亦不在少數。如「祠堂祖宗牌位移到後堂去了，正中牆上還有神龕的遺痕，掛著一面國旗，一面中國國民黨黨旗，交叉在總理遺像上」（孫淡寧，頁三九四），或如作家汪曾祺在〈飽團長〉中更為精細的描繪：「保衛團的團部在承志橋的東面。原本是一個祠堂。房屋很寬敞。西面三大間是辦公室。後牆貼着總理遺像，像兩邊是『革命尚未成功，同志仍須努力』。總理遺像下是一張大辦公桌。南北兩邊靠牆立着槍架子，二十來支漢陽造七九步槍整齊地站着。一邊牆上有三支『二膛盒子』」（頁三四五），當是把軍用祠堂裡孫中山遺像的擺設與配置，鋪陳得最為淋漓盡致。

然不論是為教為軍，祠堂裡出現了總理遺像、遺言或遺囑，乃是祠堂作為傳統收族敬宗、祖宗崇拜空間的現代「譯異」，從「宗族」到「國族」的擺盪。但〈華麗緣〉並非僅僅只是「紀實」此時代動盪下的變遷或挪用，而是同時給出了細心安排的時代嘲諷，將古代才子佳人的淫戲，鑲嵌在民國「宗族」與「國族」的更迭替換與滑動連結之上，難不成譏其舊瓶新酒、換湯不換藥。第一人稱敘事者看到「革命尚未成功，同志仍須努力」的「偉大」對聯時，乃是同時看到穿著黃色戲服的一對表兄妹在其前方扭成一團，宗法制度保障了才子可以偷情多情濫情，有朝一日功成名就，名正言順坐擁三妻四妾，那革命究竟推翻了什麼？若「革命尚未成功」，什麼又是迫切需要繼續加以推翻的呢？「同志」是將女人「包括在外」的男性集團嗎？但在這一連串的問題之後，我們當然也可以用同樣的方式加以自我懷疑，難道這些真是此處敘事者泫然欲泣的原由嗎？整體而言，〈華麗緣〉仍是以「一個行頭考究的愛情故事」為重頭戲，用顏色、用光線、用華麗的詞語，去鋪陳藝術與現實間悠悠忽忽、如夢如煙的疊印，而「祠堂裡的孫中山遺像」作為政治伏筆的部分，最多只能點到為止或欲言又止，恐怕非得等到三十年後《小團圓》的再次「文本譯異」，此政治伏筆或才得以全然開展成對國族宗族的最深沉批判。[15]

三・二美三美《小團圓》

從〈異鄉記〉到〈華麗緣〉僅一年光景，而從〈華麗緣〉到《小團圓》卻走了近三十年。如同〈華麗緣〉的書寫背景一般，《小團圓》的第九章依舊是鄉下過年唱戲，依舊是祠堂裡精緻的小舞臺，而「的篤班」的指涉則更為清晰直截：「樂師的篤的篤拍子打得山響」（頁二六二）。但〈華麗緣〉的第一人稱敘事早已改為《小團圓》的第三人稱敘事，重頭戲已不是戲臺上「一個行頭考究的愛情故事」，而是戲臺下女主角九莉婉轉愁腸的傷心情事。已有許多批評家指出此二文本在語言風格上的轉變以及文字篇幅上的短縮。「《小團圓》第九章的地方戲寫得到喉不到肺，近於一個簡潔的精華本。對照之下十分有趣，兩次的手法雖然迥異，刪掉枝葉後要表達的卻一模一樣……」（邁克）。然本節所要進行的「文本譯異」，卻是嘗試凸顯此二文本之差異而非一模一樣之處，不僅僅只是表面上華麗蒼涼的文字不再，轉趨平淡，以簡短的平實對話，取代大段大段如前所述透過「顏色」與「光線」描繪而出的亙古蒼涼，更在於《小團圓》給出了完全不一樣的文字布局，開展出完全不一樣的世態人情，其中最關鍵的或許便是三十年的時間，已讓張愛玲不再需要擺出華麗蒼涼的文字姿態，不再需要托寓戲臺上的才子佳人寓言，而已能直搗宗法的黃龍、直指父權的幽靈。

但在進入《小團圓》第九章之前，我們或須先了解兩件事。第一件事是完稿於一九七六年的《小團圓》，一直延到二〇〇九年才正式出版，過去皆認為其乃張愛玲在確定兩本完稿於六〇年代的英文小說 *The Fall of the Pagoda* 與 *The Book of Change* 出版無望之後，將此兩本英文小說改寫而成的中文小說。然隨著張愛玲〈異鄉記〉在二〇一〇年的出版，英文未完稿小說 *The Young Marshal* 與中文譯本《少帥》在二〇一四年的合集出版，我們才得以看到《小團圓》小說，其實也有〈異鄉記〉與 *The Young Marshal* 的段落改寫痕跡。而與此同時，張愛玲也將其發表於一九四七年的〈華麗緣〉，改寫成了《小團圓》的第九章。第二件事則是為何原本已經改寫進《小團圓》的〈華麗緣〉，又在一九八二年進行個別修訂，但大抵保持首刊版的文字、僅做極小部分的異動，並於一九八七年收錄於張愛玲選集《餘韻》之中。此一進（改寫進《小團圓》）一出（從《小團圓》抽出，回復單篇）的關鍵也有二。一是完稿於一九七六年的《小團圓》，在好友兼文學經紀人宋淇不宜出版的勸阻之下擱置多年，雖幾經改寫皆不成功。二是唐文標主編的《張愛玲卷》於一九八二年出版，而其中收錄了張愛玲一九四七年發表的〈華麗緣〉。[16] 於是在《小團圓》出版無望與盜版《張愛玲卷》已行出版的雙重壓力之下，張愛玲看來似是被迫將早年發表但未收錄於任何張愛玲選集的「佚文」〈華麗緣〉加以修訂，以備「重新出土」。

若此推論可以成立，那張愛玲當是完全沒有打算、也完全未能預期作為讀者的我們，能在她身後各種陰錯陽差的因緣之下，同時讀到〈異鄉記〉、〈華麗緣〉與《小團圓》。換言之，當我們看到《小團圓》與張愛玲其他中英文創作有許多重複或改寫的痕跡時，恐不宜過度推向「生命創傷」的詮釋，或刻意強調其一寫再寫，永難修復的「重複衝動」。以〈華麗緣〉的改寫為例，何時併入《小團圓》，何時脫離《小團圓》，皆充分展現張愛玲處理其「存稿」的清晰頭腦與精明算計，不論是短篇改長篇，散文變小說，還是英文改中文，中文轉英文，進進出出，一本「出清存稿」的帳目清清楚楚。（《小團圓》的帳目亦是清清楚楚，張愛玲在八〇年代末、九〇年代初決定將出版渺茫的小說《小團圓》，部分改寫為散文《小團圓》，包括一九九四年出版的《對照記：看老照相簿》與過世前仍在進行的未完稿的〈愛憎表〉）。[17] 此處之所以要先詳加說明，正是希冀當代張學研究能不拘泥於一寫再寫的「重複衝動」，而能看到張愛玲每一次精打細算的改寫以及經由改寫所不斷啟動的「文本譯異」，更能夠看到每一次的文字再書寫彷彿都能找到不一樣的感性出口，找到當下新的美學實驗形式與生命體悟。

接下來就讓我們看看〈華麗緣〉與《小團圓》第九章所可能出現的「文本譯異」。先來看最為表面的人名與關係稱謂變動。〈異鄉記〉與〈華麗緣〉中的閔先生與閔少奶奶，變成了《小團圓》中的郁先生與郁太太，〈華麗緣〉才子佳人的「淫戲」戲文，姑母變成了舅母，表妹改成了表姊。以表姊置換表妹，或是想要翻轉原先戲文中表兄妹戀情的男大女小，但真正需要在此稍加解釋的，反倒是以舅母置換姑母。此為〈華麗緣〉中一個原本未曾言明的內在矛盾：老生父親明明交代小生兒子去投靠「姑母」，但「姑母」家裡的小姐卻是「表妹」，究竟是「姨母」誤植為「姑母」，還是「堂妹」誤植為「表妹」呢？若按傳統宗法秩序而言，表兄妹戀的親上加親乃大受推崇，而同宗同姓的堂兄妹戀則在禁制之列，那為何〈華麗緣〉將「姨母」寫成了「姑母」呢？最可能的答案恐怕還是得由張愛玲自己來說分明。一九七九年五月十一日發表於《聯合報．聯合副刊》的〈表姨細姨及其他〉一文中，張愛玲以評者林佩芬對〈相見歡〉中伍太太的女兒稱母親的表姊為「表姑」而不是「表姨」的細節閱讀表達了讚賞，亦對自己的未加注解感到抱歉。文章中張愛玲轉述了林佩芬的細心推論，「可見『兩人除了表姊妹之外還有婚姻的關係——兩人都是親上加親的婚姻，伍太太的丈夫是她們的表弟，荀太太的丈夫也是『親戚故舊』中的一『名』」（〈表姨細姨及其他〉，頁二七—二八）。而張愛玲也不忘現身說法自己家族的「親上加親」，以至於所有的「表姑」都是「表姨」，「我母親的表姊妹也是我父親的遠房表姊妹」，但為了忌諱「姨」（避與姨太太混淆）而統稱「表姑」（頁二八）。而在〈華麗緣〉中不加解釋的「姑母」（想必也是「姨母」），到了《小團圓》直接改為「舅母」，一方面避開了「姨」又合理化了「表姊」，當是更加體諒七〇年代讀者對傳統宗法交表婚的越發不熟悉，亦是考量到《小團圓》對宗法家族各種稱謂與關係連結的超級敏感度。

那接下來就讓我們看看為何《小團圓》的文本譯異，乃是以一整個長篇小說的篇幅去鋪陳〈華麗緣〉點到為止或欲言又止的宗法批判，尤以宗法婚「糟哚哚，一鍋粥」的妻妾制為批判核心。這不僅只是表面上〈華麗緣〉的「有朝一日他功成名就，奉旨完婚的時候，自會一路娶過來，決不會漏掉她一個」（頁一一〇），改寫成了《小團圓》中的「考中一併迎娶，二美三美團圓」（頁二六五），而是詳盡鋪陳了二美、三美、四美等的先後出現，不再透過古裝戲文裡的才子佳人淫戲，而是直接一一點名小說中現代人物邵之雍的情史與妻妾：他的第一個鄉下太太，「他們是舊式婚姻，只相過一次親」，後來得癆病逝世（頁一七六），上海「有神經病的第二個太太」（頁二三九）陳瑤鳳，南京有姨太太章緋雯（後皆登報離婚），有浪漫女作家文姬的一夜情，華中辦報有十六歲的看護小康，而戰後逃亡到溫州一路相陪的，則是郁先生已逝父親的姨太太、「在鄉下辦過蠶桑學校」（頁二六八）的辛先生辛巧玉，甚至連「住在那日本人家的主婦也跟他發生關係了」（頁二七一）。

雖然我們也都同意小說人物邵之雍乃是以「胡蘭成」為原型，而邵之雍的妻妾與紅粉，也都早已在熱心考據的評者筆下，一一與《今生今世》的「群芳譜」比對確認。但我們在此更想做的，也是本書所一再強調的，乃是張愛玲在評《紅樓夢》時所言「是創作，不是自傳性小說」：「黛玉的個性輪廓根據脂硯早年的戀人，較重要的寶黛文字卻都是虛構的。

正如麝月實有其人，麝月正傳卻是虛構的」（《紅樓夢魘》，頁二五五）。若我們循張愛玲的理路，將《小團圓》當成創作勝於自傳，那我們閱讀分析的重點便不止於邵之雍的「實有其人」或回到胡蘭成生平與情史的按圖索驥，而是更為在乎、更欲凸顯《小團圓》如何透過文字中介所「虛構」的小說布局與「虛擬」的文字書寫，如何展現出小說人物盛九莉與邵之雍之間複雜的情感糾葛。〈華麗緣〉中的敘事者置身事外做壁上觀，但也不無「後設地」指出，榴溪鄉下人雖也常有「偷情離異」事件，卻一逕「把顏色歸於小孩子，把故事歸於戲台上」（頁一一一）。而《小團圓》之所以可以大量精簡戲臺上的故事，正是因為已能用長篇小說的篇幅細細鋪陳、娓娓道來九莉與之雍間的恩怨情仇。《小團圓》念玆在玆的，正是傳統宗法婚姻「妻妾制」的尷尬、殘酷與恐怖。

故《小團圓》在第九章鄉下聽戲之前，九莉與邵之雍的情感已然出現裂痕危機。「自從他那次承認『愛兩個人』，她就沒再問候過小康小姐。十分違心的事她也不做。他自動答應了放棄小康，她也從來不去提醒他，就像他上次離婚的事一樣，要看他的了」（頁二四六）。然原本醉心於一男一女戀愛自由的九莉，潛意識裡卻充滿憂懼不安，深恐不知不覺地就加入了之雍妻妾成群的行列隊伍：「在黯淡的燈光裏，她忽然看見有五六個女人連頭裹在回教或是古希臘服裝裏，只是個昏黑的剪影，一個跟著一個，走在他們前面。她知道是他從前的女人，但是恐怖中也有點什麼地方使她比較安心，彷彿加入了人群的行列」（頁二五六）。與此十分相似的段落最早出現於 *The Young Marshal* 未完稿英文小說："She found herself walking in a procession of muffled women. His wife and the others? But they had no identity for her. She joined the line as if they were the human race."（《少帥》，頁一四四）。鄭遠濤的中文翻譯為「她發現自己走在一列裹着頭的女性隊伍裏，他妻子以及別的人？但是她們對於她沒有身分。她加入那行列裏，好像她們就是人類」（頁五一）。英文小說中神祕不可辨識的頭部裹纏，已在《小團圓》中文小說中清晰化為「回教或是古希臘服裝」，而不論是英文或中文小說，都凸顯了一種內在矛盾：妻妾成群是一種恐怖，但比此恐怖更恐怖的，乃是此恐怖居然也可給出一種歸列人群或復歸傳統的安穩，一種貫穿古今中外的超穩定結構。

而這種內在矛盾在《小團圓》第九章後更形加劇，九莉與之雍終於再次相會，之雍喜孜孜大言不慚地又在炫耀情事，一方面或是對其自身的風流倜儻、患難真情極度自我感覺良好，一方面也是對九莉的開明不忌妒甚或可能的欣賞能力感到滿意，只當凡事皆可直言，不必隱瞞，「他顯然以為她能欣賞這故事的情調，就是接受了。她是寫東西的，就該這樣，像當了礦工就該得『黑肺』症？」，「只覺得心往下沉，又有點感到滑稽」（頁二七〇）。而這種難過心傷又無法爆發的折磨，更在某日必須留宿在辛巧玉母親家時達到了頂峰。九莉被迫暫時睡在屋角一張掛著蚊帳的小木床，思前顧後，才又驚覺此乃之雍與巧玉雲雨交歡的同一張床：

也不想想他們一個是亡命者，一個是不復年青的婦人，都需要抓住好時光。到了這裏也可以在她母親這裏相會，九莉自己就睡在那張床上。剛看見那小屋的時候，也心裏一動，但是就沒往下想。也是下意識的拒絕正視這局面，太「糟哚哚，一鍋粥。」（頁二七一）

〈華麗緣〉中雲雨交歡的淫戲，主要透過「那不懷好意的床帳便湧上前來」（頁一〇七），在《小團圓》中戲臺上的床帳依舊是「一時湧上前來，又偃旗息鼓退了下去」，且又添加上了精神分析的註腳，「這床帳是個茀洛依德的象徵，老在他們背後右方徘徊不去」（頁二六四），當是以相當細密的方式呼應《小團圓》第七章描寫到九莉夢中出現棕櫚樹一環一環的淡灰色樹幹，「這夢一望而知是茀洛依德式的，與性有關。她沒想到也是一種願望，棕櫚沒有樹枝」（頁二二六）。但《小團圓》中真正最「戲劇化」的雲雨交歡，不是透過同一床帳，而是透過同一張床，去殘酷鋪陳小說中一再出現的南京諺語「糟哚哚，一鍋粥」。當然我們也不要忘記，張愛玲的「母語」正是「被北邊話與安徽話的影響沖淡了的南京話」（張愛玲，〈『嗄？』？〉，頁一〇八）。

而《小團圓》更深的幻滅，則出現在九莉向之雍的最後攤牌。他們二人走在城外正黃色的菜花田邊，九莉幽幽說道：「你決定怎麼樣，要是不能放棄小康小姐，我可以走開」，之雍則是以一種令九莉無法理解的瘋人邏輯給出了回答：「好的牙齒為什麼要拔掉？要選擇就是不好……」（頁二七三），逼得九莉終於悟出她與之雍未來關係的渺茫與絕望。

等有一天他能出頭露面了，等他回來三美團圓？

有句英文諺語：「靈魂過了鐵」，她這才知道是說什麼。一直因為沒嚐過那滋味，甚至於不確定作何解釋，也許應當譯作「鐵進入了靈魂」，是說靈魂堅強起來了。

還有「靈魂的黑夜」，這些套語忽然都震心起來。

那痛苦像火車一樣轟隆轟隆一天到晚開著，日夜之間沒有一點空隙。一醒過來它就在枕邊，是隻手錶，走了一夜。（頁二七四）

這裡已然不再是〈華麗緣〉中不可承受之「輕」，陽光中一蓬蓬淡藍色的灰塵，悠悠忽忽，如夢似幻，而是過了鐵的靈魂異常沉重，而轟隆隆不分晝夜、不絕於耳的痛苦，透過火車與手錶音響的貼合而得以成功表達。《小團圓》已不需要看著祠堂裡孫中山「革命尚未成功，同志仍須努力」的對聯泫然欲泣，《小團圓》已將九莉的內在矛盾（恐怖與安穩的疊合，加入隊伍與逃離隊伍的焦慮）化為直截了當的痛苦告白：「並不是她篤信一夫一妻制，只曉得她受不了。她只聽信痛苦的語言，她的鄉音」（頁二七七）。故與其說《小團圓》中的「他鄉，他的鄉土，也是異鄉」（頁二六七），呼應了〈異鄉記〉，不如說九莉與之雍最終的分道揚鑣，乃是帶出了「他鄉，他的鄉土，也是異鄉」的多重詮釋與性別反諷：怕在宗法婚姻所保障的男人妻妾特權中，終究也只能是女人永遠的「異鄉」。

四．此「緣」非彼「圓」

〈異鄉記〉千里尋夫，月光下聽到的紹興社戲亙古而蒼涼，〈華麗緣〉臺下看戲臺上心情，才子佳人的故事像翻行頭一般，卻也難逃三妻四妾的老套因循，而《小團圓》為追求戀愛自由而不顧名分的勇敢直前，終究踢到宗法婚姻的鐵板，原本意欲視而不見、存而不論的妻妾制，在一對一愛情幻滅之後，轉而成為如鯁在喉、如芒在背的痛苦存在，新翻成了舊，自由變桎梏，終究讓靈魂過了鐵。而本章此節就讓我們回到〈華麗緣〉與《小團圓》第九章文字鋪陳十分相似的「結尾」，看一看從前者的「趺趺衝衝，踉踉蹌蹌」八個字到後者的「狼犺」兩個字所可能涉及的「文本譯異」，為何既是文字風格上的異動，亦是性別意識上的轉變。

先來看〈華麗緣〉的結尾，話說閔少奶奶抱著孩子來接「我」，「我」不得不站起身來「一同」擠出去。離去前描寫到劇場裡一位「深目高鼻的黑瘦婦人」水根嫂，親熱大方地跟著她的兒女四處稱呼「林伯伯」、「三新哥」：

男男女女都好得非凡。每人都是幾何學上的一個「點」——只有地位，沒有長度、寬度與厚度。整個的集會全是一點一點，虛線構成的圖畫；而我，雖然也和別人一樣的在厚棉袍外面罩着藍布長衫，却是沒有地位，只有長度、闊度與厚度的一大塊，所以我非常窘，一路跌跌衝衝，踉踉蹌蹌的走了出去。（〈華麗緣〉，頁一一一）

而《小團圓》第九章的結尾一樣熱鬧，郁太太抱著孩子來了半天，九莉只好站起身來往外擠，「十分惋惜沒有看到私訂終身，考了一併迎娶，二美三美團圓」（頁二六五）。接著同樣描寫一個「深目高鼻的黑瘦婦人」，站在過道裡張羅孩子們吃甘蔗，「顯然她在大家看來不過是某某嫂，別無特點」（頁二六五）。接著便是本章一開場便引用的段落：

這些人都是數學上的一個點，只有地位，沒有長度闊度。只有穿著臃腫的藍布面大棉袍的九莉，她只有長度闊度厚度，沒有地位。在這密點構成的虛線畫面上，只有她

這翠藍的一大塊，全是體積，狼犺的在一排排座位中間擠出去。（頁二六五）

我們可以先看表面上的差異處理。先就穿著來說，〈華麗緣〉強調大家都穿著厚棉袍外面罩著藍布長衫，《小團圓》卻凸顯只有九莉一人穿著臃腫的藍布面大棉袍，而顯得特別醒目。而《小團圓》更在第八章交代了「這翠藍的一大塊」之原由：姑姑楚娣不贊成九莉下鄉卻也無法攔阻，「只主張她照她自己從前摸黑上電台的夜行衣防身服，做一件藍布大棉袍路上穿，特別加厚。九莉當然揀最鮮明刺目的，那種翠藍的藍布」（頁二六一）。在〈異鄉記〉中我們早已熟悉「我」的圓滾滾身影，尤其是半路停下來上茅廁解手時的狼狽，「冬天的衣服也特別累贅，我把棉袍與襯裏的絨線馬甲羊毛衫一層層地摟上去，竭力托著」（頁一六九）。臃腫肥大的穿著不僅帶出了正月氣候的寒冷，也帶出了女性在外遮形蔽體的自我保護策略，只是《小團圓》中的九莉還是忍不住選了鮮明刺目的翠藍色。然《小團圓》第九章中的郁太太先前也穿著「翠藍布罩袍」，而再次出現時安排她抱著孩子站在後排，只讓九莉一個人和「只有她那翠藍的一大塊」，在一排排座位中擠出去，而不似〈華麗緣〉中眾人都穿藍布罩衫而「我」乃是與閔太太「一同」擠了出去，顯見《小團圓》更欲展現九莉在穿著裝扮上的與眾不同，凸顯其臃腫難堪卻又無比醒目的尷尬離場。

此外便是〈華麗緣〉「水根嫂」與《小團圓》「某某嫂」的差別，雖說兩人皆被形容為「深目高鼻的黑瘦婦人」(《小團圓》還加上了「活像印度人」),但〈華麗緣〉人前人後打招呼、話多聒噪的「水根嫂」,給出的是一種表面的熱絡敷衍與可能的假意禮數,亦即下句所言恐非全然正面表述的「男男女女都好得非凡」,當然也同時呼應前一段「會有這樣無色彩的正經而愉快的集團」(頁一一〇)之評語。而《小團圓》中的「某某嫂」,卻倒像是一個沒有聲音、別無特點的眾多女人之一,剪了髮的「水根嫂」有形有款,而梳著舊式髮髻的「某某嫂」則像是一個傳統婦女的通稱、一個無個體性的代號,隨時填入先生的名字即可表明身分與地位。但只要她是「某某嫂」,即便「活像印度人」,也能完美融入鄉親們的世界,「某某嫂」既是她的稱謂,也是她隨之而來的地位與名分。

那在表面上服飾、髮飾與人物角色化的差異之外,兩個結尾都用到的數學表達有不同之處嗎?回答這個問題前,先讓我們看看前已提及胡蘭成在《山河歲月》中寫到張愛玲去溫州路上寫給他的信,前面的分析著重在張愛玲在斯宅祠堂看的是「的篤班」而非「紹興大戲」,此處則想凸顯胡蘭成從張愛玲信中所言戲臺下的鄉下人彷彿是幾何學的點、不占面積的存在所得到的開悟啟發,「她這一語使我明白了人身是如來身」(胡蘭成,《中國文學史話》,頁九七),這不僅僅只是「用簡單的數學觀念來建構他的美感邏輯」(黃錦樹,頁一三九),恐怕也是風流人物輕鬆說得的禪機了悟,徹徹底底的「去性別化」。

那張愛玲究竟是如何以抽象的數學用語來「譯異」性別思考呢?〈華麗緣〉強調「整

個的集會全是一點一點，虛線構成的圖畫」，有秩序、有規矩、有地位，而「我」的窘迫顯然來自「一大塊」所啟動的「譯—異—易—溢—佚」，無法圈限在點與點所構成的虛線與虛線構成的畫面之中。所以若地位來自「點」的固著與確定，那有長度、寬度與厚度的「一大塊」無法不「溢出」「點」的固著與確定而造成尷尬危機。然而此處形成對比的「點」與「一大塊」，可以是鄉下人與城裡來的「我」之間的齟齬或無法融入，也可以是「群體」的各就各位、各司其職與「個體」疏離的鶴立雞群、格格不入。雖然說在數學上「點」多被當成最小單位，由點到線到面，在此卻成了「群體」作為密點集合的表達。《小團圓》顯然更為凸顯九莉「這翠藍的一大塊，全是體積」，在密點構成的虛線畫面上，顯得如此突兀難堪。而《小團圓》前前後後對宗法婚姻妻妾制的反覆思量，與揮之不去對「名分」的焦慮不安，更讓此處的「地位」產生了更具性別政治的聯想。「地位」不是數學用語，故亦有評者表達了對「只有地位，沒有長度闊度」的困惑不解。[18] 按常理推之，有長度闊度厚度的體積，該是較能占有「地位」與空間，而此處則是反其道而行，越是臃腫，越是龐大，越是有長寬高，越是沒有地位。故此處的「地位」顯然較非空間位置的面積或體積占有，而較似「點」所代表的定著與確切，不得溢出與異動。

也或許只有在此思維邏輯中，我們才能看到「地位」與「名分」的可能連結，才能看到「狼犺」的真正出場。張愛玲曾在〈天才夢〉裡寫道：「在待人接物的常識方面，我顯露驚人的愚笨」（頁二四二），或是在《對照記：看老照相簿》裡坦承，「事實是我從來沒脫出那『尷尬的年齡』（the awkward age），不會待人接物，不會說話」（頁五四）。[19]然「狼犺」絕對不只是身體手腳或待人接物的笨拙，「狼犺」也絕對不只是「跌跌衝衝，踉踉蹌蹌」的同義字，經由《小團圓》對宗法婚姻、對「多妻主義」、對身分地位的反覆思量，已然成為一個「名分溢易」的身體姿勢，無法如「點」一樣，在一排排的座位上各「舊」各位。九莉的狼犺來自穿著臃腫，來自中途離席，更來自相較於周遭他人在名分地位上的穩固確定。有名有分的郁太太不狼犺，沒有自己姓名卻依然有名有分的「某某嫂」也不狼犺，只有九莉如此狼犺，無法遵循宗法秩序的「感性分隔共享」。不論是面對古今中外蒙頭裹面的婦女行列，或是鄉下在宗祠看戲的鄉親父老，九莉都是要加入難加入、要離開難離開、地位尷尬模糊的狼犺。

五・前世今生《小團圓》

張愛玲自小從自己「盲婚」的父母與宗族親友身上看到的，便是那在新舊交接亂世中依舊頑抗存活的宗法婚姻與妻妾制，而張愛玲的戀愛與婚姻，不僅沒能逃脫她從小最害怕、最憎惡的妻妾成群，反而自投羅網，讓宗法婚姻以加倍的重量壓向她自身，讓「靈魂過了鐵」。然《小團圓》對宗法婚姻與妻妾制的感受與批判，卻也不是一蹴而及，在此我們可以看看〈異鄉記〉、〈華麗緣〉、《小團圓》書寫前後的其他文本，藉此端詳張愛玲對宗法婚姻不同階段的思索與處理手法。在〈異鄉記〉與〈華麗緣〉之前，張愛玲早已善於處理女人在宗法婚姻中有名分的安妥與沒有名分的焦磨。發表於一九四四年上海《雜誌》的短篇小說〈等〉，一開場就寫到高先生「老法的姨太太」如何殷勤體貼、一路周到，卻得不到同樣在推拿診所等候的一群太太們的好眼色，只因這些太太們早已被姨太太或可能出現的姨太太攪得心神難安。這廂是丈夫在內地的奚太太，拉住人就抱怨重慶政府鼓勵公務員討小老婆，「現在也不叫姨太太了，叫二夫人！」（頁一〇五）；那廂則是被先生和小老婆氣壞身子的童太太，氣到甚至叫女兒「一輩子也不要嫁男人」，但也終究只能是「一大塊穩妥的悲哀」（頁一〇九）。而〈等〉在張愛玲自譯的英文版本中，題目已變成"Little Finger Up"，並注解「翹起小拇指」乃姨太太的手勢，來凸顯姨太太執妻職之得意，更以十分中國宗法婚姻制度的術語「扶正」，來作為英文版中英對照的中文題目。[20]或是發表於一九四五年二月上海《雜誌》的〈留情〉，雖然一開場有米晶堯與淳于敦鳳的結婚證書為憑，守寡數十年的敦鳳嫁給大她二十多歲的米先生似是修成正果，但作為小老婆的身分，也因米先生欲探望病重的元配妻子而憋屈，無從發作，只得在舅母楊老太太面前不斷數落米先生，絲毫不留情面。表嫂楊太太背地裡也在奚落敦鳳「做了個姨太太，就是個姨太太樣子！口口聲聲『老太婆』，就只差叫米先生『老頭子』了！」（頁二八），但當著敦鳳的面，還是好言好語勸到「要我是你，我不跟他們爭那些名分，錢抓在手裏是真的」（頁二八）。名分的不確定，顯是讓「生在這世上，沒有一樣感情不是千瘡百孔的」（頁三二）更添淒涼感嘆。

而相較於收在《傳奇》增訂本中的〈留情〉與〈等〉，一九四四年收在《流言》裡的〈借銀燈〉，則是經由評介電影《桃李爭春》與《梅娘曲》，再次對「多妻主義」中的雙重標準表達了異議：「這兩部影片同樣地涉及婦德的問題。婦德的範圍很廣，但普通人說起為妻之道，著眼處往往只在下列的一點：怎樣在一個多妻主義的丈夫之前，愉悅地遵行一夫一妻主義」（頁九三—九四），一語道破女性在「一夫多妻」與「一夫一妻」新舊交接時代的婚姻困局。然在一九四五年的〈雙聲〉中，張愛玲透過與好友炎櫻的對話，帶出的卻是對「多妻主義」理念上認同卻質疑其實踐可能的模稜態度：

張：關於多妻主義——

獏：理論上我是贊成的，可是不能夠實行。

張：我也是。

獏：幸而現在還輪不到我們。歐洲就快要行多妻主義了，男人死得太多——看他們

可有什麼好一點的辦法想出來。(頁五七)

此處張愛玲所謂理論上的贊同，顯然帶有一種戀愛自由至上的理想，開明又開放，但卻又確知其不可行。接著獏夢(炎櫻)就把話題岔開到歐戰後的歐洲，以調皮搗蛋的口吻，寓言歐洲即將風行多妻主義，即便此回應戰後女多男少的「多妻主義」與中國傳統宗法制度的「多妻主義」，乃是有著截然不可同日而語的歷史延革、性別關係與權力配置。〈雙聲〉是好友之間幽默親暱的對話，觸及當代性愛想像與婚姻制度之處，顯然也是嘻笑怒罵多於認真批判。

而改寫自張愛玲電影劇本《不了情》的〈多少恨〉，則幾乎與〈華麗緣〉同時發表：〈華麗緣〉首刊於一九四七年四月上海《大家》月刊創刊號，〈多少恨〉則連載於緊接著的《大家》月刊第二期與第三期(一九四七年五月與六月)。〈多少恨〉描寫到獨立女性虞家茵與雇主夏宗豫無疾而終的戀情，其關鍵便在於久病在床、不久人世的夏太太對名分的死命堅持，人之將死，其言也恐怖：

……虞小姐，本來我人都要死了，還貪圖這個名分做什麼?不過我總想著，雖然不住在一起，到底我有個丈夫，有個孩子，我死的時候，雖然他們不在我面前，我心裡也

還好一點，要不然，給人家說起來，一個女人給人家休出去的，死了還做一個無家之鬼……。（頁一四五）

周芬伶在《豔異》一書中曾精采援引美國女性主義學者吉爾伯特（Sandra Gilbert）與古巴（Susan Gubar）在《閣樓中的瘋婦》（*The Madwoman in the Attic*）的論點，來談論〈多少恨〉中夏太太的瘋狂（頁三五六—三五七）。若就張愛玲所一再互文的《簡愛》（*Jane Eyre*）而言，此援引當是十分妥切恰當。但與此同時「家中天使」、「病態美人」或「閣樓中的瘋婦」，卻又都不足以涵蓋此處夏太太不顧一切、堅守名分的舉動，貌似瘋狂無理性，卻是拳拳服膺於宗法婚姻的秩序與安穩保障，只要不離婚什麼都肯，唯一恐懼的是沒了名分，淪為無人祭祀的孤魂野鬼。

爾後則是在上海《亦報》以筆名梁京連載的《十八春》（後改寫為《半生緣》），小說中的沈母苦等丈夫離開小公館，而姊姊曼璐為了繫住丈夫的心、不惜陪上自己親身妹妹曼楨一生幸福的關鍵，正在於其不能生育而選擇了傳統宗法婚姻所包容的「借腹生子」。而一九五一年的中篇小說〈小艾〉亦是以梁京的筆名在《亦報》連載，小說中又是一個一夫多妻的五老爺席景藩，既要五太太的財，又要三姨太太憶妃的色，就連丫嬛小艾也要染指，而其中對名分的嘲諷，不僅是五太太一過門「正妻」的名分就被五老爺與三姨太搬弄與奚落，「五太太又像棄婦又像寡婦的一種很不確定的身分已經確定了」（〈小艾〉，頁一一八），爾後更被「東屋」、「西屋」的混亂稱呼所刁難：

憶妃想必和景藩預先說好了的，此後家下人等稱呼起來，不分什麼太太姨太太，一概稱為「東屋太太」，「西屋太太」，並且她有意把西屋留給五太太住，自己住了東屋，因為照例凡是「東」「西」並稱，譬如「東太后」「西太后」，總是「東」比較地位高一些。（頁一三一）

此「東屋太太」、「西屋太太」的稱呼，顯然典出《兒女英雄傳》一夫兩妻的空間安排。張愛玲在〈必也正名乎〉中就曾言道：「『兒女英雄傳』裏的安公子有一位『東屋大奶奶』，一位『西屋大奶奶』。他替東屋提了個匾叫『瓣香室』，西屋是『伴香室』」（頁三八）。張學研究者高全之也曾細心指出，張愛玲此處弄錯了《兒女英雄傳》的原文，何玉鳳（十三妹）的東屋是「伴香室」，張金鳳的西屋才是「瓣香室」（《張愛玲學》，頁一四九）。

但更厲害的地方，則是高全之接下來的犀利質疑：為何反對多妻主義的〈小艾〉要引用擁護多妻主義的《兒女英雄傳》？而他也接著提出了鞭辟入裡的分析判斷：「《兒女英雄傳》以多妻主義的倫理幻想來討好男性讀者，教化女性讀者。〈小艾〉正面迎擊，洪聲亮嗓為警鐘與善勸，打碎女性對多妻主義的過度期望」（頁一五二）。然本章雖同意高全之將「反對多妻主義的立場與態度」，當成張愛玲一生的執著課題，但卻對接下來「前後一致，毫無妥協商量的餘地」（頁一五一）的斷語有所保留。張愛玲對宗法婚姻與妻妾制之反思與批判之所以動人，正在於重蹈覆轍的衝動與親身體悟的痛楚。張愛玲有猶豫、有困惑、有絕望，不清楚什麼時候戀愛自由的奮不顧身，可以真正置宗法婚姻的妻妾於不顧？沒有目的，不要名分的愛情，又何以終究導向最難堪的二美三美團圓？張愛玲的以身試法、引火焚身，動人之處往往不在於對所謂「多妻主義」的「前後一致，毫無妥協商量的餘地」，而是新舊夾縫中的反覆、茫然、焦慮、懊惱、悲憤，終究想弄懂卻終究難以弄懂的現代愛情與婚姻的出路。用腦袋去反對很容易，用身體與生命去拚搏很難，張愛玲一路走來千瘡百孔、滿目瘡痍。

而張愛玲對宗法婚姻與妻妾制轉趨犀利的批判與更形尖刻的嘲諷，則以一九五六／一九五七年的〈五四遺事〉最為顯著：最早於一九五六年以英文“Stale Mates: A Short Story Set in the Time When Love Came to China”發表於美國《記者》（*The Reporter*）雙週刊，後改寫為中文，一九五七年發表於《文學雜誌》。在此張愛玲赴美翌年、與賴雅婚後一個月發表的英文小說中，張愛玲對自由戀愛、男女平等、多妻主義展現了前所未有的犀利批判，極盡嘲諷之能事，中文版的副標題甚至直接放上「羅文濤三美團圓」。小說的背景不再是〈華麗緣〉的古代才子佳人劇目，功成名就後「一路娶回來」，而是二〇年代西湖邊上的自由戀愛場景，「在當時的中國，戀愛完全是一種新的經驗，僅只這一點點已經很夠味了」（張愛玲，〈五四遺事〉，頁二三五）。但男主角羅文濤卻離婚不成，蹉跎到最後成了一齣鬧劇：「這已經是一九三六年了，至少在名義上是個一夫一妻的社會，而他擁有三位嬌妻在湖上偕隱。難得有兩次他向朋友訴苦，朋友總是將他取笑一番說，『至少你們不用另外找搭子，關起門來就是一桌麻將』」（頁二四五）。正如原本英文標題的 "Stale Mates" 被張愛玲直接翻譯成「老搭子」，三美與才子詩人闔家團圓，正好湊成一桌麻將，顯是極盡嘲諷五四自由戀愛荒了腔走了板，回到了最保守反動的妻妾制。[21]

而完稿於一九七六年的《小團圓》則是在宗法婚姻的叛離與回歸思考中，展現「妾身未明」的最大幅度焦慮，既有事後諸葛的清明與透徹，也有當局者迷的癡愚與懵懂，一步步從九莉對愛情的怯怯期盼，性愛的逐步體驗到宗法婚姻的糊爛一鍋粥，展現了對「名分」的過度敏感、慌亂與無所適從，先是不在乎的存而不論，隨即轉為無法放入括弧的如影隨形。邵之雍決定去華中辦報，臨行前之雍問九莉想不想跟他一起去華中看看，九莉回說她又無法搭乘軍用飛機：

「可以的，就說是我的家屬好了。」

連她也知道家屬是妾的代名詞。

之雍見她微笑著沒接口，便又笑道：「你還是在這裏好。」

她知道他是說她出去給人的印象不好。她也有同感。她像是附屬在這兩間房子上的狐鬼。（《小團圓》，頁二三三）

早在《小團圓》第五章邵之雍就曾在黃昏時刻眼睜睜望著九莉的眼睛，「忽然覺得你很像一個聊齋裏的狐女」（頁一八七）。接著便十分怪異地接到邵之雍的第一個妻子，「因為想念他，被一個狐狸精迷上了，自以為天天夢見他，所以得了癆病死的」（頁一八七）。此段描繪之所以怪異，乃是將聊齋浪漫的男女人鬼戀，轉到了元配妻子被狐狸精纏身而辭世，九莉之為「狐女」、「狐鬼」不僅來自人鬼殊途之譬喻，更來自於宗法名分的殘酷判別，邵之雍的元配妻子雖已逝世，但還有第二個太太在上海、姨太太在南京，九莉怕是人不人、鬼不鬼，有朝一日難不成淪為〈多少恨〉中夏太太最恐懼的「無家之鬼」。

爾後在華中辦報的邵之雍，又與副社長虞克潛為了小康小姐爭風吃醋，邵之雍忿忿不平向九莉埋怨道，「他追求小康，背後對她說我，說『他有太太的』」。九莉的反應卻是如此可憐可笑，一時間竟想不通她是否就是虞克潛口中那意有所指的邵之雍「太太」：「九莉想道：『誰？難道是我？』這時候他還沒跟緋雯離婚」（《小團圓》，頁二三五）。換言之，此處爭奪「太太」地位的候選人顯然不只九莉一人，「誰？難道是我？」所呈現出來的猶豫尷尬不確定，要或不要名分，在乎或不在乎名分，終究困惑著九莉，也困惑著小說作者張愛玲。一九七五年十二月十日在她寫給夏志清的信中言道，「胡蘭成會把我說成他的妾之一，大概是報復，因為寫過許多信來我沒回信」（夏志清，《張愛玲給我的信件》，頁二三四），而彼時也正是《小團圓》書稿即將大功告成的時候。

而《小團圓》之後，張愛玲也未嘗放棄對「多妻主義」的思考。在〈同學少年都不賤〉中，女主角趙玨戀愛先行，好友恩娟問到其所交往韓國男友崔相逸的婚姻狀況時，趙玨只是輕描淡寫「在高麗結過婚」，「我覺得感情不應當有目的，也不一定要有結果」，「崔相逸的事，我完全是中世紀的浪漫主義。他有好些事我也都不想知道」（頁三二）。[22] 趙玨婚後發現先生萱望偷腥，與女學生廝混，也只一句「人是天生多妻主義的，人也是天生一夫一妻的」（頁四六）。此自相矛盾的聲稱，難道是要以性別做區分，男人多妻主義而女人一夫一妻嗎？還是說有些人天生就要一對多，而有些人天生就要一對一，乃與性別無涉呢？而此處的「天生」是去強調人有不同的性慾模式與需求強度嗎？然不論一夫多妻或一夫一妻，都該是人類社會歷史發展進程中的制度安排，那張愛玲此處為何要兩次重複「天生」，而什麼又是「天生」與「婚姻制度」之間的糾葛呢？張愛玲在一九七七年出版的《紅樓夢魘》中，再次強調「愛情不論時代，都有一種排他性。就連西門慶，也越來越跟李瓶兒一夫一妻起來，使其他的五位怨『俺們都不是他的老婆』」（頁三四六），而從古到今愛情的排他性，顯然讓宗法婚姻的「多妻主義」產生本質上的無法和諧共處。而在新舊交接、並置齟齬的時代，舊式宗法婚姻與新式戀愛自由之間可能的斷裂，傳統一夫多妻與現代一夫一妻之間冒現的衝突，張愛玲最是能感同身受，體悟甚深，而如何有可能強顏歡笑「在一個多妻主義的丈夫之前，愉悅地遵行一夫一妻主義」（〈借銀燈〉，頁九四），或是在「多妻主義」的安排下，偶爾幻想一夫一妻的愛情，維護著名分與顏面，張愛玲始終在找尋答案，始終在表達困惑、憤怒與苦痛掙扎，即便在過程中她的「妻妾」夢魘已悄然成為「一種很不確定的身分已經確定了」。而也只有在此時回望〈異鄉記〉、〈華麗緣〉與《小團圓》三個文學文本之間所牽連出的「文本譯異」與「名分溢易」，或可了然於心那「跌跌衝衝，踉踉蹌蹌」八個字如何就變成了「狼犺」兩個字，一個對名分、地位的膠著不確定，一個從身體姿勢到心理狀態的遲重與難堪。悠悠忽忽的華麗與蒼涼不再，質樸的文字力透紙背，「靈魂入了鐵」，也如是給出了古典語詞「狼犺」的現代宗法批判新意。

注釋

1 此處做形容詞，轉引自閔家驥等，頁二四七。

2 本書採用〈異鄉記〉的繁體字版，收錄於二〇一〇年出版的《對照記：散文集三·一九九〇年代》（張愛玲典藏13），頁一〇七—一八四，故文中以單引號為篇名標示。《異鄉記》簡體字版亦於二〇一〇年由北京十月文藝出版社單冊出版，止庵主編，彼版本乃採書名雙引號。謹此說明本章所援引〈異鄉記〉作為篇名與《異鄉記》作為書名在單引號與雙引號使用上之差別。

3 此以「譯—異—易—溢—佚」去破解「本源」、「本文」的做法，可與陳麗芬在〈童言流言，續作團圓〉一文中將《小團圓》讀為既是「續集」（sequel）、也是「前傳」（prequel）的做法相呼應：「續集不僅在『完成』前作而已，它更在現身說法以實際宣明前作的『未完成』。以『前傳』的方式它更是在自我標示，其實續集才是首集」（頁三〇一）。而此讀法亦是將所謂的「本源（原）」無限延異，終至無法確認：「所謂的『始原』更顯得也不過是暫時的建構，因為當續集之後又出現更多的續集時，它可以重寫成前傳的前傳，如此無終止地延異、開展下去，永遠也完不了之外，亦無可確認的源頭定點」（頁三〇一）。

4 本章所用的文本「譯異」與名分「溢易」，乃是再次企圖與「意義」諧音而反轉鬆動「意義」的穩固確定，不僅與第四章的「譯溢」與「溢譯」相通（主要處理字詞翻譯），也與全書在「譯—異—易—溢—佚」上的滑動轉換相呼應。然這些同音滑動並不止於表面上的「文字遊戲」，而是全書由此展開理論概念化的關鍵所在。

5 此乃張愛玲在五〇年代初寫給鄺文美的書信內容，見宋以朗，〈關於『異鄉記』〉，頁一一二。

6 除此之外，張愛玲另一個「可能」的下鄉經驗，則是一九五〇至一九五一年間以上海第一屆文代會代表去蘇北參加數月的土改工作，可參見陳子善，〈張愛玲與上海第一屆文代會〉，頁八八—九一。

7 目前「藍本說」最詳盡細緻的比對，可參見宋以朗的序文〈關於『異鄉記』〉以及在網誌 *ESWN Culture Blog* 上更長的序文版本〈異鄉記：張愛玲遊記體散文〉。

8 此處或可再添一個佐證，一九四五年七月《雜誌》上由炎櫻所寫、張愛玲翻譯的〈浪子與善女人〉，文中主要部分乃炎櫻寫給「蘭你」的長信，由上下文可知此「蘭你」即胡蘭成。

9 有關〈殷寶灩送花樓會〉的最新考據，乃是張愛玲遺產執行人宋以朗以張愛玲一九八二年十二月四日寫給其父宋淇的信為證，指出小說中的「羅教授」乃傅雷，並進一步找出小說中的「殷寶灩」乃張愛玲的同學成家榴，可參見宋以朗，〈上海文人情史篇一〉、〈上海文人情史篇二〉。

10 此亦或可解釋〈異鄉記〉與〈華麗緣〉後續皆被視為「散文」的「文類」歸屬。〈華麗緣〉最早收錄於一九八七年出版的《餘韻》，該書乃是將張愛玲上海時期的部分舊文合成一集，並無「文類」上的區別。爾後〈華麗緣〉收錄於二〇〇一年的張愛玲典藏全集8，此乃「散文卷二」，收錄張愛玲一九三九至一九四七年發表的散文。在二〇一〇年張愛玲典藏新版中，〈華麗緣〉不僅收錄於「散文集一・一九四〇年代」，而此「散文集一」也正是以《華麗緣》（張愛玲典藏11）作為集名，而〈異鄉記〉則是以「附錄二」的方式，收錄於典藏新版的《對照記：散文集三・一九九〇年代》（張愛玲典藏13）。而本章的論點不是要說〈異鄉記〉與〈華麗緣〉是「小說」不是「散文」，而是要說「小說」或「散文」的二選一，將讓我們無法進一步理論化其在「文類」上的基進不確定性。而此基進不確定性不僅能展示張愛玲在文學實驗上的嘗試與努力，更能鬆動任何以散文即紀實、小說即虛構的文類制式與對號入座。

11 張代敏在〈『社戲』裡的「社戲」〉中有更為詳盡的解說：「古時紹興的祭社，為行令作詩。春祭謂『春社』，是祈農之祭，秋祭謂『秋社』，此時農家收穫已畢，立社設祭，是為了酬報土神。後來發展為以演戲來祭社。這時演的戲便叫『社戲』，因為每年要演，亦叫『年規戲』」。轉引自「社戲（宗教、風俗戲藝活動）」。

12 此頁碼為《大家》雜誌〈華麗緣〉首刊版的頁碼，本章其他引用〈華麗緣〉處，皆以張愛玲全集14《餘韻》，頁九七至一一一的版本為主。

13 此處陳定山的描寫，暗含了道德批評與潛在的雅／俗品味傲慢。張愛玲在〈華麗緣〉指「的篤班」搬演「淫戲」，反倒沒有任何嚴厲道德批判的預設，只是想凸顯才子佳人調情的俗氣與看戲鄉民的淡定，「把故事歸於戲台上」（頁一一一）。而與此同時，更把「鄉氣」與「粗事」作為鋪陳華麗衣飾的參差對照：「我想民間戲劇最可愛的一點正在此；如同唐詩裏的『銀釧金釵來負水，』——是多麼華麗的人生」（頁一〇九）。

14 此段文字被重新寫入《小團圓》第十章時，國旗顏色依舊艷麗，只是已無總理遺像：「堂屋上首牆牆上交叉著紙糊的小國旗，『青天白日滿地紅』用玫瑰紅，嬌艷異常。因為當地只有這種包年賞的紅紙？」（頁二六七）。

15 故此處敘事者看著「革命尚未成功，同志仍須努力」對聯的哭泣衝動，除了政治伏筆與宗法批判外，另一個可能的切入角度，乃是回到張愛玲一九四四年四月發表的〈論寫作〉結尾，談到自己喜愛的申曲套語時，出現了相同的哭泣衝動：「……他們具有同一種的宇宙觀——多麼天真純潔的，光整的社會秩序：『文官執筆安天下，武將上馬定乾坤！』思之令人淚落」（頁二三八）。

16 然修訂於一九八二年的〈華麗緣〉並未收錄於一九八三年出版的《惘然記》，而是延遲到一九八七年出版的《餘韻》，難道是張愛玲在其間對《小團圓》的出版仍有躊躇，另有耽擱或打算？但無論如何，一九八三年出版的《惘然記》與一九八七年出版的《餘韻》皆可被視為八〇年代初張愛玲「舊作出土」（唐文標、陳子善等）風潮下的「奉旨完婚」，不得不將上海時期的舊作整理出版。

17 藉此再次說明：張愛玲並沒有在過世前還在改寫小說《小團圓》，張愛玲過世前是在將「小說」《小團圓》，改寫成「散文」《小團圓》，二〇〇九年出版的乃是張愛玲在一九七六年完稿的小說《小團圓》。當前張學研究的一大隱憂，乃是眾多學者皆稱張愛玲過世前仍在改寫《小團圓》，或將二〇〇九年出版的《小團圓》直接視為未定稿，或是在知曉二〇〇九年出版的乃一九七六年完稿之前提下，依舊好奇張愛玲後續的修改增刪為何。然不論前者或後者，皆嚴重影響學者（也包括一般讀者）對小說《小團圓》「完成度」的認知與評斷。而「完稿」被當成「未定稿」的關鍵，主要來自兩封張愛玲寫給皇冠文化出版社編輯信件的「誤讀」。第一封一九九三年七月三十日寫給編輯方麗婉：「又，我忘了《對照記》加《小團圓》書太厚，書價太高。《小團圓》恐怕年內也還沒寫完。還是先出《對照記》」（見宋以朗，〈『小團圓』前言〉，頁一六）。信中所指的《小團圓》乃張愛玲過世前仍在進行的〈愛憎表〉，原本想當作《對照記》的附錄（改寫自小說《小團圓》的《對照記》，最早也曾一度被命名為《小團圓》），卻因越寫越長而作罷，當然也包括信中所提到的書價考量，而此原本的「附錄」在彼時乃是被命名為《小團圓》。第二封一九九三年十月七日寫給編輯陳皪華：「《小團圓》一定要盡早寫完，不會再對讀者食言」（見宋以朗，〈『小團圓』前言〉，頁一六）。有了第一封的說明，我們當可立即判斷，信中指的《小團圓》乃〈愛憎表〉，亦即原本規劃為《對照記》附錄。此《小團圓》三胞案，自然讓不清楚來龍去脈的人，或不熟悉張愛玲「出清存稿」邏輯、喜好「一題多用」（喜歡的標題總是千方百計想派上用場）與「更迭書名」（為求好總愛一換再換書名）的人，被攪得一頭霧水。故宋以朗之所以聲稱，「事實上，只要我們再參考一下她與皇冠兩位編輯的書信，便會發現她本人不但沒有銷毀《小團圓》，反而積極修改，打算盡快殺青出版」（〈『小團圓』前言〉，頁一五），亦是情有可原。

18 例如周英雄曾在〈「驚訝與眩異」：張愛玲的他鄉傳奇〉中敏銳指出，「九莉只剩軀體，甚至物化為幾何的向度與色彩。張愛玲似乎企圖要描述九莉身心異化的窘境。至於村民只有地位所指為何，張愛玲並未言明」（頁二六）。

19 當然還有更多的出處，可說明張愛玲的笨手笨腳。〈愛憎表〉裡寫到母親對她的失望，「她還不知道我有多麼無用。直到後來我逃到她處在狹小的空間內，她教我燒開水補袜子，窮留學生必有的準備，方詫異道：『怎麼這麼笨？連你叔叔都沒這樣，』說著聲音一低」（頁一〇）。或是莊信正夫人楊榮華初會張愛玲時，注意到她手掌上的一大塊瘀青傷口，「她用幾乎是抱歉的口吻忙著解釋自己一向如何笨手笨腳，綁行李時被繩子勒破了」（楊榮華，頁一〇九）。

20 有關〈等〉的兩種中文本（一九四六年《傳奇》增訂本的版本與一九五四年香港天風出版社《張愛玲小說集》的版本，後者因政治環境考量而略做更動）、兩種英譯本（皆為張愛玲本人翻譯，但分別收錄於一九五七年與一九六一年的兩本不同選集）以及張愛玲自加的標題腳注，可參見高全之在〈戰時上海張愛玲：分辨『等』的荊刺與梁木〉中明晰透徹的爬梳與分析。

21 「老搭子」的翻譯可見張愛玲《續集》的〈自序〉，頁七，乃是直接呼應〈五四遺事〉結尾的麻將之說。然“Stale Mates”作為英文標題，還可帶到西洋棋的「逼和」、「僵局」，此動彈不得、無法改變的情勢，亦與小說中一夫三妻的尷尬局面相呼應。而若是回到“Stale Mates”更形豐富多義的文字遊戲，當以莎士比亞《馴悍記》（*The Taming of the Shrew*）開場的那句名言——“To make a stale of me among these mates?”——莫屬。在這句女主角凱瑟琳娜對父親所說的話中，除了指向棋局的僵局外，stale也可指向「笑柄」、「誘餌」、「妓女」，一如mates也相應成為「鄙夫」、「丈夫」、「追求者」的多重涵意。張愛玲十分擅長小說或散文標題的跨語際「文字遊戲」，除了大家最熟悉的「流言」（Written on water，水上寫的字）外，英文短篇標題“The Spyring”（〈色，戒〉的英文版，兼有間諜「圈」與「戒」的雙義，生動呼應中文標題的多義）與此處所論的“Stale Mates”，皆是熟諳中英雙關語的高手之作。

22 〈同學少年都不賤〉在張愛玲身前並未發表，並不清楚其寫作年代，目前唯一的資料乃是張愛玲於一九七八年八月二十日寫給夏志清的信中提到，「『同學少年都不賤』這篇小說除了外界的阻力，我一寄出也就發現它本身毛病很大，已經擱開了」（夏志清，《張愛玲給我的信件》，頁二七五）。故本章此處暫時將其視為《小團圓》之後的創作。

第六章
木彫的鳥

《小團圓》出版至今，最讓批評家傷透腦筋的莫過於「木彫的鳥」之隱喻。它在小說的第五章連續出現三次，顯是張愛玲專注經營的重要意象，第一次出現在小說女主角盛九莉與邵之雍在公寓沙發上的私密親暱場景，第二次出現在多年後盛九莉在紐約墮胎的場景，第三次又出現在邵之雍返回南京姨太太家的場景。而更早之前「木彫的鳥」尚以英文"birds carved roughly of unpainted wood"出現在張愛玲未完成的英文小說 *The Young Marshal* 之中（《少帥》，頁一三五）。那究竟要如何以「木彫的鳥」貫穿張愛玲跨語際的前後文本並繼續開展出可能的「文本譯異」，如何以「木彫的鳥」貫穿《小團圓》中的三個場景，而非掛一漏萬、顧此失彼，甚至還能夠整體呼應《小團圓》在書寫上的努力，確實挑戰了張學批評家的功力。

那就讓我們先回顧一下張學批評家截至目前針對《小團圓》中「木彫的鳥」所做的嘗試與努力。第一類較為簡易的處理方式，乃是將「木彫的鳥」與張愛玲上海時期的小說文本加以連結，創造出彼此互文的「禁錮說」。互文文本可包括〈金鎖記〉中的蝴蝶標本：「她睜着眼直勾勾朝前望著，耳朵上的實心小金墜子像兩隻銅釘把她釘在門上——玻璃匣子裏蝴蝶的標本，鮮艷而悽愴」（頁一五二）；也可包括〈茉莉香片〉裡「綉在屏風上的鳥」：「她不是籠子裏的鳥。籠子裏的鳥，開了籠，還會飛出來。她是綉在屏風上的鳥——悒鬱的紫色緞子屏風上，織金雲朵裏的一隻白鳥。年深月久了，羽毛暗了，霉了，給蟲蛀了，死也還死在屏風上」（頁一六）。或如蘇偉貞在《長鏡頭下的張愛玲》中，將「木彫的鳥」視為「內心有翅難飛，也有觀察戒訓的意味」（頁一五九），亦有評者直接將之歸類於張愛玲的標本意象，來凸顯女主人翁被禁錮的命運（李幸，頁三七）。[1]

第二類則是較為複雜但亦較為普世的「性慾說」，強調「木彫的鳥」乃是一種強烈的性暗示，「體現了九莉在『性』的逼臨與注視下，充滿了恐懼不安」（石曉楓，頁二一一），或是以「木彫的鳥」帶出性作為生命體驗更新之可能，以有別於盛九莉父親的再娶與母親的濫交（張屏瑾，頁一七）。亦有評者聚焦於馬桶中的死嬰或男胎意象，視其作為「從前站在門頭上的木彫的鳥」的化身，乃在「揭示了愛情神話中的性和暴力的本質」（沈雙，〈張愛玲的自我書寫及自我翻譯〉，頁五五），或是「雙重的卑賤物，既是排泄物，又是屍首。它同時是性、性暴力以及虐殺生命的一般暴力的印證」（黃子平，頁五一）。而其中最為深入且不溺陷於生殖／死亡、欲力／暴力的二元對立，當屬何杏楓的〈愛情與歷史：論張愛玲《少帥》〉，該文成功將討論的視角擴展至張愛玲未完稿的英文小說 *The Young Marshal*，找出該小說殘稿中與《小團圓》「木彫的鳥」相互呼應的段落加以分析比較，細膩點出兩者皆緊密涉及「生死愛欲」。

而第三類批評取徑或可被矛盾地概括為「父／母說」，「木彫的鳥」或被讀成盛九莉的父親盛乃德（或張愛玲的父親張志沂），或被讀成盛九莉的母親卞蕊秋（或張愛玲的母親黃逸梵），或父或母的兩者不可得兼。例如林幸謙在《身體與符號建構》中強調，「木彫的鳥」牽涉到兩個男人，亦即父親與遠祖的隱匿關係，兩者前後、內外彼此交纏（頁一五〇）。也斯在〈張愛玲的刻苦寫作與高危寫作〉亦強調「遠祖祀奉的偶像」所蘊含的父系與男系連結，「鳥始終是那冥冥之中的冷眼旁觀的祖傳的神祕」（頁九七），若有似無，虛實難斷。而與其截然不同、相互背反的，則是將「木彫的鳥」讀為母親的暗喻，透過佛洛依德精神分析的引證，將物質材料（木材）—母親（matter-mater）相連結（鍾正道，《佛洛依德讀張愛玲》，頁一九三），或是援用英國精神分析師克萊恩（Melanie Klein）的「陽具母親」說（phallic mother, genital mother），將母親紛亂性事的記憶，轉為道德超我的監控（鍾正道，〈女兒的自我療癒〉）。2

目前有關「木彫的鳥」的三類詮釋方式──「禁錮說」、「性慾說」、「父／母說」──都相當精采，但還是留有可繼續探詢的線索。「禁錮說」展現了對張愛玲文學文本的高度熟稔，看到「木彫的鳥」，立即就能信手拈來「綉在屏風上的鳥」，而能順利找到相對應的「禁錮」母題。但「禁錮說」有沒有可能在某種程度上加強了一種對張愛玲文本閱讀的「自我禁錮」，亦即以張愛玲上海時期的文學風格與關懷為準繩，以「同一」為預設，或視其後的創作必然回歸或呼應上海時期的創作，或視其後的創作每況愈下、慘不忍睹。而此凸顯「同一」而非「差異」的批評取徑，或許也同樣出現在第二類與第三類的批評詮釋中。第二類的「性慾說」與第三類的「父／母說」，不論是否採行精神分析的架構，皆傾向「普世化」性—生殖—死亡的亙古母題，會不會也是一種將詮釋架構「禁錮」在伊底帕斯情結（Oedipus complex）的「家庭三角」：父親—母親—兒子（或女兒），不論凸顯的是父親抑或母親。這裡的問題不在於「西方」的性愛生死或伊底帕斯三角，是否可以運用在「中國」的小說文本（千萬不可再掉入「外來」理論或文化本質論的陷阱），這裡的問題在於我們是否能夠更為基進地質疑性—性別—家庭—世代的「普世性」？我們究竟如何能在性—性別—家庭—世代的「同一」之中找出「差異」呢？故本章的企圖不在尋找「木彫的鳥」之「正解」，而是嘗試在目前眾多以「同一」為預設前提的詮釋中，另闢「差異」的批評路徑，「木彫的鳥」如何不同於「屏風上的鳥」？「木彫的鳥」所牽動的愛欲生死如何不同於精神分析的模式？正是本章所欲展開各種文本痕跡之「譯—異—易—溢—佚」，讓《小團圓》透過「木彫的鳥」之意象，也能再次「像迷宮，像拼圖遊戲，又像推理偵探小說」（《紅樓夢魘》，頁一〇），步步驚心、柳暗花明。

「門楣」一詞在《小團圓》中僅僅出現過兩次，但卻可以有著草蛇灰線的穿插藏閃，或有助於我們切入「木彫的鳥」之偵探推理過程。而「門楣」在小說中的第一次出現，亦即「木彫的鳥」的第一次出現：

一．何處是門楣

他們在沙發上擁抱著，門框上站著一隻木彫的鳥。對掩著的黃褐色雙扉與牆平齊，上面又沒有門楣之類，怎麼有空地可以站一隻尺來高的鳥？但是她背對著門也知道它是立體的，不是平面的畫在牆上的。彫刻得非常原始，也沒加油漆，是遠祖祀奉的偶像？它在看著她。她隨時可以站起來走開。（頁一七七）

此處的「門楣」乃是以「負面否定」的方式出現，說明在現代的公寓住宅中只有「門框」（或「木彫的鳥」第二、三次出現時使用的「門頭」），門扉與牆平齊，而不可能有突出來可供站立的門楣。但弔詭的是，明明沒有門楣的空地可棲，公寓房間「門框」上卻站著一隻尺來高的「木彫的鳥」，文本中還特別強調此鳥乃「立體」，並非畫在門框上的「平面」鳥圖案，當是更形強化其詭譎神祕之處。

那先讓我們來看看「門楣」所指為何？而什麼又是「門楣」作為建築術語與「門楣」作為宗法象徵之間的文化滑動與歷史聯繫？「門楣」在中國木建築營造工法中早有清楚明晰的界定，乃指門框上端的橫樑或橫檔，一般多由粗重實木製就。而門楣之上所懸掛或鑲嵌的扁額，更與中國宗法秩序緊密貼合。門楣之上的門額所書或為「郡望」（先祖世居或受封之地）、「姓氏」（先祖姓氏或姓氏字面意義之附會）、「堂號」；或為先祖的名號、別號、封號、謚號、爵號等；或為「功德、官銜或地位」（「文魁」、「武舉」、「進士第」、「太史第」等）。故建築用語的「門楣」清楚承載了傳統宗法制度的一脈相承，「光大門楣」遂與「光宗耀祖」相輔相成，皆是以建功立業、顯耀宗門、繼承祖業、傳宗接代為使命，以宣揚門望與家聲。

有了這樣初步的理解，我們當可更為心領神會「門楣」在《小團圓》中的第二次出現，亦是最後一次出現。《小團圓》結尾處跳接到共產黨革命後九莉的弟弟九林突然來訪，失業的他穿著一套新西裝意圖振奮，想要仿效他所佩服「新房子」的二哥哥。而九莉心裡卻暗自嘀咕：

他提起二哥哥來這樣自然，當然完全忘了從前寫信給二哥哥罵她玷辱門楣——罵得太早了點——也根本沒想到她會看見那封信。要不然也許不會隔些時就來一趟，是他的話：「連絡連絡。」（頁三二〇）

此段描繪當是直接呼應小說第三章九莉在家中樓下的空房裡，發現了九林粗心大意留在桌上的信箋——「二哥如晤：日前走訪不遇，悵悵。家姐事想有所聞。家門之玷，殊覺痛心」（頁一二九），當是再次印證《小團圓》敘事穿插藏閃的前後呼應、張愛玲對所有細節的精準掌握。小說中對姊弟之間的尷尬與齟齬鋪陳甚深，而從「家門之玷」到「玷辱門楣」一詞的出現，不論是弟弟對姊姊行為舉止的評斷，亦或是姊姊對弟弟的記恨，都再次點明宗法秩序裡個人的作為與評價，牽動的乃是整個宗室家族的榮辱。顯然在九林的眼中，頂撞父親、繼母之後又離家出走的姊姊，實在有辱以彰顯宗族名望為依據的家門或門楣。

張愛玲曾在〈必也正名乎〉中以詼諧幽默的口吻提及中國人的姓名學：「叫他光楣，他就是努力光大門楣；叫他祖蔭，叫他承祖，他就得常常記起祖父；叫他荷生，他的命裏就多了一點六月的池塘的顏色」（頁三五）。然而此處弟弟以信函向親戚告狀姊姊的「玷辱門楣」，雖像一筆帶過姊弟之間的恩怨，卻也有著異常沉重的壓力瀰漫字裡行間。此段落之前乃是九莉因恐有孕而赴彼時男友演員燕山介紹的廣東女醫生處做檢驗，驗出無孕的同時卻被告知「子宮頸折斷過」，然九莉卻不敢再追問，「也是因為她自己對這些事有一種禁忌，覺得性與生殖與最原始的遠祖之間一脈相傳，是在生命的核心裏的一種神秘與恐怖」（《小團圓》，頁三一九）。次日決定向燕山和盤托出，「心裏想使他覺得她不但是敗柳殘花，還給蹂躪得成了殘廢」（頁三一九）。而就在此不堪與膠著中，直接跳接弟弟九林的「玷辱門楣」之段落，之後再接到弟弟與燕山的短暫面晤，燕山評及九林的「生有異相」，接著便帶到「燕山要跟一個小女伶結婚了」（頁三二一）的震動與痛心。當然此結尾章節並未再次出現任何「木彫的鳥」之意象，但「性與生殖與最原始的遠祖之間一脈相傳，是在生命的核心裏的一種神秘與恐怖」之表達，卻再次呼應「木彫的鳥」在第五章第一次出現時「遠祖祀奉的偶像？」之疑惑與第二次出現時的打胎場景。此處的「玷辱門楣」，或可單獨指向九莉早年的離家出走，或可涵括（「罵得太早了點」）後來九莉與邵之雍不清不楚、遭人非議的關係，或更可擴大為上下文所牽動的未婚有孕之恐懼、身體的創傷與男友燕山的別婚，但都清楚帶出「門楣」從建築用語到宗法秩序的滑動與聯繫。

若弟弟九林的目光代表了傳統宗法秩序的道德判準，那九莉又是如何看待自己的叛離家門與情路坎坷呢？有了「玷辱門楣」的線索，我們當可重新回到「木彫的鳥」三次出現的場景，循此細心體會九莉未曾言明的惘惘威脅與焦慮，以及九莉明知山有虎、偏向虎山行的決心勇氣。「木彫的鳥」第一次與第三次出現的場景，都有相同的關鍵啟動人物：邵之雍的妻妾。第一次出現前，先是邵之雍說起「他還是最懷念他第一個妻子，死在鄉下的。他們是舊式結婚，只相過一次親」（《小團圓》，頁一七六）。接著邵之雍表示「我不喜歡戀愛，我喜歡結婚」，九莉先是納悶，尚未離婚的他如何結婚，接著便猜到此處的「結婚」乃指發生肉體關係，而非單純戀愛。而就在九莉與邵之雍在沙發上親熱並打算「聽其自然」時，「木彫的鳥」便出現了，這恐怕不僅只是傳統道德價值對未婚女性身體性慾的監控與禁錮，更是宗法秩序對「名分」的規範與護衛「門望」、「家聲」的要求。沒名沒分卻與邵之雍廝混的九莉，即便她相信有把握隨時可以站起身來走開，但終究還是陷入與有婦之夫的揪扯不清。九莉的勇氣不在於為了戀愛自由而渾然無視於宗法秩序的監控與門望家聲的壓力，九莉的勇氣在於即便是你儂我儂的親熱當下，仍時時刻刻感知宗法秩序的如影隨形、虎視眈眈，那門頭上站著的「木彫的鳥」揮之不去。於是在現代公寓沒有門楣的門頭之上，依舊出現了古代門望家風的宗法規訓，只是這次不是以文字書寫的郡望、姓氏、堂號或功名牌匾，而是化身為更遠古的「木彫的鳥」，莫不是要時時監控與警告著九莉切莫做出任何「玷辱門楣」的越軌舉動。

而「木彫的鳥」之第三次出現，亦與邵之雍的妻妾相關。某日黃昏兩人又再度並排躺在沙發上，邵之雍望著九莉的眼睛說到，「忽然覺得你很像一個聊齋裏的狐女」（《小團圓》，頁一八七），接著便再次提到他的第一個妻子，如何因為想念他而被狐狸精迷上，天天夢見他，所以得癆病死了：

他真相信有狐狸精！九莉突然覺得整個的中原隔在他們之間，遠得使她心悸。

木彫的鳥仍舊站在門頭上。

他回南京去了。

她寫信給他說：「我真高興有你太太在那裏。」

她想起比比說的，跟女朋友出去之後需要去找妓女的話。並不是她侮辱人，反正他們現在仍舊是夫婦。她知道之雍，沒有極大的一筆贍養費，他也決不肯讓緋雯走的。

（頁一八八）

第五章最曖昧的地方，乃是不清不楚一心只想戀愛的九莉，究竟是否與邵之雍發生了肉體關係。而此段的無銀三百兩，當是間接說明欲求有所不滿足的邵之雍，還是可以回到南京姨太太處找尋慰藉。「木彫的鳥」在《小團圓》第五章密集出現三次，但一直要等到第六章的開頭，邵之雍才帶著兩份報紙來找九莉，報紙上並排登著「邵之雍章緋雯協議離婚啟事」與「邵之雍陳瑤鳳協議離婚啟事」。換言之，第五章的邵之雍不僅在鄉下曾有已因肺癆過世的第一任妻子，還有上海的第二任妻子陳瑤鳳以及南京的姨太太章緋雯。「木彫的鳥」之出現，亦是邵之雍妻妾出現的時刻，九莉與有婦之夫高調談情說愛，搞得人盡皆知、蜚短流長，「現在都知道盛九莉是邵之雍的人了」（頁一八八），而弟弟九林也聽到了風聲，「來了一趟，詫異得眼睛睜得又圓又大」（頁一八八），但「玷辱門楣」的伏筆卻埋在小說的結尾章節才悄悄出現，似有若無，高招一筆帶過。

但若只有第一次與第三次的「木彫的鳥」，尚不足以說明九莉對宗法規訓與護持門望家風壓力的態度轉換，第一次與第三次都是以內化監控的焦慮方式出現，惘惘的威脅在那裡眼睜睜盯看，如芒刺在背，而在時序發生上更晚的第二次，則是九莉「靈魂過了鐵」、經歷與邵之雍分手的「痛苦之浴」後十多年、以極為戲劇化的「打胎」方式出現。此時「木彫的鳥」已不再站在門頭之上窺伺，此時「木彫的鳥」已化為公寓抽水馬桶中的男胎。

夜間她在浴室燈下看見抽水馬桶裏的男胎，在她驚恐的眼睛裏足有十吋長，畢直的欹立在白磁壁上與水中，肌肉上抹上一層淡淡的血水，成為新刨的木頭的淡橙色。凹處凝聚的鮮血勾劃出它的輪廓來，線條分明，一雙環眼大得不合比例，雙睛突出，抿著翅膀，是從前站在門頭上的木彫的鳥。（《小團圓》，頁一八〇）

此時的九莉依舊「妾身未明」（國籍與婚籍皆尚無著落），與男友汝狄在紐約同居。若按第一次與第三次的宗法監控邏輯而言，九莉流落異鄉、未婚懷孕又決定墮胎的遭遇，當為家族眼中「玷辱門楣」的行為舉止又添一樁。但此「打胎」場景所凸顯的卻不再是玷辱名望家風的焦慮，而是毅然決然下定決心的宗法叛離。九莉驚恐的眼睛盯著另「一雙環眼大得不合比例，雙睛突出」的眼睛，在「驚」與「睛」聲音上的連動牽引中，在肌肉上淡淡血水與新刨木頭「淡橙色」顏色上的對應聯想中，抽水馬桶裡的男胎於是與十多年前站在門頭上的木彫的鳥合而為一，由高而下，從門頭墜入了馬桶。

此段驚心動魄的描述，重點不在任何表面上的新仇舊恨或前塵往事又上心頭，而是一種至為決絕的文學死亡意象，得以宣告「木彫的鳥」作為宗法秩序的監控、作為「光大門楣」到「光宗耀祖」規訓的徹底崩盤。九莉在紐約公寓打下來的不僅只是男胎，打下來的更是中國千年宗法魔咒對她有意識無意識的控制束縛，「恐怖到極點的一剎那間，她扳動機鈕。以為沖不下去，竟在波濤洶湧中消失了」（《小團圓》，頁一八〇）。然而就在此極度壓縮、極度精準、極度象徵化的描繪之後，敘述的張力突轉務實，小眉小眼地斤斤計較起來：「比比問起經過，道：『到底打下來什麼沒有？』告訴她還不信，總疑心不過是想像，白花了四百美元」（頁一八〇）。厲害的張愛玲就是能如此這般舉重若輕，那廂才以石破天驚的方式、以血淋淋抿著翅膀的男胎意象打出千年宗法的幽靈塔，這廂不動聲色又回到女人在處理墮胎的務實態度與閨密間的相互扶持，尚不忘自我幽默寫作者過於豐富的想像力，來上一招虛實難分、如真似幻卻又充滿算計的收尾。

此打胎場景的驚人描繪，自然引來眾多批評聲浪。最常見的還是積極的「索隱派」，翻撿出張愛玲的書信與張愛玲丈夫賴雅的日記，「證明」張愛玲在與賴雅婚前曾打胎，以便順理成章將創作再次簡化為自傳經驗後，便可就此交差了事。但若回到文學創作與意象經營的脈絡，評者卻多偏向凸顯性與生殖的「普世化」，死嬰意象「揭示了愛情神話中的性和暴力的本質」（沈雙，〈張愛玲的自我書寫及自我翻譯〉，頁五五），「馬桶裡的男胎其實是『性懲罰』的揭示：在冷冷的注視裡，九莉見證了性的恐怖」（石曉楓，頁二一三）。更具宏觀的，則視此段落乃「中國文學史上大概是前所未有的凝視胎兒離體後的女性敘事」，並將張愛玲的墮胎書寫與蘇青四〇年代描繪女人墮胎的小說〈蛾〉加以比較分析，以後者充滿自責的罪惡感與羞恥感，來凸顯前者強調女人自主自由的打胎「去罪化」，更進一步連結到女性主義墮胎權的爭取，而視其為滿溢先鋒性鋒芒的女性墮胎銘寫（林幸謙，《身體與符號建構》，頁一四八、一五二）。但不論是強調性與生殖的暴力連結或政治正確地連結到女性主義墮胎權，恐怕都或多或少因「普世化」的取徑而錯過了「木彫的鳥」所蘊含深具文化殊異性的宗法批判。《小團圓》中的打胎段落，緊接在第一次「木彫的鳥」出現在沙發親熱場景之後，其中固然有性、生殖或懷孕恐懼的想像連結，但更需要關注的乃是介於其間十多年的時間間距，張愛玲顯然已將此想像連結，鑲嵌在一個更大、更久遠、也更無所不在的宗法秩序之中，經由文學意象的精心營造，已不再局限於個人的親身經歷與遭遇，而孕蓄發展成對宗法規訓來自骨血的最終叛離。

然打胎有不一樣的打胎，生兒育女也有不一樣的生兒育女。《小團圓》中描寫到九莉三姑楚娣曾脫口而出「二嬸不知道打過多少胎」（頁一九三），而意外得知母親蕊秋從不曾讓女兒知曉的祕密。但蕊秋的打胎，不論是離婚前在英國，或離婚後在中國與海外，凸顯的乃是新女性在追求獨立自主、戀愛自由過程中的折磨與苦難，無法得到合法婚姻保障下的生育自由。而女兒九莉在紐約公寓的打胎，卻是以一個更為決絕的姿態出現，有更強烈的文化象徵意涵與宗法裂變企圖。彼時九莉已懷胎四個月，乃是冒著生命的危險決定打胎，「女人總是要把命拼上去的」（頁一七七），雖男友汝狄也曾遲疑表示「生個小盛也好」（頁一七七），九莉卻堅持「我不要。在最好的情形下也不想要——又有錢，又有可靠的人帶」（頁一七八）。此毅然決然的打胎行動，固然傳達出彼時九莉與汝狄兩人在經濟上的拮据與生活上的不安穩，但也幡然與十多年前九莉曾表露的另一種不經意形成對比。九莉與邵之雍親密交往時，邵雖已登報與第二任妻子、姨太太離婚，但因時局之亂而暫緩正式結婚，三姑楚娣曾擔憂「要是養出個孩子來怎麼辦？」（頁一九三），九莉卻笑道「他說要是有孩子就交給秀男帶」（頁一九三），此或有逃避不願面對的僥倖心理，但也顯示彼時九莉對結婚生子一事或許未有過多的顧慮、排斥或障礙。

而《小團圓》小說結尾處亦兩度提到兒女，同一段落的一前一後，卻相互矛盾得厲害。九莉先是以字面幽默掩藏萬念俱灰，說是空氣污染使威尼斯的石像患了石癌，「現在海枯石爛也很快」（頁三二四），接著提到日後看見邵之雍帶著「怪腔」的著作時已不再欣賞，然後就出現全書倒數第三段一個至為詭異的開場：「她從來不想要孩子，也許一部份原因也是覺得她如果有小孩，一定會對她壞，替她母親報仇」（頁三二四—三二五）。首先此文句之詭異，部分來自於第三人稱女性代名詞的不確定性。文句中出現四個「她」，第一、二、四個「她」應該都指九莉，但第三個「她」卻可指小孩或指九莉，亦即九莉會對小孩壞，或小孩會對九莉壞。但證諸全書的敘事安排，此句要產生自嘲與反諷的效應，第三個「她」較應指向九莉，亦即若九莉相信自己若有小孩，小孩一定會對她壞，一如她自己對母親壞一般，算是另一種自作自受的報應。但詭異的是，同一段落後半部分的夢境描繪，卻呈現出一幅幸福美滿家庭、兒女成群的景象：

> 有好幾個小孩在松林中出沒，都是她的。之雍出現了，微笑著把她往木屋裏拉。非常可笑，她忽然羞澀起來，兩人的手臂拉成一條直線，就在這時候醒了。（頁三二五）

此段開頭是「她從來不想要小孩」，此段結尾是「她醒來快樂了很久很久」，若不從意識

say no、潛意識 say yes 的分裂去尋找答案，我們還可以如何面對此明擺著的矛盾衝突？這或許正是《小團圓》真正的獨到之處，二十世紀以降現代文學對封建宗法、吃人禮教的批判，無不義正詞嚴、義憤填膺，但鮮少能夠在慾望的骨血結構處反宗法。「她從來不想要小孩」並不代表九莉成長過程中沒有家庭、婚姻、親情、愛情、親密關係的慾望建構與渴求，哪怕只是一部二十多年前觀看的彩色片，哪怕只是一首〈寂寞的松林徑〉的主題曲，依舊潛入九莉的夢境，詮釋著何謂幸福家庭、何謂圓滿生活的美好畫面。只有矛盾處，才看得到盤根錯節的慾望糾纏，只有糾纏處，才看得到絕地求生的行動勇氣。不曾內化宗法的規訓，「木彫的鳥」不會出現在門頭；完全服膺宗法的規訓，「木彫的鳥」不會墜落在馬桶，而書寫既可以是甜美的夢境，也可以是扳動機鈕的一剎那。張愛玲的厲害，正是雙重顛倒了期望與絕望的次序，敘事前段已然「以為沖不下去，竟在波濤洶湧中消失了」的，施施然又悄悄出現在夢境結尾兒女成群的畫面。

二・「遠祖」與鳥圖騰

但「木彫的鳥」作為一個極度濃縮的文學意象，並不會因「門楣」所牽帶出的宗法規訓而稍減其恐怖與神祕，而其從「光大門楣」、「光宗耀祖」到「家門之玷」、「玷污門楣」的責難，還須放在一個更久遠、更深邃的文化脈絡中審視。本章此節將再度回到「木彫的鳥」第一次出現的文字段落，聚焦於該段落的另一個關鍵詞「遠祖」，以便得以繼續追問為何是「鳥」、為何是「祀奉」、為何是「偶像」、為何是「性事」、為何是「男胎」等一連串的後續問題，以期開展「遠祖」與「木彫的鳥」之間更進一步的批判思考。

首先，為何是「鳥」，什麼是「鳥」與「遠祖」之間的可能連結？在此我們不得不回到遠古的「玄鳥神話」一探究竟。《詩經．商頌．玄鳥》云「天命玄鳥，降而生商」（卷二〇，頁七九三），《史記．殷本紀》則以更生動的細節描繪來陳述其過程：「殷契，母曰簡狄，……，三人行浴，見玄鳥墮其卵，簡狄取吞之，因孕生契」（卷三，頁二二）。此神話所涉及的，不僅只是遠古部落氏族的起源想像，更帶出了母系社會到父系社會的創造轉化，必須對其進行深入的爬梳，才得以展現其中性—性交—生殖—生殖器—圖騰—祖先崇拜的多層次貼擠，才可回應張愛玲在《小團圓》中念茲在茲的「性與生殖與最原始的遠祖之間一脈相傳，是在生命的核心裏的一種神秘與恐怖」（頁三一九）。

首先，此「玄鳥神話」明顯展現了遠古的「圖騰崇拜」，亦即建立氏族先祖與圖騰物之間的親緣關係。Totem 一詞原本即是「親族」、帶有血緣關係的跨物種連結想像，而被部落氏族視為圖騰之物，具有庇佑保護之神力，一律禁殺禁食，並對其進行崇拜、祭祀等儀式，以助力此圖騰部落氏族的繁衍。[3] 而根據中國上古史料商族的祖先為東夷人，而東夷人的祖先為少皞氏，乃是以鳥為圖騰崇拜、由鳥胞族所組成的部落，並「以鳥名官」，共計二十四種鳥，或可代表二十四個氏族的圖騰（高明士，頁一五）。而玄鳥為諸鳥之首，後遂成為商族或商人的圖騰。

然「玄鳥神話」在揭示部落氏族的「圖騰崇拜」之中，亦同時表達了遠古時代的「感生神話」，因感應天象外物而孕生。此採用服食形式的「卵生神話」並非特例，從三皇五帝到各氏族始祖，各式各樣的感龍、感電、感星、感虹、感大跡而懷孕的神話不一而足，傳達彼時視生命的形成，乃神祕自然力量的促發。故「感生神話」的重點不放在女子與男子的交合，而放在女子接觸或吞食外物後神祕懷孕產子，不僅表達了彼時對男女交合受孕的懵懂無知，也同時表達了由「民知其母，不知其父」的母系社會，如何轉向以男性始祖為源起的父系社會。然「感生神話」的關鍵不在感應孕生的女子，而在「母」產「子」，凸顯的是作為子的男性始祖，而非作為母的女性始祖。重點不是「簡狄生契」，重點是「玄鳥生商」。換言之，「玄鳥」乃是奠定氏族男性始祖的起源神話，成功將焦點由「母系」轉為「父系」，以此建立商氏族作為父系血緣團體的繁衍傳承。

而更重要的是，交纏著圖騰崇拜與感生神話的「玄鳥」本身，也總已是「性—性交—生殖—生殖器崇拜」的化身。學者早已指出其作為感而生子的圖騰物，乃是由象徵生殖器的生殖崇拜演化發展而來。郭沫若說得最為直截了當，「玄鳥」不論是舊說的燕子或新證的鳳凰，「我相信這傳說是生殖器的象徵，鳥直到現在都是生殖器的別名，卵是睪丸的別名」（郭沫若，《郭沫若全集》，頁三二八—三二九）。[4] 若是我們回到《小團圓》，亦可發現不少以「鳥」、「雞」作為男根的指稱。小說描寫到小時候傭人余媽在後院為九林把尿，一旁蹲在陰溝邊上刮魚鱗的廚子取笑道，「小心土狗子咬了小麻雀」（頁二〇六）。另有一天傭人韓媽道「廚子說這兩天買不到鴨子」，年幼的九莉竟傻呼呼回應道「沒有鴨子就吃雞吧」（二〇六），而遭來韓媽的嚴厲斥喝。童言童語成了穢言褻語，正是因為不小心說到了男性生殖器的俗稱而挨罵。[5]

故「玄鳥」之玄，不僅在於「玄」可由黑色轉向幽深神祕的神性力量，更在其作為「陽物象徵」（phallic symbol）所可能帶出藏身於感生神話中的「男根崇拜」，亦開啟了「男根崇拜」到「祖宗崇拜」的發展連結。「玄鳥神話」之所以有助於我們進入「木彫的鳥」作為「遠祖祀奉的偶像」的可能入口之一，正在於其所疊合貼擠的多重崇拜——圖騰崇拜、生殖崇拜、生殖器崇拜、祖宗崇拜——完美結合超自然主義與氏族制度。若「玄鳥」作為商的圖騰保護神，可從鳥之陽具、男根象形，發展到木主牌位的祖形器象形，更發展到祖宗姓氏的氏族宗法制度之建立，那原始未上漆「木彫的鳥」與「玄鳥神話」之連結，便可成功凸顯「性事」（性—性交—生殖—生殖器）與「姓氏」（圖騰—祖先—姓）的貼擠、「性事」與「房事」的貼擠，讓「房事」既指向男女間的生殖性交，亦指向以「房」為單位之宗法家族的開枝散葉、傳承繁衍。故「玄鳥神話」與「木彫的鳥」之連結，不僅回應了「性與生殖與最原始的遠祖之間一脈相傳」，更可順利連接到本章第一節所聚焦的「門楣」以及門楣之上門額所書的祖先郡望、姓氏、堂號、名號、封號、謚號等，讓「木彫的鳥」既可是鳥圖騰的象形，亦可是祖宗門望家風的象徵，既有遠古的神祕與恐怖，亦有宗法氏族的規範與訓誡，如是成為一個高度壓縮與濃縮的驚人文學意象。

由此我們當可理解「木彫的鳥」何以兩次出現在九莉與邵之雍躺在沙發上的親熱場景，除了「玷辱門楣」的宗法規訓與監控外，亦在惘惘之中充滿性—性交—生殖—生殖器的慾望與威脅，同時亦可理解當「木彫的鳥」出現在紐約打胎場景之時，為何在抽水馬桶裡出現的，必須是「男胎」而非「女胎」。如前所分析，《小團圓》小說結尾假設中與夢境中所出現的小孩或小孩們，皆未有性別上的區分或暗示，但在打胎場景中九莉驚恐的眼睛所看到的，乃是浸在淡淡血水中的「男胎」，有著「新刨的木頭的淡橙色」，且「雙睛突出，抿著翅膀，是從前站在門頭上的木彫的鳥」（頁一八〇）。若「玄鳥神話」告訴了我們鳥圖騰作為男根崇拜的化身可能，那作為「木彫的鳥」之「擬胎化」其性別就必須是男而不是女。若「玄鳥神話」也同時告訴我們祖宗崇拜作為男根崇拜的轉化可能，那打胎場景所蘊含的宗法叛離，就必須透過「男胎」的死亡意象來斷根絕嗣。「玄鳥神話」所展露的，乃是氏族始祖的誕生與生殖繁衍的力量，而從門頭往下墜落到馬桶的「木彫的鳥」，則是以死亡替代出生，以絕嗣終結繁衍。張愛玲在英文小說《雷峯塔》中讓女主角琵琶的弟弟陵年紀輕輕就因肺結核過世，彷彿成為女主角琵琶對父親與繼母的另一種復仇，「到末了兒割斷了根，連繫過去與未來的獨子，就如同他的父母沒生下他這個人。……陵是抱著傳統的唯一的一個人，因為他沒有別的選擇，而他遇害了」（頁三三八）。[6]而在《小團圓》中的絕嗣行動，不是以男嗣之死亡作為終結，而是透過男嗣血緣的不純正來進行絕嗣的暗諷與嘲蔑。九莉的舅舅非嫡出，乃是偷抱過來的「雜種」，卻成為卞家家業與財產的主要繼承人。而九莉的母親蕊秋亦曾玩笑言道，九莉父親從未對她起疑，暗示九林的生父或許另有他人，而教鋼琴的義大利男老師嫌疑最大。而小說中也一再對九林貌似外國人的「異相」多所著墨。若在「玄鳥神話」與「木彫的鳥」之銜接處，傳宗接代與繁衍後代乃宗法使命，那在「玄鳥神話」與「木彫的鳥」之斷裂處，絕子絕孫便成了一種反叛行動，賜死弟弟，雜種化舅舅，都是將宗法繁衍子孫的「絕嗣焦慮」，轉換成扳動機鈕的「絕嗣行動」，將「從來不想要小孩」的消極面對，將甜美家庭兒女成群的慾望形構，轉化為清堅決絕的打胎行動，以達到與遠祖─性─生殖、與宗法秩序門望家風的雙重叛離。

整本《小團圓》對中國宗法父權進行了全面的反思與批判，而其中最精采也最幽微的意象則非「木彫的鳥」莫屬，而此意象對「圖騰崇拜─男根崇拜─祖宗崇拜」的極度貼擠與壓縮，乃造成當前批評閱讀的眾聲喧譁、莫衷一是。張愛玲在〈中國人的宗教〉中曾言：

「上等人與下等人所共有的觀念似乎只有一個祖先崇拜」（頁一八），但中國人的「祖先崇拜」往往只上溯到第五代，「五代之上的先人在祭祖的筵席上就沒有他們的份。因為中國人對於親疏的細緻區分，雖然講究宗譜，却不大關心到生命最初的泉源。第一愛父母，輪到父母的遠代祖先的創造者，那愛當然是沖淡又沖淡了」（頁三五），乃是以泉源—血緣的連結，來談「祖宗之愛」因世代久遠而必然產生的稀釋與淡化。但顯然透過《小團圓》中原始未上漆之「木彫的鳥」，張愛玲乃是回到了所謂「生命最初的泉源」，給出了遠古始祖—性—生殖的一脈相傳，也同時將此溯源從始祖往下延續到世祖，從部落氏族「遠祖祀奉的偶像」往下延續到宗室家族門楣的光大或玷辱，從生命最初的泉源往下延續到宗法宗規宗譜的一脈相承，並在此神祕與恐怖、規訓與監控的當下，進行了來自骨血深處的造反與叛離，其對中國人「宗」教之批判入裡實為前所罕見。

三·《少帥》：圓目勾喙的雌雄

而在經過這些層層細緻的爬梳之後，我們可以回到寫於《小團圓》之前但未完稿的英文小說《少帥》，不是以追溯的方式回返在《少帥》中已然出現的「木雕鳥」，將其視為「本源」或「本文」，而是再次以「文本譯異」的方式，凸顯「木雕鳥」在《少帥》與《小團圓》中截然不同的處理手法。而本章先談書寫於後的《小團圓》，再談書寫於前的《少帥》，亦或是一種以時序錯亂、前後倒置的方式，凸顯其「差異」而非回歸「本源」、「同一」的嘗試。

張學研究者多將完稿於一九五七至一九六四年間的《雷峯塔》、《易經》、《少帥》，視為張愛玲六〇年代的「自傳」三部曲（馮晞乾，〈《少帥》考據與評析〉，頁二五八），並視此三者為小說《小團圓》的英文藍本。英文小說《少帥》以民國歷史人物張學良和趙一荻（趙四小姐）的愛情故事為經緯，框以大時代的政爭、戰爭與動亂，創作構思始於一九五六年，動筆於一九六三年左右，現存打字稿八十一頁，共七章，約兩萬三千英文字，中文版由鄭遠濤翻譯，於二〇一四年以中英版合集的方式出版。在《小團圓》完稿後多年，張愛玲曾在寫給好友宋淇的信中提到未完稿的《少帥》，「這故事雖好，在我不過是找個 acceptable framework 寫「小團圓」，能用得上的也不多」。[7] 彼時宋淇並未讀過《少帥》的英文未完稿，張愛玲顯然是試圖向其解釋《少帥》的創作動機，但卻用了一個時序倒置的表達方法：先寫的《少帥》其實是為了找一個 "acceptable framework" 寫後來的《小團圓》；與其說《少帥》是《小團圓》的源頭，不如說《少帥》更像是《小團圓》的練筆與暖身。基於這樣的緊密關聯，張學研究者早已充分詳盡比對出《少帥》與《小團圓》類同的段落、意象與表達，正如同類似的比對工程也出現在《雷峯塔》、《易經》與

《小團圓》之間，本章在此不擬加以重複。[8] 本節所欲聚焦的，乃是《少帥》中「木雕鳥」之出現場景，嘗試提出有別於《小團圓》「木彫的鳥」之跨文化脈絡與詮釋邏輯。[9]

首先讓我們來看看《少帥》中「木雕鳥」的出場。小說的第四章開頭，帥府派車來接周四小姐，名義上是帥府五老姨太相邀，實則是和帥府大少爺陳叔覃幽會，兩人見面後互動親密，少帥把四小姐放在膝頭，撫摸玩弄著她的腳踝。下趟幽會的地點改到了胡同中的老宅，兩人有如在荒廢的房子裡扮家家酒，玩著玩著少帥別過頭來吻四小姐，「一隻鹿在潭邊漫不經心啜了口水。額前垂着一綹子頭髮，頭向她俯過來，像烏雲蔽天，又像山間直罩下來的夜色。她暈眩地墜入黑暗中」（頁四三）。而就在此親吻的場景中，「木雕鳥」出現了：

仍舊是有太陽的下午天，四面圍着些空院子，一片死寂。她正因為不慣有這種不受干涉的自由，反覺得家裏人在監視。不是她儼然不可犯的父親，在這種環境根本不能想像；是其他人，總在伺機說人壞話的家中女眷，還有負責照顧她的洪姨娘與老媽子。她們化作樸拙的、未上漆的木雕鳥，在椽子與門框上歇着。她沒有抬頭，但是也大約知道是圓目勾喙的雎雉，一尺來高，有的大些，有的小些。她自己也在上面，透過雙圈的木眼睛俯視。（頁四三）

「木雕鳥」在此段的描繪中明顯扮演著「監視者」的角色，不是父親，而是一群愛說人壞話的家中女眷（也包括四小姐本人），這群女眷化身為圓目勾喙的「木雕鳥」，站在椽子與門框之上，由上而下俯視著少帥與四小姐的親密接吻。

故若欲拆解此段「木雕鳥」的奧祕，或可先從鳥飾與中國木建築的交集處下手。此處「木雕鳥」的特點在於有著「雙圈的木眼睛」，而此處木建築居高臨下的位置則在「椽子與門框」，所以我們可以追問的乃是，什麼樣有著重瞳的鳥會被雕飾在椽子與門框之上？這樣的探問當可帶領我們走進「重明鳥」的神話，以及此神鳥圖案在中國傳統木建築門戶裝飾上的廣泛運用。首先，「重明鳥」乃中國古代漢人神話傳說中的神鳥：

堯在位七十年……有秖支之國，獻重明之鳥，一名「雙睛」，言雙睛在目。狀如雞，鳴似鳳。時解落毛羽，肉翮而飛。能搏逐猛獸虎狼，使妖災群惡不能為害。（《拾遺記・唐堯》卷一，頁二四）

此傳說中的「重明鳥」其形似雞，鳴聲如鳳，而最特殊的地方就在於此鳥每個眼睛都有雙瞳，故名重明鳥或重睛鳥。而此神鳥能搏逐猛獸、辟除妖物，故被廣泛運用在中國木建築的門窗裝飾之上，或以木刻、銅鑄，或以彩畫、剪紙，主為辟邪之用。「在繪畫流傳的過程中，重明鳥就以雞的形象出現，也有說法公雞是重明鳥的變形」，因而在原有的「辟邪」功能之外，更增加了「雞」與「吉」諧音的「祈福」之用（商子莊，頁八〇）。

在此我們可以稍稍回顧一下張愛玲文本中「鳥飾」與中國木建築的關係配置。其中最為恐怖醒目的，當是《秧歌》結尾時的火燒糧倉段落。小說中女主角月香的女兒阿招在暴動中被踩死，丈夫金根投河自盡，悲憤的月香最終走上了引火燒倉的不歸路：

> 倉庫已經被吞吃得乾乾淨淨，只剩下一個骨架子。那木頭架子矗立在那整大片的金色火焰中，可以看得清清楚楚。巨大的黑色灰渣像一隻隻鳥雀似的歇在屋樑上。它們被稱作「火鵲、火鴉，」實在非常確當。這些邪惡的鳥站成一排，左右瞭望著，把頭別到這邊，又別到那邊，恬靜得可怕，在那漸漸淡下去的金光裏。（頁一八七）

此處「邪惡的鳥」乃是在大火之中被燒成黑色灰渣的「火鵲、火鴉」，但為何鵲、鴉等鳥飾會出現在屋樑之上？林徽因在〈論中國建築之幾個特徵〉一文中，提出了兼具結構功能與象徵意涵的說法：「瓦上的脊吻和走獸，無疑的，本來也是結構上的部分。現時的龍頭形『正吻』古稱『鴟尾』，最初必是總管『扶脊木』和脊桁等部分的一塊木質關鍵，這木質關鍵突出脊上，略作鳥形，後來略加點綴竟然刻成鴟鳥之尾，也是很自然的變化。其所以為鴟尾者還帶有一點象徵意義，因有傳說鴟鳥能吐水，拿它放在瓦脊上可制火災」（頁八）。而《秧歌》結尾處的弔詭正在於，原本用來強化「以厭火祥」迷信的「火鵲、火鴉」卻被燒成了灰燼，反倒成為屋樑之上象徵邪惡的黑色鳥雀。

而《少帥》此處的「鳥飾」已從木建築的「脊飾」轉為木條横樑之上的「雕飾」，從屋樑上「邪惡的鳥」轉為椽子與門框上的「木雕鳥」。但不論是「火鵲、火鴉」的「以厭火祥」或「重明鳥」的「辟邪祈福」，我們都無法徹底抹去其作為「鳥圖騰」的可能。在本章第二節已詳盡鋪陳「玄鳥神話」中圖騰崇拜—男根崇拜—祖宗崇拜之連結，那「重明鳥神話」之中是否也有類似的疊合與貼擠呢？誠如學者所言，「狀如雞，鳴似鳳」的「重明鳥」乃鳳凰、玄鳥的化身，更是舜的化身（又是另一位遠古的氏族始祖），「昔舜兩眸子，是謂重明」，正與「重明鳥」的特徵完全吻合（袁珂，頁一九八）。而在《少帥》中的鳥意象，也多與男性或男性生殖器相連結。少帥與四小姐做完愛後躺在床上閒聊時局，「她竭力壓低笑聲不讓外面聽見。他拉過她的手，覆住那沉睡的鳥，它出奇地馴服和細小，帶著皺紋，還有點濕」（頁五八）。後來少帥上前線作戰，為治痢疾而染上了鴉片癮，「他不願意讓她看見他躺下抽大煙，雙唇環扣粗厚的煙嘴，像個微突的鳥喙」（頁六八），亦是另一個由男體轉化的鳥意象。

然《少帥》中「木雕鳥」最精采動人的地方，反倒在於徹底翻轉原本「重明鳥神話」

所預設的男性或雄性性別，以及循此性別所可能連帶而出的圖騰—男根—祖宗崇拜。《少帥》中的「木雕鳥」雖然有著雙圈的木眼睛，卻明擺著是「圓目勾喙的雌雉」，有大有小，一尺來高，甚至四小姐本人也可「抽離」、「解離」身處場景而加入其行列，在高處冷眼旁觀自己與少帥的親吻畫面。換言之，《少帥》中的「木雕鳥」若有「重明鳥神話」的痕跡，總已從「公雞」變成了「雌雉」，徹底陰性化與複數化，以此來具現四小姐在追求戀愛自由、沉醉耳廝鬢磨之際，仍有時時被監控、被議論的焦慮，即便小說中對「人言可畏」的憂慮一再被提起又被放下，「身上的新旗袍與高跟鞋平時存放在他們幽會的房子裏。人人都議論他們，但是她絲毫不在乎，不像在洪姨娘面前。人言只是群眾的私語，燈光與音樂的一部分」（頁六九—七〇）。但說是不在乎而敢於追求戀愛自由的四小姐，終究還是讓這些議論與私語化成了「木雕鳥」，時不時棲在門框上伺機窺視。

在此我們也想嘗試提出一個在中英文語言轉換以及連帶預設讀者轉換時的可能考量。中國木建築門戶之上的「木雕鳥」，雖有其源遠流長的傳說，又有日常生活居住空間的熟悉度與親近感，然對僅熟諳英語的讀者來說，勢必產生跨文化上的隔閡與陌生。而《少帥》在企圖透過「木雕鳥」來傳達窺伺監控、蜚短流長、人言可畏的同時，成功創造了兩個跨文化的可能連結與兩次性別的巧妙翻轉。首先，英文 hens（中譯本翻為「雌雉」）本就有「長舌婦」之意（自是性別歧視的表達），與此處說人壞話、搬弄是非的「家中女眷」完全貼合，於是「重明鳥（公雞）」轉成了英文的hens。其次，英文的「偷窺狂」Peeping Tom自有其歷史的傳說與脈絡，性別位置上主要為男窺女，《少帥》英文版中的"the wooden eye of double-circles"（「雙圈的木眼睛」）（頁一三五），或可讓用來描繪「重明鳥」一眼雙瞳的「雙圈」，被擴大聯想成撐大眼睛的窺伺強化，讓英文語境中暗自獨窺的Peeping Tom，成功轉換為一群居高臨下、睜眼監視的「家中女眷」。

此跨文化的連結與性別轉換，當是豐富了《少帥》作為英文書寫的文化敏感度，也進一步提高了跨文化的可能接收度，即便其在張愛玲身前既未完稿、亦未出版。然《少帥》英文版的「木雕鳥」與《小團圓》中文版的「木彫的鳥」或有先後出現之分，卻無高下優劣之別，反倒是兩者在語言、時間、篇幅、文化詮釋與創作氛圍上的差異，絕佳展現了「文本譯異」的創造轉化。《少帥》的「木雕鳥」巧妙結合古老傳說、門戶裝飾與道德監控，從物質細節到象徵意涵，無不精準到位，既是監控偷窺，也是閒言閒語，帶動了跨文化的連結滑動與生機妙趣。《少帥》中雖也有對宗法婚姻妻妾制的描繪，但態度上相對傳統保守，四小姐努力維持與少帥合法妻子的禮貌關係，「她以後不再喊她大嫂了，改口叫大姊」（頁八三），「她地位平等，但於法律不合」（頁八八），偶有宗法名分上的焦慮，「要是他們說我是你的丫頭，我也不管」，「丫頭比姨太太容易說出口」（頁四七），也是邊懷疑邊自我感動了起來。「木雕鳥」作為「雌雉」的陰性化與複數化，截斷了其進一步轉化為宗法批判的可能。而《小團圓》中「木彫的鳥」雖有清楚的文字改寫痕跡，但卻以極度強化的方式來表達，不僅在一章之中密集出現三次，更與全書的宗法批判連成一氣。「木彫的鳥」不僅出現在「門頭」（公寓房子取代了木構造胡同老宅，沒有門楣的門頭取代了可供站立的椽木與門框），更出現在馬桶；不僅關乎「遠祖祀奉的偶像」，更化成「一雙環眼大得不合比例」的死亡男胎；不僅「雌雄」的陰性化與複數化一掃而空，更將樸拙未上漆的時間寓含往遠古推動，基進成為「圖騰崇拜—男根崇拜—祖先崇拜」的多重化身，充分展現《小團圓》對宗法秩序的深刻反思與批判。

然而我們也不要忘記，《少帥》中除了「木雕鳥」之外，還有一隻同樣詭異神祕的「凶神大鳥」。小說第五章後半，四小姐想起小時候夜裡聽洗衣的老媽子李婆講起村子裡有人問斬：

「有個兵撿了斬條插到人犯的衣領後面，四個人都這樣對上了號。突然間判官踢翻了桌子，一轉身跑了。要把煞嚇走。」

「煞是什麼？」四小姐說。其他人都訕訕地笑。

「沒聽說過歸煞？」洪姨娘道，「人死了，三天之後回來。」

「煞是鬼？」

「或許是地府的凶神吧。我也不大清楚。問李婆。」

「他們說呀是一隻大鳥。歸煞那天大家躲起來避邪。但是有些好事的人在地上灑了灰，過後就有鳥的爪子印。」

「據說呀但凡有殺人，甚至只是有殺人的念頭，煞都會在附近。」洪姨娘道，「所以那個判官要保護他自己。」

她已經坐直了身子，慶幸自己在黑暗中被熟人包圍着。（頁六二）

此「凶神大鳥」乃是以象徵地府亡魂的方式出現，充滿黑暗的肅殺氣息。莫怪學者會將《少帥》第四章的「木雕鳥」與第五章此處的「凶神大鳥」相提並論，指出「前者大概象徵生育，後者象徵死亡」，都是「原始部族圖騰信仰的變奏」（馮晞乾，〈《少帥》考據與評析〉，頁二四八）。自然也有學者將此「凶神大鳥」與《小團圓》中「木雕鳥意象所指涉的生死愛欲加以聯繫」（何杏楓，頁三三八、注解63），而精采推論出張愛玲文本中甚為豐富飽滿、寓含變化的鳥意象。

然此「凶神大鳥」的「歸煞」出處甚為明顯，並沒有《少帥》小說前章「木雕鳥」或《小團圓》「木彫的鳥」在意象經營與跨文化、跨歷史轉化上的多層次布局。書寫於五、六〇年代的《雷峯塔》、《易經》與《少帥》英文小說，常招致為迎合英文讀者而展現刻意為之的「東方情調」（中國情調）之譏。《少帥》中"cave room and flowered candles"（頁一四二）作為「洞房花燭」的英文翻譯，更容易被異色化為「穴居時代的新婚夜」（頁四九）；或是"the joy of fish in water and the dance of mandarin ducks with necks crossed"（頁一四三）作為「魚水之歡和鴛鴦交頸舞」（頁五一）的英文翻譯，都是較為明顯的例子。而當跨文化差異被放大到不可理解與不可思議時，就成了結合情色與異色的「東方情調」。《少帥》第五章此處「凶神大鳥」的描繪方式，幾乎就是「歸煞」鄉野傳聞的覆述，只是加上了聽故事的時空框架與氛圍感受而已。清人盧文弨在《龍城劄記》中的〈煞神〉一文，便清楚說道「灰上有雞足形即煞神至之驗也」，此乃平民百姓對煞神的主要形象認知（盧秀滿，頁三八）。而《少帥》第五章此段所間接表露的靈魂離體化身為鳥、煞神以禽鳥之姿態出現、或以「布灰」方式察看煞神或亡魂動靜等，仍不脫民間傳說的框架，也未就此「歸煞」傳說做進一步創造發想，這或許也是在英文《少帥》改寫為中文《小團圓》過程中，此頗具「東方情調」以吸引英文讀者的段落之所以被棄置的原因之一吧（《小團圓》無類似的「歸煞」描繪）。純然脫胎於民間傳說的「凶神大鳥」，自不能與同書的「木雕鳥」或《小團圓》中更形繁複的「木彫的鳥」同日而語。

整體言之，張愛玲《小團圓》文本中「木彫的鳥」，承載著幽微複雜的文化符碼與宗法規訓。「門楣」不可能被一般用語中的「門」或「門檻」（threshold）意象所涵蓋；宗法外在與內化的道德監控，也不可能被精神分析建立在「家庭羅曼史」或伊底帕斯三角上所發展出來的「超我」（the Superego）所充分處理。而本章對中國「玄鳥神話」與「重明鳥神話」的嘗試帶入，便是希望在當前以性愛—生殖—死亡來詮釋「木雕的鳥」之「普世化」傾向（古今中外皆同的「同一化」解讀），提出文化殊異性與文本譯異性的「差異」閱讀可能。一如「木雕的鳥」沒有「正解」，「玄鳥神話」與「重明鳥神話」也不是本章在詮釋行動上所欲回歸或認祖歸宗的「源頭」。張愛玲《小團圓》文本中「木彫的鳥」之豐富精采，或許就在於其對神話、對遠祖、對宗法、對門望、對姓氏、對繁衍，展開了「譯—異—易—溢—佚」的書寫行動，一個比扳動抽水馬桶機鈕更為基進的行動，不再有本源，不再有本文，不再有本名，也不再有本宗。

注釋

1 鳥與禁錮主體的連結常出現於張愛玲的其他小說文本，包括〈連環套〉、〈多少恨〉、《怨女》等。

2 除父親／母親的隱喻之外，亦有將「木彫的鳥」與胡蘭成相連結：「胡蘭成小說裡無所不在，甚至千里迢迢追到美國，神祇般監控九莉」，可參見蘇偉貞，〈連環套：張愛玲的出版美學演繹：以一九九五年後出土著作為文本〉，頁七二九。此外，陳麗芬亦提出另類的新穎觀點，乃是徹底斬斷「木彫的鳥」與任何象徵或隱喻閱讀的可能連結，亦即完全跳脫在本節所彙整的三個詮釋模式之外。她引用巴特《明室》（*Camera Lucida*）中的「刺點」，將「木彫的鳥」視為有如攝影照片的「死物」，且十幾年後死物復活。她認為此「死物」作為「不相干的事」，反倒可與俄、美小說家那博寇夫（Vladimir Nabokov）的自傳《說吧！回憶》（*Speak, Memory*）有異曲同工之妙：上海公寓裡「木彫的鳥」，十多年後出現在九莉的紐約公寓，一如那博寇夫幼年時在俄國鄉下看到的蝴蝶，四十年後在美國科羅拉多州又出現在他眼前，可參見陳麗芬，頁三一一。

3 有關圖騰主義的研究，可參閱弗雷澤（J. G. Frazer）《圖騰主義》（*Totemism* 1887）、《圖騰與族外婚》（*Totemism and Exogany* 1910），佛洛依德《圖騰與禁忌》（*Totem und Tabu* 1913）等經典著作。

4 許多學者未必同意郭沫若將「玄鳥」視為男性生殖器的讀法，例如錢新祖在《中國思想史講義》中直言，郭沫若將「玄鳥」視為「鳳凰」或「有神性的鳥」皆為合宜，但將其視為「陽具象徵」則不妥，質疑此恐是將近代西方文明發展出的人類學公式，套用於中國古代歷史（頁四九）。此或涉及跨文化人類學與史學更複雜的論辯，但本章此處對郭沫若「玄鳥」詮釋之採用，一如本書對其〈釋祖妣〉所論祭祀文字之採用，不在於展開任何人類學或文字學的考據或論辯，而是一種女性主義的策略性政治挪用，取其如何生動凸顯了從神話到造字盡皆牽動的「陽物象徵」，並由此探討這些「陽物象徵」如何構連出宗法父權的一脈相承。

5 當然《小團圓》中的鳥意象，並未全然與男性生殖器直接對應。九莉曾形容弟弟九林，「如果鼻子是雞喙，整個就是一隻高大的小雞」（頁三三一），雖不直稱男根，但還是以鼻子如鳥喙般突出，來傳達九林作為宗法的男嗣想像。小說中也有以鳥來連結女性身體部位的少數明顯例外，例如九莉想像燕山的妻子演員雪艷秋，「三角形的乳房握在他手裏，像一隻紅喙小白鳥」（頁三二二），而此以女性乳房喻鳥的表達，亦出現在《怨女》的偷情場景，「她才開始感覺到那小鳥柔軟的鳥喙拱着他的手心」（頁八七）。

6 此為《雷峯塔》譯者趙丕慧之翻譯，英文原文為“……until finally he had cut off the root, the son that was his link with the past and future, so it was just as if his parents had never had him……Hill had been the only one who hung on because he had no choice and he got killed.”（*The Fall of the Pagoda* 283）。

7 此信日期為一九八二年二月一日，轉引自馮睎乾，〈《少帥》考據與評析〉，頁二一三。

8 目前有關《少帥》與《小團圓》類同比對最為詳盡精采的，當屬馮睎乾的〈《少帥》考據與評析〉，該文附錄於《少帥》中英版合集之後，亦是目前對《少帥》最具權威性的詮釋。在比對過程中，該文甚至還帶入胡蘭成《今生今世》

中的〈民國女子〉，以資證明《少帥》雖被推論為歷史小說，但「通過女主角所表達的情感，則很大程度是作者本人的」，亦即《少帥》寫的是張愛玲自己和胡蘭成的愛情，而與《少帥》在語言、意象多處相同、類同的《小團圓》亦復如是（頁二五六）。

9 「彫」與「雕」相通，皆可指向雕刻彩繪，《小團圓》中用「木彫的鳥」，《少帥》中文翻譯則用「木雕鳥」，本章乃沿用兩個文本既有的用法。

第七章
祖從衣

如何有可能從一個「錯別字」來展開對張愛玲家族史的閱讀呢？

張愛玲在聖瑪麗亞中學的國文老師汪宏聲，曾寫過一篇動人的〈記張愛玲〉，追憶中學時期張愛玲的模樣與習性，尤其是她在寫作上早早洋溢的才華。汪文中特別提到，第一次批閱張愛玲自己命題的作文〈看雲〉時的印象，「寫來神情瀟灑，詞藻瑰麗，可是別字很多，彷彿祖祈等應該從示的字都寫成從衣，從竹的寫成從草之類」（頁二七）。而汪老師這篇最早發表在《語林》上的文章，張愛玲乃是聞風趕至，「終於在黃昏的印刷所裏，轟隆轟隆命運性的機器聲中」，搶先拜讀了清樣，並隨後萬感交集地寫下了短文〈汪宏聲記張愛玲書後〉，文章開頭便提到「中學時代的先生我最喜歡的一個是汪宏聲先生，教授法新穎，人又是非常好的」（頁二三〇）。

但顯然教國文的汪先生還是犯了一個小錯誤。嚴格說來，「別字」與「錯字」不同，若中學時代的張愛玲「彷彿」會將「祖」的「示」字部，多了一撇成為「衣」字部，那張愛玲是寫了「錯字」而非寫了「別字」。但以下本章將錯就錯，不嚴格區分「錯字」與「別字」，而一律用「錯別字」的通稱行之，並嘗試以「祖」從示字部與「袓」從衣字部的「錯別」（differentiation）想像，來閱讀張愛玲透過老照相簿所寫下的家族史《對照記》。[1]

既然本章乃是要以「錯別字」來切入《對照記》，我們當然可以先問《對照記》裡有錯別字嗎？一個最明顯也最常被提及的「錯別字」，乃是文章一開頭第二行的「丟三臘四」，原本「丟三落四」中的「落」，被張愛玲寫成了同音的「臘」，然此「錯別字」卻又錯別地相當富饒深趣。若證以張愛玲在〈編輯之癢〉中所舉的「引語號」之誤，那這在原文中就被放入引語號的「丟三臘四」，是張愛玲刻意為之（用「臘」取代「落」）而用「引語號」加以強調？[2]還是張愛玲其實並不確定此成語的正確寫法？若參照《對照記》前身《小團圓》，小說裡也有「丟三落四」的表達，只是用了可互通的「丟三拉四」（頁二七）。但不論是張愛玲刻意或不確定，《對照記》中「同音替代」的「臘」（歲終合祭）顯然比原本的「落」或「拉」要「錯別」得更有創意，「臘」所連結的「祭祀」與《對照記》所一再提及的「祭祖」與家族歷史，當是要比「落」或「拉」來得更具有想像與創造空間。另一個顯而易見的錯別字，則出現在張愛玲對祖母李經璹詩句的引用。最早在《小團圓》小說的版本裡，姑姑楚娣記住的奶奶詩句為「煊赫舊家聲」，爾後在改寫成的《對照記》（一九九四年版）裡依舊是「煊赫舊家聲」。但在二〇〇一年張愛玲典藏全集與二

○一○年張愛玲典藏新版中，「煊」都從火字部改成了水字部，而成了「渲赫舊家聲」。就「家聲」而言，從火的「煊」與從水的「渲」可是天差地別、水火不容，然此出現在張愛玲身後的錯別字，是否又是一樁「編輯之癢」的公案，實不可得知。

但本章的重點並非想在張愛玲文本中挑揀錯別字，以吹毛求疵一番，而是想要從一個從來不曾正式出現在張愛玲文本中的錯別字，來進行理論概念的發想。《對照記》裡確實有錯別字，但不論是「臘」、「渲」或其他，都沒有張愛玲中學國文老師所追憶「祖從衣」錯別得如此精采厲害，幾乎可以「一字定音」《對照記》對家族記憶的依戀情感。那我們究竟可以如何看待錯別字「祖從衣」呢？有一種可能的展開路徑，乃是有樣學樣張愛玲，把錯別字當成另一種形式的「說溜嘴」（slip of the tongue），並以此展開對語言潛意識的閱讀。在《對照記》中張愛玲曾追述到一九五五年由檀香山入境美國，辦理入境檢查的是一位「瘦小的日裔青年」，他在填寫入境表格時，居然將她「五呎六吋半」的身高，寫成了「六呎六吋半」，讓張愛玲不禁憎笑。「其實是個 Freudian slip（弗洛依德式的錯誤）。心理分析宗師弗洛依德認為世上沒有筆誤或是偶爾說錯一個字的事，都是本來心裏就是這麼想，無意中透露的」（頁八一）。那作為「筆誤」的「祖從衣」也可以是一種「弗洛依德式的錯誤」嗎？然在現有的張愛玲文本中，並未正式出現過也無由考證此可能的「筆誤」，我們無從得知張愛玲是否會（或依舊會）將「祖」寫成衣字部。當年中學國文老師汪宏聲也只是用了「彷彿」的不確定語詞來追憶，而脫離中學時代的張愛玲是否還是「別字很多」，恐怕只有從現存的張愛玲手稿中去尋，畢竟正式出版的書籍就算有「錯字」（如從衣字部的「祖」），也無法完全判定究竟是鉛字排版之誤或作者錯寫。故從「筆誤」之說推測到「無意中透露的」作家個人潛意識之精神分析路徑，並非本章意圖開展的方向。

但「祖從衣」作為一種理論概念的發想，卻是充滿潛力的。本章真正感興趣並想要進一步理論化的，不是精神分析的「說溜嘴」，而是另闢蹊徑回到中文方塊字本身的奧祕與蹊蹺，質問從示字部的「祖」與從衣字部的「祖」究竟可以有何不同（除了一個是正字，一個是錯別字外）？此二字之「錯別」究竟如何有可能開啟有關宗法父權的基進差異思考？就讓我們先從示字部的「示」與衣字部的「衣」著手。如本書緒論已詳述，「示，天垂象，見吉凶，所以示人也。从二。三垂，日月星也。觀乎天文，以察時變。示，神事也。凡示之屬皆从示」（《說文》卷一上，頁七）。而郭沫若在《甲骨文字研究》〈釋祖妣〉更直言「示」乃「生殖神之偶象」（頁三七—三八），與原始初民男根生殖神的崇拜相連結。若甲骨文中的「示」象形男根，而從「示」字部者多與祭祀、神事有關，那甲骨文中的「衣」則象形古代上衣的輪廓圖形，上為衣領，中為衣襟交疊，兩側的開口處則為衣袖，而從「衣」字部者則多與衣服、面料有關。《說文》亦道：「衣，依也。上曰衣，下曰裳。象覆二人之形。凡衣之屬皆从衣」（卷八上，頁一七〇）。在此「衣」除象形古代上衣的輪廓圖形外，也出現了上衣下裳的服飾形制之別，而其象形也更進一步演變為「象覆二人之形」，不僅人在衣中有所「依」，更有人與人之間覆蓋庇護之「依」，而「依，倚也。从人，衣聲」，「倚，依也。从人，奇聲」（卷八上，頁一六四），衣—依—倚之間的連續衍生，都是凸顯「衣覆」、「依附」與「倚靠」所形成從身體到情感樣態的親密貼近。

本書緒論從一個正／異體字的「祕／秘」之別開場，嘗試分梳「祕從示」與「秘從禾」的差異區辨，那本書最後一章的理論概念化，則是再次回到中文方塊字的「部首」去發想，從「祖從示」與「祖從衣」的可能「錯別」出發，嘗試差異區辨「祖從示」所表徵的宗法父權象徵秩序與「祖從衣」所賦身的血緣親情連結想像，讓「祖從示」作為嚴冷方正、神事祭祀的「正字」，能與不在字典亦不在所有正典的「祖從衣」之為「錯別字」時不時兵分二路，亦即「祖宗」與「祖父母」之間可能浮現的「人機分離」（祖父母之為親「人」與祖宗崇拜之為宗法父權「機」制的「人」與「機」之分離可能），讓有溫度有情感的象覆二「人」之形，脫離由男根崇拜、祖宗崇拜所抽象化、象徵化的宗法父權「機」制，即便此二者的疊合交織，往往難以分割清楚，一邊是機制化、體制化的「神主」崇拜，一邊是「土偶」的可親可憫，一如張愛玲在《對照記》中所言，「西諺形容幻滅為『發現他的偶像有黏土脚』——發現神像其實是土偶。我倒一直想著偶像沒有黏土脚就站不住。我祖父母這些地方只使我覺得可親，可憫」（頁五二）。[3] 而本章從標題到內文皆採「祖從衣」

而非「祖從衣」來做概念的形構與表達，正是希冀凸顯「祖從示」與「祖從衣」的緊密交織，並不導向任何「祖從示」／「祖從衣」絕對的二元對立或徹底的人機分離，而是強調唯有由「祖」總已從「示」的宗法父權系統「之中」（「祖從衣」之中的「祖」總已從「示」）而非「之外」，才有可能翻轉出一個充滿矛盾張力的「祖從衣」想像空間。

而此「祖從示」與「祖從衣」可能的人機分離，對於當代女性主義文學研究而言，亦至為關鍵。女性主義的政治介入，向來嚴厲批判宗法父權的千年壓迫，毫不心慈手軟，故亦常被傳統勢力責為「欺祖滅宗」，枉顧人倫親情。而若能從「祖從示」（宗法父權的象徵秩序）與「祖從衣」（祖父母的情感想像）的錯別切入，當是有可能在批判宗法父權之時，亦不須全盤否定對家族親人的情感聯繫，或亦可更進一步發展成日常生活的實踐策略，例如掃墓不祭祖、或祭祖只祭近親（祖父母、父母輩）而不祭高祖、遠祖、始祖（如神農炎帝祭祖大典、黃帝祭祖大典等）、更拒絕任何「認祖歸宗」、「落葉歸根」的政治統戰。而這樣「神像」與「土偶」、「祖宗」與「祖父母」策略權宜性的兵分二路、人機分離，亦正是本章接下來所欲展開的閱讀策略，進以鋪陳為何《對照記》一方面透過圖文綿裡針般細膩批判宗法父權對女性的傷害，尤其是包辦婚姻（盲婚）所造成的痛苦不幸，另一方面則極力浪漫化祖父母的姻緣（即便亦是盲婚），以異常豐沛的想像力，創造出己身與祖父母的血緣親情連結。

本章將分成四個部分進行。第一部分聚焦於《對照記》所呈現的宗法父權壓迫，看張愛玲如何從堂姪女、母親到外祖母、祖母的婚姻中，看到女性的無奈與痛苦，而在文字敘述之外，照片影像又如何有別於當代以羅蘭·巴特為首的攝影理論，而得以給出另類性別化的時間感性與情感刺點。第二部分處理張愛玲文字敘述中所再現的「祖父母」，詳細爬梳並比較〈憶胡適之〉、《小團圓》、《對照記》三個文本的重複與差異。第三部分聚焦於書中祖父母的照片，回顧「影像」在華文文化脈絡作為「畫亡靈」的意涵，並以此帶出「祖宗畫」對十九世紀早期中國肖像攝影之影響。第四部分則凸顯《對照記》所展現「再死一次」的絕嗣想像，為何可以是用最感性、最溫柔的語言，斷絕宗法父權最高律令的傳宗接代，為何可以在文字與影像的對照與縫隙之間，同時給出了對「神主」的批判與對「土偶」的憐惜，甚至終了時還可以在語言潛意識層面幽默巧妙地揶揄了本宗姓氏的正統。

一·朦朧的女權主義

《對照記》乃脫胎於張愛玲完成於一九七六年卻未能在彼時順利出版的小說《小團圓》，亦曾以散文《小團圓》命名之，最終乃以《對照記》書名出版。[4] 從張愛玲一以貫之的「出清存稿」邏輯觀之，《對照記》再次登場的轉換設計極為巧妙，既成功帶入《小團圓》小說中一小部分的情節與描繪，甚至類同的字句表達，又精采添加了五十四張家族與個人的老照片，與文字交相輝映。五十四張照片以個人、家族、朋友為主，張愛玲的獨照二十三張，合影十一張占最大宗，其他包括母親、姑姑、父親、繼母、弟弟、好友炎櫻、祖父、祖母、外祖母等，但並無兩任丈夫胡蘭成與賴雅的任何照片。故過去對《對照記》老照片的分析，多聚焦於張愛玲的獨照或合影，從「至多三四歲」到四十八歲（二〇〇一年的典藏全集與二〇一〇年的典藏新版增加了七十四歲的「近照」一張），以呼應張愛玲在《對照記》中所言，「以上的照片收集在這裏唯一的取捨標準是怕不怕丟失，當然雜亂無章。附記也零亂散漫，但是也許在亂紋中可以依稀看得出一個自畫像來」（頁八八）。誠如李歐梵在《蒼涼與世故》中的敏銳觀察，此攝影「自畫像」乃是張愛玲的「雙重自我」展演，「似乎在搔首弄姿，裝模作樣，表現的是一種『展示』（exhibitionism）和炫露（flaunting）」，始終保持著對照相機的高度自覺，「她自視自戀，但也知道在被看」（頁四九—五〇）。而本章探討《對照記》的取徑，則是將焦點從張愛玲轉到張愛玲的祖父母，雖然祖父的照片僅有一張（單人獨照），祖母的照片僅有三張（單人獨照一張，合影兩張），但在《對照記》的整體文字部分，卻「佔掉不合比例的篇幅」（頁八八）。而我們正是要從張愛玲所建構其自身與祖父母的想像連結中，去鋪陳「祖從示」與「祖從衣」的人機分離潛能。

就讓我們先從「祖從示」所展現的宗法父權壓迫開始談起。《對照記》從第一張圖片起，便埋下了對宗法婚姻的批判。圖一有三個人，「至多三四歲」的張愛玲站在中間（椅子墊高），照片左邊是姑姑，右邊是堂姪女妞兒（其祖父張人駿乃張愛玲祖父張佩綸的堂姪）。這首張照片的突兀，不僅在於成年的妞兒實比童年的張愛玲大上許多，卻因輩分關係而成為小小張愛玲筆下的堂姪女，造成稱謂與視覺年齡上的突兀不協調，更在於照片中妞兒悒鬱的臉部神情。而此不曾言明的悒鬱，又穿插藏閃在圖四與圖四的文字敘事中。圖四照片乃是四歲張愛玲與妞兒的合影，一站一坐相依偎，而文字部分則描寫到妞大姪姪與她眾多弟兄對童年張愛玲姊弟的關照，逢年過節到妞大姪姪家拜見「二大爺」張人駿的情景恍在目前。但張愛玲不動聲色，先是側寫「二大爺」五十多歲小腳媳婦的辛勞張羅，接著在結尾處才幽幽帶出「我姑姑只憤恨他把妞大姪姪嫁給一個肺病已深的窮親戚，生了許多孩子都有肺病，無力醫治。妞兒在這裏的兩張照片上已經定了親」（頁一二）。[5] 此處圖文的參差對照，前有稱謂大小與年齡小大的落差，而此則是透露了兩種時間的落差，一個是倒敘的倒敘，倒敘的老照片中「已經定了親」的再倒敘，一個是在時間順序之外的命定，不僅只是妞兒的「已經」，也彷彿是所有女人面對宗法婚姻的命定。而毀了妞兒一生幸福的，不是他人，正是她的祖父，張愛玲口中的「二大爺」，清末的兩廣總督，一個每次聽到「商女不知亡國恨，隔江猶唱後庭花」就潸然淚下的滿清遺老（《對照記》，頁一〇）。

而張愛玲自己母親的命運也好不到哪裡去，即便《對照記》中有許多母親年輕時穿著時髦衣裳的照片，即便纏了足的她「在瑞士阿爾卑斯山滑雪至少比我姑姑滑得好」（頁二〇），即便歐遊歸國後毅然決然與張愛玲的父親離了婚，張愛玲的母親卻一輩子憎恨張家，「當初說媒的時候都是為了門第葬送了她的一生」（頁三七）。而母親的母親（張愛玲的外婆）怕只有更糟，二十幾歲便過世，「我外婆是農家女，嫁給將門之子做妾」（頁一九）。而《對照記》描繪最深的，則是張愛玲的祖母，亦即祖父張佩綸的續弦，外曾祖父李鴻章的女兒。祖母的婚姻也由不得她自己作主，「我姑姑替她母親不平。『我想奶奶是不願意的』」（頁四三），而姑姑的抱怨也其來有自：「這老爹爹也真是——！兩個女兒一個嫁給比她大二十來歲的做填房，一個嫁給比她小六歲的，一輩子嫌她老」（頁四三）。[6] 宗法婚姻的當事人毫無自由意願可言，大家長（父親或祖父）乃有對子女絕對的主婚支配權，而無法反抗「老爹爹」、「父母之命」的李經璹，喪偶後獨力撫養一對兒女（張愛玲的父親張志沂、姑姑張茂淵），卻讓兒子穿著顏色嬌嫩的過時衣履，「一副女兒家的靦腆相」，而讓女兒穿男裝，稱「毛少爺」，遂被家族人視為顛倒陰陽的乖僻行徑，孫女張愛玲乃是在長大後才終於感悟到祖母的心思，「女扮男裝似是一種朦朧的女權主義，希望女兒剛強，將來婚事能自己拿主意」（頁五〇—五一）。

但顯然我們不能只圍繞在張愛玲的文字敘事上打轉，《對照記》透過包辦婚姻、門第等級、輩分尊卑所呈現的宗法父權壓迫，如何也能在老照片上入肉見骨、照妖現形呢？談《對照記》當然不能只談文字而不談影像美學，而過往談論影像美學的研究又幾乎都奉羅蘭・巴特為圭臬，學者多透過其理論來發展各種有關死亡—愛欲—攝影的精采閱讀。而本章也將暫時在此帶入巴特攝影理論中的「此曾在」概念，但並非以此攝影概念來閱讀、來附會《對照記》，而是嘗試以《對照記》來凸顯巴特攝影理論之不足（至少在跨文化、跨歷史層次上的單薄與疏漏）。巴特在《明室》（*Camera Lucida*）中最著名的「此曾在」（*ça a été;* that-has-been）理論概念，乃是透過巴特母親五歲時的冬園照片所發展出來的。巴特年幼的母親那日站在七歲哥哥身旁，她的頭髮、皮膚、衣服、眼神所散發出的光線，盡皆留存在照片之上。對巴特而言，曾經置於鏡頭前的童年母親，乃成為連結真實與過去的「此曾在」。《對照記》中自然也有張愛玲祖母十八歲時的照片，亭亭玉立站在她母親（李鴻章夫人）的身旁，有荳蔻年華的外婆，也有母親、姑姑幼年或年少時期的照片。[7] 但《對照記》顯然將「此曾在」的感傷更推向另一種我們可以暫時名之為「依舊在」（*ça a toujours été;* that-has-always-been）的弔詭，一種將攝影時間美學推向宗法時間批判的基進思考可能。

若「此曾在」是現在回望過去，過去存在的已不復存在（唯獨照片），那「依舊在」

則是徹底打破了過去—現在—未來的時間線性：照片裡「沒有未來」，因為「已經定了親」，未來已經被決定而無從逃脫；照片裡也「沒有過去」，即便物換星移，從祖母到了姑姑到了妞兒，從外婆到了母親，不同世代的女人，相同宗法婚姻的命運，過去的依舊過不去。而這些黑白老照片上最具「差異性」視覺辨識度的，乃是清末民初一路以來女性服飾的劇烈變動，從清末寬博的上衣下裳到民初窄身窄袖的上衣下褲，再到二〇年代的倒大袖旗袍。然女性服飾所帶出的時代變遷，卻不敵千年宗法父權的老神在在，就連穿著最洋派最時髦新穎的母親，依舊被門第葬送了一生。而照片中一個個或年幼或年輕或老邁的緘默嫻靜女子，她們的「此曾在」乃攝影照片所給出的存有真實，而她們的「依舊在」則是攝影照片所可能給出的批判思考，帶出變（服飾變遷）與不變（宗法父權機制）之間的弔詭。厲害的《對照記》，文字有文字的批判力道，照片有照片的控訴力量，更有那在圖與文的參差對照與穿插藏閃中，不時閃現、作為另類時間感性的「依舊在」，直指「祖從示」所可能帶來的暴力與傷害。

二．文字裡的祖父母

而相對於「祖從示」的宗法父權機制，《對照記》更用心經營的乃是「祖從衣」的想像依恃，細細羅曼蒂克化祖父母之間的美滿姻緣。張愛玲祖父張佩綸為晚清名臣，「清流黨」的代表人物，才學過人，但在中法馬江戰役失敗後，被謫戍邊疆，返回後入清末重臣李鴻章幕，一八八八年李鴻章將次女李經璹（李菊耦）許配給二度喪偶的張佩綸，夫妻相差十七歲。此窮罪臣續弦相府千金之事，頗受當時人議論，後亦被寫入曾孟樸的清末小說《孽海花》之中（書中人物「莊侖樵」乃影射張佩綸，字幼樵）。後夫妻遷往南京隱居，在張佩綸傳世的《澗于日記》與詩文集中，展現其伉儷情深、詩酒風流的退隱生活。本章此節將爬梳張愛玲在三個不同文本——〈憶胡適之〉、《小團圓》、《對照記》——如何以文字敘述來進行對祖父母過往的想像拼貼，下一節再集中處理《對照記》中祖父母的「影像」如何與文字敘述產生參差對照與錯別想像。首先，對胡適「如對神明」的張愛玲，在〈憶胡適之〉一文中提到胡適曾當面講起他的父親認識張愛玲的祖父，「似乎是我祖父幫過他父親一個小忙」（頁一四八），而順道帶出對祖父的好奇想像。原本在五四新文化運動對家族歷史與認同所造成的破壞性影響下，張愛玲「家裏從來不提祖父」（頁一四九），以避免炫耀家世門第而顯得不民主。然張愛玲對祖父的興趣，乃是因清末小說《孽海花》而起。文中並未對小說人物情節多做描繪，只是記述到她曾以小說內容求證於父親，卻遭父親當場全盤否認，雖然「後來又聽見他跟個親戚高談闊論，辯明不可能在簽押房撞見東翁的女兒，那首詩也不是她做的」（頁一四九）。後又嘗試問及祖父其他事，煩躁不開心的父親叫她自己去讀祖父的文集，「幾套線裝書看得頭昏腦脹，也看不出幕後事情。又不好意思去問老師，彷彿喜歡講家世似的」（頁一四九）。而跑去問姑姑亦碰壁，便自嘲「大概養成了個心理錯綜，一看到關於祖父的野史就馬上記得，一歸入正史就毫無印象」（頁一四九）。

〈憶胡適之〉一文的重點在胡適，記述到祖父的部分僅有四小段落，乃是隨著胡適的話題導引而順勢帶入。〈憶胡適之〉中所言「而我向來相信凡是偶像都有『黏土腳』，否則就站不住，不可信」（頁一五〇），指的是胡適之為「偶像」，而不是日後同樣類似表達再次出現在《對照記》中所指的祖父母之為「偶像」。雖說此文對祖父的描繪不多（祖母甚至僅以「東翁的女兒」略被提及），但已清楚鋪陳五四影響下家族成員對家族史的緘默，以及此緘默中張愛玲從「野史」而非「正史」所進行的文學想像拼貼，此亦成為張愛玲「祖從衣」的敘事基調。而到了《小團圓》，小說女主角盛九莉祖父母的出場，乃是圍繞在眾人對新出歷史小說《清夜錄》的閱讀而展開。九莉聽說裡面有她祖父，但「看著許多影射的人名」只覺暈頭轉向，無法確定「是為了個船妓丟官的還是與小旦同性戀愛的？」（頁一一九）。去求教父親乃德，乃德的回答也依樣畫葫蘆張愛玲父親在〈憶胡適之〉中的回答，「不可能在簽押房驚艷，撞見東翁的女兒」，小說敘事者還不忘添上一句補充說明，「彷彿這證明書中的故事全是假的」（頁一二〇）。而前後兩個父親的話雖相同，場景卻不同，前者是高談闊論公開對著親戚講，後者則是在屋內繞著圈子對煙鋪上再娶的妻子翠華講。相同受五四影響而避談家族的敘事基調，也同樣出現在《小團圓》中父親乃德與姑姑楚娣、母親蕊秋的回應態度之上，「楚娣更不提這些事，與蕊秋一樣認為不民主」（頁一二〇）。

然《小團圓》裡對九莉祖父母的文字描繪，還是出現了幾個有趣的變奏。首先是原本〈憶胡適之〉中曾孟樸的清末小說《孽海花》變成了《小團圓》中的《清夜錄》。史之所載《清夜錄》乃宋朝俞文豹所撰，清末小說中並無《清夜錄》一書。雖然我們可以說《小團圓》乃小說虛構形式，不同於散文體的〈憶胡適之〉或後來的《對照記》（沿用《孽海花》），但證諸《小團圓》對其他中國近現代文學作品的援引，皆以真實書名為主，如《兒女英雄傳》、《歇浦潮》、《魯男子》等，莫怪乎引來學者的猜測「可見張愛玲在這裡也想把九莉的『真實身分』隱藏起來」（陳子善，〈無為有處有還無〉，頁二九）。但除了這個可能的猜測外，《清夜錄》作為虛構的虛構，或也有著此「清」（夜）非彼「清」（朝）的可能幽默（或以此「清」連結彼「清」——祖父張佩綸曾為晚清新銳「清流黨」的核心人物——的可能幽微）。此外，《小團圓》尚添加了老僕韓媽對祖母的追憶，並帶出日後在《對照記》發展而成「朦朧的女權主義」段落：「三小姐小時候穿男裝，給二爺穿女裝」（頁一二〇），也添加了姑姑對奶奶詩句的記誦與閒話母女之間的親密，「奶奶非常白，我就喜歡她身上許多紅痣」（頁一一二），這些描繪都出現在日後改寫的《對照記》散文之中。

但《小團圓》小說真正關鍵的變奏，乃是對祖父母姻緣的看法轉變。九莉最初對《清夜錄》的閱讀，「驚喜交集看到那傳奇化的故事」（頁一二〇），但姑姑楚娣一語道破這表面上的郎才女貌，「給她嫁個年紀大那麼許多的，連兒子都比她大」（頁一二一）。《小團圓》沒有像後來改寫的《對照記》那麼一廂情願、那麼一心一意羅曼蒂克化祖父母的姻緣。《小團圓》寫到「奶奶嫁給爺爺大概是很委屈。在他們的合影裏，她很見老，臉面胖了，幾乎不認識了」（頁一二二）。但真正更厲害的轉折，則出現在九莉對祖父母姻緣的獨特總結：「這樣看來，他們的羅曼斯是翁婿間的。這也更是中國的」（頁一二二）。表面上這簡短一句話極盡幽默嘲諷之能事，彷彿說是外曾祖父看上（相中）祖父的，與祖母何干，若要說有羅曼斯，那也是外曾祖父與祖父之間，而非祖父與祖母之間。然這簡短的一句話，卻如此巧妙地跨時空、跨文化點出當代酷兒研究（queer studies）的精髓。由此觀之，此翁婿之間的羅曼斯，當然不是指翁婿之間同性戀愛或同性性交的任何可能，而是所謂「男人之間」的「同性社交」（homosociality）。換成更具中國文化特色的表達，則是男系世系群之間透過異性戀族外婚所進行的「交換女人」，乃是男系世系群之間的關係建立、利益輸送與社會連結。而證之以中國傳統宗法父權機制下的婚姻，「昏禮者，將合二姓之好，上以事宗廟，而下以繼後世也」，誠然一語中的。

但到了《對照記》，所有的傳奇與羅曼斯都歸門落戶到祖父母之間神仙美眷般的情意繾綣。《對照記》的「尋根」之旅重新回到曾孟樸的《孽海花》，此次乃是以人物姓名音同字不同為線索，鎖定在《孽海花》小說中的文學侍從之臣「莊侖樵」。《對照記》詳述了祖父張佩綸早年如何參奏外曾祖父李鴻章，後在中法戰爭戰敗時如何狼狽逃亡，如何被革職充軍，而李鴻章又如何愛才惜才而不計前嫌將女兒許配給他。細節鋪陳的重點，當然還是放在祖父母在簽押房的驚鴻一瞥與詩作定情。只是這次即便父親否認，姑姑失憶，張愛玲還是不願放棄此才子佳人的浪漫邂逅，乃執意推理出這段情節的可靠性。她搬出表伯母家（李鴻章的長孫媳）常打的電話號碼表為證據，第一格填寫的人名便是曾虛白（《孽海花》作者曾孟樸的兒子），以此證明曾家與李家的密切往來，親上加親：「《孽海花》裏這一段情節想必可靠，除了小說例有的渲染」（頁三八）。雖然《對照記》裡仍有姑姑所提出的負面看法「我想奶奶是不願意的」（頁四三），但張愛玲一句「我太羅曼蒂克，這話簡直聽不進去」（頁四三），便逕自展開「傳奇化」、「浪漫化」祖父母姻緣的書寫。於是《對照記》寫道祖父與祖母「在南京蓋了大花園偕隱，詩酒風流」（頁四四），爺爺奶奶有唱和的詩集，還合寫食譜，甚至合著了一本武俠小說，自費付印，「版面特小而字大，老藍布套也有兩套數十回」，雖說「故事沉悶得連我都看不下去」（頁四六）。祖父母之間的才情應和、詩酒風流，顯然讓自小只見父母反目終至離異的張愛玲有了夫妻恩愛的渴切投射，「只有我祖父母的姻緣色彩鮮明，給了我很大的滿足」（頁八八）。

然而在此「祖從衣」的想像投射與情感依恃中，《對照記》並未須臾遺忘「祖從示」所可能帶來的性別壓迫與箝制。除了前所述的宗法婚與宗法婚所引發「朦朧的女權主義」之為反抗外，此處我們更應注意《對照記》中另一種更為細緻的文字操作，不是直接去反抗去控訴，而是從「祖從衣」沒大沒小的親近中，去翻轉「祖從示」嚴冷方正的規矩：對祖父直呼其名，絲毫不「避諱」。從一開始張愛玲弟弟便像搶到頭香似地向張愛玲說道；「爺爺名字叫張佩綸」（頁三三），不僅不避名諱，張愛玲還加碼追問，「是哪個佩？哪個綸？」，弟弟回答「佩服的佩。經綸的綸，絞絲邊」（頁三三）。姊弟交談中不僅揭露了祖父的姓名，更反覆確認口語發音到書寫文字的正確對應，張愛玲還不忘再加碼一句「我很詫異這名字有點女性化，我有兩個同學名字就跟這差不多」（頁三三）。這被傳統禮教視為大不敬的議論，顯然不只是表面上沒規矩、沒家教的問題，而是張愛玲從最初〈憶胡適之〉提及祖父時便一直堅持的敘事基調：在五四反封建、反禮教的影響下，如何得以敘述或重構家族史？而《對照記》與〈憶胡適之〉、《小團圓》一樣，也沒忘記再次強調五四的影響：「我姑姑我母親更是絕口不提上一代。他們在思想上都受五四的影響」（頁三七）。而執意要「零零碎碎一鱗半爪」挖掘出祖父母美滿姻緣的張愛玲，既要留心被旁人視為炫耀家世門第，又要避免落入傳統封建家族的祖譜祖訓窠臼，對祖父提名道姓便可以是一個有意識的文字策略，既具體展現五四的影響，又回應推理猜測的趣味，且不乏渲染祖孫之間的親近想像連結。

而《對照記》不僅對祖父張佩綸提名道姓，也對外曾祖父李鴻章提名道姓，甚至連外曾祖父的親屬稱謂都棄而不用，「李鴻章——忘了書中影射他的人物的名字」（頁三四）。不僅如此，張愛玲還批評道「李鴻章本人似乎沒有什麼私生活。太太不漂亮，（見圖二十二）那還是不由自己作主的，他唯一的一個姨太太據說也醜。二子二女都是太太生的」（頁四四）。換言之，即便「祖」字輩（外曾祖父）的婚姻也是「盲婚」，「娶妻」也是「不由自己作主」，但同時身為宗法婚承受者與施受者的外曾祖父，還是有「納妾」上的自主性，即便此處妻妾的容貌同遭取笑。而面對傳統宗法婚的娶妻納妾，祖父張佩綸也好不到哪裡去，張愛玲不僅指出祖父有兩個前妻，甚至還暗示祖父也有姨太太：

> 供桌上首只擺一排蓋碗，也許有八九個之多。想必總有曾祖父母。當時不知道祖父還有兩個前妻與一個早死的長子，只模糊地以為還再追溯到高祖或更早。偶爾聽見管祭祀的老僕嘟囔一聲某老姨太的生日，靠邊加上一個蓋碗，也不便問。他顯然有點諱言似地，當著小孩不應當提姨太太的話，即使是陳年八代的。（頁三三——三四）

然此處既可以是對「祖從示」（從擺供祭祀到妻妾制）的暗諷，也可以是「祖從衣」另一種「偶像也有黏土腳」的翻轉。偶像不僅有名有姓還有私生活，還會因戰敗受辱、仕途受挫、愧對恩師而縱酒過度：原本《孽海花》中的「白胖臉兒」，在擺供的畫像上已經變為赭紅色，「五十幾歲就死於肝疾」（頁三九）。此處「祖從示」的偶像不再高高在上，而是落地成為「祖從衣」的土偶，讓張愛玲覺得最為可親、可憫的，又無非是這土偶無從迴避的性格缺陷與生命困頓。故祖父張佩綸之所以得以給出「祖從衣」的想像空間，與其說是回到祖父曾為「晚清第一風光人物」，一句「豐潤喜穿竹布長衫，士大夫爭效之」[8]（另一種字義上更為生動的「祖從衣」）便得引領清末時尚風騷的「風流才子」，不如說是清末福建馬江戰敗、一個已然失勢而徹底無法言勇的敗軍之將，被徹底揭去神主、偶像、宗法威權的光環，但卻也因此更易成為張愛玲筆下可親可憫、有著黏土腳的祖父。張愛玲對中國千年宗法父權的批判，不僅有來自家族女眷親歷的痛苦不幸或祖母「朦朧的女權主義」之啟示，更有來自廢除封建科舉、廢除封建王朝之千年未有之變局，徹底讓奠基於君臣—父子—夫婦同構等級階序的宗法父權破了功、亂了套，而亂世之中祖父的戰敗受辱、抑鬱以終，更讓張愛玲得以在「祖從示」的嚴密機制中，成功打開了「祖從衣」的想像連結。

三·照片裡的祖宗

誠如張愛玲在《對照記》所一再強調的，祖父母的故事「佔掉不合比例的篇幅」（頁八八），此不合比例乃是一種雙重的不合比例，既是不合比例的多（文字篇幅上寫祖父母的部分遠遠超過寫父母與其他家人親友），亦是不合比例的少，全書五十四張照片祖父母僅占四張，祖母三張，祖父一張（年代久遠與攝影之普及是為關鍵）。上節我們分析了張愛玲從〈憶胡適之〉、《小團圓》到《對照記》在祖父母的「文字」部分如何展現差異書寫，這節就讓我們針對《對照記》張愛玲祖父母的「照片」部分進行分析，以便能在照片與文字的參差對照中，繼續開展「祖從示」與「祖從衣」的錯別可能。但在進入個別照片的分析之前，我們必須先對「影像」二字進行最基本的跨語際、跨文化考掘。羅鵬（Carlos Rojas）乃是最早在《對照記》的相關研究中，清楚提醒研究者「影像」二字在跨文化翻譯的歷史脈絡：「照像」乃是由兩個既有的中國辭彙組合而成，活人的「小照」與死人的「影像」（Rojas 165-166）。在攝影術傳入中國之前，傳統的「畫樓」或「影像鋪」乃是以畫像的方式描繪人物容貌以紀念留存，畫活人肖像稱為「小照」，畫亡靈（死後遺容）稱為「影像」（宿志剛等，頁五）。而在十九世紀四〇年代攝影術傳入中國之後，「影相鋪」的中國畫師多開始兼顧攝影師的工作，沿海開放商埠亦先後出現以西洋或本土攝影師為主而專營照像或拍照的「像館」、「照相樓（號、館）」。故「影像」最初作為「畫亡靈」之傳統，對應的乃是中國自宋朝起特有的「祖宗畫像」（亦稱「祖先畫像」）傳統，不僅只是「留影紀念」，更是為了配合各種家祭儀式之操作使用，而此「祖宗畫像」在晚明更趨向「寫真傳神」（Stuart 202, 212）。換言之，英文 image 或 shadow image 所對應出的中文「影像」，其本身早已深植跨文化殊異性的歷史差異。中文「影像」之中包含的不僅只是「人」之化為「像」或「相」之再現，也不僅只是像中有像，後來的「祖宗照」裡有先前的「祖宗畫」，而更是所有的「影像」（活人與死人、畫像或照片）之中總已植入祖先的幽靈，亦即「影像」最初之為「畫亡靈」、最初之用為擺供祭祀。

那就讓我們來看看張愛玲祖父張佩綸的「影像」。在《對照記》中有兩張祖父的「影像」，一張是以視覺形式呈現的祖父「照片」，一張是以純文字描繪而不以視覺形式出現的祖父「油畫像」。我們在此的分析就先從「油畫像」開始：

> 祭祖的時候懸掛的祖父的油畫像比較英俊，那是西方肖像畫家的慣技。但同是身材相當魁梧，畫中人眼梢略微下垂，一隻腳往前伸，像是要站起來，眉宇間也透出三分焦躁，也許不過是不耐久坐。（頁三九）

此祭祖時才懸掛出來的祖父油畫像，顯然是以西方肖像畫的技巧完成，不僅較為寫實（身材魁梧、眼梢下垂外，臉部皮膚呈赭紅色），更較為立體有動感（一腳往前伸，焦躁不耐久坐），與傳統中國「祖宗畫像」或「祖先畫像」偏向四平八穩的靜態坐姿與去個性化顯然有別。就此《對照記》中僅有的描繪觀之，我們無從判斷此西方肖像油畫乃為張佩綸身前的畫像之一、後被選用為擺供祭祀時懸掛的「祖宗畫像」，還是張佩綸身後專為擺供祭祀所作之「祖宗畫像」，但就其西方油畫技巧的生動寫實而言，顯然展現了十九世紀西風東漸影響下的人物肖像畫趨勢。

而《對照記》中唯一的一張祖父「照片」，不是用來當成祭祀擺供的「祖宗畫像」，卻比用來當成祭祀擺供的祖父「油畫像」還更具「祖宗畫像」的視覺傳承。此話怎講？這在《對照記》中編號圖二十三的祖父照片，張愛玲其實只給了非常簡短的文字分析——「照片上胖些，眼泡腫些，眼睛裏有點輕蔑的神氣。也或者不過是看不起照相這洋玩藝」（頁三九），顯然只是想凸顯「油畫像」中的祖父較年輕、較削瘦、較英俊，並未多言其他。但此照片乃深具十九世紀中國早期攝影肖像照之特色：有別於西方自文藝復興以降所凸顯的模擬符碼與透視空間，尤其是對可增加「量體感」、「結構穩定度」、「色調豐富變化」的光源明暗運用之強調，中國早期肖像美學偏平面構圖，沒有深度，沒有陰影，沒有量體感，而臉部則以正面拍攝為主，眼睛直視，表情平板，「平面而非深度，空間與量體的極小化，凸顯物件輪廓的扁平與剪貼形狀」（Wu 268）。故此早期中國的肖像攝影作為具有文化獨特性的視覺符碼而言，重點不在「模擬」而在「影像表面」（image surface），乃是透過衣飾、道具、姿勢等來凸顯照片中人物的社會階級地位（Wu 268）。

而此對「影像表面」的強調，亦可連結到魯迅在〈論照相之類〉一文中對早期中國肖像攝影的嘲諷描繪：

只是半身像是大抵避忌的，因為像腰斬。自然，清朝是已經廢去腰斬的了，但我們還能在戲文上看見包爺爺的鍘包勉，一刀兩段，何等可怕，則即使是國粹乎，而亦不欲人之加諸我也，誠然也以不照為宜。所以他們所照的多是全身，旁邊一張大茶几，上有帽架，茶碗，水煙袋，花盆，几下一個痰盂，以表明這人的氣管枝中有許多痰，總須陸續吐出。人呢，或立或坐，或者手執書卷，或者大襟上掛一個很大的時錶，我們倘用放大鏡一照，至今還可以知道他當時拍照的時辰，而且那時還不會用鎂光，所以不必疑心是夜裡。（頁六七）

魯迅文章原本即是對中國人視照相為「西洋妖術」的迷信加以嘲諷，而文中直接點名到的揶揄對象，也包括了張愛玲的外曾祖父李鴻章：「還有掛在壁上的框子裏的照片：曾大人，李大人，左中堂，鮑軍門」（頁六六）。但此處魯迅所提「制式」、「套式」的早期中國肖像攝影，幾乎可以巧妙幽默地對應到張愛玲祖父張佩綸在《對照記》中那唯一的照片：正面全身坐姿，旁有茶几，茶几上有花瓶，几下有痰盂。

然更重要的「形式之類」（〈論照相之類〉文中的第二節小標），則又顯然溢出魯迅所言：魯迅只談了可見的攝影形式與場景表面上的基本道具配備，沒談可見又不可見、結合了更深層文化形式的攝影形式，亦即摺曲在「影像表面」之中的「影像」。誠如當代視覺藝術研究者所言，中國早期肖像攝影的「形式」之中，早已藏進了「祖宗畫像」的視覺符碼，亦即有樣學樣「祖宗的姿勢」。何謂「祖宗的姿勢」呢？呆板僵化的正面坐姿，疏離無表情（Stuart 198），雖可以有臉部細節特徵而非千篇一律，但不太依循自然寫實，也不凸顯人物個性，而是以「類死人」（升天）而非「類活人」（人間）的方式取消了時間的流變（Stuart 201; Stuart and Rawski 52）。故若回到《對照記》中祖父張佩綸的「影像」，原本用來擺供祭祀、作為「祖宗畫像」的「油畫像」僅有文字敘述，但不論是動作神情、甚至「眉宇間也透出三分焦躁」，顯然與傳統「祖宗的姿勢」有較為明顯的區別（除了在西洋油畫材料與可能的擬真寫實之明顯區別外），反倒是並非用來擺供祭祀的祖父肖像攝影照較有「祖宗的姿勢」之架式，即便已非完全正面直視，即便臉，眼，耳，手，腳已非完全左右對稱，即便頭部與身體服飾比例較趨正常寫實，即便照片上呆滯平板的表情，也恐怕是在端正嚴肅「祖宗的姿勢」之影響外，尚有來自早期攝影底片曝光時間較長而造成表情僵滯等其他可能考量。[9]

然若「影像」一詞來自「畫亡靈」、來自「祖宗畫像」，而「祖宗畫像」的視覺符碼又總已滲透到中國早期人物肖像攝影，那我們在援引當代理論中的「攝影—死亡」連結時，就必須同時處理跨文化多層次的「死亡」與跨文化多層次的「延續」（透過祭祀儀式所帶出向前的慎終追遠與向後的子嗣綿延）。張愛玲祖父張佩綸的照片，乃是「影像」的多重死亡與多重延續：照片中的祖父早已亡故；拍照當下的祖父也已亡故（「此曾在」，攝影的本質就是死亡的姿態）；拍照當下的祖父也已加入亡故的祖宗畫像傳統，既是祖宗的已亡故，也是祖宗畫像傳統形式的已亡故；而新興的祖宗照與人物肖像攝影則延續了祖宗畫像的傳統，一如擺供祭祀乃是延續了祖先的香火，繼嗣與祭祀的合而為一。

那張愛玲祖母李經璹的照片呢？如同在擺供祭祀時張愛玲祖父張佩綸那幅看不見的「油畫像」一樣，祖母李經璹在《對照記》裡也有一張看不見、僅有文字描繪的「祭祀的遺像」。每逢擺供，管祭祀的老僕「就先一天取出香爐蠟台桌圍與老太爺老太太的遺像，掛在牆上。祖母是照片，祖父是較大的油畫像」（頁三四），「她在祭祀的遺像中面容比這張攜兒帶女的照片更陰鬱嚴冷」（頁五二）。此處「攜兒帶女的照片」指的是《對照記》中編號圖二十五，乃是孀居的李經璹帶著張愛玲幼年的父親與姑姑之合影，照片中的李經璹端正嚴肅、不苟言笑，但顯然不及那更為「陰鬱嚴冷」、「祭祀的遺像」之面容。此未曾出現在《對照記》中的祖母「遺像」（二十世紀初的肖像攝影），是否比祖父「遺像」（十九世紀末的油畫像）有更多或更少的「祖宗畫」、「祖宗照」視覺符碼，就現有的資料並無法得知，但對照於這一隱（遺像）、一顯（圖二十五）照片的文字說明部分，正是前所提及「朦朧的女權主義」相關段落，照片中祖母面容的莊嚴肅穆，甚或陰鬱嚴冷，也更強化了「祖從示」的另一種註腳：既是彼時受傳統「祖宗畫」、「祖宗照」之為「影像」影響下的肖像攝影美學，也是文字對照下可能的處境投射，「命運就是這樣防不勝防，她的防禦又這樣微弱可憐」（頁四九），也更是祖母以「類死人」而非「類活人」的方式進入祭祀之列。

但《對照記》中另外兩張張愛玲祖母的照片，卻給出了「祖從衣」的浪漫錯別想像。圖二十二是張愛玲祖母十八歲時與母親（著誥命長禮服，掛朝珠的李鴻章夫人，張愛玲的曾外祖母趙夫人）的合影，此照片中的母親面容（李鴻章夫人），幾乎可以對應到圖二十五端正嚴肅、不苟言笑的母親面容（張愛玲祖母），但圖二十二中的祖母尚是芳華正茂的女兒，張愛玲更以文字作為「表情符號」（emoticon, emoji）來增添她的神情容貌：「她彷彿忍著笑，也許是笑鑽在黑布下的洋人攝影師」（頁三二）。如前所述，同樣的手法也被用來生動化祖父的神情容貌：「眼睛裏有點輕藐的神氣。也或者不過是看不起照相這洋玩藝」（頁三九）。當代的「表情符號」（「表情圖示」、「表情貼」、「字符表情」、「顏文字」），乃是「情緒」與「圖案」所合成的新辭彙，嘗試在冰冷中性的文字傳輸中，加入以文字構成的圖案來表達情緒與溫度。而本章此處對「表情符號」的挪用則是反其道而行（有臉的照片卻無表情），以凸顯文字作為照片「表情符號」的可能，如何讓莊嚴肅穆的中國早期肖像攝影有了個人的情緒、觸動與溫暖。

如同羅鵬所言，《對照記》裡文字附記的功用，乃是牽繫游移影像的「補遺痕跡」（supplementary traces）（Rojas 174-175），那此處我們對「表情符號」的挪用，則是希冀開展出另一種文字之於嚴肅影像的「潤色」（retouch）補遺，一如《對照記》中唯三「手繪著色」的照片（圖二的幼年張愛玲，圖五的幼年張子靜以及圖十三他們在倫敦的母親），乃是張愛玲母親黃逸梵在一對兒女與自己原本各自的黑白照片上所做的顏彩潤色。張愛玲也以文字為祖父母莊嚴肅穆的照片添加了「個人化感觸」（personal touch），亦是一種「祖從衣」的文字潤色。而圖二十二祖母十八歲時的照片，早在《對照記》圖文對照、有圖為證之前，就以純文字潤色的方式出現在《小團圓》小說之中：

> 楚娣找出她母親十八歲的時候的照片，是夏天，穿著寬博的輕羅衫袴，長挑身材，頭髮中分，橫V字頭路，雙腮圓鼓鼓的鵝蛋臉，眉目如畫，眼睛裏看得出在忍笑——

笑那叫到家裏來的西洋攝影師鑽在黑布底下？（頁一二一—一二二）

原本就改寫自《小團圓》、亦曾以《小團圓》命名的《對照記》，此處顯然因為直接提供了照片，而在文字部分取消了服飾裝扮、身材面容的細節描繪，僅保留了被攝影者對攝影者的「忍笑」作為對跨文化、跨性別以及對攝影新技術的巧妙回應。

但《對照記》對「祖從衣」最重要的文字與情感潤色，則非圖二十三莫屬。圖二十三乃是一組「合成照」，兩張照片一左一右，以情感依恃的方式加以拼貼並置。最初乃是張愛玲姑姑的手做剪貼：「顯然是我姑姑剪貼成為夫妻合影，各坐茶几一邊，茶几一分為二，中隔一條空白。祖父這邊是照相館的佈景，模糊的風景。祖母那邊的背景是雕花排門，想是自己家裏。她跟十八歲的時候髮型服飾相同，不過臉面略胖些」（頁三九）。如果張愛玲姑姑是用剪貼的方式創造出「夫妻合影」，那張愛玲的後續接力，則是用文字的羅曼蒂克化，創造出祖父母色彩鮮明的姻緣。此處我們也可察見《對照記》在排版上的尷尬。原本這被張愛玲姑姑刻意剪貼並置而成的「夫妻合影」，在最早一九九四年的版本乃是放在頁四〇與頁四一，一左一右並置，貼順原意。但到了後來二〇〇一年與二〇一〇年的版本，則被拆散開來分別放在頁三七與頁三九。從張愛玲姑姑的照片剪貼到張愛玲本人的文字潤色，顯然在後續的排版中被破壞殆盡，嚴重辜負了姑姪二人的美滿心意。

而唯一能為此排版稍作挽回的，就只剩下頁三八的文字，如何得以成為頁三九祖母婚後照之「表情符號」：「『我記得扒在奶奶身上，喜歡摸她身上的小紅痣，』我姑姑說。『奶奶皮膚非常白，許多小紅痣，真好看。』她聲音一低。『是小血管爆裂』」（頁四二）。雖說《小團圓》中也有類同的描繪，如前所述，乃是透過姑姑楚娣之口說道，「奶奶非常白，我就喜歡她身上許多紅痣，其實那都是小血管爆炸，有那麼個小紅點子，我喜歡摸它」（頁一二一）（二〇〇九年版本中此處漏了下引號），但類同的描繪重新出現在《對照記》時，卻明顯增添了「表情符號」的潤色功能，一邊是冰冷的照片以及照片上端莊文雅的婚後祖母，另一邊則是母女（祖母與姑姑）親密記憶中的身體依偎，乃是文字給出了冰冷照片所沒有的體觸、色澤與溫度。

張愛玲在《對照記》中強調，「我們祭祖沒有神主牌」（頁三三），只放爺爺奶奶的遺像（爺爺油畫，奶奶照片），此或是因為五四影響之故，或是因為神主牌供在大伯家或他處，張愛玲並未多做解釋，但「我們家祭祖沒有神主牌」在《對照記》中更深的意涵，則又可在於「土偶」對「神主」的翻轉、祖父母作為可親可憫之個人與宗法父權作為運作機制的人機分離，即便祖父母的「盲婚」必須經由文字來加以羅曼蒂克化，即便祖父母的「影像」仍殘有「祖宗畫」、「祖宗照」的視覺感性與美學偏好，但由文字所開啟的「個人化感觸」，卻讓祖父母原本呆板無趣、表情僵滯的照片，產生了情感依恃的親密連結。

四·「再死一次」的絕嗣想像

如果《對照記》在文字與照片的參差對照、穿插藏閃中，深情給出「祖從示」與「祖從衣」的兵分二路、人機分離，那《對照記》最精采最厲害之處，則是在「祖從衣」的深情之中而非之外，也同時給出了對「祖從示」最清堅絕決的斷捨離。在鋪陳完祖父母花園偕隱、詩酒風流的美滿姻緣之最後，張愛玲寫下對祖父母最深的愛之表達：

> 我沒趕上看見他們，所以跟他們的關係僅只是屬於彼此，一種沉默的無條件的支持，看似無用，無效，卻是我最需要的。他們只靜靜地躺在我的血液裏，等我死的時候再死一次。
>
> 我愛他們。（頁五二）

眼尖的讀者當立即發現，類似的表達重複出現在張愛玲的不同文本之中，「再死一次」其實死了很多次。誠如宋以朗在〈我看，看張：書於張愛玲九十誕辰〉中指出，「再死一次」在《對照記》之前就至少已出現過三次，而宋以朗的整理如下：「一個人死了，可能還活在同他親近愛他的人的心——等到這些人也死了，就完全沒有了」（〈張愛玲語錄〉）；「祖父母卻不會丟下她，因為他們過世了。不反對，也不生氣，就靜靜躺在她的血液中，在她死的時候再死一次」（《易經》）；「她愛他們。他們不干涉她，只靜靜的躺在她血液裡，在她死的時候再死一次（《小團圓》）。此一再出現的重複與差異，除了顯現出改寫的痕跡外（原本未出版的英文小說 *The Book of Change* 改寫進《小團圓》，《小團圓》改寫進《對照記》），也可同時看出張愛玲對此表達的珍惜與偏愛。

那此表達究竟有何獨特之處？箇中關鍵恐正在以「血液」帶出的血緣親情連結「之中」而非「之外」，也同時以死亡意象（多重死亡）帶出了「絕嗣想像」，不是生生不息的子嗣綿延（「祖從示」的最大願力），而是一死再死（祖父母已死，而且將在孫女死亡之時，再死一次），並以最終的「死亡」來終結繁衍（祖父母再死一次之後，便不會再死了）。張愛玲曾在〈對現代中文的一點小意見〉中，巧妙指出「決」與「絕」之錯別：

「決不答應」、「決不屈服」現在通用「絕不答應」、「絕不屈服」。這是與日譯英文名詞「絕對」混淆了，誤以為是簡稱「絕對」為「絕」。「決不」是「決計不」，與「絕對不」意義不同。

「絕妙」「絕色」的「絕」字跟「絕子絕孫」一樣，都是指斷絕——無後繼者，也

> 就是誰都趕不上。「絕無僅有」的「絕」也作斷絕解。「絕無」就是以下沒有了，也就是此外沒有了——除了「僅有」的這一個。
>
> 舊小說裏的白話有「斷不肯」、「斷不會」，但是並沒有「絕不肯」、「絕不會」。「斷不」也就是「斷然不」，與「決不」同是「決計不」，與「絕不」無干。「絕不」來自新名詞「絕對不」，而取代了「決不」，「絕」成了「決」的別字。（頁一八）

在此張愛玲乃是透過英文—日文—中文跨語際翻譯，來凸顯新名詞「絕」作為「決」的當代別字之由來，但也一併帶出「絕」作為「斷絕」之「清堅決絕」，「絕子絕孫」便是斷無後繼者。而《對照記》中的「再死一次」，便也就成了引文中的另一種「絕無僅有」，不僅只是通俗說法上張愛玲家族到了張愛玲與弟弟張子靜這一代就「斷了後」，更是以此「僅有」的愛讓躺在血液裡的祖父母，在「僅有」的這一個死的時候再死一次，「就是以下沒有了，也就是此外沒有了」。

換言之，祖父母作為張愛玲的「直系血親」，乃是文化與法律界定上「己之所從出」的「尊親屬」，而張愛玲對祖父母情感的終極表達，竟是斷絕任何「從己身所出」的「卑親屬」，亦即從「祖從衣」的情感極致，翻轉出了另一種「祖從示」的最終夢魘：原本由「出生」所形成的自然血緣關係，成為由「死亡」所連結與終結的最後血緣關係（沒有後嗣之為最終的死亡）。在張愛玲的文本中，本就有各種「絕嗣想像」的旁門與穿鑿，像〈茉莉香片〉、〈心經〉中的「亂倫（混亂倫常）想像」，像《雷峯塔》中女主角沈琵琶的弟弟沈陵（家中唯一獨子）死於肺結核，像《小團圓》中暗示女主角九莉的舅舅或弟弟皆血緣可疑（與母親長得不像的舅舅作為從外面偷抱回來混充的「雙胞胎」，或長得像外國人的弟弟作為母親口中與義大利鋼琴老師的曖昧情史），甚或是像《小團圓》中的墮胎場景，「不要有孩子」的清堅決絕。張愛玲乃是將「祖從示」的「絕嗣焦慮」推到了極端，既是對純正血統所捍衛的本宗本姓之暗諷嘲弄，也是另一種「朦朧的女權主義」之間接實踐，不只是讓「女兒剛強，將來婚事能自己拿主意」（《對照記》，頁五一），更是讓祖父母「等我死的時候再死一次」（頁五二），一種最溫柔的斷絕，斷絕了宗法父權最高律令的傳宗接代，即便嚴格說來「系男不系女」的傳統觀念早已將本宗姓氏已婚未婚的女子，排除在本宗姓氏的傳宗接代之外，只有在「絕戶」之極端情境之下才可能由女子承嗣。換言之，張愛玲「絕嗣想像」的文化威力，既是對女子不成「嗣」之批判，亦是對即便需要以女子成「嗣」時的叛離。一邊是「血液」作為科學語言的平鋪直敘，另一邊則是「血緣」作為文化和法律的依據；一邊是自然的「死亡」，一邊則是宗法的「斷絕」，這些連結與斷裂盡皆摺入張愛玲「再死一次」的表達之中。

由此觀之，我們需要特別區辨出張愛玲「絕嗣想像」獨特的文化威力，以至於不會將其「普世化」為對存有的思索或孫輩對祖輩的單純懷念。此處可舉兩例來說明，此兩例皆涉及「再死一次」段落的詮釋，也都是以注解形式出現在文中。第一例是宋以朗在《張愛玲私語錄》中對「一個人死了，可能還活在同他親近愛他的人的心——等到這些人也死了，就完全沒有了」（頁一〇五）所做的注解文字，該注解一方面精準且精采地將此句表達與張愛玲後來在其他中英文本的重寫加以串聯（如前已述），展現了作者對張愛玲文本隨手捻來的熟稔與所下功夫的用心仔細（當是最稱職也最具論述功力的遺產執行人），而另一方面則又企圖進一步擴大此語錄與〈存在主義哲學之連結，舉出其與〈沙特（Jean-Paul Satre）在《存有與虛無》中的表達相當接近：「死者若不獲拯救而遷進一個活人那實在具體的過去中，他們就不是逝者，而是和他們的過去都一併完全沒有了」（《張愛玲私語錄》，頁一一一——一一二，注解101）。此存在主義的表達固然深刻，但其中所謂的死者—活人之連續（死者仍舊存在活人實在具體的過去之中），恐怕難以真正相通於「再死一次」段落所啟動「絕嗣想像」的文化威力，就如同「絕子絕孫」若不在中國宗法父權傳宗接代的映襯之下，就不可能成為具有強烈詛咒意涵的文化表達。

若此例比較的對象乃是存在主義大師沙特，那另一例比較的對象則是攝影理論大師巴特。黃璿璋的〈對照記：從《明室》的攝影現象學看張愛玲對老照相簿的視覺感知與想像〉，乃是目前以巴特攝影理論討論張愛玲《對照記》最全面的精采論文。黃文中提到巴特曾為自己的一張家族照片留下文字註腳，並嘗試以此來連結張愛玲「再死一次」的段落：「他們來自何方？這是加隆河上游地區一個公證人和他妻小的照片。我和他們是同一族，同一階級。這張照片像是警局裡的證物，證實了這一點。照片中那個有一雙藍眼睛的年輕人，柱肘沉思，他是我父親的父親，也就是我的爺爺，到了我的身體，一切都停下來了。他們製造了個一無是處的人。」[10]若如前所述，張愛玲母親的年輕照片或祖母、外祖母的年輕照片，不僅能給出巴特母親五歲冬園照片所給出的「此曾在」，更能給出另一種更具中國宗法父權與「姓別—性別」文化獨異性的「依舊在」，那此處巴特筆下爺爺的照片，可以平行相通於張愛玲筆下祖父的照片嗎？或此處「到了我的身體，一切都停下來了」，可以平行相通於「他們只靜靜地躺在我的血液裏，等我死的時候再死一次」嗎？兩者似乎皆展現了對祖父的某種陌生距離，既是時間也是生命經驗上的距離，而兩者也都嘗試拉回到孫子或孫女當下的喟嘆與情感聯繫。然巴特的敘述或有追本溯源的企圖（加隆河、家族、階級、藍眼睛），但顯然沒有張愛玲「再死一次」的深情與決絕，也沒有整個中國宗法父權傳承對「絕嗣想像」的背景加注。[11]

張愛玲的祖父不是也不似巴特的爺爺，張愛玲的家族「影像」不是也不似巴特的家族「照片」，正在於中國「祖從示」的宗法幽靈，總已纏祟在任何「祖從衣」的情感依恃之中，所有兵分二路的人機分離，並無法徹底排除反覆出現的人機合體，亦即宗法父權之「畛域化」、「去畛域化」與「再畛域化」之接續與變化。正如本章從標題到內文採用一以貫之的書寫方式「祖從衣」，而非將錯就錯的「祖從衣」，所欲凸顯的正是其中的「祖」總已從「示」，「祖從衣」之中總已註記了「祖從示」。《對照記》之所以得以給出人機分離的縫隙與想像，乃在於祖父的強中之弱（窮京官、戰敗罪臣被貶、被放逐、被排除在權力核心之外）與祖母的弱中之強（富相府千金、盲婚所淬鍊出「朦朧的女權主義」），再襯以野史與正史之詩酒風流，便得以形構出祖父母美滿姻緣的想像投射。故不論是從文字的鋪陳或影像的配置、甚或文字與影像之間的參差對照、潤色或錯別，《對照記》都有複雜的深情與反思，在「祖宗」與「土偶」之間反覆翻轉。

而本章的最後，就讓我們再從一個「正字」的錯別想像，來端倪《對照記》可能的顛覆與斷裂，依舊不是對立式的反抗或宣示，依舊流連在情深之處、在日常之處、在最不經意之處，卻能將「祖從衣」翻轉成對「祖從示」的調侃與叛出。在圖二十五的文字說明處，寫到祖母身前最得力的老女傭，追憶起孀居後活在坐吃山空恐懼之中的祖母：

我父親離婚後自己當家，逢到年節或是祖先生日忌辰，常躺在烟舖上叫她來問老太太從前如何行事。她站在房門口慢條斯理地回答，幾乎每一句開始都是「老太太那張（「辰光」皖北人急讀為「張」）……」

> 我叫她講點我祖母的事給我聽。她想了半天方道：「老太太那張總是想方（法）省草紙。」（頁四九）

類似的描寫也曾出現在《小團圓》之中，女主角九莉祖母從前的女僕韓媽曾道：「從前老太太省得很喏！連草紙都省」（頁一二〇）。但《對照記》中的加長版卻顯然不同，不僅帶出曾經侍奉祖孫三代的老女傭如何得體應對抽鴉片煙的父親，如何追憶祖母孀居後的節儉度日，更生動靈活地帶出祖母老女傭的皖北口音（祖母為安徽合肥人），如何將「辰光」通通都急讀成了「張」。

小說《小團圓》裡也有一個看似無心插柳的橋段。話說女主角盛九莉在家中女傭的一再央求下，決定幫她們在各自的芭蕉扇上燙出各自的「姓」，以避免相互錯拿，「用蚊香燙出一個虛點構成的姓，但是一不小心就燒出個洞」（頁二〇一）。在此我們或許不須也無由追究此「張」（而非「章」、「璋」或其他字的擬音）之出現，究竟是否刻意為之的「作者意圖」，在此我們只想以一種誤打誤撞的方式，歪讀這個看似無心插柳的「正字」，「張」既可以是皖北口音中的「辰光」（時候、時間），也可是與草紙相連時可能出現的計量單位，更可以是張愛玲家族的本宗姓氏。張愛玲問老女僕有關祖母的事，結果「大殺風景」聽到的是祖母連草紙都想方設法地節省，而更「大殺風景」的，恐怕在於由此帶出

「張」的曖昧多義，讓我們得以同時看到《對照記》的文字解構威力，既可以是在意識層面透過文字所幽微進行的宗法批判（「盲婚」帶給家族女性的痛苦不幸，祖母「朦朧的女權主義」），也可以是在潛意識層面開放出文字本身的游移與不確定（「老太太那張」）。如果本宗姓氏所強調的乃是「己之所從出」與「從己身所出」的「從出」（derivation），那由「辰光」急讀而成的「張」，則創造出「字之所從出」與「從字身所出」的「歧出」（deviation），而得以讓《對照記》的宗法父權批判，力透到語言文字本身的「陽物理體中心」，將本宗姓氏的「張」鬆動為曖昧多義的「張」，一個充滿日常家居小細節的親密回憶與家鄉口音的「張」，一個或可暫時化嚴冷方正為風趣詼諧的「張」。

此「張」非彼「張」，此「張」又是彼「張」，既非錯字，亦非別字，但卻充滿了「祖從示」與「祖從衣」的錯別想像，無非乃《對照記》中最出乎意料、令人莞爾之處，而本章從一個「錯別字」的想像開場，看來便也可如是這般以一個「正字」的曖昧為結。

注釋

1 張愛玲在〈對現代中文的一點小意見〉中曾言，「我自己也不是不寫別字，還說人家」（頁一八），並在該文中自首肯認那最著名的張式別字，亦即〈天才夢〉的名句——「生命是一襲華美的袍，爬滿了蚤子」——將「蝨子」誤寫成了「蚤子」（頁一八）。有關此句所涉及的「蝨蚤」不分以及其與張愛玲八〇年代「恐蟲症」的轉喻閱讀，可參見拙著《張愛玲的假髮》第四章〈房間裡有跳蚤〉之分析。

2 張愛玲在〈編輯之癢〉小發牢騷，抱怨《對照記》最早在《皇冠》雜誌連載時，原本擔心表達不清楚恐遭誤會，乃在「夫人不言，言必有失」處特意加上了「引語號」，「表明是引四書上這句名言，只更動一個字」（頁九一）。然而後來卻被校對編輯反璞歸真成沒有「引語號」，並將「言必有失」，改回原本四書名言的「言必有中」，讓張愛玲不禁慨嘆「自嘲變成自吹自捧，尤其是認識我的人都知道我說話往往不得當，說我木訥還不服，大言不慚令人齒冷」（頁九一）。雖然後來《對照記》正式出版時，此處已改回張愛玲原先加了「引語號」的「夫人不言，言必有失」，在此仍想借由此例，來凸顯張愛玲對標點符號使用上的極度敏感與謹慎。另一個更生動的例子，則出現在張愛玲的〈憶胡適之〉，她特別留心到適之先生在回信中所用的「曲線」與「引語號」，而視其為「五四那時代的痕迹，『不勝低迴』」：「書名是左側加一行曲線，後來通用引語號。適之先生用了引語號，後來又忘了，仍用一行曲線」（頁一四四）。而若回到此處被放入引語號的「丟三臘四」，有可能如「夫人不言，言必有失」一樣，經由改動一字（「中」變成了「失」，「落」便成了「臘」）而帶出不同的意涵。故張愛玲文本中的「引語號」乃十分弔詭，既可以表明乃原文照引，也可以用來強調原文照引時「更動」了原文中的部分文字，最有名的例子莫過於〈私語〉的開場：「夜深聞私語，月落如金盆」（頁一五三），既是引用了杜甫著名詩句「夜闌接軟語，落月如金盆」，又可以是同時更動了原有詩句中的部分用字（闌變深，接變聞，軟變私）與字詞順序（落月變月落），讓人無法判斷究竟是「錯引」或創造性挪用名言。

3 「人機分離」原本為臺灣五〇至八〇年代流行的「政治用語」。臺灣曾以鉅額獎金鼓勵「反共義士」駕機「投誠」，更以「人機分離」作為國際交涉的原則，例如中華人民共和國人民以駕機或劫機方式降落於他國（如南韓），駕機或劫機者留下遣送臺灣，而將飛機（包括其他機組人員與乘客）遣返中國，此即所謂的「人機分離」原則，而此原則亦用於由大陸飛往臺灣或由臺灣飛往大陸的民航客機。爾後基於國際對劫機行為之譴責與臺海形式的轉變，八〇年代末乃改採人機同時遣返，不再以「反共義士」名之或以獎金鼓勵。本章對此臺灣流行「政治用語」之挪用，乃是將「人」重新界定為親「人」的情感連結，將「機」重新界定為「宗法父權」的「機」制本身，以進行「個人」與「機制」之間如何有可能產生分離裂變的基進思考與情感政治。

4 張愛玲在《對照記：看老照相簿》書稿完成後，曾反覆考量過幾個可能的書名，如《張愛玲面面觀》（或《面面觀》）與《小團圓》，而原本規劃當成「後記」或「附錄」、後因恐「尾大不掉」與進度落後等因素而決定不隨《對照記》

一同出版的未完稿〈愛憎表〉，也曾在「填過一張愛憎表」、「愛憎表」、「小團圓」幾個可能標題中徘徊。張愛玲與宋淇、鄺文美在九〇年代初的相關來往信件可資佐證，可參見馮晞乾〈『愛憎表』的寫作、重構與意義〉所引用的這些未出版信件內容，尤其是一九九一年八月十三日張愛玲在信中寫到「我想正在寫的這篇長文與書名就都叫『小團圓』。全書原名『對照記』我一直覺得uneasy，彷彿不夠生意眼」（頁八九）。除了此處所證張愛玲曾欲將《對照記》書名與長文都叫《小團圓》外，本章第二部分「文字裡的祖父母」、第四部分「『再死一次』的絕嗣想像」都將針對《小團圓》與《對照記》之間的雷同與改寫痕跡，做出更多的舉例與說明。

5 嚴格說來，此處的張愛玲似應放入引號，強調乃指《對照記》的敘事者，以便能創造出「敘事者張愛玲」與「作者張愛玲」之間的可能距離，以凸顯文學敘事與語言效應之為中介。但顯然《對照記》乃是一方面透過「散文」的文類規範，一方面透過照片與文字的緊密呼應，讓敘事者與作者彼此貼合塌陷，故本章處理到《對照記》時所用的張愛玲，乃同時指向敘事者與作者之疊合、轉換與可能的錯別。

6 一般多將張愛玲小說〈創世紀〉中的紫微，讀成以其祖姨母李經溥為原型的人物角色（南方朔，頁五九），小說中二十二歲的紫微嫁給了年僅十六歲的少年匡霆谷，也符合《對照記》中所言，「六姑奶奶比這十六歲的少年大六歲」（頁四三）。而在一九七五年十二月十日寫給夏志清的信中，張愛玲也直接說明「『創世紀』——是寫我祖母的妹妹」（夏志清，《張愛玲給我的信件》，頁二三四）。

7 除了巴特五歲母親的冬園照片外，另一個也被用來平行對比張愛玲十八歲祖母照片的，乃是德國文化評論家科拉考爾（Siegfried Kracauer）〈攝影〉（"Photography"）一文中所提及二十四歲的祖母，可參見 X. Wang, 194。

8 張佩綸的祖籍為河北豐潤，故引言中謂之「豐潤」。此引言來自《外交小史》，清佚名撰，轉引自南方朔，頁一一九。

9 巫鴻在〈早期攝影中「中國」式肖像風格的創造〉一文中，嘗試對「中國」式肖像風格的「程式化」提出更為繁複的思索。他認為在殖民東方主義的複雜運作之中，與其說「中國」式肖像風格乃直接受中國「祖宗畫」之影響，不如說「被挪用的本土視覺文化完全掩蓋了殖民者最初塑造這一風格的意圖，從而將西方的執迷演變成了中國的自我想像」（頁八七）。

10 此段文字出自巴特的《巴特論巴特》（*Roland Barthes by Roland Barthes*）〈家庭故事〉（"The Family Novel"），轉引自黃璿璋，頁一七四，注解9。

11 另一種截然不同、企圖連結攝影—母性—生殖繁衍的閱讀，可參見羅鵬的論文，他嘗試將巴特《明室》中母子的性別倒轉（兒子變成母親的母親）與兒子的同性戀傾向（不繁衍後代），推到同樣「無後」的張愛玲。巴特乃是以自己母親的形象來創造生殖散播的文本中介空間，即便此影像的生殖繁衍也預示了巴特在撰寫《明室》之後即將到臨的死亡，而「無後」的張愛玲在《對照記》出版之後，面臨的亦是即將到臨的死亡（Rojas 179-180）。

後記
百年張愛玲

原本一心只想自我挑戰，看能不能把張愛玲寫得有趣些，但卻又怎不知曉，一本書若是「宗法父權」的批判字眼出現十次以上，極難有趣。於是絞盡腦汁、招數用盡，還請來一堆理論界的天兵天將，不是故作深奧，而是想讓她們與他們湊個八仙過海，給張愛玲賀壽來著。

《文本張愛玲》選在二〇二〇年出書，不僅因為二〇二〇年乃張愛玲的百年冥誕紀念，也是因為二〇二〇年亦為美國通過憲法第十九條修正案、確立女性投票權的百年紀念。兩個百年的並置給出了兩種革命路線的參照。十九世紀末「女性參政權」（women's suffrage）的爭取，標示了近現代婦女運動與女性主義的發軔，一九二〇年美國女性投票權之誕生，乃是由此奠立了重要的性別革命里程碑。[1] 而同樣誕生於一九二〇年的張愛玲，給出的卻是「宗法父權」作為「感性分隔共享」秩序的持續裂變，一場文學的感性革命。沒有這樣的跨界比較，我們大概無法深刻體悟為何張愛玲的文學感性革命，其撼動力道一點不輸街頭抗爭的搖旗吶喊。

不怕寫張愛玲，不是因為不知道張愛玲難寫。面對卷帙浩繁的張愛玲專著與論文，如何才能說出一兩句新話、表出一兩行新意，難於上青天。但怎麼還是跌坐書堆，無法自拔呢？在一九九五年張愛玲過世後，也曾不自量力寫過幾篇論文，但從來不是張愛玲的死忠研究者或鐵粉，這次卻選在張愛玲百年冥誕之際，一口氣出版《文本張愛玲》與《張愛玲的假髮》兩本學術專書，究竟為了哪樁？老實說這次張愛玲寫作計畫的觸發與重啟，主要來自於一本延宕多年、不願拜讀的小說。二〇〇九年張愛玲生前未出版的小說《小團圓》在臺灣面世，彼時我曾在聯合報專欄撰寫〈「合法盜版」張愛玲〉一文，清楚表示「拒買」、「拒讀」、「拒評」《小團圓》的立場。當時主要的考量乃是張愛玲生前在一九九二年二月二十五日寄與宋淇、鄺文美夫婦的信中（亦隨信附上了英文遺囑副本），清楚交代「（《小團圓》小說要銷毀）」，為表達對作家遺願的尊重，決計不看《小團圓》，甚至也因此被人譏笑親自斷送了日後研究張愛玲之路。

直到二〇一六年接受美國杜克大學羅鵬教授的盛情邀約，答應擔任由「華文與比較文學協會」（Association of Chinese and Comparative Literature; ACCL）主辦的「文本、媒介與跨文化協商」國際雙年會的大會主題演講，該會訂於二〇一七年六月在香港中文大學舉行。於是我便興沖沖以〈不／當張愛玲：文本、遺物與所有權〉為題，聚焦張愛玲的遺囑、遺物與遺照，開始上天下地收集資料、重返張愛玲。二〇一七年五月剛巧拜讀到林幸謙教授所著的《身體與符號建構：重讀中國現代女性文學》，竟為書中提到的《小團圓》資料感到震動。該書除了談論蕭紅、石評梅、凌叔華、盧隱等女作家外，更花了將近三分之一的篇幅，專門深入剖析張愛玲的《小團圓》。書中林教授提到一九七六年《小團圓》初稿完成之際，有一個不太為人所知的「抽換」事件：張愛玲在先後寄出兩份書稿（先一份謄寫手稿，後一份謄寫手稿的影印本）給香港摯友宋淇、鄺文美夫婦後，「當晚就想起來兩處需要添改」，故又趕忙附寄了兩頁（每頁二份）給鄺文美，煩請代為抽換。[2] 而其中最重要的一個「抽換」頁，竟然就是《小團圓》出版後引發最多爭議的「洞口倒掛的蝙蝠」段落。

林教授的分析陳述皆有圖為證（信件原稿與未更改前的小說原稿），引發了我極大的好奇心與推理衝動，故決定回頭認真閱讀出版於二〇一〇年《張愛玲私語錄》中有關張愛玲與宋淇、鄺文美夫婦之間「節選節錄」的來往信件，赫然發現《小團圓》的出版爭議並非如我原先所單方臆想。其中的關鍵點有二：(1)一九七六年《小團圓》無法順利出版的原因，書信字面上清楚表達的乃是「無賴人」胡蘭成在臺與臺灣政治氛圍的緊張，但字裡行間隱約透露的，也有來自摯友的過度保護與可能的保守，我們可姑且暫時名之為「來自父權最溫柔的禁制」。過度的擔心讓摯友只看到張愛玲自曝家族隱私與身體情慾的「露骨」書寫，而看不到張愛玲對宗法父權的「露骨」批判（更是刀深見骨），深恐此書出版會導致張的身敗名裂而好意婉轉勸阻；(2)張愛玲一九九二年二月在信件中交代的「(《小團圓》小說要銷毀)」，似非截然因為其中有任何特別不可告人或不可面世之處，彼時張愛玲已積極將小說的一部分內容改寫成了散文，而此也曾一度被命名為《小團圓》的散文，正是一九九三年十一月、十二月與一九九四年一月分上中下三期在《皇冠》雜誌發表、並於一九九四年六月出書的《對照記：看老照相簿》。換言之，一九九二年張愛玲在信中表示「小說」《小團圓》要銷毀的主要考量之一，或是因為《對照記》(所謂的「散文」《小團圓》)已改寫完成並即將發表出版。

有了這樣的後知後覺，我遂欣然上網訂書並認真拜讀了《小團圓》，然而讀完《小團圓》及其相關評論後，震動不減反增，不是因為《小團圓》寫得好不好、張愛玲是否江郎才盡，而是因為一個至為核心的困惑不解：為什麼大部分的批評家(包括眾多的女性主義學者)「讀不懂」《小團圓》？此處的「讀不懂」並非預設文學批評要有標準答案(定於一尊的單一解釋)，此處的「讀不懂」涉及的乃是文學詮釋本身是否具有「開展性」、「批判性」與「當代性」。我們之「讀不懂」張愛玲，是否正意味著我們的批判語言與理論化思考的能力出了問題？若是，那問題出在哪裡？我們究竟有沒有辦法在張愛玲的文本中，讀出更複雜交織的文化殊異性，有沒有辦法反躬自省當代「女性主義」理論與批評的本身，是否早已出現嚴重的跨文化盲點與論述疲態。而此刻我們能努力嘗試「讀懂」張愛玲的方法，恐怕不是再帶入更多的女性主義理論，而是回到女性主義理論本身去檢視。故與其說我們需要再次用女性主義來閱讀張愛玲，不如說我們更需要用張愛玲來閱讀、來審視、來質疑、來挑戰女性主義。《文本張愛玲》這本書，就是在女性主義文學研究與性別理論、酷兒理論進入臺灣學術界近四十年的此時此刻所進行的反省批判，也是張愛玲研究在百年冥誕之際可能的再次出發。《文本張愛玲》表面上聚焦張愛玲，但也可以是對作家研究、文學研究甚至女性主義研究的整體反思，雖以「文本」為名，有時卻不嚴格禁止作品與文本、作家與書寫、隱喻與轉喻、深度與表面之間的策略性滑動，尤其是在特意凸顯宗法父權批判或女性作家創作實驗之際，「除惡未盡」處，怕不也正是女性主義雙C（批判與創造）的互搏與共舞之時。

後記的形式提供了一個最好表達感恩之心的時刻。首先要感謝張愛玲寫下這麼許多精采動人的文字，我日日讀、日日寫，從無厭煩，而超過半世紀以來張學學者豐厚扎實的研究成果，更讓我既苦於上下求索引證、埋首書堆，也時時柳暗花明、想法不斷被激發，一方面覺得好似什麼題目與題材都已被過往的批評家處理得如此細密、詳盡與完備，一方面卻又一路分花拂柳、歡喜讚嘆，總還是有這麼多的新議題、新角度、新想法源源而來，張愛玲的「到臨」（to come）是一個個多麼令人載欣載奔的時刻與實踐。過往我們習以「張愛玲未完」來看待張學研究的強勁續航力，以呼應張愛玲在〈金鎖記〉結尾的那句「三十年前的月亮早已沉下去，三十年前的人也死了，然而三十年前的故事還沒完——完不了」（頁一八六），而張愛玲的死忠研究者水晶，也在張愛玲辭世後以此為書名。但「到臨」與「未完」卻是兩種不同的文本想像，「未完」指的是後續有望，不論是新材料的出土或是新研究的完成，而「到臨」作為當代文學理論的重要概念，不是線性時間意義上的過去現在未來，而是企圖帶出異質流變力量的配置，如何得以創造出始料（也是史料）未及的歷史—語言—文化—文學新合摺點。若「未完」是讓張愛玲重複張愛玲，張愛玲接續張愛玲，乃是線性因果關係連結上的可預見與可期待，那「到臨」則是讓張愛玲差異張愛玲，張愛玲裂變張愛玲，讓張愛玲不再安於其位，不再是其所是。對貪玩的我而言，「到臨」當然是比「未完」的按部就班、循規蹈矩，更充滿活潑潑的不可預期，或可徑直成為張愛玲百年的新關鍵詞。

二〇二〇年皇冠文化陸續出版了「張愛玲百歲誕辰紀念版」，重現張愛玲的經典作品，相關活動也以「百歲誕辰」為名，而本書後記卻採用了「百年冥誕」而非「百歲誕辰」的表達方式。一般而言「百年」等同於「百歲」，都可被當成年齡計算上具體而微的一百，或整體抽象意義上的一生一世或年代久遠。但「長命百歲」所蘊含的「生」，似乎又與「百年之後」所蘊含的「死」，有著內在的細微差異。[3] 皇冠文化所採用的敬語「百歲誕辰」，當是雙重的敬重與敬賀，而本書後記所採用的「百年冥誕」，不僅僅只在凸顯張愛玲已身故，更在帶出「未完」與「到臨」之間可能的差異微分。「長命百歲」是一種投向未來的「生」之慾望，誕辰百歲之後，還可以有逝世百歲，一百歲之後，還可以有兩百歲、三百歲、四百歲，期盼張愛玲將生生世世、歲歲年年為後人所研讀、所永懷，此即當前張學的「未完」邏輯。而「百年之後」則是一種有關「來—生」（after-life）的思考，不是在時間的「連續性」之上談傳承與繁衍，而是在時間的「不連續性」上談裂變與事件，此即本書意欲凸顯的「到臨」邏輯，既是「尚未」也是「不再」，乃是要讓張愛玲研究在每一次的未來時間中，保持著開放、不確定、未完成的「到臨」之姿。重點不在由零到一百的連續性發展，或百年所預設的整體圓滿，重點在由「玲」到「臨」的不可預見、無法預期，故與其期待張愛玲的第一個百年、第二個百年、第三個百年、第四個百年，不如期待張愛玲「到臨」的不可期待，再多的「百年」怕也抵不過一次一次的「到臨」，當代的張學研究要的不是量的積累，而是質的突變。如此說來《文本張愛玲》選在張愛玲「百年冥誕」出書，不也正是一種對「百年」的解構式致敬，一種企圖將「百年」的計時編年轉化為「來—生」的開放未完成。

本書的撰寫要感謝科技部對「張愛玲與宗法父權的裂變」三年期特約研究計畫的大力支持，感謝時報文化出版公司學術叢書編輯委員會的肯定，尤其是金倫總編輯一路的情義相挺。感謝楊澤一九九六年最早的論文邀稿，讓不知天高地厚的我，一頭栽進張愛玲的世界；也滿心感謝二〇一六年羅鵬教授的大會主題講演邀約，讓我可以重拾張愛玲。全書七個主要章節，有三個章節最初曾以論文形式在學術期刊發表，此次出書在論文題目與內容上，皆做了相當程度的調整與修訂，尤其是原本為了配合學術期刊論文篇幅長度要求而大量刪去的部分，皆得以在書中更完整呈現。第一章初稿以〈本名張愛玲〉發表於《清華學報》五〇卷二期（二〇二〇年六月），頁三一三—三五一。第三章初稿以〈文本裡有蹦蹦戲花旦嗎？〉發表於《中外文學》四八卷三期（二〇一九年九月），頁九—四三。第四章初稿以〈張愛玲的「姸」字練習：《桂花蒸 阿小悲秋》的文學實驗〉發表於《中國人文學報》二九期（二〇一九年十二月），頁二三三—二七六。期刊論文與專書書稿匿名審查委員的意見彌足珍貴，尤其是涉及跨學科的部分更讓我受益良多，在此一併致謝。此外也要深深感謝研究計畫助理陳曉雯、王榆晴，幫我將張愛玲的書籍，借了又還、還了又借，並處理好一切論文格式上的疑難雜症，謝謝美麗細心的李育憬為我做最後的定稿校對，謝謝好友楊雅棠為我設計的封面，也謝謝臺大通識課程「閱讀張愛玲」助教陳定甫、陳柏瑞和不時閃爍著明亮大眼睛的修課學生們，讓我的自閉與獨白有了一時半刻的傾訴與表達機會。

四年時間，所思所想所寫盡皆張愛玲。偶有朋友聚會，哪怕是再不相關的話題，我也總能牽扯到張愛玲，叨言絮語一番張學八卦，朋友們早已見怪不怪，總是以極大的耐心與愛心，聽我不斷舊話重提。謝謝家人和身邊的好友閨密，謝謝彥蓁、珠兒、Dana的美饌加持，謝謝古典舞課、瑜伽課的師生和KTV，每回寫到精疲力竭，唯唱歌跳舞是正途。

但書寫張愛玲終究是件非常非常快樂的事，晨起無事一身輕，陽光大好。桌前坐定，想到有一整天的時間可以賴在家裡，閉門即深山，慢慢寫慢慢想，就暗自歡喜了起來。四年如一日，走到了出書寫後記的時刻，悄然一張望，想起的終究還是張愛玲的那句話，「生命自顧自走過去了」。

注釋

1 美國並非第一個通過女性投票權之國家，早在一八九三年彼時的英屬殖民地紐西蘭就已通過不分性別全民普選，爾後多國多地先後響應，英國也於一九一八年通過女性投票權，但有年齡（滿三十歲）與財產的限制，直到一九二八年才取消相關不平等限制，而直至一九四七年中華民國憲法才給予女性平等的選舉權。

2 信件原文為「昨天剛寄出《小團圓》，當晚就想起來兩處需要添改，沒辦法，只好又在這裏附寄來兩頁——每頁兩份——請代抽換原有的這兩頁」（一九七六年三月十八日，見林幸謙，《身體與符號建構》，頁一九四、一九五）。黃念欣在〈「考」與「老」：從語源學與晚期風格論張愛玲《小團圓》的擬真策略〉對此抽換事件有更為仔細的描繪：第一處抽換頁為原稿頁四五一，皇冠版《小團圓》頁二四〇；第二處抽換頁為原稿頁六〇二，皇冠版《小團圓》頁三一八—三一九（頁三五二—三五三）。黃念欣細緻論證的主要參考資料為張愛玲遺產執行人宋以朗在二〇一〇年一月二十三日《小團圓》部落格貼文。

3 「長命百歲」作為祝福語，似乎又可與另一個「百歲」相應：小兒出生滿百日所舉行的宴會，古稱「百晬」、「百歲」、「百祿」。而「百年之後」的表達，亦可用「百歲之後」，但顯然前者遠遠較為普及。

引用書目

一．張愛玲著作

張愛玲目前已有三套繁體中文字版全集，皆由皇冠文化出版社出版。

（一）《張愛玲全集》（臺北：皇冠文化，一九九一—二〇〇九），共二十冊。

（二）《張愛玲典藏全集》（臺北：皇冠文化，二〇〇一），共十四冊。

（三）《張愛玲典藏（初版）》（臺北：皇冠文化，二〇一〇），共十八冊。

本書的引用以一九九一年起的《張愛玲全集》為主，未及涵括在此全集的著作，則參考二〇〇一年的《張愛玲典藏全集》與二〇一〇年的《張愛玲典藏（初版）》，皆在引用書目處標示其全集系列編號與書名。引用書目中的《張愛玲全集》，亦將在其全集出版年代後方，以括弧放入其在皇冠文化出版社的原始出版年代。

張愛玲。〈一九八八至——？〉。《同學少年都不賤》，頁六四—六九。

——。〈小艾〉。《餘韻》，頁一一三—二一八。

——。《小團圓》。張愛玲典藏8。臺北：皇冠文化，二〇〇九。

——。〈中國人的宗教〉。《餘韻》，頁一五—三九。

——。〈五四遺事〉。《續集》，頁二三一—二四五。

——。〈天才夢〉。《張看》，頁二三九—二四二。

——。《少帥》。《張看．看張》2。臺北：皇冠文化，二〇一四。

——。〈必也正名乎〉。《流言》，頁三五—四〇。
——。〈再版自序〉。《傾城之戀：張愛玲短篇小說集之一》，頁六—八。
——。〈同學少年都不賤〉。《同學少年都不賤》，頁七—六〇。
——。《同學少年都不賤》。張愛玲全集17。臺北：皇冠文化，二〇〇四。
——。〈多少恨〉。《惘然記》。張愛玲全集12。臺北：皇冠文化，一九九一（一九八三），頁九五—一五一。
——。〈有幾句話同讀者說〉。《沉香》，頁六—七。
——。〈自己的文章〉。《流言》，頁一七—二四。
——。〈自序〉。《紅樓夢魘》，頁五—一一。
——。〈自序〉。《張看》，頁五—一〇。
——。〈我看蘇青〉。《餘韻》，頁七五—九五。
——。〈汪宏聲記張愛玲書後〉。《華麗緣：散文集一》，頁二三〇。
——。《沉香》。張愛玲全集18。陳子善編。臺北：皇冠文化，二〇〇五。
——。〈私語〉。《流言》，頁一五三—一六八。
——。〈走！走到樓上去〉。《流言》，頁九七—九九。
——。〈到底是上海人〉。《流言》，頁五五—五七。
——。〈炎櫻語錄〉。《流言》，頁一一九—一二一。
——。〈表姨細姨及其他〉。《續集》，頁二五—三二。
——。〈金鎖記〉。《傾城之戀》，頁一三九—一八六。
——。《怨女》。張愛玲全集4。臺北：皇冠文化，一九九一（一九六六）。
——。〈洋人看京戲及其他〉。《流言》，頁一〇七—一一六。

——。《流言》。張愛玲全集3。臺北：皇冠文化，一九九一（一九六八）。

——。《紅樓夢魘》。張愛玲全集9。臺北：皇冠文化，一九九一（一九七七）。

——。〈茉莉香片〉。《第一爐香：張愛玲短篇小說集之二》。張愛玲全集6。臺北：皇冠文化，一九九一（一九六八）。頁五一—一一九。

——。〈借銀燈〉。《流言》，頁九三—九六。

——。〈桂花蒸 阿小悲秋〉。《傾城之戀》，頁一一五—一三七。

——。〈氣短情長及其他〉。《餘韻》，頁六五—七三。

——。〈留情〉。《傾城之戀》，頁九—三二。

——。〈秘密〉。《華麗緣：散文集一》，頁二六六。

——。《秧歌》。張愛玲全集1。臺北：皇冠文化，一九九一（一九六八）。

——。〈國語本《海上花》譯後記〉。《續集》，頁五三—七四。

——。《張看》。張愛玲全集8。臺北：皇冠文化，一九九一（一九七六）。

——。《情場如戰場等三種》。張愛玲典藏全集14。臺北：皇冠文化，二〇〇一。

——。〈異鄉記〉。《對照記：散文集三．一九九〇年代》，頁一〇七—一八四。

——。〈童言無忌〉。《流言》，頁五—一六。

——。〈等〉。《傾城之戀》，頁九九—一一四。

——。《華麗緣：散文集一》。張愛玲典藏11。臺北：皇冠文化，二〇一〇。

——。〈華麗緣〉。《大家》一卷一期（一九四七），頁一〇—一六。

——。〈華麗緣〉。《餘韻》，頁九七—一一一。

——。《傾城之戀：張愛玲短篇小說集之一》。張愛玲全集5。臺北：皇冠文化，一九九一（一九六八）。

——。〈傾城之戀〉。《傾城之戀》，頁一八七—二三一。

——。〈『嗄？』？〉。《對照記：看老照相簿》，頁一〇五—一一四。

——。〈愛憎表〉。《印刻文學生活誌》一三卷一一期（二〇一六年七月）：頁二一—二三。

——。《雷峯塔》。趙丕慧譯。張愛玲典藏9。臺北：皇冠文化，二〇一〇。

——。〈對現代中文的一點小意見〉。《沉香》，頁一七—二六。

——。《對照記：看老照相簿》。張愛玲全集15。臺北：皇冠文化，一九九四。

——。《對照記：散文集三・一九九〇年代》。張愛玲典藏13。臺北：皇冠文化，二〇一〇。

——。〈寫什麼〉。《流言》，頁一三三—一三五。

——。〈編輯之癢〉。《對照記：散文集三・一九九〇年代》，頁九〇—九二。

——。〈談看書〉。《張看》，頁一五五—一九七。

——。〈談音樂〉。《流言》，頁二一一—二二一。

——。〈論寫作〉。《張看》，頁二三一—二三八。

——。《餘韻》。張愛玲全集14。臺北：皇冠文化，一九九一（一九八七）。

——。〈《餘韻》代序〉。《餘韻》，頁三—六。

——。〈憶胡適之〉。《張看》，頁一四一—一五四。

——。〈燼餘錄〉。《流言》，頁四一—五四。

——。〈雙聲〉。《餘韻》，頁四九—六三。

——。〈羅蘭觀感〉。《對照記：看老照相簿》，頁九三—九六。

——。〈關於《傾城之戀》的老實話〉。《對照記：看老照相簿》，頁一〇一—一〇四。

——。〈蘇青張愛玲對談記〉。《雜誌》一四卷六期（一九四五）：頁七八—八四。

——。《續集》。張愛玲全集13。臺北：皇冠文化，一九九三（一九八八）。

——。〈《續集》自序〉。《續集》，頁三—七。

張愛玲、宋淇、宋鄺文美。《張愛玲私語錄》。宋以朗編。《張看．看張》1。臺北：皇冠文化，二〇一〇。

Chang, Eileen. *The Book of Change*. Hong Kong: Hong Kong UP, 2010.

——. *The Fall of the Pagoda*. Hong Kong: Hong Kong UP, 2010.

——. "The Golden Cangue." *Modern Chinese Stories and Novellas, 1919-1949*. Ed. Joseph S. M. Lau, C. T. Hsia, and Leo Ou-Fan Lee. New York: Columbia UP, 1981. 530-559.

——. *Half a Lifelong Romance*. Trans. Karen S. Kingsbury. New York: Penguin Books, 2014.

——. *Little Reunions*. Trans. Jane Weishen Pan and Martin Merz. New York: New York Review Books, 2018.

——. *Love in a Fallen City*. Trans. Karen S. Kingsbury and Eileen Chang. New York: New York Review Books, 2006.

——. *The Rouge of the North*. Berkeley: U of California P, 1998.

——. "Shame, Amah!" *Eight Stories by Chinese Women*. Ed. Hua-ling Nieh. Taipei: The Heritage Press, 1962. 91-114.

——. "Steamed Osmanthus/Ah Xiao's Unhappy Autumn," Trans. Simon Patton. *Traces of Love and Other Stories*. Ed. Eva Hung. Hong Kong: Renditions, 2000. 59-91.

——. *Written on Water*. Trans. Andrew F. Jones. Ed. Andrew F. Jones and Nicole Huang. New York: Columbia UP, 2005.

二．傳統文獻

〔周〕管仲撰。《管子補注》。注：〔唐〕房玄齡。《文津閣四庫全書》子部第七二九冊。據中國國家圖書館藏本影印本。北京：商務印書館，二〇〇六。

〔漢〕毛公傳。《毛詩正義》。箋：〔漢〕鄭玄。正義：〔唐〕孔穎達等。《重栞宋本十三經注疏：附校勘記》第二冊。據嘉慶二十年江西南昌府學開雕版影印本。新北：藝文書局，一九五五。

〔漢〕王充。《論衡》。上海：上海古籍出版社，一九九〇。

〔漢〕許慎。《說文解字：附檢字》。校定：〔宋〕徐鉉。北京：中華書局，一九六三。

〔漢〕許慎。《新添古音說文解字注》。注：〔清〕段玉裁。臺北：洪葉文化，一九九九。

〔漢〕鄭玄注。《禮記正義》。正義：〔唐〕孔穎達等。《重栞宋本十三經注疏：附校勘記》第五冊。據嘉慶二十年江西南昌府學開雕版影印本。新北：藝文書局，一九五五。

〔漢〕劉熙。《釋名疏證補》。校勘：〔清〕王先謙。上海：上海古籍出版社，一九八四。

〔晉〕王嘉。《拾遺記》。錄：〔梁〕蕭琦。校注：齊治平。北京：中華書局，一九八一。

〔梁〕蕭統編。《文選》下冊。注：〔唐〕李善。臺北：五南圖書，二〇〇八。

〔宋〕陳彭年、丘雍等。《重修廣韻》。《文津閣四庫全書》經部第二三一冊。據中國國家圖書館藏本影印本。北京：商務印書館，二〇〇六。

〔宋〕朱熹。《周易本義》。台北：華正書局，一九八三。

〔宋〕裴駰。《史記集解》。《文津閣四庫全書》史部第二四一冊。據中國國家圖書館藏本影印本。北京：商務印書館，二〇〇六。

〔明〕宋濂。《篇海類編二十卷》。訂正：〔明〕屠隆。上海：上海古籍，一九九五。

〔清〕曹雪芹等。徐少知新注。《紅樓夢新注》。臺北：里仁書局，二〇一八。

〔清〕郝懿行。《爾雅義疏》。點校：王其和、吳慶峰、張金霞。北京：中華書局，二〇一七。

三．近人論著

〈大齊圪張家的女人們〉。《豐潤趣文化變流論壇》。二〇一三年二月二十日。網路。二〇一八年二月二十日。

〈勸恤婢女說〉。上海《申報》，一八八〇年十月十七日。

也斯（梁秉鈞）。〈張愛玲的刻苦寫作與高危寫作〉。沈雙主編，《零度看張》，頁八一—九七。

止庵。〈『異鄉記』雜談〉。《東方早報》，二〇一〇年四月十八日。*ESWN Culture Blog*。網路。二〇一八年二月二日。

水晶。〈天也背過臉去了：解讀『桂花蒸 阿小悲秋』〉。《張愛玲未完》。臺北：大地出版社，一九九六。頁六七—八一。

——。〈在群星裏也放光：我吟『桂花蒸 阿小悲秋』〉。《張愛玲的小說藝術》。臺北：大地出版社，一九九五（一九七三）。頁四九—五九。

王泉根。《華夏取名藝術》。臺北：知書房出版社，一九九二。

王德威（亦見 Wang, David Der-wei）。《被壓抑的現代性：晚清小說新論》。宋偉杰譯。臺北：麥田出版，二〇〇三。

——。〈落地的麥子不死：張愛玲的文學影響力與「張派」作家的超越之路〉。《落地的麥子不死：張愛玲與「張派」傳人》。濟南：山東畫報出版社，二〇〇四。頁四〇—四八。

——。《華夷風起：華語語系文學三論》。高雄：國立中山大學文學院，二〇一五。

古風。〈絲織錦繡與文學審美關係初探〉。《文學評論》二期（二〇〇七年）：頁一五三—一五九。

古文字詁林編纂委員會。《古文字詁林》第一冊。上海：上海教育出版社，二〇〇三。

王慶淑。《中國傳統習俗中的性別歧視》。北京：北京大學出版社，一九九五。

司馬新。《張愛玲與賴雅》。臺北：大地出版社，一九九六。

石曉楓。〈隔絕的身體／性／愛：從《小團圓》中的九莉談起〉。《成大中文學報》三七期（二〇一二年六月）：頁一八七—二二四。

石曙萍。〈娜拉的第三種結局：黃逸梵在倫敦最後的日子〉。《上海文學》四期（二〇一九年四月）：頁八六—九九。

何杏楓。〈愛情與歷史：論張愛玲《少帥》〉。《千迴萬轉：張愛玲學重探》。林幸謙編。臺北：聯經出版，二〇一八。頁三〇七—三四七。

余甲方。《中國近代音樂史》。上海：上海人民音樂出版社，二〇〇六。

余雲。〈「不到位」的畫家黃逸梵〉。《聯合早報》，二〇一九年三月七日。網路。二〇一九年六月一日。

——。〈前面的話〉。《上海文學》四期（二〇一九年四月）：頁七〇—七一。

吳邦謀。〈張愛玲譯本及筆名新發現〉。《印刻文學生活誌》十六卷十二期（二〇二〇年八月）：頁六四—六七。

吳曉東。〈陽台：張愛玲小說中的空間意義生產〉。《現代中國》九期（二〇〇七年七月）：頁一三〇—一五二。

宋以朗。〈上海文人情史篇一：傅雷愛上張愛玲的……〉。《天下雜誌—Web Only》，二〇一五年七月二十三日。網路。二〇一八年九月五日。

——。〈上海文人情史篇二：拔除愛神之箭 生命就完結〉。《天下雜誌—Web Only》，二〇一五年七月二十三日。網路。二〇一八年九月五日。

——。《宋淇傳奇：從宋春舫到張愛玲》。香港：牛津大學出版社，二〇一四。

——。〈《小團圓》前言〉。張愛玲，《小團圓》，頁三—一七。

——。〈我看，看張：書於張愛玲九十誕辰〉。*ESWN Culture Blog*，二〇一〇年九月二十六日。網路。二〇一九年三月二十一日。

——。〈異鄉記：張愛玲遊記體散文〉。*ESWN Culture Blog*，二〇一五年二月二十六日。網路。二〇一八年九月一日。

——。〈關於『異鄉記』〉。張愛玲，《對照記：散文集三．一九九〇年代》，頁一〇八—一一三。

宋以朗撰文、廖偉棠圖片翻拍。〈張愛玲美國長者卡公民入籍證照片曝光（圖）〉。《南方網—南方都市報》，二〇一〇年九月二十六日。網路。二〇一九年四月二十日。

巫鴻。〈早期攝影中「中國」式肖像風格的創造：以彌爾頓．米勒為例〉。葉娃譯。《丹青和影像：早期中國攝影》。郭傑偉（Jeffrey W. Cody）、范德珍（Frances Terpak）編。香港：香港大學出版社，二〇一二。頁六九—八九。

李今。《海派小說論》。臺北：秀威資訊，二〇〇五。

李幸。〈論張愛玲小說中的「標本」意象〉。《文化視野》一〇期（二〇一一年十月）：頁三七—三八。

李清宇。〈論《傾城之戀》與《白兔記》之間的共通性及其成因：從「李三娘故事」說起〉。《中國現代文學研究叢刊》

一一期（二〇一四年九月）：頁一四一—一四八。
李歐梵。《蒼涼與世故：張愛玲的啟示》。香港：牛津大學出版社，二〇〇六。
汪仲賢。《上海俗話圖說》。上海：上海大學出版社，二〇〇四。
汪宏聲。〈記張愛玲〉。金宏達編，《回望張愛玲．昨夜月色》，頁二五—三〇。
汪曾祺。《汪曾祺全集二小說卷》。北京：北京師範大學出版社，一九九八。
沈雁冰（茅盾）。〈離婚與道德問題〉。《婦女雜誌》八卷四期（一九二二年四月）：頁一三—一六。
沈雙。〈張愛玲的自我書寫及自我翻譯：從《小團圓》談起〉。《書城》五期（二〇〇九年）：頁五一—五八。
——主編。《零度看張：重構張愛玲》。香港：中文大學出版社，二〇一〇。
迅雨（傅雷）。〈論張愛玲的小說〉。金宏達編，《回望張愛玲．華麗影沈》，頁三—一七。
阮蘭芳。〈向都市遷徙的女性部落：有關上海女傭的三個文本考察〉。《文藝理論與批評》二期（二〇一二年）：頁六五—七〇。
周作人。《周作人文類編第十卷：八十心情》。長沙：湖南文藝出版社，一九九八。
——。〈現代作家筆名錄序〉。《苦茶隨筆》。止庵校訂。石家莊：河北教育出版社，二〇〇二。頁九四—九六。
周來達。《中國越劇音樂研究》。臺北：洪葉文化，一九九八。
周武、吳桂龍。《晚清社會》。《上海通史》卷五。熊月之主編。上海：上海人民出版社，一九九九。
周芬伶。《哀與傷：張愛玲評傳》。上海：上海遠東出版社，二〇〇七。
——。《豔異：張愛玲與中國文學》。臺北：元尊文化，一九九九。
周英雄。〈「驚訝與眩異」：張愛玲的他鄉傳奇〉。林幸謙，《張愛玲：傳奇．性別．系譜》，頁九—三三。
孟兆臣。《中國近代小報史》。北京：上海社會科學文獻出版社，二〇〇五。
孟悅、戴錦華。《浮出歷史地表：中國現代女性文學研究》。臺北：時報文化，一九九三。

林方偉。〈黃逸梵私語：五封信裡的生命晚景〉。《上海文學》四期（二〇一九年四月）：頁七〇—八五。

林式同。〈有緣得識張愛玲〉。《華麗與蒼涼：張愛玲紀念文集》。蔡鳳儀編。臺北：皇冠文化，一九九六。頁九—八八。

林秀雄。〈判決離婚〉。《離婚專題研究》。臺北：元照出版，二〇一六。頁一二七—一四八。

林幸謙。《身體與符號建構：重讀中國現代女性文學》。香港：中華書局，二〇一四。

——。《張愛玲論述：女性主體與去勢模擬書寫》。臺北：洪葉文化，二〇〇〇。

——。《歷史、女性與性別政治：重讀張愛玲》。臺北：麥田出版，二〇〇〇。

林幸謙編。《千迴萬轉：張愛玲學重探》。臺北：聯經出版，二〇一八。

——編。《張愛玲：傳奇．性別．系譜》。臺北：聯經出版，二〇一二。

林徽因。〈論中國建築之幾個特徵〉。《林徽因文存．建築》。成都：四川文藝出版社，二〇〇五。頁三—一一。

炎櫻。〈浪子與善女人〉。張愛玲譯。《張愛玲資料大全集》。唐文標等編。臺北：時報文化，一九八四。頁一五六—一六二。

「社戲〔宗教、風俗戲藝活動〕」。《百科知識中文網》。網路。二〇一八年十月二日。

邵迎建。《張愛玲的傳奇文學與流言人生》。臺北：秀威資訊，二〇一二。

金宏達編。《回望張愛玲．昨夜月色》。北京：文化藝術出版社，二〇〇三。

——編。《回望張愛玲．華麗影沉》。北京：文化藝術出版社，二〇〇三。

侯福志。〈張愛玲與蹦蹦戲〉。《天津民國的那些書報刊》。上海：上海遠東出版社，二〇〇九。頁一九五—一九七。

南方朔。〈導讀：在時光隧道裡相遇〉。《長篇小說：半生緣》。張愛玲典藏全集1。張愛玲著。臺北：皇冠文化，一九九一。頁三—六五。

柯靈。〈遙寄張愛玲〉。《張愛玲文集》卷4。張愛玲著。金宏達、于青編。合肥：安徽文藝出版社，一九九二。頁四二〇—四二八。

段肇升。〈蹦蹦戲在上海的全盛時代與衰落時期〉。費宏宇整理。《宇揚評劇苑》，二〇一三年六月二十五日。網路。二〇一八年九月十日。
段德森。《簡明古漢語同義詞詞典》。太原：山西教育出版社，一九九二。
洪喜美。〈五四前後廢除家族制與廢姓的討論〉。《國史館學術集刊》三期（二〇〇三年九月）：頁一—三〇。
胡蘭成。《山河歲月》。臺北：遠景出版社，二〇〇三。
——。《中國文學史話》。臺北：遠流出版，一九九一。
韋泱。〈聽沈寂憶海上文壇舊事〉。《文匯報》，二〇一五年七月三十一日。
香坂順一。《白話語彙研究》。江藍生、白維國譯。北京：中華書局，一九九七。
馬敘倫。《馬敘倫學術論文集》。香港：龍門書店，一九六九。
凌純聲。〈中國古代神主與陰陽性器崇拜〉。《中央研究院民族學研究所集刊》八期（一九五九）：頁一—四六。
夏志清。《中國現代小說史》（新版）。劉紹銘等譯。香港：香港中文大學出版社，二〇一五。
夏志清編註。《張愛玲給我的信件》。臺北：聯合文學，二〇一三。
夏梅。〈自由離婚論〉。《婦女雜誌》八卷四期（一九二二年四月）：頁一七—二二。
孫中山。《孫中山選集》。北京：人民出版社，一九五六。
孫淡寧。《狂濤》。臺北：遠流出版，一九八九。
徐安琪主編。《社會文化變遷中的性別研究》。上海：上海社會科學院出版社，二〇〇五。
徐復觀。《周秦漢政治社會結構之研究》。臺北：臺灣學生書局，一九七五。
徐禎苓。〈試論張愛玲「畫筆」對報刊仕女畫的容受與衍異〉。《中央大學人文學報》六二期（二〇一六年十月）：頁一一七—一五九。
徐慧怡。〈離婚制度與社會變遷〉。《離婚專題研究》。臺北：元照出版，二〇一六。頁一—三〇。

祝淳祥。〈黃氏小學：張愛玲的西式教育啟蒙〉。《檔案春秋》九期（二〇一三年）：頁四八—五一。
荒砂、孟燕堃主編。《上海婦女誌》。上海婦女誌編纂委員會編。上海：上海社會科學院，二〇〇〇。
袁珂。《中國神話史》。上海：上海文藝出版社，一九八八。
高全之。〈張愛玲的英文自白〉。《張愛玲學》，頁四〇五—四一四。
——。〈張愛玲與王禎和〉。《王禎和的小說世界》。臺北：三民書局，一九九七。頁一五五—一七〇。
——。《張愛玲學》。臺北：麥田出版，二〇一一（二〇〇三）。
——。《戰時上海張愛玲：分辨『等』的荊刺與梁木》。《張愛玲學續篇》。臺北：麥田出版，二〇一四。頁二九—五一。
高明士主編。《中國通史》。臺北：五南圖書，二〇〇七。
高麗君。〈上海女傭與城市現代化書寫〉。《人間》二五期（二〇一六年九月）：頁一四。
商子莊編著。《中國古典建築吉祥圖案識別圖鑒》。臺北：黃山國際出版社，二〇一六。
宿志剛等編著。《中國攝影史略》。北京：中國文聯出版社，二〇〇九。
康來新。〈張愛玲．桂花蒸 阿小悲秋．簡析〉。《中國現代短篇小說選析》。施淑等編。臺北：長安出版社，一九八四。頁四三—四六。
張子靜。《我的姊姊張愛玲》。臺北：時報文化，一九九六。
張小虹。《張愛玲的假髮》。臺北：時報文化，二〇二〇。
張守中編著。《方北集》。石家莊：河北美術出版社，二〇一四。
張保華。〈蹦蹦戲的寓言性：張愛玲小說的思想背景與花旦原型〉。《民族藝林》二期（二〇一五年）：頁七五—八〇。
張屏瑾。〈小團圓、張愛玲與左派〉。《棗莊學院學報》二六卷三期（二〇〇九年）：頁一五—一八。
張春田。《思想史視野中的「娜拉」：五四前後的女性解放話語》。臺北：新銳文創，二〇一三。

張海鷹。〈張愛玲的祖籍及其顯赫家世〉。《魯北晚報》，二〇一四年五月七日，B02-B03 人文濱州／深度版。
張鳳。〈張愛玲在哈佛大學〉。《華文文學》四期（總一一七期）（二〇一三年）：頁二二—二五。
張錯。〈張愛玲母親的四張照片：敬呈邢廣生女士〉。《傷心菩薩》。臺北：允晨文化，二〇一六。頁一七六—一八八。
曼廠。〈三個張愛玲〉。《舊聞新知張愛玲》。肖進編著。上海：華東師範大學出版社，二〇〇九。頁六一。
梁慕靈。《視覺、性別與權力：從劉吶鷗、穆時英到張愛玲的小說想像》。臺北：聯經出版，二〇一八。
符杰祥。《國族迷思：現代中國的道德理想與文學命運》。臺北：秀威經典，二〇一五。
莊信正。《張愛玲來信箋註》。新北：INK 印刻文學，二〇〇八。
許壽裳。《亡友魯迅印象記》。北京：人民文學出版社，一九七七。
——。〈魯迅先生年譜〉。《魯迅傳一種：亡友魯迅印象記》。香港：香港中和出版，二〇一八。頁一九八—二二二。
許廣平。《十年攜手共艱危：許廣平憶魯迅》。石家莊：河北教育出版社，二〇〇〇。
許慧琦。《「娜拉」在中國：新女性形象的塑造及其演變（1900s-1930s）》。博士論文。國立政治大學，二〇〇三。
郭沫若。《郭沫若全集．歷史編》卷一。北京：人民出版社，一九八四。
——。〈釋祖妣〉。《甲骨文字研究》。中國科學院考古研究所編。北京：科學出版社，一九六二。頁一五—六〇。
陳子善。《沈香譚屑：張愛玲生平和創作考釋》。香港：牛津大學出版社，二〇一二。
——。〈范思平，還是張愛玲？——張愛玲譯《老人與海》新探〉。《張愛玲叢考》（上）。北京：海豚出版社，二〇一五。頁九四—一一一。
——。〈張愛玲用過哪些我們所不知道的筆名？〉。《騰訊網》，二〇一五年六月二十一日。網路。二〇一八年八月二十日。
——。〈張愛玲與上海第一屆文代會〉。《沈香譚屑》，頁八一—九一。

——。〈揭開塵封的張愛玲研究史〉。《張愛玲叢考》（下）。北京：海豚出版社，二〇一五。頁三九一—四〇〇。

——。〈無為有處有還無：讀《小團圓》札記〉。《研讀張愛玲長短錄》。臺北：九歌，二〇一〇。頁二〇—三〇。

——。〈『傳奇』初版簽名本箋證〉。《沈香譚屑》，頁三—九。

——編。《作別張愛玲》。上海：文匯出版社，一九九六。

陳定山。《春申續聞：老上海的風華往事》。臺北：獨立作家，二〇一六。

陳建魁編著。《中國姓氏文化》。鄭州：中原農民出版社，二〇〇八。

陳昭如。〈父姓的常規，母姓的權利：子女姓氏修法改革的法社會學考察〉。《臺大法學論叢》四三卷二期（二〇一四年六月）：頁二七一—三八〇。

陳象恭。《秋瑾年譜及傳記資料》。北京：中華書局，一九八三。

陳慧文。〈廢婚、廢家、廢姓：何震的「盡廢人治」說〉。《置疑婚姻家庭連續體》。丁乃非、劉人鵬編。新北：蜃樓出版社，二〇一一。頁六九—九〇。

陳麗芬。〈童言流言，續作團圓〉。林幸謙編，《張愛玲：傳奇・性別・系譜》，頁二八九—三一三。

陶希聖。《婚姻與家族》。臺北：臺灣商務印書館，一九三一。

喬峯（周建人）。《略講關於魯迅的事情》。北京：人民文學出版社，一九五四。

單德興。〈含英吐華：譯者張愛玲——析論張愛玲的美國文學中譯〉。《翻譯與脈絡》。臺北：書林出版，二〇〇九。頁一五九—二〇三。

程乃珊。〈上海灘的娘姨〉。《文史博覽》一期（二〇〇五年）：頁四七—四九。

閔家驥等編。《簡明吳方言詞典》。上海：上海辭書出版社，一九八六。

馮祖貽。《百年家族：張愛玲》。新北：立緒文化，一九九九。

馮晞乾。〈《少帥》考據與評析〉。張愛玲，《少帥》，頁二〇一—二九一。

——。〈外篇．張愛玲神祕的筆記簿〉。《在加多利山尋找張愛玲》，頁一三八—一九六。
——。《在加多利山尋找張愛玲》。香港：三聯書店，二〇一八。
——。〈『愛憎表』的寫作、重構與意義〉。《在加多利山尋找張愛玲》，頁八三—一一〇。
黃子平。〈世紀末的華麗……與污穢〉。沈雙主編，《零度看張》，頁三五—五七。
黃心村。〈夢在紅樓，寫在隔世〉。沈雙主編，《零度看張》，頁九九—一一七。
黃念欣。〈「考」與「老」：從語源學與晚期風格論張愛玲《小團圓》的擬真策略〉。林幸謙，《張愛玲：傳奇．性別．系譜》，頁三三五—三五七。
黃錦樹。《文與魂與體：論現代中國性》。臺北：麥田出版，二〇〇六。
黃璿璋。〈對照記：從《明室》的攝影現象學看張愛玲對老照相簿的視覺感知與想像〉。《中外文學》四五卷一期（二〇一六年三月）：頁一六七—一九四。
楊曼芬。《矛盾的愉悅：張愛玲上海十年關鍵揭密》。臺北：秀威資訊，二〇一五。
楊榮華。〈在張愛玲沒有書櫃的客廳裡〉。陳子善編，《作別張愛玲》，頁一〇八—一一一。
楊聯芬。〈自由離婚：觀念的奇蹟〉。《文學評論》五期（二〇一五年）：頁一五—二三。
楚僧。〈別號的累〉。《民國日報．覺悟》，一九二〇年九月一日。
翟同祖。《中國法律與中國社會》。臺北：里仁書局，一九八二。
趙瑞民。《姓名與中國文化》。北京：中國人民大學出版社，二〇〇八。
趙爾巽等。〈列傳二百五十五〉。《清史稿》。上海：上海聯合書店，一九四二。頁一四六一。
劉人鵬。〈晚清毀家廢婚論與親密關係政治〉。《清華中文學報》五期（二〇一一年六月）：頁二三一—二七〇。
劉以鬯編。《香港短篇小說選（五十年代）》。香港：天地圖書，一九九七。
劉志琴。〈另冊的女性史〉。《近代中國研究網（中國社會科學院近代史研究所）》。網路。二〇一八年十月十八日。

劉學銚。《中國文化史講稿》。臺北：知書房出版社，二〇〇五。

蔡康永。〈張愛玲越獄成功！〉。陳子善編，《作別張愛玲》，頁九八—一〇三。

鄧偉志、胡申生。《上海婚俗》。上海：文匯出版社，二〇〇七。

魯迅。〈女吊〉。《魯迅散文合集》。張秀楓編。新北：新潮社出版社，二〇一一。頁三一八—三二三。

——。〈社戲〉。《吶喊》。北京：人民文學出版社，一九七九。頁一四〇—一五〇。

——。〈阿金〉。《魯迅散文集》。瀋陽：萬卷出版，二〇一三。頁一七〇—一七三。

——。〈無常〉。《朝花夕拾》。瀋陽：春風文藝出版社，二〇〇四。頁三三—四一。

——。〈論照相之類〉。《魯迅雜文集》。瀋陽：萬卷出版，二〇一三。頁六五—七〇。

盧秀滿。〈中國筆記小說所記載之「避煞」習俗及「煞神」形象探討〉。《師大學報》五七卷一期（二〇一二年）：頁二三—五三。

盧惠。〈北洋政府離婚制度特點探析〉。《內江師範學院學報》二五卷一期（二〇一〇年）：頁四〇—四三。

蕭遙天。《中國人名的研究》。臺北：臺菁出版社，一九六九。

錢乃榮。《上海語言發展史》。上海：上海人民出版社，二〇〇三。

錢新祖。《中國思想史講義》。臺北：國立臺灣大學出版中心，二〇一三。

靜冬。〈漫談豐潤張家〉。《燕趙都市報》，二〇一四年七月十三日。第三版。

戴炎輝、戴東雄、戴瑀如。《親屬法》。臺北：作者出版，二〇一〇。

邁克。〈異鄉的蒼涼與從容〉。《東方早報》，二〇一〇年六月三日。*ESWN Culture Blog*。網路。二〇一八年十月二十日。

鍾正道。〈女兒的自我療癒：論張愛玲《小團圓》中「木彫的鳥」〉。《東華漢學》二六期（二〇一七年十二月），頁一四七—一六七。

——。《佛洛依德讀張愛玲》。臺北：萬卷樓圖書，二〇一二。

瞿同祖。《中國法律與中國社會》。臺北：里仁書局，一九八二。

羅竹風主編。《漢語大詞典》（十二卷）。臺北：東華書局，一九九七。

羅蘭・巴特（亦見 Barthes, Roland）。《明室・攝影札記》。許綺玲譯。臺北：臺灣攝影工作室，一九九五。

譚志明。《錢鍾書與張愛玲小說的語言風格研究》。博士論文。嶺南大學，二〇〇六。

嚴紀華。《看張・張看：參差對照張愛玲》。臺北：秀威資訊，二〇〇七。

蘇青。〈論離婚〉。《蘇青經典作品》。北京：當代世界出版社，二〇〇四。頁七二—七七。

蘇偉貞。《長鏡頭下的張愛玲：影像 書信 出版》。新北：INK 印刻文學，二〇一一。

——。〈連環套：張愛玲的出版美學演繹：以一九九五年後出土著作為文本〉。林幸謙編，《張愛玲：傳奇・性別・系譜》，頁七一九—七五一。

顧炳權。《上海洋場竹枝調》。上海：上海書店出版社，一九九六。

Barrère, Albert, and Charles Godfrey Leland. *A Dictionary of Slang, Jargon & Cant*. Volume 1: A-K. London: George Bell, 1897.

Barthes, Roland. "The Death of the Author." *Image-Music-Text* 142-148.

——. "From Work to Text." *Image-Music-Text* 155-164.

——. *Image-Music-Text*. Trans. Stephen Heath. New York: Hill and Wang, 1977.

——. "The Reality Effect," 1969. *The Rustle of Language*. Trans. Richard Howard. Ed. François Wahl. Berkeley: U of California P, 1989. 141-148.

Bennington, Geoffrey, and Jacques Derrida. *Jacques Derrida*. Trans. Geoffrey Bennington. Chicago: U of Chicago P, 1993.

Butler, Judith. *Bodies That Matter: On the Discursive Limits of "Sex."* New York: Routledge, 1993.

——. *Gender Trouble: Feminism and the Subversion of Identity*. New York: Routledge, 1990.

Cixous, Hélène. *Portrait of Jacques Derrida as a Young Jewish Saint*. Trans. Beverley Bie Brahic. New York: Columbia UP, 2004.

Dalgado, Sebastião Rodolfo. *Portuguese Vocables in Asiatic Languages*. Trans. A. X. Soares. New Delhi: Asian Educational Services, 1988.

Derrida, Jacques. *Acts of Literature*. New York: Routledge, 1991.

——. *Acts of Religion*. New York: Routledge, 2001.

——. "The Battle of the Proper Name." *The Derrida Reader: Writing and Performances*. Ed. Julian Wolfreys. Lincoln: U of Nebraska P, 1998. 74-87.

——. "Circumfession." Trans. Geoffrey Bennington. Bennington and Derrida 3-315.

——. *Dissemination*. Trans. Barbara Johnson. Chicago: Chicago UP, 1981.

——. *The Ear of the Other: Otobiography, Transference, Translation*. Lincoln: U of Nebraska P, 1988.

——. *Glas*. Trans. John P. Leavey, Jr. and Richard Rand. Lincoln: U of Nebraska P, 1986.

——. *Of Grammatology*. Trans. G. C. Spivak. Baltimore: Johns Hopkins UP, 1976.

——. "Otobiographies: The Teaching of Nietzsche and the Politics of the Proper Name." *The Ear of the Other* 3-38.

——. "Outwork, prefacing." *Dissemination* 1-60.

——. "Plato's Pharmacy." *Dissemination* 61-171.

——. "Roundtable on Translation." *The Ear of the Other* 91-161.

——. "Signature Event Context." *Limited Inc*. Evanston: Northwestern UP, 1988. 1-23.

——. *Specters of Marx: The State of the Debt, the Work of Mourning and the New International*. Trans. Peggy Kamuf. New York: Routledge, 1994.

——. "What Is a 'Relevant' Translation?" Trans. Lawrence Venuti. *Critical Inquiry* 27: 2 (Winter 2001): 174-200.

——. "White Mythology." *Margins of Philosophy*. Tran. Alan Bass. Chicago: Chicago UP, 1982. 207-272.

Felski, Rita. *Literature after Feminism*. Chicago: The U of Chicago P, 2003.

Foucault, Michel. "What is an Author?" *Language, Counter-Memory, Practice: Selected Essays and Interviews.* Ithaca: Cornell UP. 113-138.

Glosser, Susan L. *Chinese Visions of Family and State, 1915-1953*. Berkeley: U of California P, 2003.

Harvey, Irene E. *Labyrinths of Exemplarity: At the Limits of Deconstruction*. Albany: SUNY Press, 2002.

Hickey, Raymond, ed. *Legacies of Colonial English: Studies in Transported Dialects*. Cambridge: Cambridge UP, 2004.

Hite, Christian. "The Gift from (of the) 'Behind' (Derrière): Intro-extro-duction." *Derrida and Queer Theory*. Ed. Christian Hite. New York: Punctum, 2017. 10-23.

Jacobus, Mary. "Is There a Woman in This Text?" *Reading Woman: Essays in Feminist Criticism*. New York: Columbia UP, 1986. 83-109.

Jay, Martin. *Songs of Experience*. Berkeley: U of California P, 2005.

Jayasuriya, Shihan de Silva. *The Portuguese in the East: A Cultural History of a Maritime Trading Empire*. London: I. B. Tauris, 2008.

Krishnaswamy, N., and Lalitha Krishnaswamy. *The Story of English in India*. New Delhi: Foundation, 2006.

Kristeva, Julia. "Word, Dialogue and Novel." *The Kristeva Reader*. Ed. Toril Moi. New York: Columbia UP, 1986. 34-60.

Lacan, Jacques. *The Four Fundamental Concepts of Psycho-analysis*. Ed. Jacques-Alain Miller. Trans. Alan Sheridan. New York: Routledge, 2018.

Lerner, Gerta. *The Creation of Patriarchy*. Oxford: Oxford UP, 1986.

Lerer, Seth. *Inventing English: A Portable History of the Language*. New York: Columbia UP, 2007.

Lu, Hanchao. *Street Criers: A Cultural History of Chinese Beggars*. Stanford: Stanford UP, 2005.

Meier, Prita. *Swahili Port Cities: The Architecture of Elsewhere*. Bloomington: Indiana UP, 2016.

Oliver, Paul. *Encyclopedia of Vernacular Architecture of the World*. Cambridge: Cambridge UP, 1997.

Pliny (the Elder). *The Natural History of Pliny*. Vol. 6. Trans. John Bostock and H. T. Riley. London: Henry G. Bohn, 1857.

Powell, Jason. *Jacques Derrida: A Biography*. New York: Continuum, 2006.

Peeters, Benoît. *Derrida: A Biography*. Cambridge: Polity, 2013.

Rancière, Jacques. *The Politics of Aesthetics: The Distribution of the Sensible*. Ed. and trans. Gabriel Rockhill. London: Continuum, 2006.

Rojas, Carlos. *The Naked Gaze: Reflections on Chinese Modernity*. Cambridge: Harvard UP, 2008.

Spivak, G. C. "Glas-Piece: A Compte Rendu." *diacritics* 7: 3 (1977): 22-43.

Stocker, Barry. *Jacques Derrida: Basic Writings*. New York: Routledge, 2007.

Strazny, Philipp. "Chinese Pidgin English." *Encyclopedia of Linguistics*. New York: Routledge, 2004. 200-201.

Stuart, Jan. "The Face in Life and Death." Wu and Tsiang 197-228.

Stuart, Jan, and Evelyn Rawski. *Worshipping the Ancestors: Chinese Commemorative Portraits*. Stanford: Stanford UP, 2001.

Trombadori, Duccio, and Michel Foucault. *Remarks on Marx: Conversations with Duccio Trombadori*. Trans. R. James Goldstein and James Cascaito. New York: Semiotext (e), 1991.

Velupillai, Viveka. *Pidgins, Creoles and Mixed Languages: An Introduction*. Amsterdam: John Benjamins, 2015.

"Veranda." *Simple English Wikipedia*. Web. 12 October 2018.

"Veranda." *Paperback Oxford Dictionary*. Oxford: Oxford UP, 1979. 820.

Wakeman, John, ed. *World Authors 1950-1970: A Companion Volume to Twentieth Century Authors*. New York : H. W. Wilson, 1975.

Wang, David Der-wei. Introduction. Chang, *The Book of Change* v-xxii.

Wang, Xiaojue [王曉玨]. "Memory, Photographic Seduction, and Allegorical Correspondence." *Rethinking Chinese Popular Culture*. Ed. Carlos Rojas and Eileen Cheng-yin Chow. New York: Routledge, 2009. 190-206.

Woolf, Virginia. *A Room of One's Own*. Oxford: Oxford UP, 1992.

Wu, Hung, and Katherine Tsiang, eds. *Body and Face in Chinese Visual Culture*. Cambridge: Harvard UP, 2005.

Wu, Roberta. "Essentially Chinese." Wu and Tsiang 257-280.

Yule, H., and A. C. Burnell. *Hobson-Jobson: A Glossary of Anglo-Indian Colloquial Words and Phrases, and of Kindred Terms; Etymological,*

Historical, Geographical and Discursive. 1886. London: John Murray, 2013.

知識叢書 87

文本張愛玲（TEXTUALIZING EILEEN CHANG）

作　者—張小虹（Hsiao-hung Chang）
副主編—石瑷寧
資深編輯—張擎
校　對—胡金倫・張小虹
美術設計—雅堂設計工作室
行銷企劃—林進韋

總編輯—胡金倫
董事長—趙政岷
出版者—時報文化出版企業股份有限公司
一〇八〇一九台北市萬華區和平西路三段二四〇號七樓
發行專線—（〇二）二三〇六六八四二
讀者服務專線—〇八〇〇二三一七〇五
（〇二）二三〇四七一〇三
讀者服務傳真—（〇二）二三〇四六八五八
郵撥—一九三四四七二四時報文化出版公司
信箱—一〇八九九臺北華江橋郵局第九九信箱

時報悅讀網—www.readingtimes.com.tw
電子郵件信箱—ctliving@readingtimes.com.tw
人文科學線臉書—http://www.facebook.com/jinbunkagaku
法律顧問—理律法律事務所　陳長文律師、李念祖律師
印　刷—紘億印刷有限公司
初版一刷—二〇二〇年九月四日
定　價—新台幣五五〇元
（缺頁或破損的書，請寄回更換）

文本張愛玲 = Textualizing Eileen Chang / 張小虹作. -- 初版. -- 臺北市 : 時報文化, 2020.09
面；　公分. -- (知識叢書 ; 87)
ISBN 978-957-13-8315-6(平裝)

1. 張愛玲 2. 小說 3. 文學評論

857.7　　109011138

ISBN 978-957-13-8315-6 (平裝)
Printed in Taiwan